新
思
THINKR

有思想和智识的生活

中国文学史新讲

第一卷

王国璎 著

中信出版集团 · 北京

图书在版编目（CIP）数据

中国文学史新讲 / 王国璎著 . -- 北京：中信出版
社，2018.3
ISBN 978-7-5086-7229-8

Ⅰ . ①中… Ⅱ . ①王… Ⅲ . ①中国文学—文学史
Ⅳ . ①I209

中国版本图书馆CIP数据核字〔2017〕第010727号

本书中文简体字版由联经出版事业公司授权出版，原著作名《中国文学史新讲》

中国文学史新讲

著　　者：王国璎
装帧设计：水玉银文化
出版发行：中信出版集团股份有限公司
　　　　　（北京市朝阳区惠新东街甲 4 号富盛大厦 2 座　邮编 100029）
承 印 者：山东临沂新华印刷物流集团

开　　本：880mm×1230mm　1/32　　　印　张：47　　字　数：860千字
版　　次：2018年3月第1版　　　　　　印　次：2018年3月第1次印刷
广告经营许可证：京朝工商广字第8087号
书　　号：ISBN 978-7-5086-7229-8
定　　价：188.00元

目　次

第一卷

总 绪

第一编

中国文学的源头
先秦文学

第二编

中国文学的起步与飞跃
两汉文学

✦

第三编

乱世文人的心声

建安风骨与正始之音

✦

第四编

中国诗歌主要类型的形成

两晋南朝诗歌之发展

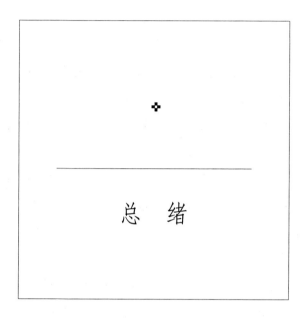

总　绪

本书《中国文学史新讲》，乃是针对中国文学作品自先秦至晚清，亦即民国之前，其演变过程与发展面貌的历史回顾。着重论述分析各种不同体式的文学类型，诸如诗歌、文章（包括散体古文与骈俪之文）、戏曲、小说诸文类的发展演变大势，并介绍不同时代的文坛现象，以及探讨各时代重要作家作品于文风流变中的承传与开拓，期望能够在历史进展过程中，掌握中国文学各种体式文类的时代风貌及演变轨迹。

中国文学史的编写出版，东西学界均不遑多让，一般或以日本学者古城吉贞于 1897 年出版的《支那文学史》，以及英国学者翟理斯（Herbert A. Giles）于 1901 年出版的《中国文学史》（*A History of Chinese Literature*）为开山之作[①]。唯以中文撰写者，则当推林传甲（1877—1922）为京师大学堂国文课程编写的《中国文学史》讲义［光绪三十年（1904）印行，署名林归云］为先驱，至今已超过一百年历史。不过，林传甲于序言中自称，乃是仿日本早稻田大学笹川种郎《支那历朝文学史》［东京：博文馆，明治三十一年（1898）］之意而成书。按，林传甲的文学史，主要是依据中国传统学术范围为体例，其中包罗传统图书分类之经史子集，故而举凡文字、音韵、训诂、文章、群经，乃至金石、书法等均涉及，实际上类似有关中国国学的微型百科全书。其书的基本格局乃是按照时代先后，说明各类文体，介绍知名作者，尚缺少作品本身发展的"史观"。其后有黄人（1866—1913）于 1905 年，继而曾毅于 1915 年，先后出版的《中国文学史》，始将诗歌、戏曲、小说诸文类收入，或可视为中国文学史撰写的里

---

① Herbert A. Giles 于该书序言云："This is the first attempt made in any language, including Chinese, to produce a history of Chinese literature."（New York: Grove Press Inc., 1958）, p. v.

程碑^①。直至谢无量《中国大文学史》、胡适《白话文学史》(上卷)、胡云翼《中国文学史》、郑振铎《插图本中国文学史》、刘大杰《中国文学发展史》诸著的陆续问世，中国文学史的格局体例，方正式成形。近数十年来，海峡两岸均不断有学者致力于中国文学史的编写撰述，有的属多位学者的集体成果，有的则是个人成就。虽各有侧重与贡献，但格局体例已大致定型。

当今所见一般中国文学史的格局体例，大多以朝代的更替来划分文学发展的阶段。如先秦文学如何，两汉文学如何，魏晋文学又如何，等等；对于某一朝代的文学现象，亦提供时代背景，点出文坛风气，尤其是针对个别著名作家的身世遭遇、人格思想及其文学整体成就的详尽介绍，贡献均有目共睹。不过，本书则拟从不同的角度观点出发，亦即尝试从不同文类的文学作品本身的源流演变为笔墨重点，论述中国文学的发展演变状况。

当然，中国文学始终与其所处的朝代，有难以分割的关系。可是政治的"朝代"并不能完全等同于文学的"时代"。何况文学的发展演变乃是一个循序渐进的过程，不可能因为朝代旗帜的突然变换更替，随即展现出各自截然不同的风格特征。不过，撰写中国文学史面对的首要难题是，任何"史"的论述，毕竟离不开因朝代之轮替而可能产生的时代现象。因此，本书的结构，基本上仍然依循时代先后次序，且将朝代的称号列入，以备读者的掌握。诸如：中国文学的渊源始自先秦，起步与飞跃于两汉，成熟于魏晋唐朝，蜕变于宋元等。唯论述之际，则拟以某时期某种文学类型的

① 米列娜（Milena Dolzelova—Velingerova），《被忽略的早期中国文学史学的里程碑：曾毅的〈中国文学史〉1915》，收入北京大学中国传统文化研究中心编：《文化的馈赠——汉学研究国际会议论文集》语言文学卷，北京大学出版社 2000 年版，第 94—99 页。

形成发展的高峰，为笔墨重点，并追溯其前源，瞻望其后继。例如，中国诗歌中一些重要的类型，诸如拟古咏史、绮情相思、游仙隐逸、田园山水、咏物宫体等，其主要的类型特征，均形成于两晋南朝时期，于是依其成形的先后，分别作为论述两晋南朝诗歌发展的重点，并追溯各种诗歌类型的前源背景与发展方向。又如，文言短篇小说发展的高峰是唐代的"传奇"，因而论及文言短篇小说的发展，则留待讨论"唐代"文学之际，方以传奇故事为笔墨重点，并且追溯其前身，亦即魏晋六朝文人笔记中志怪、志人故事的发生，以及唐传奇之后，两宋乃至明清文言短篇小说的继承与演变概况。其他文类，诸如散体与骈体文章、戏曲、白话小说，包括话本短篇、章回长篇等，亦尽量如是。或许可以与坊间以朝代划分文学发展阶段，且以诸朝代中个别主要作家的成就为关怀重点的文学史，有互补之益。

本书的撰写，实源自分别在新加坡大学及台湾大学任教期间，曾先后为中文系及外文系同学讲授中国文学史课程的讲稿，边讲边写，且逐年增补修改整理。由于中国文学史的范围庞杂，而笔者的专业有限，因此主要还是在前贤或当今学者研究成果的基础上，增添一些个人的认识与见解，意图从宏观角度，将中国文学中诸文类作品发展的大概趋势与演变轨迹，掌握脉络，理出头绪而已。至于历代著名个别作家的身世遭遇与其作品的个人风格特征，已有其他文学史或相关专书专文可供参考，故而除了少数的例外，均不作详细的介绍。当然，对于个别作家的文学成就，实不容忽略，但本书重视的乃是，个别作家作品流露的时代特征，其在中国文学发展过程中扮演的承先启后角色，以及其作品中显示的发展演变痕迹。

进入中国文学"历史的回顾"之前，或许应该先思考一番，什么是

"中国文学"？在中国这样一个古老民族文化中孕育出来的文学作品，会显现哪些令人瞩目的传统特质？中国文学整体的发展演变，是否可以归纳出一个大概的总趋势？其作者主要包括哪些类群？作品中又有哪些常见的场域背景？

第一节
中国文学的传统特质

本书所称"中国文学"，乃指中国的传统古典文学作品，大概包括几个主要的文体类型：诗赋（涵盖词与散曲）、文章（包括散文与骈文）、戏曲、小说，各有其类型的文体特征，并且拥有各自的文学传统与审美趣味。这些不同体式类型的文学作品，当然又会因时因人因地，而有其个别的发展脉络与风格特征。不过，既然均在华夏民族的文化土壤之中孕育滋长，又始终用同一的语言文字撰写，整体视之，必然会呈现某些有异于其他民族地区，或与其他非汉语所写文学作品的不同风格与传统特质。

倘若从宏观角度观察，所谓古典中国文学，或许可以归纳出以下几种传统风格特质：

✤ ┃ 一、历史悠久，传统持续

如果将中国文学放在世界文学的大屏幕上来观察，最突出的特质，就是中国文学历史之悠久，传统之持续不断。这是现今的任何西方国家的文学史所望尘莫及者。虽然当今西方文学史家，往往视公元前数百年的希腊神话与荷马史诗为其文学源头，但值得注意的是，此后却因在不同地区民族意识的兴起，加上各地区方言的强势发展，遂纷纷形成不同族群语言的"国家"，乃至产生不同国家地区自有的文学传统，各有其文学史的范畴。已故美国汉学家海陶玮教授（James Robert Hightower）即曾于其《论中国文学在世界文学中的地位》一文中指出，在西方诸国家之中，如果论及英国文学，通常从 8 世纪初的英国史诗《贝奥武夫》（*Beowulf*）开始；法国文学，乃从 11 世纪的法国传奇诗《罗兰之歌》（*Chanson de Roland*）开始；西班牙文学，则从 12 世纪的西班牙传奇诗《熙德》（*Cid*）开始；意大利文学，则从 13、14 世纪意大利诗人但丁（Dante, 1265—1321）的作品开始……反观中国文学，仅从《诗经》中收录的作品算起，已有三千多年历史，其传统始终持续不断[①]。这当然和中国文化传统之持续，文字之统一，不无关系。

其实在漫长的历史过程中，中国的政治社会，于治平之间亦曾屡经危机动荡。包括政权的分崩离析，各种内乱外患，导致朝代的盛衰兴亡，社会的纷扰不安。其间还经过少数民族的征服统治，不同族群文化传统的激荡。例如 4 至 6 世纪时，鲜卑与突厥族长期统治北方，形成南北政权的对峙。10 至 13 世纪，契丹与女真族又占据北方领土，并导致五代十国之纷争；13、14 世纪，蒙古族又统治中国；17 至 20 世纪初，源自女真的满族入主中原。但是，由于秦始皇统一文字的贡献，加上汉民族华夏文化的坚韧性和包容性，仿佛是一个可以接纳并消化不同族群文化的大熔炉，一方面吸

---

① 见 James Robert Hightower, "Chinese Literature in the Context of World Literature," in *Comparative Literature*（University of Oregon）, vol. V（1953）, pp. 117—124。

收外来族群文化的影响，同时又成功地保持了自己文化的连贯与完整，而且一直不断地自我充实，自我更新与繁衍。相应的是，中国文学虽也不断发展、演变，但是，却始终保持其同样的书写文字，同样的古老传统，同样的民族特质。

✦ | 二、文学范围杂而不纯

西方国家的文学传统，主要是以"纯文学"为正宗，包括诗歌、小说、戏剧，加上具有审美趣味与艺术性质的文章，便是认可的"文学"范围。但是中国文学的范围则颇为庞杂，而且始终显得杂而不纯，乃至往往文、史、哲不分，只要具有一点文学色彩，或审美趣味，无论历史著述，哲学论著，均可归属于文学范围。就是一些实用性的文字，诸如哀祭、碑文、墓志铭、诏诰、章奏、疏表等诸"应用文"，通常亦视之为"文学"作品。甚至当今各种版本的中国文学史，几无例外，都会把历史著述诸如《尚书》《左传》《史记》，或哲学典籍诸如《论语》《孟子》《庄子》等论著，揽入文学发展史的论述中。此外，即使单篇文章亦如此。著名者例如诸葛亮《出师表》，乃是人臣上君主的公文；韩愈《祭十二郎文》，则是祭奠死者，哀悼往生之祭文。这些章表、哀祭之文，均属具实用目的之"应用文"，也同样视为文学作品。这当然和中国传统的"文学"观念本身即杂而不纯有关。

按，中国"文学"观念之形成，乃是渐进的、缓慢的，而且脚步经常是摇摆不确定的。当然，先秦时期，尚无独立的"文学"观念，即使"文学"一词，其含义亦不同于当今，通常是泛指整个学术文化。两汉时期，随着重视辞章才智的辞赋之盛行，"文"与"学"，亦即"文学"与"学术"方开始分离，只是名称仍然有些混淆。文学一般称"文章""文辞"，或简称"文"；学术则称"文学""儒学"，或简称"学"。

试看司马迁（前145—前90？）《史记·孝武本纪》中有云：

上乡儒术，招贤良，赵绾、王臧等以文学为公卿。

司马迁所谓"文学"，应该是指"儒学"。又见班固（32—92）《汉书·公孙弘传赞》：

文章则司马迁、相如。……刘向、王褒以文章显。

按，班固此处所称"文章"，当指现今所谓"文学"，其中所举代表人物，司马迁虽是史学家，不过亦有散文及辞赋之作，其余诸如司马相如、刘向、王褒三人，皆属当世的辞赋名家。可见班固所谓"文章"（文学）与"文学"（儒学），已经开始有所区别。此后南朝宋范晔（398—445）的《后汉书》，于《儒林传》之外，又特别另设《文苑传》，有意将儒林学者与文苑作者分别立传，由此似乎说明，至少在观念上，当时的"文学"与一般"学术"（主要指儒学），已经开始分途。

不过，这种分途并不彻底。事实上，魏晋以后，文人士子心目认知中，文学的范围仍然杂而不纯，其中可以包含许多非文学的成分。即使以"文学自觉时代"见称的魏晋，亦如此。例如曹丕（187—226）《典论·论文》即尝云：

夫文，本同而末异，盖奏议宜雅，书论宜理，铭诔尚实，诗赋欲丽。……盖文章，经国之大业，不朽之盛事。

盖曹丕所举各种文体，以今天的观点，除"诗赋"一类属于纯文学范围，其他奏议、书论、铭诔，都是具有实用目的之应用文，至多只能归于

"杂文"的范畴。此后又如陆机（261—303）《文赋》，专门讨论文学的创作过程，举出十种不同文体，包括诗、赋、碑、诔、铭、箴、颂、论、奏、说等。其中也只有"诗、赋"属纯文学。同样的，萧统（501—531）《昭明文选》，分文章为三十八类，刘勰（465？—520？）《文心雕龙》，则列三十三体，甚至到清代姚鼐（1731—1815）《古文辞类纂》，划定十三大类，其中亦均包括大量具实用目的之应用文体。中国文学范围的杂而不纯，可见一斑。

当然，南朝时期的文人士子，曾经引起"文笔之辩"，讨论纯文学与杂文学的分界问题。所谓"文"，一般指情思婉转，并能引人咏叹之美文，所谓"笔"，则指章奏论述之类具实用目的之应用文。可惜这样的分界，并未得到稳固的发展，也始终未能形成文论者长远的共识。乃至中国文学的发展过程中，文学与非文学的因素，一直彼此交织渗透，相互萦绕纠缠，从来未曾断然分开。甚至直到当今出版的文学史，包括本书的撰写，论及先秦两汉文学，均不会将诸子论著及历史著述排除在外；论及唐宋以来的文章，也不免概括章表书奏或说理议论之文在内。倘若与只重视"纯文学"的西方文学史相比照，仍然显得"杂而不纯"。

✢ | 三、作品反映现实人生

在近代西方文学观念中，文学作品是"创造"出来的，作者则是"创造者"，因此"虚构"与"想象"乃是文学作品不可或缺的要素。无论抒情诗、史诗、戏剧、小说，其中所反映的，均属虚构的、想象的世界，不能视为作者现实人生中实际发生的情况①。可是中国文学，包括诗歌、文章、戏曲、小说，无论其取材的范围，或宗旨的表达，往往与作者个人在现实生活中的人生实际经历与感受密切相关，同时读者也期待，从作品中，应该可以读出作者本人在现实生活中的观点立场，或人生经历和人格情性，甚至其所处政治社会的局面。

其实早在《孟子·万章》中，已经从读者的角度简要点出：

颂其诗，读其书，不知其人可乎？是以论其世也。

所言或许可以说明，中国文学的传统读者，如何视作品与作者本人之人格情性、身世遭遇，及其所处的时代世局，密不可分。换言之，文学作品并非凭空想象"创造"出来的，而是作者所处日常现实政治社会状况，或个人生活经验的真实反映。作品中所言，乃源自作者在现实生活中切身的经验与感受，因此，可以"颂其诗，读其书"，而"知其人"，甚至"论其世"。上引《孟子·万章》的观点，始终深入人心，或许由此亦可以解释，何以中国文学作品往往视为研究作者的身世遭遇，或其所处时局现象的珍贵资料，乃至为作家编著"年谱"，撰写"诗文系年"，以及考证诗文背后的"本事"，探索戏曲与小说中人物角色的"影射"或"真相"，至今仍然是中国文学研究的重要门类。

正由于文学作品反映的往往是作者在现实人生中的经验感受，乃至促使"抒情诗"成为中国文学的主流。

---

① Rene Wellek & Austin Warren 论及"文学的特质"（the nature of literature），见二氏之经典著作 *Theory of Literature*（New York: Harcourt, Brace & Company, 1962），p. 14。

❖ | 四、抒情诗是文学主流

所谓"抒情诗",是指抒发作者个人的人生经验感受或情怀意志为笔墨重点之作。中国文学的范畴虽然繁杂广阔,但其中则以抒情诗的成就最高,同时也一直是中国文学的主流。按,中国诗歌(包括诗、词、散曲),均以短篇见长,而且多"重实",往往以个人的抒情言志述怀为宗旨,即使"山水诗"中景物状貌声色的"客观"摹写,以及追述历史事件,缅怀古人事迹的"咏史""怀古"之章,甚至有关独处空闺女子的"怨情"之诉,也往往与作者的身世遭遇,或当前的生活处境与心情怀抱,密切相关。像西方学者一再推崇的古希腊或古印度那样纯粹客观叙述的史诗,或长篇叙事诗,则阙如。其结果是,中国叙事文学始终不发达,戏曲与小说均起步迟缓,而且长期被排斥于正统雅文学的大门之外。中国可说是一个特别重视"诗"的国度,中国诗歌的抒情传统,始自公元前数百年的《诗经》,从来不曾间断,虽然历经朝代的更替,少数民族的征服统治,甚至一直延续到今天,还有人在作诗、填词、写曲,以抒发己怀。

此外,中国诗歌从量的方面看,也没有任何西方国家的诗坛可比。从质的方面看,虽然范围比较狭窄,例如没有史诗,叙事诗又不发达,可是与西方同类型的抒情诗歌相比,则毫不逊色。

再者,中国诗歌的普及性,亦超越其他国家地区。例如在西方社会,诗歌创作通常被视为一件最富想象力、最崇高的文学活动,乃是极少数具有文学修养的知识精英之专利。然而在传统中国,无论作诗填词写曲,则是读书人的家常便饭,几乎每个读书人都能够即兴赋诗,依曲填词。而且,中国诗歌与社会生活、政治环境关系之密切,亦是其他地区文学所罕见。

诸如朝廷宗庙祭祀大典，通常要颂诗；同僚宴会，送行告别，要赋诗；友朋男女，因离情相思，则以诗相赠答酬和；行旅外出，造访名胜古迹，往往会即景起兴题诗；就连科举考试，也要考诗，诗作得好，居然是步入仕途、获取功名的重要条件。此外，春秋时代各诸侯王国之间的外交场合，经常会借赋"诗"、颂"诗"来表达意思，听闻者居然也能明白其旨意。这种"诗歌外交"，亦是中国所特有。诗歌与社会、政治关系如此密切，恐怕也只有中国才有。

诗歌的普及，还可从其他文学体式类型诸如小说或戏曲中，通常包含大量的诗、词、曲诸韵文，得以证明。其实无论唐人传奇、宋元话本、明代拟话本、明清长篇章回小说，都往往穿插着诗、词、曲等韵文。而中国的戏剧，基本上是以曲辞为主体的"诗剧"，其中金诸宫调、元杂剧、明清传奇，剧中人物角色的唱曲，乃是全剧的精华，故一般均称之为"戏曲"。另外不容忽略的是，即使辞赋，亦是熔韵文和散文于一炉。诗歌在中国文学中的主导性与普遍性，是其他国家地区文学中难以找到的。

✦ ｜ 五、政教伦理色彩浓厚

中国文学在其漫长的发展演变过程中，与政治教化、伦理道德始终维系着密切关系，也可说是很难摆脱儒家强调的政教伦理的影响。这当然和传统中国作家多在儒学教育下成长，加上儒学在传统中国政治社会与思想观念方面地位的稳固，而且与儒家又特别重视"实用"的文学观相连。

其实早自先秦儒家，就已经明确表示重视文学的政治教化功能。例如《论语·阳货》引孔子语云：

> 子曰："小子何莫学夫诗？诗可以兴，可以观，可以群，可以怨；迩之事父，远之事君；多识于鸟兽草木之名。"

汉儒的《诗大序》，则更进一步把诗的功能衍化成：

> 正得失，动天地，感鬼神，莫近于诗。先王以是经夫妇，成孝敬，厚人伦，美教化，移风俗。

汉儒这种继承先秦儒家诗教，强调文学的政治道德教化功能的实用文学观，从此屹立不倒，引起后世文论者不断呼应，相继附和，即使偶尔出现一些异议，也从未受到真正的挑战。

虽然"文学观"大多是针对文学的创作现象而归纳产生，但观念的提出，难免会对文学创作产生一定程度的引导规范作用，进而影响作者的审美倾向，以及作品的内涵旨趣。甚至南朝以后，在许多作者与读者认知中，文学已经可以独立成科了，这类强调政教伦理的文学观，仍然不绝如缕，对中国文学的整体发展，影响既深且远。乃至中国作家创作之际，往往偏重与政治社会、伦理道德相关联的内涵题旨，流露的通常是作者心怀君王社稷的群体意识，以及对政教伦理的依附。不仅是那些明显反映或批评政治社会的诗篇如此，即使个人情怀意念的抒发，乃至大凡自然山水田园的咏叹，友朋男女的离情相思，也往往难免和作者在政治上"出处进退"的人生道路相关，或与社会伦常息息相通。至于源自市井通俗文艺的戏曲和小说，甚至更多表现具有劝善惩恶、教化人心的宗旨，乃至其中人物角色往往忠奸分明，而且结局通常宣扬邪不胜正，处处显示作者对于社会道德伦常的执着关注。中国文学与政教伦理的密切关系，是其他地区文学中罕见的。

不过，值得注意的是，中国文学作者虽然难以摆脱儒家政教伦理观念的束缚，但于作品中公然或僵硬刻板地说教论道，则并非作者抒情述怀之际常用的方式，同时也并不符合读者的品味。

✤ ｜ 六、含蓄委婉，韵味为高

中国文学虽然往往以政教伦理为依归，但在作者情怀意念的表达方面，则讲求抒情言志述怀之际感情的节制，乃至作品内涵情境的流露，通常以含蓄委婉为高。其实这也和传统儒家的道德理想和行为规范有关。正如《诗大序》所云：

> 发乎情，止乎礼义。

所谓"发乎情"，指情有所动，心有所感，而"止乎礼义"，则指在礼义上符合伦理道德的规范，自我节制。用今天的话来说，就是作品虽然"发乎情"，却不能"失控"。由于儒家思想体系讲求的是社会群体人际关系的和谐与稳定，任何个人情怀意志的过度膨胀，都被视为可能对社会的和谐稳定造成威胁，甚至破坏。

且看《论语·八佾》中所录孔子对《诗经·周南·关雎》之称扬：

> 乐而不淫，哀而不伤。

按，就《关雎》本身的内涵视之，其实是男女爱慕之辞，其所以受孔子称扬者，就是指其抒情的适度。所谓"乐而不淫，哀而不伤"，即指其音乐歌辞中抒发的哀乐之情，均不过分，而是适可而止。这样的抒情之作，正符合儒家"中正和平"的理想，展现儒家"温柔敦厚"的诗教。犹如《礼记·经解》中有云：

孔子曰："入其国，其教可知也。其为人温柔敦厚，诗教也。"

所言"温柔敦厚"的诗教，对中国文学的传统观念与创作风格的影响，可谓既深且远。乃至以抒情诗为文坛主流的中国文学，很少有浪漫激情之作；一个堪称"诗的国度"，却少见狂热奔放的爱情诗。

温柔敦厚的诗教，自然也培养出一种中国文学特有的审美品味，导致含蓄委婉意境的追求，成为中国文学的一种理想特质。按，"含蓄"并非不欲人知，而是在字面上不说破，不明言，旨趣情味自在其中。历来宣扬并形容文学作品含蓄委婉的词语真是不胜枚举，诸如：言外之意、味外之旨、韵外之致、象外之象、景外之景；或不着一字，尽得风流；或言在此而意在彼，等等。重视的均是读者通过作品与作者之间无须明言而心领神会的互动关系。此外，又由于中国诗歌通常篇幅短小，一般详细道来的长篇大论之作比较罕见，所以特别重视表情达意的含蓄委婉，力求作品言近意远，遂可在短小篇幅中令读者感到韵味无穷。于是作者创作之时，往往利用中文语法的灵活，语意的不确定，为读者开放出想象的空间，可以引发言外之意的联想，让读者自己去体味，去发现，并完成作品中可能隐藏的，或潜伏其中的言外之旨趣情味。即使汉大赋，通常洋洋洒洒地铺叙天子林苑之盛美，游猎之壮观，宫殿之华丽，其讽谏宗旨却并不明言，而是"委婉"劝诫。此外，源自民间的通俗文学，诸如戏曲和小说，其作者对现实生活中人物的嘲讽，对政治生态的批评，以及社会风气败象的挖苦，乃至道德教训的呼吁，往往也都是颇有节制，且适可而止。在中国文学的传统中，无论作者、读者，均以含蓄委婉、令人感觉有余味、留下想象空间之作为高。

♣

第二节

中国文学的发展大势

宏观视之，中国文学史可说是一部作品逐渐显示"文学化""个人化"的发展演变史。具体而言，即文学作品，包括诗歌、文章、戏曲、小说各种文体类型，自先秦两汉以来，均在各自的时代与传统中，试图摆脱政教伦理的束缚，由经史的附庸地位，逐步走向独立自主的演变史。在诸般文学类型各自漫长迂回的发展演变过程里，我们会不时发现，作者的视野往往由外在的政治社会，逐步转向个人一己的身心；作品的关怀则从群体逐步转向个人。无论诗歌、文章、戏曲、小说，都可以看到类似的发展演变趋势。当然，为了讨论的方便，姑且按时代先后，大致可分为以下三个主要的发展阶段：

✤ ┃ 一、形成期：先秦两汉

中国文学的初步形成，展现于先秦两汉时期作品的发展趋势，其主要脉络乃是：巫官文学 → 史官文学 → 作家文学。

按，先秦早期的文学，往往和原始巫术宗教、音乐舞蹈诸宗教文化形态混合在一起。诸如远古神话、歌谣，以及殷商甲骨的卜辞，甚至以后《诗经》中收录的一些属于早期的颂神、祭祖诗篇，仍然含有巫官文学的色彩。其后《尚书》《春秋》诸史书的出现，则标志着史官文学的形成。及至春秋战国之交，因历史著述的兴起，遂摆脱了巫官文学，正式由史官文学主导文坛。继而才有屈原、宋玉等楚辞作家的崛起，加上其后汉代文士，包括贾谊、司马相如、扬雄等辞赋大家，以及流行民间的乐府歌诗，与现存无名氏作者的五言古诗，共同掀开了作家文学时代来临的序幕，标志着中国文学已经由起步开始飞跃。

中国文学的发展在这第一阶段中，已经明显展示了文学从巫官文学、史官文学，逐渐起步走向作家文学的过程。倘若由作品本身的内涵风貌视之，则展现出中国文学作品试图从宗教、哲学、历史的附庸地位，逐步挣脱出来，直到建立自己特有的格局体式。其过程可谓曲折漫长，直到魏晋时期，才初见分晓。

✦ | 二、成熟期：魏晋南北朝隋唐

魏晋时期的文学观念业已接近成熟，文学的创作开始从宗教、哲学、历史中分离的现象，亦日益显著，至南北朝已开始具有独立的文学特质。

首先令人瞩目的是，诗歌发展中尚情好藻的倾向，包括个人情怀的抒发，艺术技巧的讲究，审美趣味的开拓。就在魏晋南北朝时期，中国诗歌从两汉诗歌已建立的抒情言志传统，进而开拓至体物图貌的审美领域；且大凡中国诗歌的主要题材类型，皆一一出现。至隋唐时代，终于达至辞采与情韵兼美之境。

其次则是文章体式的多样。抒情叙事记游的文章，如山水游记之类，记述个人经验感受的作品，大量出现。而且举凡章奏书表、论述赞颂、碑铭哀诔诸应用杂文，在魏晋南北朝时期均已臻成熟，又由于重视文章的审美趣味，乃至讲究丽辞、用事、对偶、声律之美的骈文盛行。此外，自魏晋

始，无论辞赋或文章，均有明显的小品化、抒情化、个性化，甚至虚构化的趋势。

再者，带虚构、想象成分的笔记小说，亦于此时期正式产生。魏晋以来各种志怪故事的记述，虽然作者仍然自以为是用"史笔"纪实，不过这些作品的文学性与审美性加强了，终于在唐代文人笔下，形成中国文言小说发展的高峰——唐传奇。宋元之后的文言短篇小说，不过是因循唐代传奇故事的后续而已。

✦ | 三、蜕变期：宋元明清

这时期的文坛值得注意的是，出现雅文学与俗文学相互激荡、消长、融汇的现象，促使中国文学在质的方面发生很大的蜕变。当然，传统的雅文学，诸如诗歌与文章，从先秦至明清文人笔下从未中断，但从中国文学的发展大势宏观视之，此时期通俗文学的兴起，当属中国文学史上的大事。

首先是，宋元时期通俗文学的昌盛。除了出身歌坛的词曲流行之外，宋元话本、宋金杂剧、金诸宫调、元杂剧等，亦各自成为其时代的文学主流。这些原先流行于民间瓦舍勾栏的通俗白话文学，冲击了向来为文人士大夫主掌的文坛，读者群亦开始由民间拓展至士林，作品的审美趣味也相应变化。过去不登大雅之堂的市井文化，城市生活点滴，遂涌进了文学的题材范围。

其次是，明初到清代中叶期间（鸦片战争之前），通俗文学的突飞猛进。最令人瞩目的，除了明清传奇戏曲的蓬勃之外，还包括明代拟话本白话短篇小说集"三言""二拍"的问世，以及长篇章回小说，诸如《三国演义》《水浒传》《金瓶梅》《儒林外史》《红楼梦》等巨著，均完成于此时期。

最后是，鸦片战争之后到清末年间，雅俗文学彼此影响、相互融汇的时代来临。诗词文章已属固有的文学传统，继作者未尝消歇，不过小说与戏曲，则在有心之士的呼吁下，普遍受到文坛的重视，通俗文学不再被排斥于正统文学之外。诸如黄遵宪大力提倡白话诗，梁启超刻意推崇小说对唤起民心、改革政治社会风气的功能，乃至为中国文学重新戴上政教伦理的光环。一直到"五四运动"的文学革命，正式宣告新文学的诞生，以后的中国文学虽然已属于现代文学的范围，但文学到底为何而写的争执与辩论，仍然持续不断。

第三节

中国文学的作者类型

❖ │ 一、作者遍布各阶层

古代中国文学的创作，并非单单属于少数知识阶层或社会精英的专利。中国文学的作者，实际上就其社会角色而言，几乎遍布于社会各个不同阶层角落。可谓上自宫廷、士林，下至市井、乡镇。其中包括君王贵族、宫廷侍从、官宦士子、僧侣道士、落魄市井的失意文人，以及在市井乡镇游娱场所谋生的民间艺人，诸如乐工、演员与歌妓。当然，无论入仕在朝为官者，或落魄市井为民者，善属文，乃是文学创作的基本条件。但不容忽略的则是，其间君主王侯作家与民间无名艺人对中国文学的贡献。

中国君主王侯虽属政权的拥有者，万民的统治者，其中能文者不在少数。诸如汉高祖刘邦、武帝刘彻、魏武帝曹操、文帝曹丕，或多或少均留下一些即兴之章，或立意抒情述怀之作。南朝帝王几乎人人能文，尤其是萧梁的君主王侯，几乎人人有文集流传。此后唐太宗、宋徽宗，乃至金元明清各朝的君王，留下文学作品者，亦不在少数。此外，民间无名艺人则为通俗文学，诸如乐府、词曲、戏剧、小说传统之形成，贡献亦可谓既深且远。中国文学史，就是有赖上自君主王侯，下至民间艺人的共同努力，方能形成大局，并持续发展演变。当然，就目前资料视之，中国文学的丰硕成果，主要还是靠文人士子。

✤ ｜ 二、文人士子为主干

盖"文人士子"，指的主要是一群受过良好教育、拥有丰富知识或各种才学的"读书人"。这些文人士子，或许可统称为"文士"。当然，倘若就个别人物的社会角色或行为表现归类，则有游士、策士、儒士、名士、隐士、学士等区别，不过，这些"士"，却均以他们留下的作品，共同形成中国文学作者的主干。

由于传统中国社会基本上并无真正的职业作家，文学创作对于文人士子而言，不过是其整个文化活动的一部分，是在生命过程中，个人抒情述怀、言志立名的文学表现而已。然而，基于儒家"学而优则仕"的传统训导，入仕为官，干预政治，关怀民生，发挥所学，乃是一般文人士子的首要志愿。其次才是，倘若时代混浊，或逢时不遇，则不如隐身而退，或优游山林，或归隐田园，或寄居市井，或讲学授徒维生，闭门著书写作，既可保命全身，亦可维持个人的人格尊严与节操。像这样为文人士子规划的，入仕或退隐的两种人生途径，虽嫌狭窄，但自先秦至晚清，未尝改变，始终是文人士子生涯规划的两项主要选择。即使史称因"不堪吏职"而唱咏《归去来兮》的陶渊明（365—427），亦曾在徘徊顾盼中数度返回仕途；再如宋代的柳永，乃因科举失利，落魄潦倒市井之际，只得为乐坛填词作曲，获得一些报酬维持生活；还有元代的关汉卿、马致远，亦因失意仕途，为谋生计而加入书会，成为书会才人，以编写戏曲为生。可是，他们的人生志向，还是以仕宦生涯为首要目标。中国文学的作者，就是有赖这些文人士子，在个人生涯命运的因应下，出处进退的选择中，通过文学的创作，展现其对于现实社会人生的观察，以及个人生活的经验与感受。

✦ | 三、集体创作之普遍

值得注意的是，中国文学作品中，除了有主名的个别作者留下的诗赋、词曲和文章之外，其他诸如两汉乐府歌诗，无名氏五言古诗，以及魏晋一些志怪故事，还有宋元以后的戏曲和小说，在定型之前，往往历时既久，经手亦多，乃至作者不明，只能视为"集体创作"的现象相当普遍。

所谓"集体创作"，意指其"作者"并非单属一人一时，而是由多人累积共同经验与视野的成果。譬如，就诗歌而言，《诗经》个别篇章的原始作者，其身世遭遇已难考核，又经过朝廷官方的编辑润色，当属"集体创作"。现存汉魏以后诗歌的作者，虽多属知名的朝廷官员或一般文人士子，可是综观现存两汉的乐府歌诗，主要还是"集体创作"。其中包括最初流行于民间的歌者，以及采集来之后，为之修改润色的宫廷文人和乐工，还有模拟民间乐府歌诗的文人。同样地，传统戏曲作者，一般是流落民间、依附书会的落魄文人。但是现存的戏曲，无论其作者署名与否，就其题材内涵视之，大多数都是综合历史故事、民间说话、前人歌舞剧而成，亦清楚展现累积前人创作资源的痕迹。至于文言小说，如唐传奇，主要是文人写给文人看的，自然不乏个别文人署名之作者。可是，就其故事来源，亦往往取自现成的资料，包括魏晋以来的文人笔记，各类野史传说与社会传闻。宋元以后的白话小说，无论短篇话本故事或长篇章回小说，亦多是经过长期的流传，又经过无数文人的润色加工修改，方才定型。即使有主名的作品，诸如冯梦龙的"三言"，凌濛初的"二拍"，主要也还是累积前人的资料，再叙述或改写而成。长篇章回小说更是如此。在《金瓶梅》问世之前，诸如《水浒传》《三国演义》《西游记》，均是经过无数说书人、戏曲家、叙述者的集体创作，方成为定稿。至于施耐庵、罗贯中、吴承恩等，不过是最后定稿的编撰者而已。

"集体创作"在中国文学史上，尤其是通俗文学形成过程中，乃是相当普遍的现象。由此造成，许多重要文学作品的作者难考，甚至身份不明、身世不清，也是中国文学的一大特色。

✦ | 四、女性作者非主流

中国文学在题材内容上，无论诗歌、小说、戏曲，均不缺少涉及女性的生活经验与心情感受之关怀，可是在文学史的发展过程中，除了极少数的例外，女性作者一般鲜少受到重视。例如《诗经》中许多思妇与弃妇之辞，或许乃出自女子自谓，但原作者姓名无考，又经过文人乐官的加工润色，经手既多，已属集体创作。此后，由两汉至明清，几乎每个朝代都有女性作家作品流传下来，包括诗词、曲赋、文章、戏曲、小说，甚至论说之文。尤其在明清时代，女性作家作品获得辑集成"集"者，已不在少数①，她们的身世遭遇与作品特色，业已成为当今学界女性研究的热门课题。但是，回顾中国文学史，除了班婕妤（前48？—前6？）、蔡琰（162？—234？）、鱼玄机（844？—871？）、李清照（1084—1152？）等少数幸运儿，其余绝大多数女性作家，均未受到中国文学史家的青睐。就其原因，或许在于：

首先，这显然与传统中国社会妇女地位不高，一般受教育不多，乃至作品相对稀少有关。其次，传统社会观念习惯以男主外、女主内，对女性的要求主要在于妇德的遵守，一般女性在社会的要求下，往往将其才力专注于家庭，即使知书习文的女子，其生命的主要任务还是在家相夫教子，乃至社会生活经验欠缺，阅世浅，对于政治社会"大"问题的体认与关怀不够，倘若在闺阁中写作，其人生经验与胸襟视野难免有所局限。再次，正由于传统社会对女性当以"家庭"为生活重心的要求，即使其作品有幸能一时传阅于世，往往仅传为"佳话"，令主导文坛的男性读者，对于居然有此"才女""名媛"，油然而生欣悦眷顾之情，遂有意"提拔"加以编选刊印而已②。最后，更重要的则是，自屈原《离骚》以男女喻君臣，弃妇拟逐臣，男性作家往往以"代言"之姿，为身居"弱势"的女性发言，

---

① 根据曹正文《中国女性作家简表》："从汉代至清代，中国女性作者共有三千余人，其中二千余人都留下了诗、词、曲、散文、戏剧、小说、论文等文学作品。"收入曹著《女性文学与文学女性》，上海书店1991年版，第165—226页。
② 见孙康宜，《从文学批评里的"经典论"看明清才女诗歌的经典化》，收入孙著《文学的声音》，三民书局2001年版，第19—40页。

也夺去了真正身为女性的发言台。乃至在漫长的中国文学史上，除了少数几位女性作者还能占有一席不容忽视的地位，其他女性作者，即使有文集传世，甚至受到同时期的男性读者的瞩目与赏爱，亦均处于中国文学发展的主流圈外，对于中国文学时代风格潮流的形成，未能造成影响。

第四节

中国文学的场域背景

中国文学作品中涉及的场域背景，有其长远的传统，而且始终展现相当的局限性。这当然和作者多属文人士子，往往受限于个人功业声名的现世情怀，以及其在仕和隐之间生涯规划的人生经验与视野，密切相关。

综观中国文学作品中的场域背景，不外是作者心系或面临的朝廷庙堂、山林田园、市井乡镇，或许还可包括闺中院内。文人士子所创作的一般"雅文学"，诸如诗赋与文章，涉及的场域背景，通常与作者仕宦生涯中"出处进退"的选择和立场态度相关联。或心系朝廷，情怀庙堂，或优游山林，思慕田园。当然，流行民间或文人创作的"通俗文学"，包括乐府歌诗、词曲戏剧、白话小说，则稍稍扩大了作品中人物的活动范围，会以乡镇地方风光、市井瓦舍勾栏，或秦楼楚馆，设为作品中的场域背景。另外就是以女子的爱情婚姻经验感受为主题的诗歌词曲，其场景则往往困守于封闭的闺房中，或狭窄的庭院之内。

当然，回顾中国文学作品，其间并非没有超越现实的场域背景。诸如古代神话故事的荒诞不经，楚辞中带有巫术性质的上天下地之精神漫游，汉魏以后的游仙诗，以及志怪小说中的神仙鬼怪世界，还有唐传奇中的神异梦幻故事，乃至长篇章回小说中《西游记》的神魔世界，《红楼梦》中的太虚幻境等，均足以证明，中国文学作品想象的神奇丰富，场域背景亦可以显得如何辽阔超远。然而，不容忽略的是，这些作品中出现的超现实的场域背景，往往只是作者对现世社会人生的影射、衬托、隐喻，或镜鉴，换言之，属于写作之际的艺术运用而已①。这主要是因为，传统中国文学作者的关怀，始终针对现世人生，其笔墨即使涉及一些超现实的神话传说、神仙鬼怪或神奇梦幻之境，其宗旨仍然是反映现实人生。中国文学作品中展现的情怀意境，或涉及的场域背景，往往与作者心目中现世的政治社会，或个人经历的生活处境密切相关。

---

① David Hawkes 曾针对中国诗歌中超现实成分的显现与运用，有精辟的观察。见 "The Supernatural in Chinese Poetry"，收入其论文集 *Classical, Modern and Humane: Essays in Chinese Literature*（J. Minford & S.K.Wong ed., Hong Kong: The Chinese University Press, 1989），pp. 43—56。

第
一
编

中 国 文 学 的 源 头

❖ 先 秦 文 学 ❖

第一章

绪　说

先秦文学是中国文学的源头，已是中国文学史论者之共识。所谓"先秦"，乃是概指秦始皇统一天下（前221）之前漫长的历史时期。虽然中国有文字可考的历史将近四千年，不过在西周之前，作品遗留不多，现存先秦作品，少数产生于西周，大多则出现于春秋战国时期。因而此处所称"先秦文学"，主要是以周平王东迁之后，亦即出现在春秋战国时期的作品为讨论重点。

✦ ｜ 一、先秦文学的兴起背景

自周平王东迁，王室衰微，宗法制度破坏，礼乐崩坏；且诸侯争霸，列国兼并，争战频繁。这时期无论是政治、经济、社会、思想，各方面均发生剧烈的变化。唯其中两项背景条件，与先秦文学的兴起，关系最为密切：

（一）　士阶层的崛起

　　此处所谓"士"，乃指在商周时代原来属于贵族的最低阶层，包括可以游仕四方的武士、文士、策士等。由于春秋战国时期，正属诸侯争相用人之际，为了争取霸权或巩固政权，诸侯"礼贤下士"蔚然成风，于是"士"可以凭借其才学见识，游走活跃于诸侯列国之间，其社会地位自然日益重要。这些所谓的"士"，大抵受过"六艺"的教育，属于一批有知识、有文化、有能力才干的人物，其中最引人瞩目的就是"文士"，亦即具有学识的"文学之士"。这些文士中，有不少是以从事讲学授徒和学术著述，来宣扬自己的哲学理念或政治主张，不但是促进先秦思想蓬勃自由的生力军，也是助长先秦文学兴盛的主动力。

（二）　思想蓬勃自由

　　自平王东迁，西周时代原先"学在官府"的局面已成过去，私人聚徒讲学的风气兴起，教育或学识已非官方贵族阶层的专利，乃至诸子百家的学说主张应运而生。包括儒、墨、道、法、纵横诸家，各逞其说，放言争辩，且互相影响，彼此渗透，遂形成中国历史上罕见的思想蓬勃自由、百家争鸣的局面。诸子论著与历史著述的勃兴，虽然在中国哲学史或思想史上，拥有不容忽略的地位，不过，从文学史的立场，这两类著作以散行单句的行文说理叙事，亦可说是中国叙事文与说理文的源头。此外，"诗三百"的收录编辑整理，则为中国诗歌奠定了传统；再者，思想蓬勃自由，毕竟提高了个体意识的伸张，战国时期楚人屈原发愤以抒情，宋玉惆怅而自怜，可谓是形成自我抒情述怀文学的先驱。

✤ | 二、先秦文学的普遍特征

现存的先秦文学，作品的体裁样式多端，风格亦各异，不过仍然出现一些共同的普遍性的特征，已经显示出中国文学的一些传统痕迹：

（一）尚实用，政治教化色彩浓郁

无论《诗经》还是楚辞，或史家之著、诸子之说，乃至策士之辞，其撰述、采集，或编辑整理，多以"实用"为宗旨。或为了迎合在上位者之要求，以示君恩浩荡；或借其著述以图自显，博取声名；或为批评当权者在政治品德方面的缺憾，以示劝诫；或为宣扬传播自己的学说理论，以求任用、抒己怀；或为发泄个人在政坛受挫的激慨忧伤，以抒愤懑……虽然作者或编撰者的目的各异，但在作品内涵上，往往流露出对当前的政治社会、道德伦理的强烈关怀，乃至对后世中国文学的发展，造成既深且远的影响。

（二）多非一人之作，作者难以确指

现存先秦时期的文学作品，无论诗或文，由于时代久远，甚至原作者的姓名与确凿时代均有难以考核者，加上官方之收集与编撰者之增润修饰，

乃至大多不是出于一人一时一地，故作者与写作时代往往难以确指。试看《诗经》305 篇，流传既久，经手亦多，除少数几篇仅自称作者之名外，其余均属无名氏之作。此外，现存《楚辞》，其中有的作品，或许可以大致认定为屈原所作，除了《离骚》《九歌》《天问》《九章》之外，其他作者到底属谁，则历来始终争议不断。即使《九歌》组诗，一般也认为，或许是屈原根据荆楚一带民间祀神祭歌改写润色而成。至于历史著述中，诸如《尚书》《左传》《国语》等，显然亦均非出自一人之手。另外诸子之文，包括《论语》《墨子》《庄子》等，则主要属于某一学派师徒集体之笔，亦并非单纯出于某一特定作者之手。即使《孟子》一书，其中也有弟子的参与记录，又经后人增润者。

（三） 文史哲不分，文学与非文学并存

前面论及中国文学的传统特质，已经点出，文学的范围杂而不纯，乃是一特色。先秦文学作为中国文学的源头，其范围，除了《诗经》与楚辞以外，诸子论著，史家著述，往往亦涵盖在内，乃至文史哲不分家，文学与非文学并存。这种现象，或可归因于：首先，纯文学的观念尚未确立，此时期的作者，对于文学的本质尚无明确认识，亦无文学创作意识的自觉。其次，后世读者在诸子论著与史家著述中，的确发现了一些影响后世文学作品内涵与风貌的元素。因此，当代每一部中国文学史的撰写，似乎都用心良苦，特别为先秦的哲学论著和历史著述，贴上一个"散文"的标签，如"诸子散文""历史散文"，表示注重的乃是其散体行文的文学色彩与文学价值而已。本书亦未敢例外。

第二章

古代神话

❖

第一节

绪　说

✤　|　一、何谓"神话"

其实当今所谓"神话"，乃译自外来名词 myth，源自古希腊文 mythos，是近代才从西方引入的一个概念。就内容视之，中国古代"神话"主要乃是有关宇宙自然诸神灵的故事，属于人类社会童年时期的产物，反映先民对自然现象的原始理解和天真玄想。由于先民对于变幻莫测的自然现象，诸如日月运转、星云变幻、洪水山崩……往往感到迷惑、惊异，对自然界的无穷威力感到恐惧、敬畏，于是产生了对自然的崇拜。认为大自然都有神灵操纵、指挥，并且依据自己生活中的体验，将自然形象化、人格化，进而通过想象，编造出种种神灵的故事，以解释诸般自然现象，甚至企图抗拒自然，改造自然，或支配自然。

古代神话的流传，最初应该主要是靠巫师之口辗转相传。继而在口述流传中，代代相承，直到经后人用文字记录下来。这些用文字记录的有关诸神的事件，今天姑且借用西方文学的概念，称之为"神话"。当然，从口述流传到文字记录，其间神话的内容面貌，必定会产生巨大的变化。现存的古代神话，实际上大多已经是战国至秦汉间的记述，其中到底保存了多少原始面貌，自然已无法考核。

✤ ｜ 二、相关文献

中国古代神话是在春秋战国之后，才经人陆续用文字记录下来。由于记录者的目的各异，并非有意为"保持"神话本身的原始面貌而记录，加上时代久远，流传零散，因此所录神话往往显得十分凌乱，不成体系，甚至因记录者的随意增润修改而变形亦在所难免。姑且根据现存的资料，其中涉及部分神话或神话片段的主要文献包括：

（一）　《山海经》十八卷

这是目前所知"保留"古代神话最丰富的重要文献。但《山海经》作者无考，显然并非一人一时之作，大约是战国初至秦汉间人的陆续记录。明人胡应麟（1551—1602）《四部正讹》即认为，《山海经》乃"古今语怪之祖"。清代《四库全书总目提要》则将其归于"小说",亦即道听途说之类。鲁迅《中国小说史略》则认为是"古之巫书"。根据当今学界的研究,整部《山海经》可能是古代巫师、方士以其所具有的有关地理和历史知识,附会民间的神话、仙话、传说,以及种种奇闻怪事,而编写成的一部巫书,也就是志怪故事之书,或许是巫师方士之流在施行巫术仪式之际,所讲述的神怪故事之结集,其中保留了一些古代神话的零星片段而已[①]。

㈡ 《楚辞》

现存《楚辞》乃是西汉刘向(前77—前6)所辑录楚人的歌辞,其中有的篇章,亦保存一些神话片段痕迹。如《九歌》中所祭祀的诸神,或可提供各神灵的隐约情事。另外就是屈原的《天问》,提出一连串的疑问,其中就包括有关神话故事的问题。可惜《天问》仅只是提出疑问,其文本身并无叙述,亦未提供神话故事的大概轮廓。对当今的神话研究,贡献有限。

㈢ 《淮南子》

西汉淮南王刘安(前179—前122)及其门客所撰《淮南子》,历来虽主要视为有关道家思想哲理之著,但作者的文笔纵横蔓衍,多所旁涉,其中偶尔亦涉及一些神话故事,或可作为研究古代神话的资料。不过,其中到底保存了多少神话的原貌,亦无法确知。

---

① 罗永麟:《论〈山海经〉的巫觋思想——兼答袁珂先生》,收入罗著《中国仙话研究》,上海文艺出版社1993年版,第254—279页。

（四）　《穆天子传》六卷

《穆天子传》乃是西晋咸宁五年（279）汲县人不准，盗伐魏襄王古墓所得。主要是记述周穆王西游天下的神奇遭遇，实际上已属神仙思想的内容，但当今学界认为，其中尚保存了一些古代神话痕迹。

此外，还有《尚书》《墨子》《庄子》《国语》《左传》《韩非子》《吕氏春秋》《列子》诸历史著述或哲学古籍中，亦偶尔引述一些关于神话故事的零星片段，不过，大多仅作为某种理论或现象的比喻而已。

值得注意的是，现存中国古代神话都是一些极为零星片段、一鳞半爪的记载。今天学界所称"神话"者，不过是指神话的粗略内容故事，而且每每仍需多方收集，几经拼凑，才能大致成形，其原来的形式面貌，已无法考知。

第二节

古代神话的主要类型

此处再度强调，现存中国古代神话，因散见于不同的古籍文献中，只是一些零星片段的记载，非但故事不够完整，亦不成系统，往往必须多方收录，才能拼凑成大概的轮廓。即使如此，已可证明中国古代神话的内容并不狭窄，从宇宙的形成、人类的起源、意图与自然的抗衡，以及部落之间的战争，都包含在内。整体观察，大致可以归纳成三种主要的类型：其中"创世神话"与"自然神话"，应该属于比较早期的神话，多半还展现原始神话的混沌状态，譬如每每出现人兽共体，而且缺乏完整的故事，尚不足以表明人性的发展，亦无善恶是非的价值观念。不过，其后"英雄神话"中，有的已经流露出比较明显的"人性"，换言之，开始从"人"的立场，来观照宇宙大地，甚至逐渐浮现为民除害、为民谋福祉的念头，可说是为中国文学尚实用的特质，点出基调。当然，这些神话类型，只能从后世的文献记载中，获得些许信息了。

✦ ┃ 一、创世神话

先民对于宇宙形成和人类起源的迷惑与解释，乃是构成"创世神话"的基本内涵。其中涉及天地是如何开辟的？人类又是如何产生的？最有名的例子，就是有关"盘古开天辟地"与"女娲造人补天"的神话。

⊖ 盘古开天辟地 —— 宇宙的形成

唐代欧阳询（557—641）等编撰的《艺文类聚》卷一引徐整《三五历纪》云：

> 天地浑沌如鸡子，盘古生其中。万八千岁，天地开辟，阳清为天，阴浊为地。盘古在其中，一日九变，神于天，圣于地。天日高一丈，地日厚一丈，盘古日长一丈。如此万八千岁，天数极高，地数极深，盘古极长。后乃有三皇。数起于一，立于三，成于五，盛于七，处于九，故天去地九万里。

按，徐整乃是三国时吴人，其《三五历纪》原书已佚。据当今学界的研究与推测，徐整可能是吸取当时南方少数民族关于"盘古"的神话传说，再添上自己的想象和哲理的引申，写成"盘古开天辟地"的神话故事。就看其中所言"神于天，圣于地"，显然已经是徐整个人的观点，加上其间的数字推衍以及阴阳概念，当亦非神话的原貌。只是所述故事的基本架构，仍然带有原始的神话色彩。

徐整另外还撰有《五运历年纪》，其中记述盘古神话故事的进一步发展。据清代马骕（顺治进士）《绎史》卷一《开辟原始》引《五运历年纪》佚文云：

> 首生盘古，垂死化身；气成风云，声为雷霆，左眼为日，右眼为月，四肢五体为四极五岳，血液为江河，筋脉为地里，肌肉为田土，发髭为星辰，皮毛为草木，齿骨为金石，精髓为珠玉，汗流为雨泽。身之诸虫，因风所感，化为黎甿。

上文所述，显然是在盘古开天辟地的基础上，进而引申出山川田土、日月星辰、雨露甘霖的形成，都是盘古身躯的某一部分转化而来。值得注意的是，盘古那长达几万里的巨大体魄，完全贡献给创造宇宙万物之伟业。按，盘古神话，虽然经过文人多次的加工与润色，似乎仍然保存古朴的风格。而且，其气魄之宏伟壮阔，想象之纵横时空，予人一种无比壮美的感受。接着盘古开天辟地之后，则是有关人类起源的神话。

（三）女娲造人补天——人类的起源

自盘古开天辟地之后，天地间的人类又如何产生？这或许是令先民疑惑，亦令记录神话者关心的问题。关于人类的起源，流传最广，且影响最深远者，即是有关女娲造人的神话。据宋代李昉（925—996）等编《太平御览》卷七十八，引汉人应劭（140？—206？）《风俗通义》云：

俗说天地开辟，未有人民。女娲抟黄土作人，剧务，力不暇供，乃引绳絚于泥中，举以为人。故富贵（一本下有"贤智"二字）者，黄土人也；贫贱凡庸者，絚人也。

按，"女娲"的名称，现存最早的文献记载，见于《楚辞·天问》："女娲有体，孰制匠之。"屈原提出的问题是：人类的身体是女娲所造，那么女娲自己的身体又是由谁造成的？或许由此推测，屈原时代，荆楚一带已经流传女娲造人的神话。关于女娲的形象，根据文献资料，汉代王逸（89？—158）《楚辞·天问》注云："女娲，人头蛇身。"值得注意的是，近年中国大陆的出土文物，如汉代石刻，以及长沙马王堆汉墓绢画上的女娲，正是"人头蛇身"。

按，应劭《风俗通义》所录女娲造人的神话，令人瞩目的有三点：首先，人类的创造者乃是一位女性。这或许反映史前时代母系氏族社会的现象，故认为人类的祖先是女性。其次，女娲造人的原料乃是黄土，则颇值得玩味。至于人类是由泥土造成，这和其他地区的神话相通。就如古巴比伦的楔形文字尝记载称，神如何在六天之中创造世界，然后又怎样用黏土塑成第一个人。以后古犹太人借用这个故事，载入自己的《圣经》，称上帝耶和华用地上的尘土造成亚当，又从亚当身上抽出一根肋骨，制出夏娃……此外，古埃及、古希腊也有用泥土塑造为人的类似神话。有趣的是，中国的女娲，用的乃是"黄土"。当今学界一般推测，或许因为中国拥有广大的黄土区域，而中国人的肤色又与黄土相近。再者，据《风俗通义》所记，女娲造人，居然分"富贵"与"贫贱"人之别，则已明显流露阶级上下的社会意识，这是原始氏族社会不可能发生的，显然已是应劭之类的文人，于整理神话资料过程中，掺入了贵贱贫富的阶级观念。

值得注意的是，在中国古代神话系统里，女娲不仅是人类的始祖神，还是修补天地的大神。女娲不但创造了人类，甚至还为人类提供了一个安全美好的生活环境。为此，在"造人"之外，女娲的另一项勋业就是"补天"，亦即对洪荒时代有缺陷的天地加以修补。试看《淮南子·览冥训》所述：

> 往古之时，四极废，九州裂，天不兼覆，地不周载。火爁焱而不灭，水浩洋而不息。猛兽食颛民，鸷鸟攫老弱。于是女娲炼五色石以补苍天，断鳌足以立四极（按，此二句亦见《列子·汤问篇》），杀黑龙以济冀州，积芦灰以止淫水。苍天补，四极正，淫水涸，冀州平，狡虫死，颛民生。

引文中首先展现的是，往古之时的一片惨烈景象：由于新开辟的天地，毕竟结构不牢，乃至支撑天空的四根巨大梁柱崩塌了，随即半边天幕垮了下来。这时天空出现一个大洞，陆地也破裂出一道深沟。换言之，天不像以前那样覆盖着地，地也不像从前那样牢固地载负着天；森林和草原都烧着炎炎烈火，洪水则从地底奔涌而出，四处泛滥；尤甚者，猛兽还吞食善良的人民，凶禽用锐利的爪子抓捕老弱妇孺……这样一幅凄惨的"人类受难图"，即使是后人的记载，毕竟体会到出自先民在现实生活中的经验感受，反映远古先民经历的一些天地剧变的自然灾害，诸如地动山摇、火山爆发、洪水、猛兽……先民在惊惧惶恐中，难免渴望消除这些灾难，于是，借助幻想，构思出女娲补天的神话，遂令自然宇宙可以回归正常的秩序，人类恢复正常的生活。

上引所述女娲补天的工程，显然十分浩大。女娲在人类遇难之际，不仅炼取五色石块去弥补天上的洞，又为防范天穹再度倒塌，而折断巨龟的四只脚，充当天柱，遂令天空像帐篷一样撑持着。除此之外，女娲还杀死那条兴风作浪、造成洪水泛滥的黑龙，故而大地得以安宁。至于那些残存的积水，则用芦柴烧成的灰烬埋垫。正由于女娲的努力，宇宙自然终于恢复正常的秩序，人类又获得安定的生活环境，人类的创造神女娲，也成为人类的拯救神。对于女娲造福人类的功勋，《淮南子·览冥训》尝云：

> 考其功烈，上际九天，下契黄垆；名声被后世，光辉熏万物。

意指其功勋高可达天，深可入地，声名永传于后世，光辉照耀于万物。这当然已经是神话故事的记录者对女娲的推崇和赞颂，含蕴的是文人对功业与声名的重视与向往。

至于女娲后来的结局如何？则必须另外从《山海经·大荒西经》中的零星记载方能获知：

> 有神十人，名曰女娲之肠，化为神，处栗广之野，横道而处。

按，女娲在完成其造人补天伟大的功业之后，终于倒下死去。不过，女娲之死，也是不同凡响。实可谓与开天辟地的盘古一样，女娲的尸体，也为天地增添了异彩：她的肠子化为十个大神，排列在广阔的大荒之野，"横道而处"，永远为人类守护着原野。女娲毕竟遗爱人间，精神永垂。

❖ ┃ 二、自然神话

在先民心目中，大自然往往是具有人格并拥有意志的实体。目前所存有关大自然的神话，主要反映先民对大自然的敬畏和崇拜，迷惑与解释，同时也流露意欲与大自然争胜、抗衡，甚至意图克服自然、支配自然的幻想。其中以"共工怒触不周山""夸父与日逐走""精卫填海"最具代表性。

（一）共工怒触不周山 —— 自然秩序的形成

大自然森罗万象，千变万化，但是又有一定的秩序。如山高水低，河水一直滔滔东流，日月星辰永恒循环运转……这一切在先民心目中，都显得神奇莫测，于是幻想出"共工怒触不周山"的神话，解释大自然秩序的形成。或许可视为女娲造人补天神话的进一步演绎。其中流传最广的就是"共工与颛顼争神"的说法。试看《列子·汤问篇》所载：

> 共工氏与颛顼争帝，怒而触不周山，折天柱，绝地维。故天
> 倾西北，日月星辰就焉；地不满东南，故百川水潦归焉。

按，颛顼原是统治北方宇宙的天神，据《国语·周语下》：

> 星与日辰之位，皆在北维，颛顼之所建也。

天神颛顼为帝，显然相当专横，把日月星辰全都拴在北方的天空上，固定在那儿，不得移动。这样一来，有的地方永远黑暗寒冷，有的地方则永远光明炎热。共工则是水神，不满颛顼的作为，于是起而与颛顼争夺天帝之位。两神交战，一直打斗到西北地区的不周山脚下，愤怒的共工，猛地朝不周山撞过去。不周山原来是一根擎天柱，经共工这么一撞，不周山轰然倒塌，随即半边天空就塌陷了下来，大地一角也给碰缺了一个口，自然宇宙随即发生了巨变。由于西北的天空失去撑持，而倾斜下来，遂使得原先拴系在北方天幕的日月星辰，脱离颛顼原先所固定的位置，于是纷纷

朝西天移动。从此日月开始循环运转，昼夜更迭，春夏秋冬亦四季轮替，整个宇宙变得有节奏、有秩序了。此外，又由于东南地势因受到震动而凹陷下去，乃至形成了海洋，大小河川遂夹着尘土纷纷向东方流去。按，中国大陆的地势是西高东低，河流永远朝东滚滚流入大海，这原来是共工不满颛顼专横，与之争帝位，怒触不周山造成的！共工怒触不周山，显然是一次对自然秩序的改造，而且是一次相当成功的改造。

关于共工的下场，据《淮南子·原道训》：

> 昔共工之力触不周山，使地东南倾。与高辛争为帝，遂潜于渊，宗族残灭，继嗣绝祀。

共工怒触不周山之后，继而又与高辛争帝位，可惜又失败了，只得逃入深渊中躲藏起来，以后竟然宗族绝灭，就此消失在神话的国度里。不过，共工的"怒触不周山"，在人间则留下了不朽的痕迹。

先民在求生存和发展的历程中，不仅努力寻求种种自然现象来龙去脉的解答，更在极端困难的生活条件下，意图与自然抗争，并控制自然、驾驭自然，甚至克服自然。于是通过夸张的幻想，创造出一系列与自然争胜，意欲克服自然的神话，寄寓着一份锲而不舍、死而后已的雄心壮志与宏伟气魄，构成中国古代神话中最撼人心魂的部分。其中"夸父追日"与"精卫填海"，最为动人。

（三） 夸父与日逐走——与自然争胜、抗衡

夸父与日逐走，即含有与太阳争胜、一比高下的意味。相关的神话故事，主要见诸以下三则记载。试先看《山海经·大荒北经》所云：

大荒之中，有山名曰成都载天。有人，珥两黄蛇，把两黄蛇，名曰夸父。……夸父不量力，欲追日景，逮之于禺谷。将饮河而不足也，将走大泽，未至，死于此。

再看《山海经·海外北经》：

夸父与日逐走，入日；渴，欲得饮，饮于河、渭；河、渭不足，北饮大泽。未至，道渴而死。弃其杖，化为邓林。

按"邓林"，即指桃林[①]。另外，又见《列子·汤问篇》：

夸父不量力，欲追日影，逐之于隅谷之际。渴，欲得饮，赴饮河、渭，河、渭不足，将走北饮大泽。未至，道渴而死。弃其杖，尸膏肉所浸，生邓林。邓林弥广数千里焉。

将以上这些零星的片段，拼合起来，可以看到夸父追日神话的大致面貌。夸父意欲追上太阳的影子，追到隅谷（即虞渊，太阳没入之处）之际，太阳却已经没入了。曾一路狂奔的夸父，既热且渴，虽喝干了黄河与渭水两条大河的水，还不足以解渴，于是又朝北方大泽地区奔去，可惜还没抵达大泽，半路上就渴死了。夸父可说是怀着壮志未酬的憾恨而死。但是，夸父临死之前，把手杖一掷，然后又以他自己腐化的身躯，滋润那根手杖，遂使之化成一片绵延数千里的桃林，不但为后世的人类提供清凉的荫庇，还有丰美的果实。

夸父追日的神话，展示的主要是先民意图与自然抗争而引起的纵横时空的玄想。值得注意的是，《山海经·大荒北经》对夸父的评语："夸父不量力，欲追日景。"显然是《山海经》作者的评语，隐约流露当"顺应"

---

① 据袁珂《古代神话选释》（人民文学出版社 1982 年版，第 147—148 页）引清代毕沅注："邓林即桃林也。"

自然的意味，并不代表原始先民的意思。整体视之，夸父追日神话蕴含的文学意义，是丰富多样的：(1) 或是起于对黑暗的恐惧，追求永无黑暗的光明世界。(2) 意图战胜时间和死亡。(3) 死后手杖化为桃林，造福后人，显示中国人重实惠的民族性，不能白白死了，总得留点好处；同时，也符合中国人文精神中所称颂的"遗爱人间"，留声名于后世的理想。(4) 代表坚强的意志力，锲而不舍的精神，近乎痴顽的斗志。(5) 其带有悲剧性的结局：与日争胜，终于"道渴而死"，展现的是，与自然抗争，与天命搏斗，一定会败下阵来。

㊂ 精卫木石填海 —— 克服自然，改造自然

共工撞倒了不周山，中国陆地的东南方遂下陷成了海洋，于是百川滔滔不断向东奔流，浩浩荡荡注入大海，增添海洋的水量。可是，汪洋大海，狂风巨浪，对人类很可能造成灾害。尽管在海洋面前，人显得如此渺小、脆弱，还是忍不住引起或许可以改造大海、克服大海的幻想。"精卫填海"的神话，即是代表。

据《山海经·北山经》所载：

> 发鸠之山……有鸟焉，其状如乌，文首，白喙，赤足。名曰"精卫"，其鸣自詨。是炎帝之少女，名曰"女娃"。女娃游于东海，溺而不返。故为精卫，常衔西山之木石，以堙于东海。

原来这只小鸟，当初是炎帝的小女儿，本名女娃，只因到东海游玩，被狂风巨浪吞噬，溺水而死，再也无法回家。死去的女娃，竟然化为一只精卫鸟，仿佛对于自己被大海夺去了青春生命充满懊恼，"其鸣自詨"，

时时呼唤着自己的名字"精卫！精卫！"且常常衔着西山的树枝和石子，投入大海中，似乎期望把浩阔无边的大海填平。精卫鸟就这样衔着木石，在山海之间来回飞翔，不断忙碌。而且不知疲倦地，一点一滴地，从事一件无比浩大而不可能完成的填海工程。虽然小小精卫鸟的努力，是微不足道的，不可能完成的，却持之以恒，不眠不休，无怨无悔地坚持下去。

精卫填海的神话，引起近年一些学者强调精卫的"复仇意识"，以及为人类消灾除害的"大爱精神"。换言之，精卫鸟乃是愤恨无情的大海夺去自己宝贵的生命，同时推而广之，意欲不让大海再度吞噬其他人的生命，才以填海为志。这样的观点，自然有其言之成理的立场。然而，不容忽略的是，《山海经·北山经》所录精卫鸟一面衔着木石填海，一面不断呼叫自己的名字"精卫！精卫！"所代表的可能含义，亦值得重视。按，精卫"其鸣自詨"，似乎代表一份无限的懊恼，永恒的怨悔。其"衔西山之木石，以堙于东海"，虽为一项"壮举"，但是却糅杂着悲怆和哀怨，含蕴着一份对于已经不可挽回的事仍然意图挽回的痴顽，亦即"明知不可为而为之"的痴顽。这正是中国文学作品中，令作者与读者在生命体验中，均反复吟味的情怀。

❖ ｜ 三、英雄神话

原始先民的生活环境是十分艰苦的，洪水、干旱、风灾、地震等自然灾害层出不穷；加上凶禽、猛兽、毒蛇等轮番侵袭，都直接威胁着先民的生命安全。在中国古代神话中，于是出现一些为民消灾除害的"英雄"。

除此之外，先民亦开始懂得群居互赖的重要，逐渐有了群体意识。相应的是，不同氏族或部落之间，为争夺利益而引发冲突，甚至战争。这时无论成败，一些神话英雄遂应运而生。

（一）　羿射十日

"羿"是天神，原来是天帝帝俊派到人间来解除各种灾难的"神"。与传说中夏代有穷氏的君主"后羿"，其实并非同一人。按，"后羿"也是一个英雄，但并非天神，而是具有神力的"人"，曾取代夏朝的暴君，自己做天子。只是因相关记录中，两者名字颇为类似，又均以善射著称，乃至后世往往将两者混淆起来①。其实天神羿的神话，乃是和有关十个太阳的神话密切相关。

试先看《山海经·内经》所言羿的身份：

> 帝俊赐羿彤弓素矰，以扶下国。羿是始去恤下地之百艰。

此外，神话故事中那十个太阳，原来是帝俊与羲和所生的孩子。如《山海经·大荒南经》所云：

> 东南海之外，甘水之间，有羲和之国。有女子名曰"羲和"，
>
> 方浴日于甘渊，羲和者，帝俊之妻，是生十日。

这十个太阳，原先是轮流值班，一个出去照耀，其他九个就在扶桑树上休息。后来，不知为何缘故，在帝尧之时，十个太阳竟然一起跑出来，闹出了大乱子。且据《淮南子·本经训》的记载：

---

① 在《楚辞》中，如屈原的《离骚》《天问》，已将羿和后羿相混。

逮至尧之时，十日并出，焦禾稼，杀草木，而民无所食。猰
貐、凿齿、九婴、大风、封豨、修蛇，皆为民害。尧乃使羿诛凿
齿于畴华之野，杀九婴于凶水之上，缴大风于青丘之泽，上射十
日而下杀猰貐，断修蛇于洞庭，擒封豨于桑林。万民皆喜，置尧
以为天子。

羿除了"射十日"的大功绩之外，还"缴大风"，又"杀凶兽，诛毒
蛇"。可见羿确实是一个为民除害、神通广大的英雄，以后就受到民间的
崇拜。《淮南子·泛论训》中即云："羿除天下之害，而死为宗布。"直到
汉代，民间还有祭祀羿的牌位。据高诱注，羿即是"今人室中所祀之宗布
也"。宗布即统辖万鬼，使鬼魅不敢害人的一种大神。

有关羿的神话，值得注意的有以下三点：(1) 是中国古代神话里少有的
故事比较完备者。羿的来历（帝俊所派）、使命（恤下地之百艰）、本领（善
射）、业绩（上射十日，下杀凶兽），以及后世对他的崇拜（奉为宗布神），
都交代得很清楚。(2) 羿乃是一个手持弓箭的神射手，说明这个神话当产生
于原始社会的末期，弓箭已经普及的时代。流露出先民对弓箭武器的爱慕和
希望，是人类进入文明社会的开始。(3) 羿为民除害，除了"上射十日"之
外，还杀了一些"皆为民害"的凶禽猛兽。显示人类已经自别于神和禽兽
之外，有自己的独特形象，不再是人兽共体，混沌不分。因此有了人兽之
别，善恶之分，同时有了利益价值观念。这是人类心智逐渐脱离天真、开始
趋向成熟的表现，也是人类意识到自己局限的开始。以后，有关羿的妻子嫦
娥，偷吃灵药成仙、飞往月宫的故事，则是神仙思想中向往长生不死的产
物，已是"仙话"，而非远古"神话"了。关于这一点，容后再论。

（二） 鲧、禹治水

洪水泛滥往往为先民带来无比灾难，于是他们幻想出，鲧、禹父子相继治水，为民除害的神话。《尚书·大禹谟》尝云："洚水儆予。"按，洚水即洪水，表示洪水滔天，乃是天帝为了惩罚、儆戒不服从其旨意的下民而特意降施的。不过，洪水泛滥却引起一位天神鲧的恻隐之心。按，在神话故事的体系中，鲧乃是黄帝的孙子或曾孙。据《山海经·海内经》：

> 洪水滔天，鲧窃帝之息壤以堙洪水，不待帝命；帝令祝融杀鲧于羽郊。鲧复（腹）生禹，帝乃命禹卒布土，以定九州。

又据《国语·晋语八》：

> 昔者鲧违帝命，殛之于羽山；化为黄熊，以入于羽渊。

鲧"不待帝命"，一心为民除害消灾，却遭到天帝的严酷惩罚，心中自然怀着无比的憾恨和冤屈。被杀之后，居然从肚子里生出一个禹来，而自己则化作一只黄熊，跃入羽山旁边的羽渊。另一种说法是，鲧最终化为一条黄龙。按，无论化为黄熊或黄龙，总之，鲧是不死的，拒绝死亡。这或许表现了先民对这位失败英雄的同情与怀念。

据说鲧被杀之后，其子禹接受舜的指示，改变了鲧先前采用的"水来土掩"办法，而取疏导洪水的策略，辟开山崖，引水入河。见《淮南子·本经训》：

> 舜之时，共工振滔洪水，以薄空桑。龙门未开，吕梁未发，江淮通流，四海溟涬。民皆上丘陵，赴树木。舜乃使禹疏三江五湖，辟伊、阙，导廛、涧，平通沟陆，流注东海。鸿水漏，九州干，万民皆宁其性，是以称尧、舜为圣。

鲧、禹父子先后相继治水的神话，值得注意的有以下几点：（1）显明中国文化中的伦理意识：父子相袭，前仆后继治理洪水，亦流露出血缘关系的重要。(2) 鲧为了拯救人类，冒犯天帝，因此付出巨大的代价。(3) 鲧被杀后，从肚子里生出禹，继续他未完成的功业，一方面展示壮志未酬、心有不甘的怨忿，同时亦展示，在神话中，鲧才是真正的英雄。与后世史书因受到以成败论英雄的影响，而对鲧治水失败的批评，有很大的不同。

(三) 黄帝战蚩尤

在中国古代神话里，曾出现许多均称作"帝"的天神。如帝俊、炎帝、黄帝等。这些具有神格的"帝"，各自主管自己的领域，并不存有任何从属关系。这就是《山海经》中所说的"众帝""群帝"。但在稍后的神话里，这些"众帝"之间，开始发生矛盾冲突，进而互相追讨、拼杀。众帝中当以黄帝的本事最大，先是打败了炎帝，又慑服了东、南、西、北四帝，遂成了中央天帝，或称"皇天上帝"。于是东、南、西、北四方，春、夏、秋、冬四季，都由黄帝分派的天帝管辖，黄帝则坐镇"中央"，由一个叫"后土"（夸父的祖父？）的臣子辅佐。这个黄帝，生着四张脸，分别监视一方，可以无所不见，所以管理得井然有序。但是，这一切的安宁平静，却被一个叫蚩尤的天神破坏了。蚩尤野心勃勃，想夺占中央天帝黄帝的宝座，于是引起了黄帝与蚩尤之战。看来这回的争战相当激烈，据《山海经·大荒北经》所载：

蚩尤作兵，伐黄帝。黄帝乃令应龙攻之冀州之野。应龙蓄水，蚩尤请风伯、雨师，纵大风雨。黄帝乃下天女曰"魃"。雨止，遂杀蚩尤。魃不得复上，所居不雨。

为了制服蚩尤，黄帝先派能蓄水行雨的应龙出招，而蚩尤则请来风伯、雨师"纵大风雨"，遂使应龙不能施展法力，败下阵来。黄帝于是便派自己的女儿"魃"来助战。魃的本领是令雨水干旱，因此即刻止住了大风雨。蚩尤技穷了，终于被杀。黄帝的女儿魃，在完成任务后，因其神功消耗殆尽，再也无法上天，只能逗留人间。此后，凡是魃居住之处，就长期干旱，成为一个不受人间欢迎的神。据说应龙也因神功耗尽，不能归天，只好到南方住下，以至南方成为多雨地区。有关黄帝战蚩尤的神话，还有另一说法，见《太平御览》卷十五引虞喜《志林》：

> 黄帝与蚩尤战于涿鹿之野。蚩尤作大雾。弥三日，军人皆惑。

乃令风后（黄帝之臣）法斗机，作指南车，以别四方，遂擒蚩尤。

黄帝与蚩尤"战于涿鹿之野"，战况激烈，加上"蚩尤作大雾"，足足三天不能分胜负。最后黄帝终于"作指南车，以别四方，遂擒蚩尤"。换言之，黄帝是以"智"取胜，以"科技"战胜了蚩尤。

黄帝与蚩尤之战的神话，反映氏族社会的末期各部落之间的冲突。黄帝代表中原地区的汉人部族，蚩尤则代表长江中游的少数民族部族（苗族？）。依文献记载，整个神话故事的同情心，明显在黄帝这一方。蚩尤被说成是一个肇事者，麻烦制造者，战争的发动者；黄帝不过是后发制人的应战者，却以"智者"成为最后的胜利者。黄帝战蚩尤的神话，也是人类终将进入文明社会的预兆。

㈣ 刑天舞戚——与黄帝争神

原始社会末期，不仅各氏族或部落之间会发生冲突，同族之内也出现争夺权位或财物的火并。刑天与黄帝争神的神话，即是代表。至于刑天是何许人或神，古籍记载不详，仅知其与神农（炎帝）似有臣属的关系。刑天与黄帝争天神之位，显然是居下者向在上者的挑战或抗争。据《山海经·海外西经》：

> 形天与帝至此争神，帝断其首，葬之常羊之山。乃以乳为目，以脐为口，操干戚以舞。

按，刑天即"断首"之意。刑天争神位不遂，被黄帝斩首之后，其身躯则葬在常羊山上。但是，刑天的头虽然断了，那股抗争到底的志气，不肯服输的精神，则永远流传下来。因为他遭断首之后，仍以其乳为目，脐为口，手中还不断挥舞着长斧大盾，仿佛还在继续其生前未完成的志业。刑天舞戚神话反映的是，超越生死界线的斗志，以及死不服输的倔强，还有壮志未酬的憾恨，一直引起后人的赞叹与同情。

黄帝战蚩尤，刑天与黄帝争神，与前面介绍的神话，虽然存在某些相通之处，却也有明显的区别。按，从盘古开天辟地，到鲧禹父子治水，表现的主要是人和自然宇宙的关系，而黄帝战蚩尤和刑天舞戚的神话，则已经是人与人之间的矛盾冲突，反映的是人类社会关系的日趋复杂。此后，古代神话就要让位给人类的历史传说。尽管如此，从中国古代神话的传统特色，或许可以观察到，属于中国文学作品中某些特有的色泽韵味。

第三节

古代神话的传统特色

就上节所论主要神话类型的内容而言，显然是"荒诞不经"的。但是这些神话所展示出来的古朴姿态和天然风韵，令人联想起童年时期的纯朴天真，充满了意欲认识环境、改造世界的信心与乐观意志，洋溢着不屈服于命运的奋斗意识和不受阻挡的进取精神。诸如女娲补天、夸父追日、羿射十日、精卫填海、鲧禹治水、刑天舞戚等，正是这种精神和意志的体现。而且其间流露的奇异的幻想，荒诞的情节，无不充满浪漫的奇情异彩。中国古代神话与古希腊神话一样，也具有儿童的天真，古朴的格调，浪漫的色彩，焕发着"永久的魅力"。不过，在中国特殊的土壤环境，华夏民族文化传统中孕育出的神话，毕竟有其不同于其他地区神话的特色。

✦ ｜ 一、记载零星片段，缺乏完整体系，影响叙事文学的发展

中国古代神话在先秦与汉初的古籍中，只有零星片段的记载，甚至经过编撰者的加工修改而变质，导致面目失真。现存古代神话，既无鸿篇巨制，亦无系统完整的记录，只是零星散见于不同的古籍中。一些著名的神话，诸如女娲补天、夸父追日、羿射十日、精卫填海、鲧禹治水、刑天舞戚等，大多只是形象的描绘，简略的记录，不足以形成一种情节模式。不但使神话文学显得极为粗浅简陋，对于中国叙事文学的不发达，亦造成一定程度的影响。

西方神话之所以有完整体系，主要归功于后人的编纂。首先是公元前10世纪荷马史诗的加工创造，如《伊利亚特》（*Iliad*）、《奥德赛》（*Odyssey*）。乃至从此希腊神话有了体系，继而由荷马史诗向前发展，之后则衍生出传奇和小说。换言之，西方在公元前6世纪时，已经由神话直接演变出相当成熟的叙事文学。不过，这时在中国，却正是人文精神抬头

的时代，往往用理性去解释神话，刻意去掉神话的奇异与幻想色彩，把神话看成是曾经发生过的真实故事，当作早期发生的"历史"，从中可以记取现实人生的教训。

✤ | 二、原始意味浓厚，往往人兽同体，乃至物类变形者居多

中国古代神话虽然经过后代编录者的加工润饰，还是或多或少保持了一些原始意味。尤其是多属物类变形神话，有的是以半人半兽的形象出现，有的显然只是怪兽，还不能算是"人"。例如：

盘古："龙头蛇身，嘘为风雨，吹为雷电。"（徐整《五运历年纪》）

女娲："人头蛇身。"（《楚辞·天问》王逸注）

共工："人面蛇身，朱发。"（《山海经·大荒西经》）

西王母："豹尾，虎齿而善啸。"（《山海经·西山经》）

黄帝："四面。"（《太平御览》卷七十九引《尸子》）

蚩尤："人身牛蹄，四目六手。"（《述异记》）

夸父："珥两黄蛇，把两黄蛇。"（《山海经·大荒北经》）

又"梁渠之山……有鸟焉，其状如夸父，四翼一目龙尾。"（《山海经·北山经》）

此外，中国古代神话，亦大多涉及"物类变形"，亦即不同物类之移转变化。例如盘古垂死化身为日月星辰，其尸体诸虫则化为黎甿；夸父"道渴而死，弃其杖，化为邓林"；鲧死后"化为黄熊（或黄龙）"；炎帝之女死后化为"精卫"鸟；女尸化为瑶草……都是以"变形"来因应死亡

的危机和困境，把不可避免的死亡事实，化为一片生机。于是草木人兽神灵，可以是一个“生命共同体”。当然，这些“变形”的叙述是极为简陋的、直率的，没有原因和过程的交代，亦无情节的铺衍，只需说“某某化为某某”或“某某作为某某”即可。这些或许是比较原始的神话，似乎还带着原始部族图腾崇拜性质。这样的神话，似乎与原始宗教信仰更为接近，距文学领域则较远。古希腊神话则不然，有一个庞大的神的家族生活，与世俗生活相当接近，几乎所有的神都和人相似。不但住在地上，彼此交往，也和人一样有“人”性的缺点，诸如任性、虚荣、爱嫉妒、喜报复、争权夺利，甚至还会闹点风流韵事。倘若涉及“变形”，则其过程始末的叙述，往往交代详尽细腻①。这种神话显然已进入文学的领域，自然地成为荷马史诗、希腊悲剧的一个直接来源，成为孕育西方叙事文学的胚胎。

✤ | 三、宇宙自然、生命死亡、功业伟绩为主要的内涵与关怀

中国古代神话虽然零星片段，记述的故事情节亦简陋不全，仍然可以看出，宇宙自然、生命死亡与功业伟绩，是其最主要的内涵与关怀。值得注意的是，这些内涵与关怀里，含蕴着一些人生意义的体味、文学主题的胚胎。以后会不断浮现在中国文学作品中，成为中国文人反复吟咏、一再回荡的母题。整体视之，大致可以分为以下四点：

① 如罗马诗人奥维德（Ovid）《变形记》（*Metamorphoses*）中，有关河神女儿变成月桂树的叙述。见乐蘅军：《中国原始变形神话试探》，收入乐著《古典小说散论》，纯文学出版社 1976 年版，第 1—38 页。

（一）　与自然争胜，向权威挑战的挫折与憾恨

无论是夸父与日逐走、共工与颛顼争帝、刑天与帝争天神之位，还是鲧之"不待帝命"而治洪水，他们的行为举止，都是浑然原始的。而且不标举任何理由，不编造任何借口，不含一丝犹疑，即可与自然争胜，向统治宇宙的至上权威挑战。只是最后均遭遇了挫折，空余壮志未酬的憾恨。这样的题材，在中国文学作品中，成为个人与天运抗争必然会败下阵来的永恒母题。

（二）　建功立业，遗爱人间，留名青史的向往

例如盘古开天辟地，建立丰功伟业，又"垂死化身"，把自己的躯体每一部分都奉献出来，遗爱人间。女娲造人类，补苍天，其功业上可达天，深可入地，声名永传于后世，光辉照耀于万物。羿则上射十日，下杀凶禽猛兽，为民除害，遗爱百姓。夸父逐日，死后掷其杖，化为一片邓林，也遗爱人间。此外，黄帝造指南车，杀蚩尤，平定战乱，获得和平。鲧、禹父子则前仆后继为民治水，均丰功伟业，造福人类，声名永垂。这些神话人物的宏伟功业，留名青史，是历代文人士子在有限的生命中，衷心向往的理想人生境界，而且不断流露在他们的作品中。

（三）　明知其不可为而为之的执着与痴顽

夸父与日逐走，实在是一场人和大自然的竞争，亦是一场人的生命和

自然生命的竞争。自然的生命是永恒地循环运转，永无止境地周而复始，人的生命却是短暂无常，只限于一生一世。夸父与日逐走，代表的正是一种明知不可为而为之的执着与痴顽。当然，夸父并未完全失败，在日落之处总算追上了太阳，只是太阳已经沉没，而夸父亦"道渴而死"，最后夸父还是输了。此外，精卫填海的神话，亦是知其不可为而为之的典型。就在波涛汹涌、浩阔无边的海面上，一只小鸟，衔着微木细石，意图填平沧海。她飞翔于山海之间，去而复来，夜以继日，年年岁岁，从事一项徒劳而无功的工作。这种执着与痴顽，也是中国文学作品中反复出现、一再吟味的母题。

㈣　时光流逝，生命短暂的恐惧与焦虑

夸父追日，亦可视为意欲抓住时光、抗拒死亡的象征。含蕴的则是一份对时光流逝、生命短暂的恐惧与焦虑。夸父虽然道渴而死，不过却"弃其杖，化为邓林"，既造福人类，亦获得再生。古代神话中，这种死而再生之例甚多。如盘古死后，身躯化为日月星辰，山岳河川。女娲死后，化为精卫鸟。鲧被杀后，化为黄熊，或黄龙，且肚子里又生出禹。处处都显示先民对死亡的恐惧与焦虑，进而对死亡的否定，以及通过变形则可获得再生的信仰或幻想。对先民而言，死而不亡，死亡即是再生。值得注意的是，神话故事中这种对时光流逝、生命短暂的恐惧与焦虑，以及死后留声名于后世、成就不朽的意愿，从此亦成为中国文学作品中的永恒母题。

✤

第四节

古代神话的演变趋势

中国古代神话的演变，有其特殊的途径和方向。欧洲神话是向文学方面演变，如古希腊神话直接演变为荷马史诗，以及古希腊悲剧。继而史诗持续向前发展，则衍生出传奇和小说。

荷马史诗最初是在民间口头传诵的史诗短歌，公元前 8 世纪时由盲诗人荷马收集综合整理定型，又过了大约二百年，在公元前 6 世纪才正式形诸文字。古希腊悲剧作家，主要都生存于公元前 6 世纪至前 5 世纪。换言之，欧洲在公元前 6 世纪时，神话已直接演变出相当成熟的叙事文学。而中国这时期正值春秋末期和战国初期，正是孔子（前551—前479）生活的时代。在此之前，经过周公制定礼乐制度，崇尚礼教，已表现出一种远离神教的理性精神。其实自周朝开始，社会文化的宗教气氛已经逐渐淡化，到孔子时代，已是一个理性精神抬头、人文主义兴起的时代。无论儒家、道家都尝试把神话理性化、人文化。乃至把神话说成历史，用来宣扬政治道德教化，或用神话来阐释人生哲学理念，不惜按照自己的理解和需要，改造神话，改写神话。遂造成中国神话本身的发展与流传，受到强力的阻碍，在本质上开始演变。

中国神话最主要的演变方向，就是神话历史化，其次是神话寓言化，再次是神话神仙化。这三点，加上前述中国神话记载之零星片段，缺乏完整体系，可视为导致中国神话发展中断，神话文学不发达的主要缘由。

所谓"神话历史化"，就是把神话解释为古史，把形状怪异、力量无比的天神，离奇的行为事迹，都解释为人间社会真实发生过的事件。神话历史化，遂使神变成人，而且变成人间的帝王，而神话中诸神的谱系，变成了人间帝王的家族世系。乃至神话中种种奇幻性的内容，都给予符合逻辑常识、符合人间社会伦理道德规范的解释。这多少与儒家重视现世人生意义相关。试看《论语·述而》中，孔子如何看待超越现世人生的现象：

> 子不语怪、力、乱、神。

孔子对超越现世的鬼神，向来持有一种审慎态度。传统中国知识分子，就是因为基于关怀现世人生、重视人文精神的立场，于是视神话为历史的夸张记载，将神话历史化。例如《太平御览》卷七十九引《尸子》所云：

> 子贡曰："古者黄帝四面，信乎？"孔子曰："黄帝取合己者四人，使治四方，不计而耦，不约而成，此之谓四面。"

在神话中，天神黄帝原有四张面孔，孔子则解释为黄帝曾派四名助手分别去治理四方，这四名助手与黄帝不谋而亲，不约而同，步调一致，就好像只有一个人办事一样，因而说"黄帝四面"。如此将虚幻神奇事物，加以理性的解释，将不合常理的事合理化了，神话遂成为历史，黄帝变成了历史人物。

又如《山海经·大荒东经》中记载的"夔"，原来是一种仅有"一足"的无角怪兽：

> 状如牛，苍身而无角，一足……其声如雷。

可是据《韩非子·外储说左下》所云：

哀公问于孔子曰："吾闻夔一足，信乎？"曰："夔，人也。何故一足？彼其无他异，而独通于声。尧曰：'夔一而足矣。'使为乐正。故君子曰：'夔有一，足。'非一足也。"

　　孔子把"夔一足"解释为"夔有一，足"，意指"像夔这样的乐官，一个就够了"。因此除去了神话的神奇幻想色彩，把夔视为现实生活中的一个乐官而已，而且将原本的神话，变成引申发挥儒家政治理想的历史故事，失去了神话原有的奇幻与天真色彩。

　　此外，自先秦到两汉的历代史官，也曾苦心将神话中的人物编排到帝王世系中去，删除或修改那些夸张怪异成分，添上了道德说教成分。这样一来，神话中的天神、英雄，都成了"圣贤"，神话故事则转型为古史，史官文化遂覆盖了巫官文化。此外值得注意的是，神话历史化的过程中，形成"史贵于文"的观念，其直接后果就是神话转型为"古史"，神话被历史意识所掩埋，只留下零星片段的记述。

　　按"史贵于文"的观念，对文学的影响既深且远。首先，就是推迟了中国小说的诞生。历史讲求事实，轻视杜撰之辞，而以虚构为特性的小说，迟至唐代才正式诞生。其次，令中国小说的创作，长期在史实与虚构之间徘徊，不仅推迟了中国小说的发展，同时也促成中国小说往往虚实相杂的特色。

❖ ｜ 二、神话寓言化

　　神话本身即寓含一定程度的哲理。后世一些哲学家、思想家，为了宣扬自己的哲学观点、政治主张或伦理道德观念，从神话中选取自己需要的部分，加工、润饰，改造为寄托某种哲理思想的寓言。这便形成神话的寓言化。主要出现在先秦诸子著作中，尤其是《庄子》一书，堪称是神话寓言化的宝库。

例如有关"浑沌"的神话，《庄子》将其改为"儵、忽与浑沌"的寓言。试先看《山海经·西山经》中所记：

> 有神焉，其状如黄囊，赤如丹火，六足四翼，浑敦无面目，
> 是识歌舞，实惟帝江也。

浑敦（浑沌）在神话中，原是一种怪兽之类的"无面目"水神。《庄子·应帝王》则改写成以下的寓言故事：

> 南海之帝为儵，北海之帝为忽，中央之帝为浑沌。儵与忽时
> 相与遇于浑沌之地，浑沌待之甚善。儵与忽谋报浑沌之德，曰：
> "人皆有七窍以视、听、食息，此独无有，尝试凿之。"日凿一
> 窍，七日而浑沌死。

庄子将浑沌的故事，用以宣扬"顺物自然"道理之重要。另外《山海经·中山经》与《山海经·海内东经》中有关"姑媱之山"的神话，在《庄子·逍遥游》中则修饰为"藐姑射山神人"的寓言，用以说明"逍遥无为"的思想。还有《山海经·大荒东经》及《山海经·海外东经》中有关河神与海神的神话，《庄子·秋水》则加工为"望洋兴叹"的寓言，用以说明囿于一端则不识大道的哲理。这些都是神话寓言化的现象。神话一旦成为寓言，自然失去其本来的天真面目，成为说理论道的材料而已。

✤ ｜ 三、神话神仙化

神仙思想是原始宗教巫术思想的后裔，源自对死亡的恐惧，对长生的

幻想。在春秋战国时期的燕、齐地区，经过方士的推广，流传于民间。神话中的神，原本就是初民信仰或崇拜的对象，所以神话流为仙话，向神仙故事的方向倾斜演变，是很容易的事。例如，神话中西王母神话和月亮神话逐渐演变为仙话，即是典型的例子。两者的共同点是：主角由女神化为仙女，形象由怪异变为美丽。

试先看《山海经·西山经》中的西王母形状：

> 其状如人，豹尾虎齿而善啸。

可是到了汉代的神仙故事中，如《汉武帝内传》，西王母则已变成：

> 颜容若十六七女子，甚端正……美容貌，神仙人也。

又如羿，在神话中是射日的天神英雄，于仙化后的神话中，竟然变得害怕死亡，而且最终也必须面对死亡。例如《淮南子·览冥训》所载，显然已是业经仙化的神话故事：

> 羿请不死之药于西王母，姮娥窃以奔月。怅然有丧，无一以续之。

又据高诱"注"：

> 姮娥，羿妻，羿请不死之药于西王母，未及服之，姮娥盗食之，得仙，奔入月中，为月精。

按，神话中为民除害的神射手羿，经过后人有意识地加工、润饰、修改，掺进了方术之士的神仙观念，遂由天庭沦落人间，必须接受凡人的生命局限，乃至有了苦恼，必须接受死亡。

神话流为仙话，实与神话历史化、寓言化的结局相同，均失去了原始神话的纯朴天真，无疑亦是中国古代神话趋向消亡的主要缘由。

第三章

第一部诗歌总集
——《诗经》

本章虽以《诗经》为笔墨重点，不过，在文学史上，《诗经》与《楚辞》一直视为早期中国诗歌的双璧。前者是北方中原文化的产品，后者则是南方荆楚文化的产品。表面上看是南辕北辙，毫不相干。但是，首先，两者同为中国诗歌的源头，同为后世诗人频频回首顾盼甚至追随模仿的典范。其次从诗歌发展的层面看，自《诗经》到《楚辞》，其间虽然经过三百年的沉默，这时期的文坛主流，乃是史家之文与诸子之文，但两者之间，仍然可以看出中国文学自先秦诗歌由群体创作走向个人创作的发展倾向，以及分别从音乐舞蹈和宗教仪式中逐渐独立出来的演变痕迹。

♣

第一节

绪　说

✤　┃　一、《诗经》的名称、时代、地域、作者

《诗经》实际存诗三百零五篇，另外有六篇有目无辞。《诗经》在先秦时期，原来只称"诗"，或"诗三百"或"三百篇"。直到汉代，武帝独尊儒术，设置"五经博士"，与儒家关系密切的"诗三百"，地位大大提高，并由官方正式列为儒家五经之一，才称为"诗经"，而且成为宣扬伦理道德和治国之道的教科书。

就时代而言，这三百零五篇作品，大致属西周初年到春秋中叶（公元前11世纪至前6世纪）的五百年间。事实上乃是一部周代的诗歌总集。

就地域而言，《诗经》作品来源的分布地域甚为辽阔。主要是以北方的黄河流域为中心，向南扩展到江汉流域，包括现在的陕西、山西、河南、河北、山东、安徽等地区。单就其中十五国风所收诸作品之风格意境，实相差不远，各地方之风土气味已经不显著，可知乃是经过周王朝官方的收集采录，又经过编辑者一番加工润饰，统一陶铸的结果。

就作者而言，三百零五篇作品，除少数几篇可知作者之名外，其余绝大多数作者均不可考。其中包括贵族官员所献之诗，亦有采集自不同地区，或流传民间无名氏所作，经过朝廷乐官加工润色与修订而成。故《诗经》篇章的作者实难以确指。总之，《诗经》乃是历经各代王官乐师采集、累集，并经周王朝的乐师加以整理、增润、修改、编订而成，且

流传既久，经手亦多，均已非复原作，可谓是“集体创作”，非一人一时一地之作。

✤ ｜ 二、《诗经》的编订与分类

根据《论语》的记载，“三百篇”全部都可以弦歌。换言之，《诗三百》原先皆入乐可歌，实际上是一部乐歌总集。可惜古乐失传，如今只剩下歌词。

㈠ 《诗经》的编订

《诗经》的结集成书，大约在公元前6世纪中叶。学界一般认为乃出于周王朝的乐师、乐工之手。当然，孔子或许亦做过一番整理工作。关于《诗经》的编订，根据现存资料，大略有“采诗”“献诗”，以及孔子的“删诗”之说。

1. 采诗说

据班固《汉书·艺文志》，古代有所谓“采诗之官”，专门到民间去采集诗歌，作为一种“民意调查”，献给王者：

> 古有采诗之官，王者所以观风俗，知得失，自考正也。

采诗目的，乃是以备王者“观风俗，知得失，自考正”。当然，采诗的具体制度与实际情况究竟如何，已不得而知。但采诗之事，则很可能存在。

2. 献诗说

据《国语·周语上》：

> 故天子听政，使公卿至于列士献诗，瞽献曲，史献书，师箴，瞍赋，矇诵，百工谏，庶人传语，近臣尽规，亲戚补察，瞽、史教诲，耆、艾修之，而后王斟酌焉，是以事行而不悖。

周天子听政，令公卿列士献诗，瞽师蒙瞍等乐官编唱云云，均意在以便君王"补察时政"。至于三百篇的选录，一般则认为与孔子"删诗"有关。

3. 删诗说

据《史记·孔子世家》：

> 古者诗三千余篇，及至孔子，去其重，取可施于礼仪，上采契、后稷，中述殷、周之盛，至幽、厉之缺。……礼乐自此可得而述，以备王道，成"六艺"。

此即所谓孔子"删诗"说。此说影响颇大，不过自唐代孔颖达已疑其说，后世学者亦多有不信者。只是又据《论语》中相关的记载，或许孔子曾经做过一些"正乐"之类的整理工作。

按《诗经》基本上乃是由各代王官乐师采集，加以整理编订而成，并不是把作品的原貌保存下来。而且流传既久，经手亦多，因而有"集体创作"性质。今天所见的《诗经》，已非周代乐官编辑的版本，乃是汉代以后流传下来的定本。

（二）　《诗经》的分类

《诗经》是按风、雅、颂分类编排，其中包括：

风：有十五国风，包括周南、召南、邶风、鄘风、卫风、王风、郑风、齐风、魏风、唐风、秦风、陈风、桧风、曹风、豳风。共收一百六十篇作品。

雅：有大雅三十一篇；小雅七十四篇。

颂：有周颂三十一篇；鲁颂四篇；商颂五篇。

至于《诗经》何以如此分类编排，古今论者曾经对此聚讼不已。不过当今学界比较趋于一致的意见，则是从这些诗"皆入乐可歌"方面去解释，认为风、雅、颂乃是按照音乐的不同特点来划分者：

风：乃是指地方音乐曲调之意。所谓"国风"，即指当时流传于各诸侯国所辖地区的乐曲，犹如今天的地方乐调，具有地方本土色彩者。十五国风，即十五个诸侯地区的本土歌曲。如《秦风》所录，即是用陕西秦腔来唱，《郑风》用河南腔唱，《唐风》则用山西腔唱，等等。

雅：按，雅意即"正"，且与"夏"通。盖指周室王畿一带（今陕西西境）的音乐。王畿乃周王朝政治文化中心，故其言称"正声"，亦称"雅言"，意指标准音，类乎今天的标准"普通话"或"国语"。当时宫廷和贵族所用乐歌即为正声、正乐。按，《诗经》中的《雅》乃是针对地方"土乐"而言的"正乐"。《雅》又有大雅、小雅之分，现今学界大多认为亦与两者音乐功能不同相关。《大雅》所录主要用于朝会，《小雅》所录则主要用于燕飨。

颂：则是用于朝廷、宗庙重要典礼的乐章，主要是祭神、祭祖时所用具有宗教性的歌舞曲。《毛诗序》即云：

> 颂者，美盛德之形容，以其成功告于神明者也。

《颂》所录者，主要是庙堂乐章，篇幅大多简短，韵律缺乏规则，且不分章不叠句，证明是音调缓慢庄重、配合舞蹈的宗教性祭祀歌舞。

风、雅、颂代表三种不同的音乐曲调，分别用于不同的场合，提供不同的功能，其实并无高低优劣之别。就如《左传》中记载季札观乐之事，其对各国的"风"，大都冠以"美哉"的赞语。

❖ | 三、《诗经》的应用与流传

《诗经》的应用与流传，随时代变迁大概可以分为以下几个阶段：

春秋时期，"诗三百"主要流传于上层社会的王公贵族生活圈。原先主要是用于祭祀、朝会、宴飨、婚礼等各种官方典礼仪式上演奏与歌唱。继而熟习"诗三百"则成为贵族士人不可或缺的文化素养。此外，列国的卿大夫在朝会聘享或外交场合，常常"赋诗言志"，"诗三百"遂又成为外交辞令的一部分。

战国时代，诸子百家中引证"诗三百"的例子已相当普遍，不仅儒家的《孟子》《荀子》，墨家的《墨子》，法家的《韩非子》，杂家的《吕氏春秋》，乃至《战国策》，也都出现引"诗"现象。可见"诗三百"在战国时代，其流传已相当普遍，而且用"诗"者已经不独属儒家一派。

至秦始皇焚书禁学，"诗三百"则只能靠口耳相传方得以保全。汉初，朝廷广开献书之路，先秦典籍于是陆续出现。至汉武帝设置"五经博士"，倡导学经，"诗三百"地位大为提高，并正式尊为儒家经典。

汉初传授《诗经》者共四家，亦即四个学派，包括齐人辕固生、鲁人申培、燕人韩婴、鲁人毛亨、赵人毛苌。所传分别简称齐诗、鲁诗、韩诗、毛诗。其中齐、鲁、韩三家，后人称"三家诗"，西汉时均列为官学，而独"毛诗"则"未得立"。此外，一般习惯把前三家称为"今文家"（今文经学），因为这三家传授《诗经》时，用的乃是汉代通行的隶书缮写。"毛诗"则由于未曾在朝廷设立的官学中传授，大抵仍然是口耳相传，所用的底本，还是战国时人用的古体文缮写，因此称"古文家"。这四个学派对《诗经》的解释，当然常有不同。有趣的是，四派都认为自己才是"孔门真传"。

东汉以后，"毛诗"反而日益兴盛，并且为官方所承认。齐、鲁、韩三家却逐渐衰落，到了南宋，"三家诗"竟然完全失传。今天所见《诗经》，则是"毛诗"一派的传本。

第二节

《诗经》的主题内涵

当今《诗经》中所录诗篇，来源不一，时代不同，风格亦相异，关怀的事件情况也各有区别。从祖先功德、历史事件、政治社会状况到个人生活的经验感受都涉及。整体视之，大略可分为七种主要的主题内涵范围。

❖ | 一、先祖德业之颂美

《诗经》中颂美先祖德行功业的作品，多属庙堂乐歌，主要出自公卿列士或乐官之手，用于宗庙祭祀典礼，是《诗经》中最早期的作品。可以《周颂》为代表，其中尚可看出歌、乐、舞混合一体的痕迹。换言之，"诗"不过是宗教仪式中乐舞的一部分。

试先以《周颂·清庙》为例：

于穆清庙，肃雝显相。济济多士，秉文之德。

对越在天，骏奔走在庙。不显不承，无射于人斯。

这是《周颂》的首篇，是一篇祭祀文王的诗。当属西周初，周室王公贵族聚集在文王的宗庙举行祭祀典礼时，配合乐舞所演唱的歌辞。篇幅很短，主要是赞美清静庄严的宗庙，称扬那些怀着虔诚、恭敬之心来参加祭祀的人，都秉持了文王之德，他们的精神与文王同在，而且会世世代代延续下去。全诗浮现着慎终追远、肃穆庄严的气氛，表现出一种对于先祖怀着近乎宗教性的景仰和崇拜。

再看一首颂美武王的舞诗《周颂·酌》：

于铄王师，遵养时晦。时纯熙矣，是用大介。

我龙受之，蹻蹻王之造。载用有嗣，实维尔公允师。

按，"酌"即"勺"，原是歌颂武王灭商功勋之乐舞曲，也是宗庙祭祀的著名乐章，上引"酌"诗的文字，即是此乐舞曲的歌辞。首六句颂美武王克商立国之功，后二句则祭告周朝祚胤永锡，以慰先王。全诗主要是从政治道德观念出发，对武王克商立国的功绩称颂赞美，同时奏告文王，由他奠定的帝业，已后继有人。

这类颂美先祖德业之作，是朝廷宗庙祭祀的舞曲歌辞，表演时，须配合庄重的打击乐器和礼仪程序，并保留肃穆的宗教气氛以及载歌载舞的形式。歌辞篇章短小，又没有分章，乐曲和节奏一定缓慢疏朗，所以歌辞的语言显得典重板滞，而语气则庄重严肃。再者，这类宗庙祭祀之诗，重在奏告先王，不再具有早期宗教祭祀的娱神性质。歌辞内容则展现一种奏请的文告色彩，所以这类诗篇，多具有结构松散、不分章也不押韵的散文式的特点。尚无意于剪裁，并无令诗句整齐划一的痕迹。当然，颂辞的诗意或诗趣也比较薄弱。不容忽略的是，《诗经》中这些颂美先祖德行功业的诗篇，为两汉以后朝廷官方举行宗庙祭祀大典所追随模仿，同时也是两汉以后个别诗人创作"述祖德"诗的源头。

✤ ｜ 二、民族历史之追述

周人对祖先的颂美，除了虔诚的举行宗庙祭祀之外，还进一步把祖先创业的功绩和奋斗历程，糅杂着神话传说的材料记录下来，作为当下在位者的楷模，未来子孙的榜样。这类作品明显已进入历史叙述的范围。《大雅》中即保存了五首作品：《生民》《公刘》《绵》《皇矣》《大明》，记述从周民族始祖后稷，到周王朝的创立者武王灭商的历史。当今学界一般就称之为周民族的"史诗"。

其实《大雅》主要是朝会之乐，亦即宫廷乐歌，可视为宗庙乐歌《颂》的演进。试看《生民》第一章：

厥初生民，时维姜嫄。生民如何？克禋克祀，以弗无子。

履帝武敏歆，攸介攸止。载震载夙，载生载育；时维后稷。

全诗共八章，记述周民族始祖后稷神奇的诞生，颂扬他长于农事、勤奋创业的功德事迹。后稷的母亲姜嫄，为求子而"克禋克祀"，在宗教仪式中，用脚踩踏天帝的脚印，终致怀孕，生下后稷。可是又不知何原因，起初不敢养育，甚至把后稷丢弃在野地里。而后稷却大难不死，不但牛羊来庇护他、喂养他，禽鸟也用翅膀覆盖他。姜嫄觉得后稷简直有神助，于是才决定养育他，并取名为"弃"。后稷长大后，发明农业，大凡种豆、种麦、种瓜，什么都会，并且还教人种植，遂为周人带来福祉，成为周民族的始祖，并尊为农业之神。这显然是一首带有神话色彩的诗歌，也可看出神话历史化的痕迹[①]。

继而有《公刘》，亦举第一章为例：

> 笃公刘！匪居匪康。乃埸乃疆；乃积乃仓。
>
> 乃裹糇粮，于橐于囊。思辑用光。
>
> 弓矢斯张，干戈戚扬，爰方启行。

全诗共六章，乃是歌咏后稷的曾孙公刘，如何带领族人，背着干粮，拿起武器，避乱迁徙之事。是一首比较完整的叙事诗，与《生民》相比，《公刘》已无神话色彩，叙述的全然是历史人物事件。

《绵》则是记述公刘十世孙古公亶父的事迹。古公亶父即文王的祖父，亦是周民族基业的奠定者。全诗记述古公亶父如何带领族人，赶着马匹到岐山下，与姜女一起选择适当之处筑室定居，从事农业，又大修宗庙宫室，委任官吏，最后是文王受命，继承遗烈。

以上三首，叙述周文王出现之前周民族的历史，大概是西周初年，王朝的史官和乐师利用民间传说写成。另外，《皇矣》主要是叙述文王如何继承先祖遗烈，发展壮大周民族的功绩；《大明》则叙述文王、武王父子的功业，着重颂扬武王伐纣灭商、取天下的事迹。两首诗大抵也出于史官、

---

① 《春秋》《国语》《左传》《史记·周本纪》等历史著述，均记载此事作为周民族的诞生。

乐官之手。这五首诗，合而观之，刚好可以形成一组组诗，从周民族祖先之诞生写起，中经业绩的开创和发展，直到推翻商纣统治，建立周王朝，概括地反映公元前 21 世纪至公元前 11 世纪周人的社会历史生活，并成为后世史家写史的重要材料。除此之外，西周后期的《小雅》作品中，也有一些史诗性的叙事诗，如《出车》记周厉王时大将南仲征伐猃狁之事，《常武》记述周宣王亲征徐夷之事。

《诗经》中这些追述周民族历史的作品，虽然当今一些学者称之为"民族史诗"，却并不像希腊史诗那样，经过荷马及其后代诗人的组织整理，成为完整的长篇史诗。其实《诗经》中的民族史诗，只是一些简略的短篇叙述，而且各成片段，并未经后人整理为连续的长篇。不过，《诗经》中这些追述历史事件，颂美历史人物的"史诗"，或可视为后世"咏史诗"的先驱。值得注意的是，西周败亡之后，《雅》诗便告终结，接着是史官把叙述历史的任务接收过去，二《雅》中的史诗，则成为"史料"，编入《春秋》《国语》《左传》等历史著作中。

✦ ┃ 三、君臣燕飨之乐歌

除了朝会之乐外，《小雅》中还保留了不少燕飨的乐歌，同样也是宫廷之乐，主要是歌咏君臣宴饮之欢、嘉宾之乐。内容情感与宗庙祭祀的颂歌不同，没有宗教色彩，也不是对祖先的崇敬，只是君臣宾主共乐的场合，纯粹是当下的"人间世界"，其宗旨不是娱祖先之神灵，而是娱人之乐。这类作品，不仅反映王公贵族的宴乐生活，更重要的是，展示理想的君臣关系，以及贵族阶层的文化素养，重礼重德的人文精神。其中最著名的就是《小雅·鹿鸣》：

> 呦呦鹿鸣，食野之苹。我有嘉宾，鼓瑟吹笙。
>
> 吹笙鼓簧，承筐是将。人之好我，示我周行。/
>
> 呦呦鹿鸣，食野之蒿。我有嘉宾，德音孔昭。
>
> 视民不恌，君子是则是效。我有旨酒，嘉宾式燕以敖。/
>
> 呦呦鹿鸣，食野之芩。我有嘉宾，鼓瑟鼓琴。
>
> 鼓瑟鼓琴，和乐且湛。我有旨酒，以燕乐嘉宾之心。

　　显然是一首君主欢宴群臣嘉宾之诗。起兴句"呦呦鹿鸣"，乃是借鹿群呼唤同伴之鸣声，以喻君子之邀宴。首章中君主以瑟笙之乐，娱悦嘉宾，招请嘉宾，又以筐盛着璧帛之礼，赠予嘉宾，以助酒兴，劝请群臣畅饮，表现君主宴客之厚情。值得注意的是，在宫廷中宴娱嘉宾，原本是君主惠下的行为，然而诗中的"我"，却不以施惠者自居，反而从嘉宾之光临，体会出自己是受惠者。原本是君主赐给臣属以酒殽、璧帛之礼，却说嘉宾昭示自己以道义，从嘉宾身上获得教益。"示我周行"即是赞扬嘉宾示我以正道。如此谦和有礼，如此欣然大度，当然是理想的君主。第二章承"示我周行"进一步展开。嘉宾"德音孔昭"，美好的声誉，昭彰显著，不但是人民的榜样，也是君子所效法，君主自然也在效法之列。"德音孔昭"的嘉宾，是道义的传播者，设宴待客的君主，则成为受惠者。上下之情，通过燕飨而畅通，在君子敬让之礼中，相互交融，彼此欢洽。

　　整首诗，场面热闹和谐，塑造了一个有敬让之德的君主形象，也是周人标榜的理想的君臣相得之乐的景象。并且强调，君臣的融洽，相敬以礼，相爱以德，相享以乐，相慰以酒，是可以增友谊、敦风俗的。难怪，历代朝廷举行大宴之时，多喜以"鹿鸣"为名，或奏此乐章以助兴。

另外《小雅·湛露》则是夜宴同姓诸侯之乐诗：

> 湛湛露斯，匪阳不晞。厌厌夜饮，不醉无归。/
>
> 湛湛露斯，在彼丰草。厌厌夜饮，在宗载考。/
>
> 湛湛露斯，在彼杞棘。显允君子，莫不令德。/
>
> 其桐其椅，其实离离。岂弟君子，莫不令仪。

诗中强调的，不仅是"不醉无归"的宴饮之乐，同时还有宾主君子的"令德""令仪"值得称扬。

《诗经》中这类描述宫廷燕飨的乐歌，强调君臣融洽、相敬相爱的和乐情境，或可视为汉末建安时代风行于邺下的"公燕诗"之先河。

✤ | 四、农事活动之记录

周人以农立国，涉及农业活动之诗为数颇多。包括春耕秋收之际的祭祀或酬神的乐歌，以及记述民间农事活动的乐章。不难发现，在周代社会，从天子到庶民，都会不同程度地参与各种农事活动。《小雅》中的《甫田》《大田》，《豳风》中的《七月》等，皆是记述农事诗的名篇，可视为周代农事活动的指南手册，也是研究周代农业社会的重要资料。不过，比较具有文学意味的农事诗，还是那些带有民歌色彩之作。

试看《周南·芣苢》：

> 采采芣苢，薄言采之。采采芣苢，薄言有之。/
>
> 采采芣苢，薄言掇之。采采芣苢，薄言捋之。/
>
> 采采芣苢，薄言袺之。采采芣苢，薄言襭之。

芣苢即俗称车前草。据说食之可帮助受胎生子，亦可治难产。上引之诗，学界一般视为或许是妇女采摘芣苢之际所唱的山歌。可以想见农村妇女成群结队到野外去采摘芣苢草的欢愉热闹情景，边采边唱，满山遍谷回荡着歌声。清代方玉润（1811—1883）《诗经原始》对这首诗推崇备至：

> 读者试平心静气，涵泳此诗，恍听田家妇女，三三五五，于平原绣野、风和日丽中群歌互答，余音袅袅，若远若近，忽断忽续，不知其情之何以移而神之何以旷。则此诗可不必系绎而自得其妙焉。

再看《魏风·十亩之间》：

> 十亩之间兮，桑者闲闲兮。行与子还兮。/
>
> 十亩之外兮，桑者泄泄兮。行与子逝兮。

或当属采桑女采桑将结束，呼伴同归途中之歌。篇章结构平实无奇，语言简单朴拙，主题亦单纯，就是呼喊同行者，一齐"与子还"，一齐"与子逝"，如此而已，应该是民歌本色。不过，由于这些采桑者所还、所逝之处是何处，并未明言，留下想象的空间，乃至宋儒朱熹（1130—1200）《诗集传》，竟解读为"贤者归隐"之作。

《诗经》中的这些农事诗，主要是周代社会农事活动的记录，与以后陶渊明开拓的"田园诗"相去甚远。两者实属不同的文学传统。农事诗一般是农业社会群体活动的反映，陶渊明的田园诗则是个人田居生活经验感受的记录（详后）。

❖ | 五、政治社会之怨刺

就时代而言，这类怨刺政治社会之诗，主要产生于西周末期，亦即周厉王、幽王时期及其后之作。其中有些或出自公卿列士之手，属贵族士人悯时伤乱、讽喻劝诫之作，流露作者心系君王社稷的忠诚深情。有的则可能出自民间，而经乐官整理后保存下来的作品，其中或埋怨统治者的劣绩，或讽刺王公大人的行径和丑态。《小雅》中的怨刺诗，多属王道衰落、礼崩乐坏、政教不行、人伦废丧之际的作品。可谓是乱世中，诗人的怨忿之音，不平之鸣，往往流露诗人对时代所怀深切的关怀与忧患意识。

试摘录《小雅·节南山》首末二章为例：

节彼南山，维石岩岩。赫赫师尹，民具尔瞻。

忧心如惔，不敢细谈。国即卒斩，何用不监。（首章）

昊天不平，我王不宁。不惩其心，覆怨其正。

家父作诵，以究王讻。式讹尔心，以蓄万邦。（末章）

其实全诗共十章，署名周大夫"家父"所作，"家父"是谁，已不可考。就其内涵，显然是一首政治讽喻诗。作品宗旨则是谴责太师尹的残暴，并怨刺幽王之不察。其中发出的强烈怨天之声，明显展示因身处乱世，乃至敬天尊祖的观念，已开始动摇。

再看《小雅·正月》：

正月繁霜，我心忧伤。民之讹言，亦孔之将。

念我独兮，忧心京京。哀我小心，瘟忧以痒。／

父母生我，胡俾我愈。不自我先，不自我后。

好言自口，莠言自口。忧心愈愈，是以有侮。／

…………

这是一首共十三章的抒情长诗，既怨刺幽王之不是，并抒己情之忧伤，当属某一周大夫所作，大概写于西周已亡、东周尚未巩固之时。按，此处"正月"乃指夏历四月，已属初夏季节，却出现繁霜。气候的反常引出"我心忧伤"。全诗以"我"之身世遭遇，带出忧患之情，逐步推进而及平民百姓的困苦。诗人埋怨昊昊苍天之无情，以及世事、朝政的昏暗，甚至将笔端直指卑劣的新贵。"我"是时代、社会和人生不幸的承受者，也是幽王政绩败坏的诘难者。诗中传达的个人的悲愤、焦虑、恐惧、忧虑、孤独等复杂情绪，其忧心之切、哀痛之深，是社会大动乱之下的忧患之情，是一个知识分子关怀国是民生的心声，也是以后杜甫在安史之乱期间，将个人的经历见证与家国的忧心关怀熔于一炉之作的滥觞。

采自各诸侯地方的《国风》诗歌，其中之怨刺诗，则主要站在一般平民百姓的角度，抒情述怀或叙事。如《魏风·硕鼠》：

硕鼠硕鼠，无食我黍。三岁贯女，莫我肯顾。

逝将去女，适彼乐土。乐土乐土，爰得我所。（一章）

…………

以贪婪无已的硕大老鼠，比喻不断向农民征粮抽税的贪婪官员。全诗三章，其中首二章复沓重唱，虽然只换一个字，却层层推进：埋怨官府吃了我的黍，又吃我的麦，甚至还吃我的秧苗。这样的地方，实在住不下去了，所以幻想出一个美好的乐园，可以离开此地，从此脱离苦海。当今有的学者，就把这首诗视为中国"乐园文学"的始祖。

以上这些作品，或悯时伤乱，或讽喻劝诫，或埋怨指摘，开创了中国政治抒情诗的传统。诗中表现了忧国忧民情怀，并从道德立场，对当政者行为措施的不当，予以批评或指摘，却又避免过分张扬个人对统治者的怨忿，均为后世的政治讽喻抒情诗谱出基调。

✤ | 六、征战行役之哀叹

西周晚期，王室衰微，戎狄交侵，征战不休。平王东迁之后，诸侯兼并，大国争霸，战事连年不断。兵役、徭役给人民带来痛苦和灾难，导致终年行役在外，父母失养，夫妻离散，百姓流离失所。于是产生许多抒写征战行役之苦、流离失所之悲、征夫思妇之情的诗篇。这些作品可说是《诗经》中的精华，对两汉的乐府歌诗以及唐代的新乐府、边塞诗均影响深远。

试先看《小雅·何草不黄》：

> 何草不黄！何日不行！何人不将！经营四方。/
>
> 何草不玄！何人不矜！哀我征夫，独为匪民！/
>
> 匪兕匪虎，率彼旷野。哀我征夫，朝夕不暇。/
>
> 有芃者狐，率彼幽草。有栈之车，行彼周道。

全诗四章，属征夫之辞。主要是以一个士兵立场发言，埋怨战争之久长，征夫行彼旷野，无止无休之劳苦，以及抛妻别子，奔波在外，不得归家的悲哀。

再看《小雅·采薇》：

> 采薇采薇，薇亦作止；曰归曰归，岁亦暮止。
>
> 靡室靡家，猃狁之故；不遑启居，猃狁之故。（一章）
>
> …………
>
> 昔我往矣，杨柳依依；今我来思，雨雪霏霏。
>
> 行道迟迟，载渴载饥。我心伤悲，莫知我哀。（末章）

以一个曾经参与猃狁之战的边防戍士发言，于归途中追述征战行役的经验与感受。全诗六章，均以这个戍士口吻道出，而且用倒叙手法叙事。

前三章回顾征战之久长，出征之辛苦，不能回家，不得休息，又饥渴交迫。四、五章则追述行军阵容之浩大，战争之激烈，曾经"一月三捷"、日日戒备的紧张生活。六章则遥接首三章盼归之情，转而抒发当前归途中的感慨与悲哀。诗中主人公原先是盼归而不得归，故而悲哀愁怨，如今终于可以回家了，却在抚今追昔之际，往事的辛酸苦楚又一幕一幕浮现眼前。于是，辛酸委屈，怨恕愁苦，一起涌上心头，"昔我往矣，杨柳依依；今我来思，雨雪霏霏"。这几句的今昔之感，是传诵千古的名句，其感染力之强，诗意之浓，影响之深远，恐怕是《诗经》中之最。

还有一首《小雅·东山》，也是表达一个出征多年的士兵回家途中的复杂感情。这类作品，不能简单地称为"反战诗"，只能说是"厌战诗"。因为诗中抒发的情绪是以忧伤哀怨为主调，并没有愤怒或抗议。或许因为，出征御敌毕竟是男子必须履行的义务，即使妨害了个人生活的平静和幸福，也是无可奈何的。此外还有一首影响深远的《王风·黍离》，虽看不出征战或徭役的背景，不过却可视为乱世中流离漂泊者的悲歌：

> 彼黍离离，彼稷之苗。行迈靡靡，中心摇摇。
>
> 知我者谓我心忧，不知我者谓我何求！悠悠苍天，此何人哉！/
>
> 彼黍离离，彼稷之穗。行迈靡靡，中心如醉。
>
> 知我者谓我心忧，不知我者谓我何求！悠悠苍天，此何人哉！/
>
> 彼黍离离，彼稷之实。行迈靡靡，中心如噎。
>
> 知我者谓我心忧，不知我者谓我何求！悠悠苍天，此何人哉！

根据《毛诗序》：

> 《黍离》，闵周室也。周大夫行役至于宗周，过故宗庙宫室，尽为禾黍，闵周室之颠覆，彷徨不忍去，而作是诗也。

此说在过去为历来学者所接受。"黍离"一词，在后人作品中，已是亡国之痛的代名词，所谓"黍离之悲"，即本于此。不过，细味此诗，乃是以行役者在途中眼见"彼黍离离"起兴，反复吟咏心中的忧伤。单从字面上看，并未指明"彼黍离离"是长在西周宗庙宫室的废墟上。当然，离离下垂的黍子，与行役者迟缓的脚步，沉沉的心情，似乎颇相契合。田中的"彼稷之实"，经过由出苗到秀穗，到结实的全部过程，行役者终年奔波于途的辛苦，已含蕴其间。其踽踽独行，中心摇摇，彷徨迟疑，恍惚不宁的情貌，宛然可见。虽然反复呼叹心中忧思，无人了解，却又不明说令其忧思的原因。留下很大的空间，可令读者自己去体味。

整首诗反复吟叹的乃是一种沉重的、萦绕不去的忧思，一种无人理解、无法说清的忧思。这显然并不局限于行役羁旅之愁，乃至令人将之与周室的颠覆、宗庙宫室已尽为禾黍的亡国之痛和故国之思联想起来。因此，尽管诗中并无凭吊故国宗庙之辞，后人仍然愿意取《毛诗序》的解释，并使"黍离之悲"成为表达故国哀思的成语。当然，若将此诗解为行役者流离之悲，或游子漂泊之愁，亦未尝不可，毕竟"诗无达诂"。

征战行役为一般百姓带来的灾难悲苦，并非局部的、偶然的，而是全面性的。除了将领士兵、大夫官员，经历奔波劳累之苦，还影响家庭生活，造成夫妻长期分离，妻子被迫独守空闺，饱尝孤寂相思之哀。因此，除了征夫、行役者的悲歌，还有闺中思妇的哀怨。《诗经》中的思妇之辞，可说是中国闺怨诗之滥觞。

试先以《卫风·伯兮》为例：

　　伯兮朅兮，邦之桀兮。伯也执殳，为王前驱。

　　自伯之东，首如飞蓬。岂无膏沐，谁适为容！

其雨其雨！杲杲出日。愿言思伯，甘心首疾。

焉得谖草，言树之背？愿言思伯，使我心痗。

首章传达闺中女子目睹自己夫君出征之际[1]，何等威武雄壮，为君王之先锋，充满自豪。可是第二章，所有对夫君的荣耀与自豪，都消失了，这才发现自己竟然一直"首如飞蓬"！自从夫君出征之后，日子难挨，心情沮丧，变得慵懒，不爱打扮了，甚至连头发也懒得梳理。因为夫君不在家，就是打扮梳理了，也无人欣赏、无人疼惜啊！第三章，进一层表示，日日盼望夫君归来，在无尽的思念中度日，即使头痛，也无以抑止思念之切。第四章，或许忘忧草可解相思之苦吧，但她的绵绵相思，实已无药可救，无法解脱，乃至都相思成病了。

此诗第二章，对后世闺怨诗影响颇大。从此，历代模仿之作层出不穷，懒得梳洗，懒得画眉，几乎成了思妇的标准形象，不但表示"女为悦己者容"的传统观点，同时还是"贞节不渝"的标志。因为夫君不在家，妻子不打扮、不修饰，可以避免招蜂引蝶之嫌。

另外《王风·君子于役》，也是一首夫君行役在外的思妇之辞：

君子于役，不知其期。曷至哉？

鸡栖于埘，日之夕矣，牛羊下来。

君子于役，如之何勿思？

君子于役，不日不月。曷其有佸？

鸡栖于桀，日之夕矣，牛羊下括。

君子于役，苟无饥渴！

---

① 据高亨云："周代妇女呼丈夫为伯，等于现在呼哥哥。"见高著《诗经今注》，里仁书局1981年版，第91页。

前一首诗强调的是，对容貌的忽视，加上头痛、心痛的难受，传达闺中思妇的相思情意。此诗强调的，则是日常家居生活的细节与关怀。由于鸡、羊、牛等家畜的出现，引起对夫君饥渴的挂虑，遂给予全诗一份日常生活气息。但主题是一样的，就是夫君（或情郎？）行役在外，自己独守空闺，"教我如何不想他！"

《诗经》中大凡有关征战之诗，表达的都是"厌战"情怀。从来没有以战争为荣、以杀敌为志者的歌咏。这些诗篇，都不是从朝廷或社稷立场看待战争，而是从个人立场，面对战争可能带来的生离死别。即使写于周室全盛时期之作，如《采薇》《出车》等，诗人之悲哀愁怨，亦充满字里行间，强调的往往是悯生悼死之叹，伤离怨别之情。基本上，中国没有歌颂战争之诗，只有厌战之诗。即使《楚辞·国殇》，也只是对战死亡魂的追悼。在传统中国文化里，战争带来的是生离死别的痛苦，不是荣耀与永恒。这在《诗经》中已可看出端倪。

此外值得注意的是，在征夫思妇之辞中，有关思妇怀想夫君或情郎之辞者较多，而征夫怀妇者则较少。思妇在征夫心目中，通常只是其怀乡之情的一部分而已。这已经显示中国诗人写离情相思的特色，也是中国爱情诗的特色：亦即女方思念男方者居多，害相思病的，多半是女子，而思乡的，则多半是男子。毕竟男主外，女主内，男儿奔波在外的机会较多，女子只能在家居环境中等待夫君的归来。其实思妇之辞流露的相思情意，与爱情婚姻之吟咏，往往有重叠之处。

❖ | 七、爱情婚姻之吟咏

以男女爱情婚姻为主题之诗，多集中在《国风》，是《诗经》中经常受称道的部分，也是往往引起解读分歧的作品。其中包括相思之苦，相遇之乐，幽会之欢，以及遗弃之哀。值得注意的是，诉说爱情的主人公，属于男性的并不少。但是，诉说有关婚姻失败的经验感受者，则主要以女子为发言人。

试先看《诗经》第一首《周南·关雎》：

> 关关雎鸠，在河之洲。窈窕淑女，君子好逑。
>
> 参差荇菜，左右流之。窈窕淑女，寤寐求之。
>
> 求之不得，寤寐思服。悠哉悠哉，辗转反侧。
>
> 参差荇菜，左右采之。窈窕淑女，琴瑟友之。
>
> 参差荇菜，左右芼之。窈窕淑女，钟鼓乐之。

根据《毛诗序》的解读：

> 《关雎》，后妃之德也。《风》之始也。所以风天下而正夫妇也。故用之乡人焉，用之邦国焉。

按，《毛诗序》出于汉儒之手，道德教化意味太浓，当今学界往往不取。但《毛诗序》也并非全无道理，此处所言，当指《关雎》之音乐曲调而言，《关雎》原是用于乡礼或国宴所奏之乐。就如《论语·八佾》所云：

> 孔子曰："《关雎》乐而不淫，哀而不伤。"

主要也是针对音乐而言，不过，用来评此诗之文意，也颇恰当。显然这是一首男求女的情歌。其各章发端起兴句，如"关关雎鸠，在河之洲"，"参差荇菜，左右流之"，写出雎鸠远在河中洲上"关关"鸣叫，荇菜在水中荡漾不定的状况，引发一种求之不得之情。淑女不可径取，愈发增浓了"君子"的悦慕之情，于是"寤寐思服""辗转反侧"，希望把淑女娶回来。此诗最后一章，或可有二解：(1)由相思到追求成功，有情人终成眷属。琴瑟钟鼓之乐，是婚礼上所奏。（2）男方继续单相思，后面的婚礼，不过是求之不得的白日梦。

综观全诗三章，一章四句，写爱情的发芽；二章八句，求之而不得，却"哀而不伤"；三章八句，无论是最终得之为乐，或梦想中为乐，均"乐而不淫"。这种含蓄委婉，"发乎情，止乎礼义"，适可而止的爱情，颇符合周代重礼的社会要求，是儒家"温柔敦厚"诗教的典范，也是以相思为主调的中国爱情诗之滥觞。过度的哀伤，疯狂的追求，毕竟是违反礼教的。

再看《邶风·静女》：

> 静女其姝，俟我于城隅。爱而不见，搔首踟蹰。/
>
> 静女其娈，贻我彤管。彤管有炜，说怿女美。/
>
> 自牧归荑，洵美且异。匪女之为美，美人之贻。

是一首以男子口吻吟出的可爱小诗。写男女相约幽会，女方未到之前，男方起伏不定的心理状况，既真实，又天真有趣。亦是跨越时空、古今相同的爱情滋味和感受。另外《陈风·月出》也是一首男孩思念女孩的作品：

> 月出皎兮，佼人僚兮。舒窈纠兮，劳心悄兮。/
>
> 月出皓兮，佼人懰兮。舒忧受兮，劳心慅兮。/
>
> 月出照兮，佼人燎兮。舒夭绍兮，劳心惨兮。

爱情会带来甜蜜，也往往会在甜蜜中糅杂着相思之苦。皎洁的月光，娇美的容颜，在此诗中，已融为一体。可能是中国诗歌中最早的见月怀人的作品。

又如《郑风·野有蔓草》：

> 野有蔓草，零露漙兮。有美一人，清扬婉兮。

邂逅相遇，适我愿兮。／野有蔓草，零露瀼瀼。

有美一人，婉如清扬。邂逅相遇，与子偕臧。

自述一个春天早晨，一对男女在野外草坪上偶然相遇，被对方那双明亮又会说话传情的眼睛迷住了，于是沉入爱河。原野的蔓草，草上的露水，很容易引发读者对二人已经"逾越礼教"的联想。不过，这毕竟是读者的联想，诗中并未明言。何况发话的主人公"我"，是男是女，尚难确定。因为"美"有"善"的意思，"美人"一词，在先秦时期是男女通用的。姑且不论主人公的性别，这可算是"一见钟情"爱情故事最早的版本之一。

另外《郑风·溱洧》则记述郑国风俗"三月上巳"（农历三月初三）暮春佳日，一个有宗教性的庙会，男女彼此相悦，相约同游之情事：

溱与洧方涣涣兮，士与女方秉蕑兮。女曰："观乎？"士曰："既且。且往观乎！洧之外洵吁且乐。"维士与女，伊其相谑，赠之以芍药。／溱与洧浏其清矣，士与女殷其盈矣。女曰："观乎？"士曰："既且。且往观乎！洧之外洵吁且乐。"维士与女，伊其将谑，赠之以芍药。

明显的是以第三人称口吻叙事，叙说一对男女，手执兰草，相邀一起去参加上巳之日在溱与洧水边举行的宗教庙会活动。二人在河边沐浴被除不祥，说一些戏谑情话，分手时，则互赠芍药，以表离情。诗中男女相邀同游，自然大方，毫不忸怩作态。所述既有情节，亦有对话，已经点出汉魏乐府歌诗多以叙事为主，且往往夹杂对话的发展方向。

值得注意的是，周代社会男女交往，其实并不像有的学者所强调的那样自由开放。当然，在特别的节庆，或官方制定的特别场合，令男女汇集，大伙一齐调笑，是允许的①。但这并不表示，男女私下交往，完全没有约制，没有顾虑。《郑风·将仲子》可证：

> 将仲子兮，无逾我里，无折我树杞。岂敢爱之？
>
> 畏我父母。仲可怀也；父母之言，亦可畏也。/
>
> 将仲子兮，无逾我墙，无折我树桑。岂敢爱之？
>
> 畏我诸兄。仲可怀也；诸兄之言，亦可畏也。/
>
> 将仲子兮，无逾我园，无折我树檀。岂敢爱之？
>
> 畏人之多言。仲可怀也；人之多言，亦可畏也。

当今学界大多视为，此诗女主人公乃因父母兄长反对，人言可畏，万不得已，而拒绝男方的追求。此说亦通。但诗中展示的，也可能是一个年轻女孩私下已经交往了男友，担心父母兄长反对之辞。虽满心想他、念他，却又怕小伙子真的来相会，若是不顾一切，走进村子，翻过围墙，撞倒树枝，跑进院子里，让父母兄长街坊邻居发现，责怪起来，那就糟了。在后世文学作品中，"仲子"已成为"情郎"的代称。值得注意的是，父母兄长对女孩子擅自交男朋友的约束，甚至反对，已经出现了。换言之，"礼"的约束已出现在民间社会。当然，即使父母反对，因按捺不住，私下交往，偷偷恋爱的情形，古今相同。

《诗经》中的爱情诗，既包括相爱相聚之乐，也有离情相思之苦，其中最予人以美的感受之作，当属《秦风·蒹葭》无疑：

> 蒹葭苍苍，白露为霜。所谓伊人，在水一方。
>
> 溯洄从之，道阻且长。溯游从之，宛在水中央。/

---

① 据《周礼·地官》"媒氏"条，朝廷设有媒官，"中（仲）春之月，令会男女，于是时也，奔者不禁。"《十三经注疏》本，卷十四，第 10a 页。

蒹葭凄凄，白露未晞。所谓伊人，在水之湄。

溯洄从之，道阻且跻。溯游从之，宛在水中坻。/

蒹葭采采，白露未已。所谓伊人，在水之涘。

溯洄从之，道阻且右。溯游从之，宛在水中沚。

是一首抒发思慕追寻之情的诗。诗中"在水一方"的"伊人"，乃是思慕追寻的对象，不过，至于对象是男是女，则不能确定，也并不重要。全诗的主题，就是在一份思慕追寻的意趣中，流荡着一份朦胧缥缈之美，温柔缠绵之情，悠远空灵之境。秋水伊人，可望而不可即，引起的凄迷与惆怅，既甜美又伤感的情调，是《诗经》中的绝唱。诗中展现的情爱之境，如梦似幻，是虚犹实，只能意会，无法确指，可以引发不同的联想。诗中主人公所思慕追寻的，是情人？是知音？还是一种难以明说的朦胧理想？

爱情虽然甜美，令人着迷，但是人心非金石，爱情也会变质，尤其在结婚之后。《诗经》中有不少弃妇之辞，抒发被夫君或情郎遗弃之后的悲哀愁怨。其中最著名的有两首，均为"叙事诗"。先看《卫风·氓》：

氓之蚩蚩，抱布贸丝。匪来贸丝，来即我谋。

送子涉淇，至于顿丘。匪我愆期，子无良媒。

将子无怒，秋以为期。/乘彼垝垣，以望复关。

不见复关，泣涕涟涟。既见复关，载笑载言。

尔卜尔筮，体无咎言。以尔车来，以我贿迁。/……

是一首弃妇自诉之辞，以悔恨的口吻和沮丧的心情，自述其恋爱、结婚、勤劳持家，夫君却始爱终弃的经过。叙事中夹杂着抒情，且行文流畅，波澜起伏。既埋怨夫君不是，又自伤己身不幸，同时悔恨当初跌入情网。

更糟的是，被弃之后，回到娘家，还受到自己兄弟的耻笑。女主人公深深为过去的痴情和轻信而后悔，同时也以自己的不幸结局为教训，提醒其他女子，不要重蹈她的覆辙。其悔恨劝诫的语调，符合儒家的道德教化意识，历来颇受称颂。

另一首则是《邶风·谷风》：

> 习习谷风，以阴以雨。黾勉同心，不宜有怒。
>
> 采葑采菲，无以下体。德音莫违，及尔同死。/
>
> 行道迟迟，中心有违。不远伊迩，薄送我畿。
>
> 谁谓荼苦，其甘如荠。宴尔新昏，如兄如弟。/……

同样也属弃妇自述之辞。原以为可以夫妻偕老，没料到夫君变心，得新忘旧，恩断情绝。可是女主人公却情丝难断，悲哀、埋怨中，还糅杂着不舍之思，缠绵之意。后世评论者，对诗中流露的温柔敦厚、怨而不怒，赞不绝口。这也成为后世绝大多数弃妇诗的共同特色。大凡弃妇诗中的弃妇，都是一心一意、勤劳持家的模范妇女，而那个负心汉，都是二三其德、见异思迁的薄幸郎。这类作品，从此成为作者表彰妇德、争取读者同情而惯用的模式，以图达到劝诫或讽喻的效果。通过弃妇之美德，来对比男子的薄情寡义，把婚姻悲剧道德化了，不但是个人的悲剧，也是社会道德的问题。

《诗经》中这些吟咏爱情婚姻的作品，占有很大的分量，是周代诗歌之主流，可说是中国爱情诗的高峰期。两汉乐府歌诗之后，诗歌开始文人化，除了少数的例外，如东汉秦嘉的《赠妇诗》，西晋潘岳的《悼亡诗》，表达了对妻子的情爱，其他文人作者，如果写男女的绮情相思，多属乐府古辞中游子思妇之情的模拟，或效仿屈原于《离骚》中以男女之情比喻君臣之义。一般文人很少将自己的爱情经验入诗。直到齐梁时代、晚唐之际，爱情诗才在文人笔下稍稍恢复身价，但在中国诗歌发展的长河里，也只是次要的、短暂的现象。

第三节

《诗经》之特色与传统的开创

虽然《诗经》作品在漫长的五百年间有其发展演变趋势，但作为一部诗歌总集，经过文人乐官的整理、加工、润色，仍展现出一些共同的特色。这些特色，从文学史的观点，便具有传统的开创意义。在许多方面，成为后世诗歌的典范，可以看出中国诗歌的一些特质以及未来发展的方向。

一、颂美怨刺，吟咏情怀

颂美怨刺是《诗经》中吟咏情怀的重点。不过，整体视之，颂美之诗少，怨刺之作多，欢愉之情少，忧伤哀怨之情多。这最初可能只是出于采诗者或编录者的立场，却已经为未来的中国诗歌点出以悲哀为美的大致基调。虽然《诗经》为后世诗歌开启了抒情与叙事的传统，但是，除了《大雅》中五首有关周民族的"史诗"，以及散见于《颂》《小雅》，及《国风》中的一些个别篇章外，绝大部分作品都是抒情诗，属于个人吟咏情怀之作。即使那些可以称得上"叙事"之作，如《豳风·七月》《卫风·氓》等，也往往夹杂着抒情诗句（如《七月》），或点染着浓郁的抒情意味（如

《氓》）。周民族的史诗，虽属叙事之篇，但其目的在于记述史实，颂扬祖先，乃至于故事情节与人物形象未受重视。何况《诗经》中真正属于叙事诗者并不多。由此可看出，从《诗经》开始，已显示中国诗歌乃是以抒情为主，不太重视叙事诗的倾向。

反观与《诗经》大体属同时代，如公元前 10 世纪左右古希腊的荷马史诗——《伊利亚特》及《奥德赛》，这两部著名史诗成为西方诗的先驱，开创了史诗的传统，也奠定了西方文学以叙事传统为主的发展方向。《诗经》则奠定了中国诗歌的抒情传统，导致抒情诗成为中国文学的主流。

✤ ｜ 二、人间世界，现实生活

《诗经》中的诗篇，反映的主要是人间世界的现实生活经验和感受，洋溢着浓厚的生活气息与人间情味。除了极少数的例外（如《生民》），其中没有凭借幻想虚构，或超越人间的神话世界，也没有诸神和英雄的特异形象与经历。展现的主要是有关现实人生的政治社会，包括祭祀燕飨、征战行役、春耕秋收、家庭伦理或情爱婚姻的悲欢哀乐，处处体现出西周至春秋时期，重人事、求实际、讲现实的理性精神。虽然周朝继承殷商的天下，但是殷人敬鬼神，受巫术宗教影响很大，及至周朝，基本上已经推崇"礼乐"文化，乃至宗教渐渐脱离巫术迷信，进入伦理、政治的范畴，重视的是人间世界，即现实生活中的伦理、政治。周人祭祀的不是鬼神，而是人魂，亦即祖先神灵，是周朝的创始人、奠基者。以后的中国诗，乃至其他的文学样式，诸如散文、小说、戏曲，主要也是从人间世界现实生活为中心素材，流露的也是现实社会的生活气息与人间情味。

✤ | 三、政治色彩，道德意识

周代重视礼乐文化，认为音乐之美必须建立在符合礼仪的基础上，以便发挥政治教化的功能。这自然会影响到诗歌歌辞的内涵情境。无论是先祖德行功业的颂美、民族史迹的追述、君臣燕飨的乐歌、农事活动的记录、政治社会的怨刺，还是征战行役的哀叹，都染上显著的政治色彩和道德意味。即使爱情婚姻的吟咏，经过汉儒说诗的喧嚷，也往往令作品中仿佛具有"美刺"的宗旨。当然，《诗经》中的作品，最初也是因为有实用价值，才能辑集成书，流传于世。儒家强调诗可以陶冶人性、潜移默化的功能，经过编辑者以及文人乐官的加工整理润色，成为"官方"文学，自然难免带有政治道德色彩。加上汉代以后，这些诗篇已奉为"经"，成为五经之一，并认为《诗经》之创作，都具有"厚人伦、美教化、移风俗"的功能。后世的诗歌，乃至散文、小说、戏曲，也往往步其后尘，或是真的关怀政治教化，以政教伦理的传播为使命，或者勉强屈服于传统的要求，在作品中，附带一些言不由衷的道德教训。

✤ | 四、感情基调温柔敦厚

《诗经》中的抒情诗，无论是悯时伤乱，厌战思归，离情相思，无论是颂美，还是怨刺，感情基调都相当节制，看不到喷涌而出、一泻无余的激情。即使对政治社会的批判、埋怨、讽刺，往往也含蓄节制，适可而止。即使是《诗经》中最普遍的情绪——"忧"，无论是源自家国的悲痛，还是个人的哀伤，表现的也是一种"低回吟咏"的情调。加上儒家对《诗经》诗教功能的推崇，"温柔敦厚，诗教也"，从此为后世诗歌谱出基调。

✤ | 五、四言句式，联章复沓

《诗经》中的诗，是在不同时代，从不同地区收集来的乐歌，经过乐官的加工整理、修改润色，方形成大体一致的体制。今天称三百篇为"四言诗"，乃是一个笼统的概念，如《周颂》就不分章节，句子长短并不整齐，其他二《雅》与《国风》中，也偶尔杂有二至九言的句式。不过整体视之，四言仍可说是《诗经》的基本句式。四言句式标志了诗歌语言对日常口语的突破，也说明语言的"诗化"过程，是一个形式化的过程。整齐划一的四言句式，可以推想在演唱时，音乐旋律节奏，应该相当平和稳重，甚至有点单调。汉代以后，五言"流调"兴起，四言"正体"虽然断断续续一直有人在写，甚至西晋时代还出现四言诗"中兴"现象，但是在中国文学史的长河中，四言正体与五言流调相比，毕竟是日趋衰微不振，一般只有朝廷大典，或宗庙祭祀等隆重官方场合的乐歌，才沿袭四言句式的传统。然而不容忽略的是，四言句式，虽由五、七言所取代，但中国诗的诗句，一般要求字数大致相等，也可谓是《诗经》奠定的传统。

除了四言的基本句式之外，《诗经》中也常用联章复沓的形式，亦即重复几章之间，意义和字面都只有少量改动，形成复沓回环，一唱三叹的效果。每章四句，复沓三章组成一篇诗，是《国风》中最基本的形式。这原来是民歌的特色，流露集体唱和的遗迹。四言诗衰微后，这种联章复沓形式也随之没落。

《诗经》为后世诗歌开创的传统，以及对后世诗人创作的影响，显然并不限于主题内涵，或表面的躯壳体制，还有其为传达情思意念而采用的修辞技巧。

✤ | 六、赋比兴的修辞传统

《毛诗序》首先提出诗有"六义"说：

> 《诗》有六义焉：一曰风，二曰赋，三曰比，四曰兴，五曰雅，六曰颂。

按，"风雅颂"的含义，主要与音乐有关，前面已论及。至于"赋比兴"三者，其实都是汉人眼中《诗三百》的修辞手法。关于赋、比、兴的含义，历来学者往往有不同的解释、不同的体会。有时，一首诗运用的，到底是赋是比是兴，甚至意见分歧。不过，大体而言，赋、比、兴是指作品中三种主要的表现手法。

赋：就是陈述铺叙，特点是直接叙述事物，直接抒发感情，犹如当今所谓的"白描"。整首诗用赋者，如《周颂·清庙》《酌》，还有《大雅》中的民族史诗等。局部用赋者，则不胜枚举，差不多每一首都有。如《小雅·正月》：

> 正月繁霜，我心忧伤。……不自我先，不自我后。

又如《王风·黍离》：

> 知我者谓我心忧，不知我者谓我何求！

均是不用比喻或象征的直接叙述语句，这样的表现手法，就是"赋"。

比：即是比喻，包括明喻和隐喻（暗喻），如《卫风·伯兮》：

> 自伯之东，首如飞蓬。

明白说出首"如"飞蓬一般杂乱，以"飞蓬"喻"首"，即是明喻。另外《魏风·硕鼠》：

> 硕鼠硕鼠，无食我黍。……

通篇表面上写硕鼠之可恶，实际上却暗喻贪官。故而是隐喻。

兴：是以自然景物作为诗的发端起兴，引起感情的联想，颇接近西方文学观念的"意象"（imagery），尤其是具感发性的意象（evocative imagery）。《诗经》中，一般置于一首诗或一章诗的发端，如《小雅·鹿鸣》：

> 呦呦鹿鸣，食野之苹。

鹿群呼唤伴侣的呦呦鸣声，可以引起殷勤邀请群臣赴宴之情，并为整首诗强调了君王设宴、君臣和乐融洽相处的基调。又如《王风·黍离》：

> 彼黍离离，彼稷之苗。

离离下垂的黍子，随着季节的推移而苗长的稷苗，与终年漂泊行役无止者的沉重心情相符合。

《诗经》中的发端兴句，不单单具有主题的暗示、气氛的营造、情绪的酝酿等文学功能，还往往兼有"比"的作用。因此在传统论诗者中，常常引起争论。如《毛诗序》或许指某诗发端句为"兴也"。朱熹《诗集传》有时不同意，则云："比也！"其实赋比兴三者，有时在一首诗中交互出现，很难截然划分。直接陈述的"赋"，还算容易认定，"比"和"兴"往往混杂。因此，后世诗论者干脆不分，就说"比兴"如何如何。乃至"比兴"一词,就成为通过意象、象征、比喻等修辞手法,来传达有关政治教化情思意念的通称。诗中"比兴"的运用,反映诗人避免直接抒情的倾向,可令诗歌之抒情显得含蓄不露,委婉曲折,增添诗的言外之意,使之有韵味,令人回味不已。这是最受传统诗论者所称道者。而《诗经》中"比兴"手法的大量运用,在诗歌史上是开创性的,从此"比兴"成为中国诗人遵循沿袭且不断发展的基本表现手法。

✤ ┃ 七、解读分歧,诗无达诂

《诗经》所收录者,原来都属乐歌,音乐失传之后,才把这些乐歌的歌辞当作书面的诗来阅读。自汉代以来,无数学者以恢复《诗经》原貌,找出《诗经》原意为志业。不过,毕竟由于时代久远,资料欠缺,《诗经》中的作品常常引起不同的解读,即使排除汉儒以政教伦理说诗的影响,当今学界仍然有解读分歧的现象。当然,作品历时既久,经手亦多,又无作者主名,是令历代读者解读分歧的主要原因。不过就《诗经》作品本身的表现,或许可以找出解读这些诗篇之所以会引起分歧的缘由:

首先,《诗经》中除了少数叙事作品之外,多属抒情之章,而抒情诗所抒发的,主要是一份个人的情怀意念或心情感受,加上往往本事背景不明,诗中主人公的身份背景,亦缺乏具体事件的提供,自然容易引起解读的分歧。

其次,主人公的人物形象模糊。即使当事人是从"我"的角度自述,有时,甚至主人公是男是女,均性别难断。何况《诗经》中的作品,多非一人一时之作,原属累积的集体创作。因此,没有明确的个人语言,不闻独特的个人声音。抒发的情怀和心境，乃至倾向于一般化。

其三，大凡君臣、父子、夫妇、朋友诸人伦关系，均有相通之处。乃至诗人的悲哀愁怨，或愤恨懊恼的经验感受，亦往往类似。有时，到底是逐臣之辞、弃妇之辞，还是朋友之辞，的确令人踌躇。加上《楚辞》中已开始以男女喻君臣、弃妇拟逐臣，何况又受汉儒说诗的影响，因此后世读者也就习惯于把男女之情解读为君臣之义，导致以男女比君臣，逐渐成为文人遵行的创作传统。

其四，字词训诂有异，造成解读分歧。例如"君子"一词，在《诗经》中，凡是"士"阶层以上的贵族男子，皆可称"君子"。因此，一首诗中的"君子"，到底是指夫君？或君王？或其他贵族？往往引起争议，进而影响诗的解读。

其五，惯用的套语，甚至诗句借用现象频繁。相同或几乎相同的诗句，往往互相借用，乃至出现在不同诗篇中，失去其独特性，变得一般化，亦影响读者的解读。

其六，发端兴句难解。诗中多用比兴，不明说其旨，难免引起不同的解读。

以上这些现象，往往造成《诗经》中的作品均具有令读者解读之际各取所需的包容性。犹如崔述（1740—1816）《读风偶识》所云：

> 纵作诗者不必果有此意，而读此诗自可以悟此理。

亦即董仲舒（前179—前104）所称"诗无达诂"也。《诗经》中的诗篇，由作者的创作，赋予生命，复经读者的解读，获得再生。解读的分歧，证明其生命力的充沛旺盛。

小　结

《诗经》主要是北方中原文化系统中的产品，可说是一部周代的诗歌总集，囊括的时间自西周初年到春秋中叶，大约前 11 世纪至前 6 世纪，长达五百年左右。尽管时代久远，经手亦多，个别作品的创作时间、作者的身世背景，均难以确指，但整体而言，还是可以观察出其间发展的大致方向，掌握其逐渐演变的整体趋势。

《诗经》中的诗歌，主要由宗教仪式，进而成为宫廷娱乐，再进入社会生活，及至个人的经验感受。换言之，《诗经》中的诗篇发展大势是：

宗庙 → 宫廷 → 社会 → 个人

《诗经》诗人的关怀，也就是从社会的群体生活逐渐转向个人的身心。这样的发展演变趋势，将会是中国文学史中各种文学类型屡见不鲜的状况。

第四章

作家文学的开端
—— 楚辞

✤

第一节

绪　说

✤ ｜ 一、何谓楚辞

楚辞原来是泛指楚国地区的歌辞，以后成为专称，则指战国后期（前 4 世纪）出现于荆楚一带（江汉流域）的一种新的诗体，主要以屈原（前 340 ？—前 277 ？）的创作为代表，其次则是宋玉。楚辞之所以称为楚辞，就作者而言，最初由于其代表作家屈原、宋玉均是楚人；就其表现的形式而言，楚辞具有浓厚的地方色彩。盖楚辞作者主要是借楚国的山川风物、草木鸟兽，叙述个人的经验感受，乃至开创一种不同于北方《诗经》诗篇的独特文体。汉代模仿楚辞体的作家，即使并非楚人，但在体式与情怀方面，或祖式屈、宋，乃至其作品也归于楚辞之下，沿用其名。此外，又由于《离骚》是楚辞的代表作，故楚辞亦简称"骚"，或"楚骚"。

楚辞富于变化的句式，一开始就偏离《诗经》诗歌趋向整齐句式的大方向。这种长短不齐、具有散文倾向的骚体诗，遂成为四言诗与乐府古诗之间的一种特殊类型。随着以后的发展，楚辞的抒情性逐渐削弱，最终演变成一种以铺叙描写为主，散韵兼备的新文体——赋。

楚辞作品的创作与流传，曾因秦灭楚而中断。及至汉初，由于高祖、武帝、淮南王刘安均好楚辞，经过一番收集，才重见天日。西汉成帝时（前30—前7年在位），刘向辑录屈、宋诸作，加上后人的模拟之作，包括刘向自己的《九叹》，集为一书，统题为《楚辞》。东汉王逸（89？—158）继而作《楚辞章句》，又将自己的《九思》收入。从此《楚辞》即作为这一诗歌总集的书名流传于世。不过历代的《楚辞》一书，除了收录的屈、宋之作外，内容上有很大的出入。而王逸以其注屈赋之首功，后人还是习惯以王逸的章句版本为《楚辞》的"正宗"本子。

楚辞这一文学类型，"奇迹"般产生，自然有其孕育的因素背景。

❖ | 二、楚辞形成的背景

后世论及楚辞，或认为楚辞必然受《诗经》的影响，是"诗三百"的继承者。其实不然，楚辞与《诗经》并无直接的继承关系，而是另起炉灶，别创新体，有其独特的形成背景，也有其独特的体式风格。

（一） 荆楚文化的孕育

中原文化主要是以典重质实为基本精神，而荆楚文化则是以绚丽浪漫为其主要的特征。其实中原文化中，原来亦有不少巫教色彩，只是在西周以后已明显消退，可是南楚地区，直到战国时期，据《汉书·地理志》，君臣上下仍然"信巫觋，重淫祀"，民间的巫风则更盛。值得注意的是，楚人祭祀鬼神，不只是为了祈福消灾，而且"其祀必作歌乐，鼓舞以乐诸神"。歌舞乐的表演，自然不单单是娱神，也达到娱人的效果。

此外，中原文化的音乐、舞蹈、诗歌，通常视为"礼"的一部分，当作调节群体生活、表现伦理关系的媒介，强调的是"中正和平""温柔敦厚"。而楚国的歌舞乐，无论娱神或娱人，都比较讲究审美、愉情作用，而且重视人的情感的发泄。因此展示出比较显著的个体意识，比较激烈动荡的情感，奇幻华丽的表现形式。再者，南方气候温和，谋生较易，政治组织、宗法制度不严密，个人受群体的压抑较少，个体意识相应地也比较强烈。一直到汉代，楚人性格的桀骜不驯仍然举世闻名（《史记》《汉书》）。这些对楚辞作品中激荡的情感表现不无影响。

（二） 楚声楚歌的滋养

《诗经》的《周南》《召南》中，偶尔出现采自楚地的诗歌，只是所用形式和后来典型的楚辞，并不一致。刘向的《说苑》收有一首著名的《越人歌》：

> 今夕何夕兮，搴舟中流？今日何日兮，得与王子同舟？蒙羞

被好兮，不訾诟耻；心几顽而不绝兮，得知王子！山有木兮木有

枝，心说君兮君不知！

据《说苑》，楚康王（前559—前545年在位）之弟，鄂君子皙驾舟出游，舟者是越人，抱桨而歌，鄂君子皙不懂越国土语，因此找人翻译成楚歌形式。其参差不齐的句式，语气词"兮"字的运用，与楚辞相若。稍后数十年，又出现《孟子·离娄上》所引，相传为孔子所闻之《孺子歌》：

沧浪之水清兮，可以濯我缨；沧浪之水浊兮，可以濯我足。

楚歌体式和中原诗歌显然不同，并非整齐平稳的四言体，句式可长可短，而且句尾或句中时常夹杂语气词"兮"字。再就是现在保存于《楚辞》集中的《九歌》。今传《九歌》或许经过屈原的修改加工，但毕竟还保存了祭祀诸神时演唱的楚歌形式，其句式的变动，应该不会太大。

值得注意的是，楚辞虽然脱胎于楚地的歌谣，却发生了重大的变化。亦即脱离了音乐，独立出来，成为书面文学，而且篇幅大大加长了。汉人称楚辞为"赋"，取义是：

不歌而诵谓之赋。（《汉书·艺文志》）

屈原的作品，除《九歌》之外，《离骚》《天问》《招魂》等都是长篇巨制，显然不适宜歌唱，不应该当作歌曲来看待。据说楚辞需要一种特别的"楚声"腔调来诵读。可能类似古希腊史诗的"吟唱"形式。当然，"楚声"早已失传，汉宣帝（前74—前49年在位）时，能以楚声诵读楚辞者，已罕见了，所以才特地远至九江征召一个衰老的"被公"，到宫里来吟诵楚辞（《汉书·王褒传》）。

楚辞的出现，在文学史上是一个非常特异的现象。据《孟子·离娄》：

《诗》亡然后《春秋》作。

整个战国时期乃是历史与诸子散文的天下，独有荆楚一隅，产生了具有浓厚抒情色彩的楚辞。楚辞可说是由屈原奠定基础，也在屈原手中登峰造极。而后有宋玉、景差、唐勒几位辞人，成就均不如屈原，作品亦罕有流传。至秦灭楚，统一天下，楚辞的发展便告终止。后世的"骚体诗""骚体赋"，大都不脱模拟痕迹。因此，楚辞这一文学类型的兴起、繁盛、衰败，总共不过数十年间，而且几乎由屈原一人独立完成。楚辞和屈原是不可分的，没有屈原的创作，便没有楚辞。因此，论及楚辞，不能不论及屈原。

关于屈原的生平事迹，主要见于司马迁《史记·屈原列传》，尽管所记颇为简略，且时有交代不清之处，却仍然是最早、最可靠的资料。屈原生卒年问题，历来意见分歧，迄今尚无定论，目前比较通行的是：前340？—前277？年。据《史记·屈原列传》，屈原名平，生当楚怀王与顷襄王时代，出身贵族，与楚怀王同姓，属"宗臣"，尝任"三闾大夫"。据王逸注，三闾职掌王族三姓昭、屈、景之宗族事务，并负责督导楚王室贵族子弟的教育，为楚王朝培育人才。又任楚怀王"左徒"，是君王近臣，最初颇得楚怀王的宠信，"入则与王图议国事，以出号令；出则接遇宾客，应对诸侯。王甚任之"。但同朝的上官大夫与之争宠，在怀王面前进谗言，怀王"怒而疏屈平"。屈原被疏后，"疾王听之不聪也，谗谄之蔽明也，邪曲之害公也，方正之不容也，故忧愁幽思而作《离骚》"。此后怀王受张仪蒙骗，和齐国断交，及至得知中了反间计，又怒而两次伐秦，均遭惨败。继而又听信小儿子子兰的建议，亲自到秦国去会谈，结果囚秦而死。之后顷襄王即位，其弟子兰又令上官大夫在顷襄王面前进谗言诋毁屈原，顷襄王又"怒而迁之"，把屈原贬谪到江南。屈原"虽流放，睠顾楚国，系心怀王，不忘欲反。冀幸君之一悟，俗之一改也。其存君兴国，而欲反复之，一篇之中，三致志焉。然终无可奈何，故不可以反"。这时楚国已是内无贤臣，外无良将，国势危殆。公元前278年，秦将白起攻破郢都，烧毁楚先王的墓陵。屈原眼见祖国沦亡，悲愤伤痛之余，怀石自沉汨罗江而死。传说是农历五月初五日。

屈原悲剧性的一生，在司马迁充满同情悲悯的笔下，从此成为人臣"信而见疑，忠而被谤"怀才不遇者的典范，是后世的迁客逐臣缅怀、认同的对象。在文学史上，屈原是"骚体"文学的创始者，个人创作的第一人，作家文学的开端者。其长篇自叙的政治抒情诗《离骚》，以一单篇作品，地位之崇高，影响之深远，在文学史上是绝无仅有的。

第二节

《楚辞》主要作品概览

据《汉书·艺文志》著录，屈原有作品二十五篇，然未列篇名。东汉王逸《楚辞章句》标明屈原之作也是二十五篇，不过后世论者对这些作品真伪问题，众说纷纭。目前比较一致的看法是：《离骚》《天问》是屈原所作，已属共识。《九章》（九篇）虽杂有后人拟作之嫌，基本上仍视为屈原之作。《招魂》虽还有异议，大多还是遵循《史记》，当成屈原作品。《九歌》（十一篇）则是屈原在宗教祭歌基础上的加工润色改造。

《楚辞》中这些作品，形式不同，长短不一，且主题各异。但作为一种"文类"，其共同特色是：首先，皆与荆楚文化密切相关；其次，和楚歌的形式有类似之处；再者，与屈原之生平遭遇、经验感受仿佛相连。另外一点值得注意的是《楚辞》作品的标题，如《离骚》《天问》《涉江》《哀郢》《怀沙》《招魂》等，已不再像《诗经》作品那样，取首句中辞语为题，而是与作品主题内涵密切相关，透露出有意识的创作痕迹，这是文学史上一大进步。

✤ ｜ 一、《九歌》——祭神歌舞剧的加工润色

《九歌》是一套祭神的乐歌，这已是学界的共识。就其内容，显然是由巫师表演，由巫觋扮演祭祀的神灵（假托有神灵附身），又有群巫载歌载舞，以便达到迎神、送神、颂神、娱神的作用。但是，《九歌》辞章之优美，抒情写景之细腻，已表现出浓厚的文学意味。王国维《宋元戏曲史》甚至认为《九歌》已包含"后世戏剧之萌芽"。

㈠ 名称来源与写作年代

"九歌"原是古歌舞曲的名称。"九"并非实指，乃表示由很多乐章组成之意。这种由很多乐章组成的祭神歌舞曲，早在楚辞登上诗坛之前，已流传于沅湘之间。据王逸注，《九歌》是屈原在祭神歌舞曲辞的基础上，

加工改编而成的作品。关于屈原改写《九歌》的年代，大体有早期和晚期二说。一说认为，从内容视之，《九歌》源自民间宗教祭歌，经修改之后，作为民间祭祀之用。其写作，当有一段收集、整理的过程，或非一时一地之作。但最后写定，应是屈原晚年放逐江南，流浪沅湘之时。另一说认为，《九歌》虽属民间宗教祭歌，经加工润色整理之后，可能曾用于楚宫之宗教祭祀活动，为宫廷祭典的乐神之歌。或作于屈原任楚国三闾大夫期间（约楚怀王五年至十年，亦即前324—前319年），大约二十九至三十四岁左右。二说之写作年代虽不同，但共同点是，《九歌》乃是祭祀活动中演唱之用。

㊂ 篇章体制与所祀诸神

《九歌》的演唱实际情况，已难以确知。不过学界目前的共识是，《九歌》原是楚国的巫歌，是巫师执行祭祀职务时所唱的歌辞，而且载歌载舞，同时还扮演神鬼演唱。其中有巫师对神灵的赞美，巫师和神灵的对话，也有神灵与神灵的对话。这些以歌舞演唱的巫觋，可说是最早的职业演员。这样的祭祀场面，本身就具有赏心悦目的娱乐效果。

盖《九歌》共十一篇，除《礼魂》为终礼送神之曲外，其余每篇均各有其祭祀对象。就其内涵，或可大略分为两组：

1. 祀天神者五篇

其中《东皇太一》祭祀最尊贵的天帝；《云中君》祭云神（一说月神）；《大司命》与《少司命》乃祭司命之神，前者掌寿夭，后者掌子嗣；《东君》则是祭日神者。

2．祀地祇、人鬼者五篇

祭祀地祇者，有《湘君》与《湘夫人》，均为湘水之神；《河伯》是河神；《山鬼》是山神。祭祀人鬼者，则是《国殇》，乃为国阵亡之战士。

三　主题情调与香草花木

屈原改编《九歌》歌辞的动机，已不得而知。不过，从《九歌》本文视之，其中并无巫术咒语，即使祈福的祷辞，亦不明显。反而是娱神的歌舞场景，浓浓的抒情意味，成为笔墨重点。这正是《九歌》是诗，而不是巫歌的原因。同样是宗教性的祭祀乐歌，如《诗经·颂》中的作品，都是庄重肃穆的，显得板滞无趣，而且神灵往往高高在上，与祭祀者相隔遥远；《九歌》则不同，其祭祀场面活泼生动，神灵由巫师扮演，并有群巫伴随，或歌或舞，在敬神娱神之际，亦产生娱人的效果。神灵人格化了，赋予人的性格与情感，反映荆楚宗教文化中人神共处的特点。尤其显著的是，《九歌》中展现的主题，流露的情调，细致的描绘，不但是《离骚》的滥觞，同时也点出骚体诗抒情及描写艺术的发展方向。

1．离情相思的缠绵

《九歌》虽是祀神乐歌，但除了《东皇太一》《东君》《国殇》之外，其他都以离情相思为主调，或是神灵之间的恋歌，或是巫觋与神灵之间的依依离情。不论相思或离情，往往都含有相会无缘或相聚恨短的惆怅凄哀，流露出人间情怀的缠绵与无奈。如《湘君》与《湘夫人》的爱情，《河伯》

与情人的爱情，《山鬼》对情郎的相思。还有《云中君》《大司命》《少司命》中巫觋祈求神灵降临时的唱辞，宛如对情人的企盼，神灵匆匆离去时，又如何不舍……予人的整体印象是，不但神与神之间，甚至神与人（巫觋）之间，仿佛都会产生恋情，都在追求爱情，而最后总是好景不长，留下追求无望的凄哀与孤寂。

试看《湘君》：

> 君不行兮夷犹，蹇谁留兮中洲！美要眇兮宜修，沛吾乘兮桂舟。令沅、湘兮无波，使江水兮安流。望夫君兮未来，吹参差兮谁思！驾飞龙兮北征，邅吾道兮洞庭。薜荔柏兮蕙绸，荪桡兮兰旌。望涔阳兮极浦，横大江兮扬灵。扬灵兮未极，女婵媛兮为余太息。横流涕兮潺湲，隐思君兮陫侧。桂棹兮兰枻，斫冰兮积雪。采薜荔兮水中，搴芙蓉兮木末。心不同兮媒劳，恩不甚兮轻绝。石濑兮浅浅，飞龙兮翩翩。交不忠兮怨长，期不信兮告予以不闲！朝骋骛兮江皋，夕弭节兮北渚。鸟次兮屋上，水周兮堂下。捐余玦兮江中，遗余佩兮醴浦；采芳洲兮杜若，将以遗兮下女。时不可兮再得，聊逍遥兮容与。

当是祭祀湘水之神的乐歌，由扮演女神湘夫人的女巫演唱，与另一篇《湘夫人》可能是一对配偶之神。《湘君》以湘夫人（女神）的口吻诉说，等待湘君（男神）不至，而感到怨慕悲伤（有旧说或谓湘君即舜，湘夫人即舜之二妃）。整首诗抒发的是一份爱而不见、思而不遇的挫折与悲哀。同样的，《湘夫人》：

> 帝子降兮北渚，目眇眇兮愁予。袅袅兮秋风，洞庭波兮木叶下。……

相传舜妃为帝尧之女，故称"帝子"。属祭祀湘水女神之辞，由扮演湘君之觋（男巫）演唱，以湘君思念湘夫人的语气，极写望之不见、遇之无因的凄哀心情。

再如《少司命》：

> 秋兰兮青青，绿叶兮紫茎。满堂兮美人，忽独与余兮目成。
> 入不言兮出不辞，乘回风兮载云旗。悲莫悲兮生别离，乐莫乐兮
> 新相知。……

少司命乃是掌管人的子嗣之女神，由主祭的男巫演唱。诗中歌出巫师对少司命相知相爱的企盼，以及匆匆相遇又匆匆离别的悲哀。

值得注意的是，《九歌》中歌咏之缠绵的离情相思，其中蕴含的失望、挫折、凄哀、无奈诸情绪，会再度出现在屈原的《离骚》里。

2. 时光流逝的无奈

在《诗经》中已经表现了对于时光流转的意识。如《唐风·蟋蟀》：

> 今我不乐，日月其除。

但这只是一种惜取光阴、及时行乐观念的表露，并没有像《楚辞》中那样对时光流逝感到深切的惋惜、焦虑、悲哀。这在宗教祭祀的《九歌》中已见端倪。如上举《湘君》最后一段：

> 朝骋骛兮江皋，夕弭节兮北渚。鸟次兮屋上，水周兮堂下。
> 捐余玦兮江中，遗余佩兮醴浦；采芳洲兮杜若，将以遗兮下女。
> 时不可兮再得，聊逍遥兮容与。

上句说到早晨，下句已是黄昏了。在朝夕时光的流转中，女巫（扮演湘夫人）迫不及待地奔波于水涯和洲渚上，企图寻找湘君的踪影。但是湘

君始终没有出现，江面的景象是一片凄寂。一只鸟静静地伫立在祭堂上，江水无声地流着，而追寻湘君的时光，却一去不返，思念埋怨都没有用了，女巫在彷徨失意之余，只得想法自我排遣："时不可兮再得，聊逍遥兮容与。"

又如《大司命》：

> 折疏麻兮瑶华，将以遗兮离居。老冉冉兮既极，不寝近兮愈疏。

此乃女巫祈求主掌生命（寿天）之神大司命的唱辞。意指将香草绳麻和瑶华摘下来，送给即将离去的大司命，且自叹年华老去，若不能及时与之亲近，以后就愈来愈疏远了。再看《山鬼》中女神出场，来到约会地点，自唱之辞：

> 表独立兮山之上，云容容兮而在下。杳冥冥兮羌昼晦，东风飘兮神灵雨。留灵修兮憺忘归，岁既晏兮孰华予。

写山中女神赴约，情郎却始终未现，凄哀孤寂中，涌起一份被遗弃的感觉，无望的等待中，引发美人迟暮之悲。

这种时光流逝的无奈感，在《九歌》中俯拾皆是，连日神"东君"，对自己的徘徊流转，也会长长叹息，试看《东君》：

> 暾将出兮东方，照吾槛兮扶桑。抚余马兮安驱，夜皎皎兮既明。驾龙辀兮乘雷，载云旗兮委蛇。长太息兮将上，心低徊兮顾怀。羌声色兮娱人，观者憺兮忘归。

或属巫觋扮演日神的唱辞。日神眷恋人间的欢乐，眼见群巫祭祀，载歌载舞，祭坛声色迷人，观众看得憺然忘返，就连日神自己也依恋不舍，不想任时光流逝。

上举对时光流逝的焦虑和无奈，也处处浮现在《离骚》中。当然，这样敏锐的时光意识，非常个人的感受，在《诗经》作品展示农业社会的群体活动中，是较难出现的。

3. 伤感情调的徘徊

《九歌》虽是娱神娱人的歌舞祭辞，却总是流荡着一份徘徊不去的伤感情调，这份伤感情调，实与巫祀的传统有一定程度的关系。当然，这种以"悲"为美的巫歌，与有节制的"哀而不伤"的《国风》，有所不同。盖《国风》的悲哀愁怨，大多表现为一种感情的直接流露，《九歌》则表现为一种弥漫着对生命失望、追寻受挫的伤感情调和气氛。祭神的巫觋，焦虑地期待神灵现身，又目睹神灵仿佛已驾临却又匆匆离去，对神灵变幻莫测的态度，除了感到哀伤与无奈，同时也有一种被疏远、被遗弃的焦虑，以及追求诚信、向往情爱的挫折与失望。仿佛是一个心诚志洁的人格，总是遭受失恋的痛苦，面临迟暮的焦虑，经历被遗弃的悲哀。这些都会再度出现在屈原的抒情长诗《离骚》里，也将是以后心怀君王社稷的人臣抒发怀才不遇作品的主调。

4. 香草花木的描绘

《九歌》中处处可见各类香草花木的名称，充分展现对于"美"的体会与喜悦。这些芳香美丽的植物，或描绘为神灵降临之处的点缀装饰，如《湘夫人》中的祭坛：

> 筑室兮水中，葺之兮荷盖。荪壁兮紫坛，播芳椒兮成堂。桂
> 栋兮兰橑，辛夷楣兮药房。罔薜荔兮为帷，擗蕙櫋兮既张。白玉

分为镇，疏石兰兮为芳。芷葺兮荷屋，缭之兮杜衡。

整个祭坛都是以香草花木点缀而成。以祭坛如何芳香美丽作为歌颂的重点，目的是盼望神灵能够受美丽场面的吸引而降临。又如《少司命》首四句展现的神堂景物之美：

秋兰兮蘼芜，罗生兮堂下。绿叶兮素华，芳菲菲兮袭予。

巫觋歌颂秋兰蘼芜生满堂下，绿叶白花香气袭人，为的是渴望神灵为美丽的祭坛所吸引，应邀出现。这样的诗句，当然亦明显流露一份对美景当前的感动。

此外，香草花木亦可作为身上的装饰。有的神灵就喜欢用香草花木来装饰自己的身体。如少司命的装束是"荷衣兮蕙带"，山鬼的打扮是"被薜荔兮带女罗"，以此强调神灵爱美、好修饰的性格。为了取悦喜爱香草的神灵，祭神者亦往往用香草来装饰自己，以芬芳美丽的身体，强调自己的芳香纯洁，以求与神灵的认同。试看《东皇太一》中日神所见：

灵偃蹇兮姣服，芳菲菲兮满堂。

形容群巫舞姿绰约，服饰美丽，满屋都弥漫着芬芳。又如《云中君》所见：

浴兰汤兮沐芳，华采衣兮若英。

女巫在洒满芳香兰草的水中沐浴，又以缤纷的花朵作为衣饰，以取悦神灵。既然神灵与巫觋都喜爱香草花木，于是采集香草，或赠送香草，便成为表示人神交接的神秘经验之惯用语。试看：

采芳洲兮杜若，将以遗兮下女。（《湘君》）

折疏麻兮瑶华，将以遗兮离居。（《大司命》）

被石兰兮带杜衡，折芳馨兮遗所思。（《山鬼》）

《九歌》中的香草花木，增添了诗情画意，引发了美的感动，同时也净化了巫歌原有的巫术成分，成为纯洁和痴情的象征。

✤ | 二、《离骚》——第一篇自叙长篇抒情诗

《离骚》是中国文学史上第一篇由诗人自觉创作、个人独立完成的自叙长篇抒情诗，也是文学史上篇幅最宏伟的抒情诗。全篇三百七十二句（另有两句衍文），凡两千四百九十字（据游国恩）。当今学界均公认《离骚》是屈原的代表作，也是楚辞的代表。历代评论者在推崇《离骚》之余，往往将《骚》与《诗》（或《风》）并称，"诗骚"或"风骚"一词，遂成为中国文学传统的最高标准，甚至成为文学造诣、文化素养的代称。

（一）题意与写作年代

关于《离骚》题意的解释，历来颇多异说，当今学界大致认为，可能还是以司马迁、班固的解释最合古意。试看：

司马迁《史记·屈原列传》云：

> 离骚者，犹离忧也。

班固《离骚赞序》之训释更为明确：

> 离，犹遭也。骚，忧也。明己遭忧作辞也。

关于《离骚》的写作年代，司马迁于《屈原列传》云："（怀）王怒而疏屈平。"之后又于《报任安书》谓："屈原放逐，乃赋《离骚》。"前后说法并不一致，遂引起后世的疑惑与争论。历来对《离骚》写作年代主

要有二说：或作于怀王时代，遭谗见疏期间；或写于顷襄王时代，亦即放逐江南期间。目前学界较一致的看法是，作于被疏之后，亦即诗人将老未老之际，楚国将败未败之时。换言之，即楚怀王入秦、顷襄王嗣立之际。

㊂ 内涵与结构组织

《离骚》主要是屈原自述其个人在政治生涯和人生道路上的努力、挫折与忧伤。其中交织着对楚国政治黑暗的忧愤，对楚王的忠诚和留恋，乃至在悲哀愁怨中不忍离去的复杂情怀。全诗内容繁富，规模宏伟，而且重叠反复，一唱三叹，甚至抒情主人公的角色也忽男忽女，随时改变，令读者迷惑难解。即使经过历代注疏家的努力，甚至每个字、每句话的意思均解释出，但整首诗到底说了些什么，还未必能完全弄清楚。或许弄清全诗的脉络层次与结构组织，是读通《离骚》最关键的一步。但是历代读者对《离骚》段落层次的说法，就有数十种之多。目前姑且在前人研究的基础上，斟酌考虑，将《离骚》由序曲到尾声，共分五个段落，以览其内涵之大概：

1. 序曲：自述身世怀抱

帝高阳之苗裔兮，朕皇考曰伯庸。……乘骐骥以驰骋兮，来吾道夫先路。

首先树立自己高贵不凡的形象：与楚王同宗，家世高贵，生辰吉祥，名字嘉美；且才德出众，既有内美，又修身养德；唯恐虚度年华，功业无成，故朝夕勤奋，期能及时奉献，辅佐君王。继而追述其政治生涯。

2. 努力与挫败：致君尧舜的理想破灭

或可分为四个小段，自述经验感受，并明心志：

(1) 谗佞当道，君王昏昧

> 昔三后之纯粹兮，固众芳之所在。……余既不难夫离别兮，
> 伤灵修之数化。

标举尧舜之耿介，作为楷模，并对比桀纣之猖披，提出警告。可惜谗佞当道，我之忠贞不贰，楚王却不察，乃至信而见疑，忠而被谤。

(2) 培养人才，励精图治；人才变质，贤者变恶

> 余既滋兰之九畹兮，又树蕙之百亩。……虽不周于今之人兮，
> 愿依彭咸之遗则。

强调自己虽尽心尽力为楚国培植人才，励精图治，但人才变质，群小嚣张，贤者变恶；唯有我执善独行，不同流合污。

(3) 群小排挤，矢志不屈：挫败后的心情

> 长太息以掩涕兮，哀民生之多艰。……伏清白以死直兮，固
> 前圣之所厚。

人生固然多艰，自己修身洁行，"虽九死其犹未悔"，可惜灵修浩荡，不察我心。即使"众女嫉余之蛾眉兮"，造谣诬蔑，我亦不会与恶劣的环境妥协。

(4) 重复前意，绝不妥协，考虑远离政治，独善其身

> 悔相道之不察兮，延伫乎吾将反。……虽解体吾犹未变兮，
> 岂余心之可惩。

此处已流露出打算退出政坛、独善其身之意愿。不过，下文却又宕开笔墨，另辟蹊径，表露一份锲而不舍、追求理想的精神。

3. 追求与幻灭：叩阍见拒，求女无成，周游历览

(1) 听女媭规劝

> 女媭之婵媛兮，申申其詈予。……世并举而好朋兮，夫何茕
> 独而不予听。

乃是设想女媭（姐姐？侍女？）出言规劝，开导自己。盖因举世好朋，我这孤高好修者，当然无人了解。继而又向重华（舜帝）陈词：

(2) 向重华陈词

> 依前圣以节中兮，喟凭心而历兹。……揽茹蕙以掩涕兮，沾
> 余襟之浪浪。

列举历史上亡国之主与圣贤之君，说明得道则兴、失道则亡之理，并哀叹自己生不逢时。但是，他仍然不肯放弃，于是上天下地，继续追寻：

(3) 上下求索：叩阍见拒，求女无成

> 朝吾将济于白水兮，登阆风而绁马。……怀朕情而不发兮，
> 余焉能忍与此终古。

上下求索，为的是追求理想明君。首先，叩阍见拒，欲见天帝而不得，表示不见容于君王。继而是求女无成（求宓妃、简狄二姚）。盖因闺中邃远，哲王不寤，宓妃信美却无礼，简狄又无适当的媒人。换言之，自己既不见容于君，又不获知于世。既然举世无知音者，于是，求助于灵氛之占卜，遂引发不如去国远游、往观四方之意。

(4) 卜决：远逝与恋乡

> 索藑茅以筳篿兮，命灵氛为余占之。……仆夫悲余马怀兮，
> 蜷局顾而不行。

经灵氛占卜，指出楚国党人不辨贤愚，劝其去国远逝。可是，却又

"心犹豫而狐疑"。继而巫咸降神，举前世之事为例，劝其乘年岁未衰，不如去国远游，或许还可遇到明主贤君。经过一番考虑，既然楚国不可留，决定取灵氛之劝，远逝自疏。于是，驾飞龙乘瑶车，浩浩荡荡，如帝王出巡，却"忽临睨夫旧乡"，看见故国郢都，乃至悲伤不已。连仆人、马匹都举步不前，他又如何忍心离去。

(5) 尾声：从彭咸所居

> 乱曰：已矣哉！国无人莫我知兮，又何怀乎故都？既莫足与
>
> 为美政兮，吾将从彭咸之所居。

最后于"乱曰"中，直陈本意。既然举世滔滔，无一知我者，何必怀念故都？既然世无足以与我共同为理想美政而效力者，姑且"从彭咸之所居"。[①]

(三) **特色与传统开创**

1. 抒情主人自我形象的塑造

《诗经》中亦不乏优美动人之章，但历时既久，经手亦多，基本上是集体创作。屈原则是文学史上第一位自觉地从事文学创作的个人作家。其自叙抒情长诗《离骚》，已经展现个体意识的自觉，因此流露出鲜明的人格特征。全文主要是以自我为模型，通过一己的理想、遭遇、忧患、痛苦、激

---

① 屈原最后自沉汨罗江，当属可信，但《离骚》中，是否已吐露自沉之意，则有不同的看法。据林庚《彭咸是谁》，《离骚》所云："吾将从彭咸之所居。"以及《九章·悲回风》所云："托彭咸之所居。"乃是隐遁之辞，并非自沉之意。收入林著《诗人屈原及其作品研究》，棠棣出版社 1953 年版，第 63—73 页。之前，闻一多即认为"彭咸之所居"，非自沉之辞，当指下文"高岩之峭岸"。见闻著《楚辞校补》，收入《闻一多全集》，开明书店 1948 年版，第二册，第 436 页。

情，塑造成一个光彩照人的抒情主人公的高大形象。其以第一人称，强烈的自我意识，自述世系、出身、品德、抱负，描述其政治生涯和人生道路上的经验感受。尽管屈原始终心系楚王，关怀楚国，尚未能完全摆脱君臣之间的群体意识，却在忠君爱国的道德前提之下，保持独立的人格，埋怨君王不寤，指摘奸佞当道，表达其强烈的爱与憎，流露其绝对的自尊与固执，为抒情主人公打上鲜明的人格烙印，标志着中国文学创作的一个新时代。

2. 怀才不遇迁客逐臣的宣泄

《离骚》显然是一首政治抒情诗，抒发的主要是屈原在政治生涯中的经验感受。《离骚》大致作于见疏于怀王、遭谗受贬于顷襄王期间，换言之，此时屈原是以迁客逐臣之身抒发情怀。强调的是，身为楚国宗臣，却信而见疑，忠而被谤，以及遭谗见疏被逐之后，仍然眷顾楚国，心系怀王之忧愤。其中或悲命运不济，忠而受谗；或怨君王失察，奸贤不辨；或叹世浑浊不分，变白为黑，倒上为下。而迁客逐臣在心烦虑乱、踟蹰彷徨中，难免有贤君不可得之悲，孤寂之感，渐老之叹。可说都是有志不获骋、理想落空之后的宣泄。这些或可归纳为贤人失志、怀才不遇之悲情，从此为后世迁客逐臣、怀才不遇者之心声，立下文学典范。其后汉代辞赋作家悲士不遇之作，魏晋南朝，乃至唐宋以后诗人，因仕途受挫而抒发之迁谪情怀，即相因相承。亦是中国文学中，萦绕不去的主题。

3. 香草美君人臣男女的寄托

《离骚》中有关香草花木的大量铺写描绘，主要是源自巫觋的宗教祭祀，如前面论及的《九歌》可证。但《九歌》中采集香花，佩戴香草，始终与祭神的仪式有关。其用意不过是企图通过香草花木芬芳美丽的"魔力"，吸引神灵，召唤神灵降临。屈原《离骚》中的香草花木，不再是宗教仪式的一部分，不再是发挥"魔力"的媒介，而是诗人有意识地运用，有意作为文学的比喻。诸如：

（1）采集香草喻及时修德：

> 朝搴阰之木兰兮，夕揽洲之宿莽。

（2）佩戴香草喻品德贞洁：

> 扈江离与辟芷兮，纫秋兰以为佩。……揽木根以结茞兮，贯薜荔之落蕊。……非世俗之所服。

> 制芰荷以为衣兮，集芙蓉以为裳。

（3）种植香草喻培植或延揽人才：

> 余既滋兰之九畹兮，又树蕙之百亩。畦留夷与揭车兮，杂杜衡与芳芷。

（4）服食香草喻修养人格之高洁：

> 朝饮木兰之坠露兮，夕餐秋菊之落英。

> 折琼枝以为羞兮，精琼爢以为粻。

《离骚》中的香草花木，以其原有的芳香洁净的自然品质，作为内美的外现，获得一份美感，以及其中具有象征的道德含意，在中国古典诗词中，直接成为品德高尚的"君子"之化身。其幽香，象征君子的人格，其枯萎，则象征君子的寂寞。从此，香草始终与屈原的名字联系在一起，也是君子的化身。

此外，以"美人"为喻之处，亦不少。按，"美人"一词在先秦并不特指漂亮的女性，也可指有道德修养之士。换言之，"美人"可代表圣王、贤臣或善者。屈原于《离骚》中，有时以"美人"自居：

> 惟草木之零落兮，恐美人之迟暮。

此处美人当是喻"君子"，并强调青春年华之可贵，对草木衰落、时光流逝的叹息，总是和恐惧衰老，担心功业无成，乃至理想难以实现的紧迫感，联系在一起。但有时美人也象征理想的贤君，或知音者。按，《离骚》中描述三次"求女"的行为，即比喻对理想人物的追寻。不过，有时对疏远他的君王，排挤他的党人表示不满，于是变换角色，从一个"求女"（求婚者）的男子，转变为一个因遭嫉而失宠的女子：

> 众女嫉余之蛾眉兮，谣诼谓余以善淫。

进而用痴心女子责备情郎的口吻，埋怨楚王二三其德：

> 初既与余成言兮，后悔遁而有他；余既不难夫离别兮，伤灵
>
> 修之数化。

这种模仿失宠遭弃女子口吻，发泄政治际遇的牢骚，从此开创了中国文学中，以男女喻君臣，以弃妇拟逐臣的传统。在男女之情的表层下，寄寓着为人臣者怀才不遇的"政治失恋"。

4. 上下求索"追寻"母题的滥觞

屈原《离骚》在失意受挫之余，上下求索理想的"追寻"母题，其实源自巫术宗教仪式中巫觋对神灵的追求，或神灵与神灵之间的追求。如《九歌·湘君》中，女巫扮演湘夫人"望夫君兮未来"，于是决定驾飞龙去寻找：

> 驾飞龙兮北征，邅吾道兮洞庭。……

结果神灵始终没有出现，女巫只得丢些礼物到湘水中，寄望湘君的女侍或传信者通报一下，犹如登门拜访，主人不在，只好留下名片，怅然而去。

值得注意的是，屈原在《离骚》中如何借用巫歌的上下求索母题，赋予文学的生命与功能：一次"叩天门"，三次"求女"，均代表对贤君或同好君子的追寻，也是对生命理想的追寻，而且是不可能成功的追寻。从此成为后世文学作品中追寻母题的滥觞。

5. 依次类举周游母题的开启

与追寻母题往往密切相关的，就是"周游"母题。试看《离骚》中，诗人驾着飞龙拖的车子上征，后面还跟着一群光彩夺目的神灵，宛如帝王一般，浩浩荡荡地出巡：

> 驷玉虬以乘鹥兮，溘埃风余上征。……

> 为余驾飞龙兮，杂瑶象以为车。……

这类题材，原本也是巫师祭祀时的仪式。通过宗教信仰的幻想，周游宇宙四方，逍遥往返于天地之间，以展示自己的法力。此外，《离骚》中，诗人数次以"朝夕"对句，列举其周游所及的地点之寥廓，诸如：

> 朝发轫于苍梧兮，夕余至乎悬圃。……

> 朝吾将济于白水兮……夕归次于穷石兮，朝濯发乎洧
> 盘。……朝发轫于天津兮，夕余至乎西极。……

除了强调朝夕之间时光流逝之外，更重要的是，空间上的秩序安排。简言之，在天地宇宙的重要处，依次类举，总揽空间范围之寥廓，同时显示井然有序的宇宙秩序。这种"依次类举"的周游母题，开启了后世文学作品中，平衡对称的描写传统。如汉大赋总揽宇宙的空间描写，还有南朝山水诗上下四方的山水景物描写，均渊源于此。

6. 神话传说丽辞典故的运用

屈原《离骚》是中国文学史上第一篇有意识地以神话传说作为文学题材的作品，也是第一篇将古史作为文学典故之作，充分显示作家文学、文人作品的特色。由于《离骚》大量运用楚地的神话材料，通过奇丽的幻想，扩展了诗歌的境界，显示出恢宏瑰丽的特色，为中国古典诗歌的创作，开辟出一条崭新的道路。诸如神话中的地名：昆仑、苍梧、悬圃、扶桑；人名如：鲧、羲和、望舒，传说中的尧舜、伊尹、傅说等，还有古史中的吕望（姜太公）、宁戚（齐桓公时）作为君臣遇合的典故。

此外，《离骚》中大量铺陈华美艳丽的辞藻，增添了诗歌本身的美质。或可视为讲究文采、注意华美的前导，也是篇幅宏伟的汉大赋之先驱。

✤ ┃ 三、《九章》——迁客逐臣悲情的宣泄

㈠ 名称、篇章真伪、写作年代

《九章》包括九篇作品。据王逸《楚辞章句》，依次为《惜诵》《涉江》《哀郢》《抽思》《怀沙》《思美人》《惜往日》《橘颂》《悲回风》。不过，《九章》之名，并非原来就有。司马迁《史记》中，除《离骚》外，只举《怀沙》《哀郢》诸篇，并未言及"九章"。盖"九章"之名，可能是刘向编辑《楚辞》时所定。

关于《九章》个别篇章之真伪，众说纷纭，甚至有谓《思美人》以下，均属后代假托之作。即使历来论者相信《九章》均属屈原之作，对其写作年代，亦说法不一。当今学界认为非一时一地之作，则属共识。其中《橘

颂》最早，可能作于屈原被疏之前；《惜诵》《抽思》《思美人》则可能作于被疏之后；《哀郢》《涉江》《悲回风》《惜往日》《怀沙》等，则可能作于放逐江南时期。

二 主题内涵

按，《九章》的主题，其实与《离骚》大体类似，所表达的内涵情境，往往与屈原遭谗受逐的身世遭遇有关。其中除《橘颂》之外，各篇均反映某一生活片段，甚至与《离骚》词句雷同之处亦不少。只有《橘颂》一篇，则独具一格。篇中主要是以橘自喻，借颂橘而自颂其志，抒发美好的理想，歌颂高洁的品质与情操。名为《橘颂》，实为诗人峻洁人格的写照。又因为其中对橘树的细致描绘与刻画，一般认为是开启后世"咏物诗"的先河。另外，《怀沙》则通篇自述生平怀抱，仿佛流露一种向人世间告别的语气，因此自司马迁始，不少读者均视《怀沙》为屈原的绝命辞。

✤ 四、《天问》——问苍天

一 题意与写作年代

"天问"即问天之意，亦即表示对上天之诘难。这样一篇充满知识兴趣的作品，应该是文人创作的标志。历来注疏家均认为作于屈原遭放逐之时。由于篇中不时流露的愤懑忧思之情，可能作于怀王末年，亦即屈原遭谗被疏，流于汉北一带时期。《天问》之所以受到一般文学史家的重视，不单单是因为视其为屈原之作，更重要的是，其中保存了不少有关古代神话故事的零星线索，乃至成为当今中国神话研究者难以忽视的重要资料。

㈢ 内容与形式

就内容与形式而言，《天问》乃是中国文学史上绝无仅有的一篇奇文。全文包括三百七十多句，一千五百余言。作品以一个"曰"字领头，通篇皆用问语，一口气提出一百七十多个问题，举凡天地山川，神话故事，历史传说，天命人事，现实生活诸方面的疑难，均有所涉及。充分展现作者的"学识"。在形式上，则主要以四言为句，四句为节，而且韵散相间，错落有致。如：

曰：遂古之初，谁传道之？上下未形，何由考之？冥昭瞢暗，谁能极之？冯翼惟像，何以识之？明明暗暗，惟时何为？……日月安属？列星安陈？……

宛如一篇散韵相间的"赋"，而且有明显论事说理的倾向，无疑已经显示出汉代散文赋体发展的讯息。

✤ ︱ 五、《招魂》——魂兮归来

按"招魂"意指招亡者之魂归来。原本是楚湘地区一种民间习俗，通常由巫师致辞以招亡魂。《招魂》当属改造民间巫师招魂的形式，再创作而成。

（一） 作者、主旨、年代

《招魂》的作者是谁？诗中所招之魂，又是何人之魂？这两个问题历来都是争论的焦点。司马迁认为《招魂》是屈原的作品，王逸则认为是宋玉所作。目前学界大多取司马迁说。有关《招魂》主旨亦有二说，一是屈原自招其魂，二是屈原招楚怀王之魂。不过，从《招魂》所叙宫室之美，服食之奢，歌舞之盛，则其所招之魂，当非君王莫属。故屈原作《招魂》以招怀王之魂，此说较为可信。如此一来，《招魂》的写作年代也就解决了：盖怀王囚死秦国不久，屈原仍流放于江汉一带时。

（二） 内容与形式

《招魂》是一篇近三百句的长诗。全篇开头一段为引言，说明招魂的缘由，乃是因为有人魂魄离散，所以需要招魂。中间部分则为招魂之辞，大概可分为两部分：前半部乃假托"巫阳"之言，呼叫"魂兮归来"，极力渲染东西南北，以及天下、幽都之可怕，劝请亡魂不可留居；后半部亦频频呼叫"魂兮归来"，并竭力铺陈楚国宫廷的富丽奢华，以招亡魂归来。最后则以楚国沿途的风景描写，表达对亡魂归来的殷切企盼作结，流露出无限深情。试看其最后一段：

> 乱曰：献岁发春兮，汩吾南征。菉苹齐叶兮，白芷生。路贯庐江兮，左长薄。倚沼畦瀛兮，遥望博。青骊结驷兮，齐千乘。悬火延起兮，玄颜蒸。步及骤处兮，诱骋先。抑鹜若通兮，引车右还。与王趋梦兮，课后先。君王亲发兮，惮青兕。朱明承夜兮，

时不可以淹。皋兰被径兮，斯路渐。湛湛江水兮，上有枫。目极

千里兮，伤春心。魂兮归来哀江南。

《招魂》不同于《离骚》或《九章》以抒情见长，而是以铺陈描写艺术见称。无论"外陈四方之恶"，或"内崇楚国之美"，都极尽铺陈夸张之能事。其中铺陈楚国宫廷之富丽奢华，已为后世强调声色之娱的宫廷文学点出发展的方向。此外，《招魂》中描写环境的铺陈，辞藻的华美，实开汉赋之先河。尤其是"乱曰"一段，江南风景的抒情描写，以后会不断以各种形式出现在后世诗人作品中。

第三节

楚辞的流派与后继

屈原不仅开创了楚辞这一崭新的诗体，而且开创了文学史上第一个诗歌流派。据司马迁《史记·屈原列传》，屈原之后，楚国有宋玉、唐勒、景差之徒，均"好辞而以赋见称"。可惜唯一有作品流传后世，且有一定影响者，只有宋玉，故而得以与屈原并称"屈宋"。

宋玉（前320？—前263？）生平事迹，已难详考。从一些零星记载，得知宋玉是战国晚期的楚人。出身寒微，曾入仕顷襄王，才高位低，颇不得志。现存宋玉名下的作品，上承屈赋，下开汉赋。就其内涵题旨，或许可以分为两类，在文学史上，均有开创之功。

"九辩"之名，亦如"九歌"，原来是古曲名称。宋玉乃是袭用古题，创为新制。按，"九"代表多数，"辩"通"变""遍"。一遍即一阕，"九辩"当指由多阕乐章组成，或反复多遍演奏的乐曲。不过，现存《九辩》并非歌唱之辞，而是书面文学。

宋玉的《九辩》基本上是一篇师法屈原、模拟屈赋之作。其中直接袭用或间接采用《离骚》《哀郢》等作品中的现成句，有十余处之多。重述屈原论调，模仿屈原语气者更多。但《九辩》亦有其独创性，乃是一首借悯惜屈原而自述怀抱、自抒胸臆的长篇抒情诗。其中叙述事君不合，慨叹生不逢时，忧虑国事危殆，谴责谗佞当道，与屈原之作相同，透露了一些自己不遇的身世。不过，《九辩》作者并非君王近臣，而是以"贫士失职"之身抒情述怀，乃至与后世一般遭时不遇的文人士子之身份地位与经验感受遥相呼应。而且，论感觉的细致、语言的精巧，宋玉并不在屈原之下。《九辩》尤其善于写景抒情，形成一种备受后世论者称颂的情景交融境界。特别是开头一节"悲秋"的描写，对环境气氛的渲染，个人失志情怀的抒发，最令人瞩目：

> 悲哉秋之为气也！萧瑟兮草木摇落而变衰。憭栗兮若在远行，登山临水兮送将归。泬寥兮天高而气清。寂寥兮收潦而水清。憯凄增欷兮，薄寒之中人。怆怳懭悢兮，去故而就新。坎廪兮，贫士失职而志不平。廓落兮，羁旅而无友生。惆怅兮而私自怜。燕翩翩其辞归兮，蝉寂漠而无声。雁廱廱而南游兮，鹍鸡啁哳而悲鸣。独申旦而不寐兮，哀蟋蟀之宵征。时亹亹而过中兮，蹇淹留而无成。……

此处将肃杀萧瑟的自然秋景，与悲凉凄怆的诗人心情，融为一体。大大开拓了诗的情味意境，具有浓厚的悲伤情绪和感染魅力。文士悲秋情怀，从此成为诗歌创作中反复吟咏的母题。

宋玉的《九辩》，显然是借悲秋情怀，抒发一个"贫士失职而志不平"的悲哀。主要是以一份压抑的哀愁，传达其"惆怅兮而私怜"的情怀，塑造出一个坎坷不遇、憔悴自怜的贫士形象。宋玉的文名，他的不遇和牢骚，乃至见秋景而生悲的抒情模式，将会不断出现在后世诗人自悲不遇的作品中。

✖ | 二、艳情文学的先河——《高唐赋》《神女赋》《登徒子好色赋》

《昭明文选》第十九卷"赋"类，设有"情"这一项目，其中选录宋玉《高唐赋》《神女赋》《登徒子好色赋》三篇作品，可视为中国艳情文学的先河。当然，这些作品，是否真属宋玉之作，至今仍有争议。

《高唐赋》与《神女赋》是前后连续的姊妹篇，均是叙写楚王梦遇巫山高唐神女之事。《高唐赋》写楚怀王，描述怀王梦遇神女之美，以及游高唐景物之盛，全篇笔墨重点，在于铺陈高唐的景物奇观。《神女赋》则写楚襄王，描述襄王梦遇神女之情态，虽然神女仪态万千，引人遐想，却不可凌犯，最后以礼自防终结。全篇笔墨重点，在于写神女之美。另外《登徒子好色赋》，则写登徒子在楚襄王面前诋毁宋玉好色，襄王于是责问宋玉，宋玉就以楚国最美的女子"东家之子"，"登墙窥臣三年，至今未许也"为例，说明自己其实并不好色，好色者乃是登徒子本人。全文以劝诫楚襄王当专心国事、不为美色所乱为宗旨。

值得注意的是，首先，这三篇作品均运用美女的形象，来写缠绵跌宕的情思，但是已经不同于屈子《离骚》中的"求女"。按，屈子求女，乃是借求女表示求贤，是从政治教化的角度出发，而宋玉笔下之求美女或神女，虽有讽喻设为作品的架构，基本上还是从人生享乐出发，以声色之娱为重。其中细笔描述女性体貌神态之美，开创以后一系列写爱情主题的赋篇。诸如曹植《洛神赋》《美女篇》，王粲《闲邪赋》，陶渊明《闲情赋》，甚至影响到齐梁时期盛行的以描述女子容姿体态之美为笔墨重点的宫体艳情诗。

其次，倘若将宋赋与屈赋比照视之，语言上，宋赋更讲究追求辞藻形式的华美，状貌形态的描写亦更为细腻，可谓开启了汉赋描写艺术的滋生发展；内容上，宋赋虽然也含讽喻之旨，但"终莫敢直谏"（司马迁语），而是以委婉劝诫为主，此亦为以后汉代的辞赋，在极尽铺陈之能事中，又以劝诫为宗旨的文体特色。

第四节

小结——从《诗经》到楚辞

从《九歌》到屈原《离骚》，到宋玉《九辩》等作，虽然只有数十年时间，在楚辞本身的发展脉络上，我们发现，与囊括五百年间作品的《诗经》颇有类似之处。首先，楚辞作品显然同样也展现中国诗歌由群体的生活逐渐步入"个人化"的倾向。其次，虽然楚辞和《诗经》孕育于南北不同的文化土壤，表现出不同的风格气质，但是两者浓郁的政治关怀与道德意识，以及以抒情为主流的传统，却有其共通之处。自司马迁《史记·屈原列传》引西汉淮南王刘安所谓：

《国风》好色而不淫，《小雅》怨诽而不乱；若《离骚》者，可谓兼之矣。

后世诗文评论家，亦往往将两者并称。无论或云"诗骚"，或云"风骚"传统，均成为中国诗歌创作与鉴赏的共同源流。

不过，从《诗经》到楚辞，倘若从中国诗歌发展的长河视之，或可观其发展之大势乃是从"集体创作 → 个人创作"的演变痕迹。相应地，文辞的修饰，亦显现逐渐考究的倾向，亦即丽辞、偶句、排比逐渐增多。简言之，在屈原、宋玉等个人有意识的创作前提下，诗歌不仅要抒情，同时还要展现作者审美的趣味，令作品富有文采，令读者赏心悦目。这是先秦文学作品摆脱文学实用性，排除其功利价值，走向"文学化"的标志。

第五章

叙事文学的前驱

——历史散文

✤

第一节

绪　说

✤ ｜ 一、何谓"散文"

一般文学史中所谓"散文"，实指"散体古文"，乃是针对其行文与一般韵文、骈文相异的体式而言。按，韵文，主要包括诗赋词曲；骈文，则是指魏晋六朝以来，流行文坛，以骈俪为主，在词句上特别讲究对偶，并且重视音韵与用典的一种特殊文体（详后）。于是，大凡韵文、骈文以外的文章，一切以散行单句为体式的文章，包括史传、议论、奏启、序跋、书信等，无论有无文学性，均可归类于"散文"。而"五四"以后，受西方文学观念的影响，始将文学作品分为诗歌、散文、戏曲、小说四大类别。这时所谓"散文"，不仅区别于韵文、骈文，也区别于戏曲和小说，专指带有文学性的抒情、写景，或叙事、说理的文章。

传统的散文概念，把一切散体文章均称为"散文"，而且"文史哲"不区分，甚至文学与非文学混为一谈，也影响到今天文学史编写的态度与范围，乃至先秦史学与诸子著作之散体文章，均视为文学史中散文的源头。当然，先秦时期的散文，本质上还是属于历史记述或哲理学术著作。散文作为一种独立自主的文体，尚未确立，只是依附于历史或诸子著作而存在。

不过，从作品对后世影响的角度视之，诸子散文，以论说道理为主，是论说文的典范；历史散文，则以叙述人物事件为主，属叙事文学，或可视为古典小说叙事传统的奠基者。

❖　│　二、散文的萌芽——早期的文字记载

散文的产生，始于文字的记事。中国有文字可考者，由殷商的甲骨刻辞和铜器铭文开始。按，殷商时代，文字掌握在巫官手中，巫官身兼神的代理者，为王室的各种活动占卜，以文字推测或记录凶吉。因此，巫官"笔下"的卜辞，可视为散文最早的胚胎。试看：

（一）　甲骨卜辞

刻画在占卜用的龟甲或兽骨上的文辞，是殷商王室活动的占卜记录。这些文辞很简单，只是概括记录问答之辞，而且通常有句无章，往往语焉

不详。但偶尔也出现句型完整、语意明确之句。兹根据郭沫若《卜辞通纂考释》，试举二例：

> 戊辰卜，及今夕雨？弗及今夕雨？

意指，于戊辰日占卜，问的是，今夕会不会下雨。宛如今人对气象局天气预测的讯问。再看：

> 癸卯卜，今日雨。其自西来雨？其自东来雨？其自北来雨？
>
> 其自南来雨？

意指，癸卯日占卜，说今日会下雨。不过，这雨到底从西边来？还是从东边来？还是从北边来？还是从南边来？则难以确定。展现气象预测的困难。

从文学史的观点，戊辰与癸卯当日，巫师对气象的预测，是否准确，已无考，同时亦并不重要。值得重视的是，在散文的萌生与发展演变过程中，这些卜辞所显现的句型完整和语意明确。

(三) 铜器铭文

现存商周两代青铜器上的文辞，通常称"金文"或"钟鼎文"，大多记载王公贵族的事功，或对朝臣百姓的垂训颁赏。按，现存铜器铭文多为散体，偶尔也有用韵文者。商代铭文通常每则十几字或数十字，文辞简短，记述板滞，仅能勉强表达基本意思，仍属文字记载的雏形阶段。及至周代的铭文，篇幅则加长了，甚至有长达三五百字者。这样一来，可以较完整地记录历史上某件大事。试看周宣王（前 827—前 782 年在位）时的《虢季子白盘铭》，记述作器者与北方猃狁族作战立功受赏的情况：

搏伐猃狁，于洛之阳，折首五百，执讯五十，是以先行。

王赐乘马，是用佐王。赐用弓彤矢其央。赐用铖用征蛮方。

子子孙孙万年无疆。

文字虽短，这已经展示出简单的记叙文的架势，同时亦可说是记叙文的源头。

（三）　《周易》卦爻辞

《周易》被儒家尊为经典，分为"经"和"传"两部分。"经"就是卦爻辞。所谓"卦辞"主要是说明一个卦的总体，"爻辞"则解释组成每个卦的各爻。虽然《周易》原是占卜用的筮书，却也涉及商周之际的史事与民俗。其中卦爻辞，几乎都是支离片段的句子，不过，语气已经比甲骨卜辞或铜器铭文较为生动活泼。例如《周易·离·九四》：

突如其来如，焚如，死如，弃如。

意指，突然之间，敌人来了，烧毁房舍，杀死民众，弃尸遍野。文辞简洁，叙述生动，笔墨重点是在状况的叙述。再看《周易·中孚·六三》：

得敌。或鼓，或罢，或泣，或歌。

这是当今文学史或散文史论及渊源之际，最乐于引述的例子。意指军队得胜归来了，获得不少俘虏；有人击鼓欢庆，有人疲倦歇息，有人热泪滚滚，有人则放声高歌。这已经涉及战胜之后人的感情反应的生动叙述，显示出《周易》中的叙事已经初露文学的面貌。当然，其叙述仍然是简短片段，且有句无章，只能算是散体文章开始萌芽的阶段。

卜辞、铭文、卦爻辞，各就其本身性质而言，并非历史记载，仅对后人有史料价值而已。在文字表达方面，仍然相当简陋，不够成熟，而且文学意味淡薄。散文若要作为一种文体诞生与成熟，仍有赖史家、诸子之笔的耕耘。

✤ ｜ 三、散文的雏形——《尚书》：第一部历史文献集

古代散文的成形，实际上与史官著述的关系甚为密切。如经史官记录而保存下来的《尚书》，是中国第一部历史文献集，也是第一部兼记事（叙述）记言（议论）的总集，为后代散文的发展奠定了基础。

（一） 《尚书》的名称、性质、编订

"尚书"即"上古之书"之意。原本简称"书"，汉代以后因归入儒家经典，故又称"书经"。《尚书》其实是一部历史文献汇编，是春秋以前历代史官所记录并保存下来的政府重要文件和政论文字，其中包括虞、夏、商、周之书。《尚书》的成书年代难以确考，由何人辑集为定本，亦难确知。根据传统说法，孔子或许是"编次其事"者之一，但未必是最后的定稿者。

（二） 今古文之分及伪古文《尚书》

自汉代以来，《尚书》即有今文与古文不同版本之分。

今文《尚书》指的是，秦始皇焚书后，由汉初经师，故秦博士济南伏生凭记忆口授，用当时通行的隶书写成。古文《尚书》则有两种：一是汉武帝时陆续发现，由孔安国所献，用秦汉以前的"古文"书写者。但汉代

以后，古文《尚书》失传，现仅存篇目。不过，另外则有东晋时期豫章内史梅赜献给朝廷，声称是孔传古文《尚书》。然而自宋代以来，已证明此乃是后人"伪托"，并非先秦之作。故而现今所谓《尚书》，仍以"今文"版本为依据。

今文《尚书》共存二十八篇，其中《商书》《周书》，虽也难免经过后人增益删改，但作为商周古籍，是可信的。至于所谓《虞书》《夏书》，恐是口耳相传的祖训之类，由春秋战国时人追记或假托之作，并非真正的虞、夏之书。

（三）　《尚书》的文学价值

《尚书》收集的主要是官方文告，乃是一批不相连属的官府档案。不过，与甲骨卜辞、铜器铭文等相比，篇幅已经大为增长，无论叙述或论说，已开始注意条理和层次，甚至讲求结构艺术。当然，用现代眼光看，《尚书》还说不上是文学作品，但其中已存在不少文学因素。可谓是中国文学史上第一部"散文集"，其本身就具有奠基的意义。

按，《尚书》的文章，多属"记言"之作，其中亦不乏"记事"之文。风格特点是古朴简要，往往直抒胸臆，慷慨陈词，不事藻饰。不过，毕竟因时代遥远，对后世读者而言，《尚书》文字显得古奥艰涩，往往语句拗口难读，即所谓"佶屈聱牙"，欠流畅，是《尚书》在语言上的特点。尽管如此，仍然有的篇章并不显得单调乏味。例如《商书》，乃是殷商王朝史官所记录君王贵族的誓、命、诰、辞，其中《盘庚》上篇，记载商王盘庚欲自黄河以北，迁于殷，最初百姓不愿迁徙，盘庚便告诫大臣和庶民，要服从王命。其中有不少精彩的片段和句子：

非予自荒兹德，惟汝含德，不惕予一人。予若观火，予亦拙谋，作乃逸。

若网在纲，有条而不紊。若农服田力穑，乃亦有秋。汝克黜乃心，施实德于民，至于婚友，丕乃敢大言，汝有积德！乃不畏戎毒于远迩，惰农自安，不昏作劳，不服田亩，越其罔有黍稷。……

这可谓是殷王盘庚打算迁都时对臣民的演讲记录。所言大意是：并非我盘庚抛弃先王的德政，而是你们群臣，掩盖了我的美德，对我毫无畏惧。我现在就像热火一样，有旺盛的威严，只是没有计谋好，才使你们大为放纵起来。要像网结在网绳上，才能有条不乱；又好像农夫努力耕种，方能指望好的秋收。换言之，只有听从我的命令，辛苦迁徙，才能一劳永逸。文中所言，虽然语辞显得古奥，但盘庚讲话时的语气和决心，充沛的感情，尖锐的谈锋，传达出来了。前六句显示出威严，后四句则规之以训导。特别是"若网在纲，有条而不紊。若农服田力穑，乃亦有秋"的比喻，已是相当明显的文学"技巧"。

此外还有《周书》，载录周初至春秋前期的官方文献，其中许多文章，写得更为流畅生动。如《无逸》篇中，周公劝诫成王，要勤于国事，不能贪求安逸享受。从"君子"与"小人"对"劳"与"逸"的不同态度说起，继而列举勤于国事的先王事迹作为榜样，以及荒淫耽乐的昏君引为殷鉴。最终告诫"嗣王"（成王）谨记。不但层次分明，叙事清楚，流露出一个老臣对天子的拳拳忠心，又表现出长辈对晚辈的谆谆教诲之意。试节录其中一段为例：

周公曰："呜呼，君子所其无逸！先知稼穑之艰难，乃逸，则知小人之依。相小人，厥父母勤劳稼穑，厥子乃不知稼穑之艰难，乃逸，乃谚既诞。否则侮厥父母，曰：'昔之人无闻知！'"

意指在上者居于其位，是不许贪图安逸的。应该先懂得农耕的艰难，然后才考虑享受，这样就可以了解人民的痛苦。看那些小民，他们父母在田里辛勤劳动，儿子却不知劳作的艰难，只想如何享受，而且粗暴不恭，又放肆无礼，乃至于轻侮他们的父母，说什么"昔之人无闻知"（上了年纪的人啥也不懂）！用这些近乎家常语，动之以情，又晓之以理，身为老臣之忠心，长辈之慈爱，含蕴其间。

这样的文字表达，已具文学意味与修辞技巧，与甲骨卜辞已不可同日而语，比《周易》也有明显的进步。即使与《尚书》中的《商书》之文相比，也可看出记述逐渐趋于流畅的发展痕迹。

《尚书》可说是中国散文发展的一个重要阶段的标志。其行文简洁，对古代散文传统语言风格的形成，有一定程度的影响。另一方面，由于《尚书》距今毕竟年代久远，其中语言面貌和今日之差别颇大，加之口语和书面表达的不一致，以及当时书面表达受到刻写工具的限制，因为在甲骨、铜器或竹简上刻字时，只能比口语更"节省"，乃至显得艰涩难读。《尚书》之后，散文由于用途的不同，逐渐分化为叙事与说理两种类型，亦即历史散文与诸子散文。

第二节

历史散文的兴起与发展

总趋势：由简而详，由质而文；由记事记言而叙事写人。

✤ ｜ 一、背景概述

公元前 5 世纪至公元前 3 世纪，亦即春秋末期到战国末期，是中国社会大动荡、大变革的时期，不但旧制度崩溃，而且出现了新的社会阶层和政治集团。这时代表不同阶层、集团的政治理念与哲学思想，纷纷出现，代表不同学派的思想家，也应运而生。尤其值得注意的是，知识分子阶层，即所谓"士"阶层的崛起，促成诸子学说争鸣、历史著述争相出现。诸子之文为后世的说理文、议论文立下典范，而史家之文，则为后世叙事文学奠定了基础，甚至对后世中国小说的叙述模式与人物形象的塑造，均有深远的影响。

历史散文的兴起，实际上与时代的急剧变化有关。种种盛衰兴亡的时代事迹，促进历史观念的形成，认识到借取历史经验教训的重要。各国的史官，累积大量的历史资料，此时，像过去《尚书》那样记载王朝、诸侯诏命言辞之类的文字，已无法满足现实的需要，于是产生了新型的历史著作。

✤ ｜ 二、记事与记言的滥觞——《春秋》与《国语》

㊀ 《春秋》概览——第一部史传散文，以记事为主

《春秋》是中国第一部编年史，笔墨重点以记事为主，也是第一部史传性的散文。试介绍如下：

1. 名称与体例

"春秋"一名，原本为周代史书通用的名称。东周时期，一些较大的诸侯国，都有自己的国史，而且均采用编年记事的方式撰写，一般都称之为"春秋"。换言之，所谓"春秋"，就是指历史记载。如鲁国史书即名"春秋"。相传孔子即据此修订而成的第一部编年断代史，亦以"春秋"为名，于是"春秋"遂变为专名，专指孔子编订的《春秋》。

《春秋》实际上开创了编年体的先例，是一部编年体的大事记。乃是按鲁国国君"十二公"（鲁隐公至鲁哀公）的顺序，分年记事，从鲁隐公元年至鲁哀公十四年（前722—前481），以鲁国为主体，兼记与他国相关的历史大事。其记事不仅展现时代背景，且揭示同一时代，此一史实与彼一史实之间的相互关系。这一体例的产生，是一大开创。

2. 作者及成书年代

历来认为孔子是《春秋》的作者。实际上，当今所见主要乃是鲁国的《春秋》，为鲁国不同历史阶段的史官集体所撰，孔子则是在此基础上予以加工、修订。换言之，《春秋》是孔子依据鲁史修订而成的著作。学界一般认为当属孔子晚年之作。当然，从文学史立场，《春秋》仍然展现其某些文学特点。

3. 文学特点

（1）记事简明扼要

其实《春秋》不过一万八千余字，却记载二百四十二年的历史。其记事之简明扼要，颇类似今天的新闻标题，往往只用提纲挈领式的三言两语，记述大事梗概，很少细节的描述。不过，每一记述都标明时间、地点、人物和事件，已经具备历史记载的几个要素，可以算是春秋二百四十二年间的大事记或历史提纲。而且用语严谨凝练，有所谓"一字褒贬"的特点，与"佶屈聱牙"的《尚书》相比，标志着散文的发展和进步。如《春秋·隐公元年》云：

> 夏五月，郑伯克段于鄢。

仅以如此寥寥之语，记载郑庄公在鄢地击败其弟共叔段的反叛事件。其间的微言大义，遂成为历代读者争相探讨分析的焦点。

(2) 内容微言大义

孔子修撰《春秋》，主要是为了正君臣内外的名分。因此，有鲜明的政治意图和浓厚的道德色彩。并在修史过程中，暗寓了自己的"褒贬"态度，即后世所谓的"春秋笔法"。如上引"郑伯克段于鄢"一句，貌似寻常，实深含对郑伯的贬意。首先，君讨臣当为"讨"，国与国战争，战胜方称"克"。此处却用"克"，而不用"讨"，意谓共叔段乃是不尊其君，如同二君之战。其次，称郑庄公为"郑伯"，是说他不像一个国君，有意放纵其弟，养成其恶，然后又消灭他。故称"郑伯"，是"讥其失教也"，没有做到为兄的责任义务。其文之微言大义是：指称郑庄公与其弟共叔段二人，不君不臣，不兄不弟。

(3) 文学意味淡薄

《春秋》基本上是一部记述历史事件的著作，文学意味淡薄。由于其文重视一字之褒贬，后世读者亦视为一部具有"微言大义"的经典。或许又因此书与孔子的关系密切，乃至对后世的影响既深且远。后世的历史著作，或隐或显，都会效法几许"春秋笔法"，表达一些作者的褒贬之意。

此外，那些在遣词造句上刻意推敲者，往往亦自认是继承孔子的"春秋笔法"。

（三）《国语》概览——第一部国别史，以记言为主

1. 名称与体例

《国语》乃是国别史之祖，因分别记载周王朝及诸侯各国之史事，又以记言为主，故称"国语"。全书共二十一卷，分国记载周（三卷）、鲁（二卷）、齐（一卷）、晋（九卷）、郑（一卷）、楚（二卷）、吴（一卷）、越（二卷）八国史事。时间则上起周穆王，下迄鲁悼公。大体包括西周末年至春秋时期（约前 967—前 453），前后五百余年的历史大事。

2. 作者及成书年代

旧说是春秋时期，与孔子大略同时的盲者左丘明所作。但是，当今学界一般认为不可信。由于《国语》乃是各国史料汇编而成，并非出于一人一时一地，比较可靠的说法是：《国语》源自春秋时期各国史官的记述，可能与左丘明的传诵有关。后来又经过熟习历史掌故者的排比润色，在战国初年或稍后编纂成书。

3. 文学特点

(1) 记言为主，言中见人

按《尚书》多载训诫之辞，《春秋》于史实中寄寓了褒贬之意，《国语》则多记教诲之语。目的都在善善恶恶，记取历史教训。《国语》虽以

记言为主，记录贵族的言论，却言中见人，不同程度地揭示当时形形色色的政治人物（共叙及三百多人物），而且所叙人物中，已经有一些性格鲜明的人物形象。如《晋语》中的重耳、骊姬，《吴语》中的夫差，《越语》中的勾践等，较之《尚书》《春秋》，已大有进展，更具文学趣味。

（2）情节结构，有所创新

《国语》中包括两百多则长短不同的故事，各含繁简不等的情节，其中甚至不乏虚构和想象成分者，虽曾被责为"荒唐诬妄"，不过正是这些"荒唐诬妄"不实的记述，类似"创作"，体现出《国语》在情节构思上的"文学性"，受到文学史家的重视。此外，《国语》因重教诲，其所记载，往往不忘从中引出某种教训，作为"主题"。故无论文章长短，大都交代前因后果，有些篇章，已是线索清楚，层次井然，结构完整，标志着史家之文的新发展，亦是散文艺术的一大进步。试看《周语上·邵公谏弭谤》一段所言：

> 厉王虐，国人谤王。邵公告王曰："民不堪命矣。"王怒。得卫巫，使监谤者。以告，则杀之。国人莫敢言，道路以目。王喜。告邵公曰："吾能弭谤矣，乃不敢言！"邵公曰："是障之也。防民之口，甚于防川。川壅而溃，伤人必多；民亦如之。是故为川者决之使导，为民者宣之使言。故天子听政，使公卿至于列士献诗，瞽献曲，史献书，师箴，瞍赋，蒙诵，百工谏，庶人传语，近臣尽规，亲戚补察，瞽史教诲，耆艾修之：而后王斟酌焉。是以事行而不悖。民之有口也，犹土之有山川也，财用于是乎出。犹其原隰有衍沃也，衣食于是乎生。口之宣言也，善败于是乎兴。行善而备败，所以阜财用衣食者也。夫民虑之于心而宣之于口，

成而行之，胡可壅也？若壅其口，其与能几何？"王弗听。于是
国人莫敢出言。三年，乃流王于彘。

引文叙述西周厉王时期，因政治黑暗，民怨沸腾。而厉王却企图以
"杀人灭口"的方法，堵塞民意，消除民怨。邵公认为这样会造成反效果，
就如防止洪水，不能用堵塞的办法，而必须排除障碍，使水流畅，开导人
民，让他们把心里话说出来。

整体视之，《国语》重在记言，偏重说理，不在记事。如上举邵公的
谏辞，记录相当详细，至于事情的结果，只写了三言两语："王弗听。于
是国人莫敢出言。三年，乃流于彘。"当然，就其文章本身而言，可谓首尾
俱全，层次清晰，结构也算完整；语言平实自然，明白流畅。与《尚书》
的"佶屈聱牙"，已颇不相同，与《春秋》之简略，亦大有区别。

✤ ｜ 三、叙事传统的奠定——《左传》与《战国策》

◯ 《左传》概览——第一部叙事详尽的编年史，史传文学的滥觞

传统读者多认为，《左传》乃是为解释《春秋》中的微言大义而作，
故又称"左氏春秋"或"春秋左氏传"，且与"春秋公羊传""春秋穀梁
传"，并称"春秋三传"。其实《左传》并不传《春秋》，亦非经学之著，
而是一部独立撰写、自成一家之编年纪事体的历史著作。当然，其记事之
详尽，有助于说明《春秋》，故也不能说与《春秋》毫无关系。但值得注
意的是，《左传》所记，除了史实之外，还添加了不少传闻和闲话，因而
增添了文学趣味。

1. 作者与成书年代

司马迁认为《左传》乃春秋时代左丘明所作。不过唐代以后，读者对此多怀疑其可靠性。其实《左传》与《国语》一样，并非成于一人之手。《左传》乃是把《春秋》所述纲要式的编年记事，扩大为近二十万字的史传记事。始自鲁隐公元年，终于鲁悼公十四年（前722—前453），比《春秋》增多二十七年。大约成书于战国初年，与《国语》之成书同时或稍后。

2. 文学特点

《左传》之文，就其文学特点而言，无论叙事、写人、记言，均已臻至成熟。

（1）叙事

《左传》最突出的成就，即是善于叙事。从《春秋》那种纲要式的记述大事梗概，发展为详情细节的描述。例如：前引《春秋》篇章中简短的一句"郑伯克段于鄢"，及至《左传》中，则已变成洋洋洒洒的长篇记述。事情有了来龙去脉，人物也增多起来。而且人物之间的复杂关系，个别人物的性格，都展现出来了。基本上，《左传》之叙事，可谓文约而事丰，简洁而生动，而且结构首尾完整。比起以前任何一种历史著作，其叙事技巧之成熟，已不可同日而语。许多头绪纷杂、变化多端的历史大事件，都可以处理得有条不紊，繁而不乱，其中关于战争的描述，尤其为后人称道。

①叙述角度

《左传》作者主要是以记录者的身份，采取无处不在、身临其境的第三人称角度，向读者报告他的见闻。作者本人，并不介入所叙的事件中，只是会毫不迟疑地，在许多地方带权威性地，以"君子曰……"提出自己的判断，并评论人物事件。值得注意的是，作者虽然从第三人称客观角度叙述，却有鲜明的道德立场。所述人物的成败，战争的胜负，都与双方阵容的道德人品密切相关。

②情节结构

《左传》所叙人物事件的情节结构，主要是线型发展。首先，全书是按年代顺序记述，从公元前722年至前463年，包括春秋时期的主要政治、社会、军事方面的重大事件。相关个别事件，也是顺着时间逐步展现。其次，无论是以人物为中心的传记性情节，或以政治、军事的事件为中心的戏剧性情节，都是线型发展，且有明确的时间，总不忘提醒读者，某年某月又如何。再者，重视事件发生的全部过程，追究前因后果，讲求结局的完备。往往展现"起因 → 发展 → 结局三部曲"的模式。以后的《史记》，乃至唐宋以后的小说，大都沿袭这样的传统模式。

③战争描写——最为出色

《左传》作者写当时最著名的几次大规模的战役，诸如秦晋殽之战（僖公十五年）、晋楚城濮之战（僖公二十七和二十八年），均善于将每一战役放在大国争霸的背景下展开。不仅结构完整，情节动人，而且作者居高临下，驾驭全局，交代战争的来龙去脉，以及胜败的内外因素，揭示前因后果，故而显得波澜起伏，动人心弦。如"城濮之战"，乃是楚成王与晋文公彼此较量，以图争霸的一场重要战争，结果因楚国将帅不得其人而战败，遂令晋文公巩固了霸业。作者用了许多篇幅，介绍战争之前晋楚双方的准备情况，关于楚将子玉的"治兵"，晋侯的"教民"，均详细记述，于此中预示战争胜负的迹象，令人悟出最后战争的胜负，并非偶然。试看《左传》僖公二十七年和二十八年有关"城濮之战"一小段的描写：

楚子将围宋，使子文治兵于睽，终朝而毕，不戮一人。子玉复治兵于蒍，终日而毕，鞭七人，贯三人耳。国老皆贺子文，子文饮之酒。蒍贾尚幼，后至，不贺。子文问之，对曰："不知所贺。子之传政于子玉，曰：'以靖国也。'靖诸内而败诸外，所获几何！子玉之败，子之举也；举以败国，将何贺焉？子玉刚而无礼，不可以治民。过三百乘，其不能以入矣。苟入而贺，何后之有？"冬，楚子及诸侯围宋。宋公孙固如晋告急。先轸曰："报施救患，取威定霸，于是乎在矣！"狐偃曰："楚始得曹，而新昏于卫。若伐曹、卫，楚必救之，则齐、宋免矣。"

子玉是楚国大军的统帅，其刚愎不仁的个性与行为，就已经预示了这场战役的结局。其实《左传》中的战争描写，对后世历史演义小说有关战争的描述，有深远的影响。《三国演义》中精彩的"赤壁之战"，乃至《水浒传》中"三打祝家庄"等，都有模仿《左传》的痕迹。

（2）写人

《左传》涉及形形色色的历史人物。全书有姓名可稽考者，近三千之众，其中形象鲜明的，具有一定个性的人物，为数亦不少，可说是第一部开始注意"人"的作品。其中令历代读者印象深刻的人物，包括老谋深算、虚伪奸诈的郑庄公，历经艰难、终成大业的晋公子重耳，勇于进取、厉行改革的吴王阖庐，忍辱负重、志在雪耻的越王勾践等，都是著名的例子。试看《左传》僖公二十三、二十四年（前635、前634）记述晋公子重耳之出奔：

晋公子重耳之及于难也，晋人伐诸蒲城。蒲城人欲战，重耳不可，曰："保君父之命而享其生禄，于是乎得人；有人而校，罪莫大焉。吾其奔也！"遂奔狄。从者狐偃、赵衰……

过卫，卫文公不礼焉。出于五鹿，乞食于野人，野人与之块。公子怒，欲鞭之。子犯曰："天赐也。"稽首，受而载之。及齐，齐桓公妻之，有马二十乘。公子安之，从者以为不可。将行，谋于桑下。蚕妾在其上，以告姜氏。姜氏杀之，而谓公子曰："子有四方之志，其闻之者，吾杀之矣！"公子曰："无之。"姜曰："行也！怀与安，实败名！"公子不可。姜与子犯谋，醉而遣之。醒，以戈逐子犯。……

重耳乃是晋献公的儿子，不过晋献公因受骊姬谗言，逼迫太子申生自缢而死，重耳与夷吾同时出奔。事件以重耳的流亡为重点，叙述他如何在多年颠沛流离的艰辛历程中，饱经磨难，终于在秦穆公支持下返国，夺取君位，成为一个建立春秋霸主之业的晋文公。所述重耳的出亡，长达十九年，总共经历八个国家，牵涉的人物众多，事件繁杂琐碎，然而却能有条不紊。上引这段只是叙述重耳经过卫国、齐国的遭遇。重耳在卫国时，受饥饿之苦，在齐国，则因受齐国国君厚待，且为他娶妻，于是终日饱食暖衣，生活安逸，似乎并无大志……

全篇故事，情节生动曲折，颇具戏剧性的效果，且已具有历史小说的意味。就文学史的角度，《左传》值得注意的是：

①以言行刻画人物

《左传》作者很少直接告诉读者，某个人物的性格是什么样的，也没有人物外貌特征的直接描绘，只是偶尔会描写一下人物的穿着。刻画人物最主要的方式，就是通过人物的言行，亦即听得见、看得到的对话和行动，有时还通过其他人物的口头评论。例如上段引文中，重耳拒绝蒲城人愿意为他作战和争取权益，却宁愿自己出奔的一段言行记述，已经点出公子重耳的仁厚性格。

②人物形象类型化

《左传》中的人物，虽然不乏形象生动者，可是，一旦被作者固定为某一种类型，如明君、忠臣、奸官、恶吏等，通常就保持固定不变。乃至人物性格没有成长或发展的空间，很少有机会能跳脱出其固定的类型。因此，展现在读者面前的，往往是静止的、扁平的类型人物。这些类型的人物，在整个故事中，通常保持不变的性格，固定的形象。就如晋公子重耳，出亡前和出亡后，基本上维持同样的仁厚性格形象，尽管他游历了八个国家，总共历时十九年之久。不过，吴王夫差似乎是少有的例外。他的性格前后发生明显的变化，而且是一个由"好"变"坏"的例子。

《左传》中人物的类型化，为以后的《史记》指出"归类立传"的方向，并且为中国古典小说中人物类型化的传统，立下典范。

③道德镜鉴的倾向

《左传》作者撰述过去的历史，或许可以补充并说明《春秋》中所载的简略编年事件。不过其更重要的宗旨，则是以史为镜鉴。亦即由前代的治乱兴亡，可以记取教训，为在位者提供历史镜鉴和榜样。乃至往往以道德规范来概括人物形象的性格特征。例如晋公子重耳，即以其仁爱忠厚的性格，最终方能够扭转逆势，而且成就霸业。

(3) 记言

就《左传》的记言视之，可谓言而有"文"，是其特点。《左传》的行文，不仅简洁凝练，委婉含蓄，而且典雅博奥。尤其是所记各国外交活动时的外交辞令，往往言简而意深，委婉而有力。其实，春秋时期，诸侯之间的外交，诸如盟会或聘问，已相当频繁。尤其屡遭欺侮的弱小之国，外交活动中的出使者，肩负重要的使命，其外交辞令已成为弱国保护自身利益、争取生存空间的一种重要手段。外交官的"辞令"，甚至关系到此国之安危。

3. 小结

《左传》可说是中国古代历史散文的典范，为后世的历史著作指出发展的方向。从文学角度看，《左传》最值得注意之处，还是在于记叙历史事件与人物时，并不完全从史学价值考虑，而是时常注意到事件的生动有趣。常用细致生动的情节，逼真的对话，来表现人物的形象。这些都是显著的文学因素，且直接影响了《战国策》《史记》的写作风格，形成文史结合的传统。

(三) 《战国策》概览 —— 第一部以策士活动与辩辞为主的史著

《战国策》不仅是战国之史，也是策士纵横家言。换言之，既是一部历史著作，也是一部以策士言论为主的散文汇编，其中亦史亦文，史实与传闻参半。

1. 名称、作者、年代

《战国策》在未经编校成书之前，有各种不同的名称，诸如《国策》《国事》《短长》《事语》《长书》《修书》等。西汉成帝时，刘向受诏领校秘书，始将所见各本加以整理汇编，除其重，得三十三篇，辑集为一书，定其名为《战国策》。其记事时代，则上接春秋，下至秦并六国，约二百四十年（前460—前221）之历史。

《战国策》实并非一人一时一地之作，乃是经刘向编校成书，其作者已不可确指。不过从书中的鲜明"纵横"色彩看来，除了史官的记载之外，不少材料当出于战国末期，或秦汉之际的纵横家，或习纵横家之术者。

2. 文学特点

全书汇集并保存了战国时代一些重要的史实与传闻，并无系统完整的体例，均是彼此独立的篇章。主要是记述当时的谋臣策士游说各国或互相辩论时，所提出的政治主张和策略。其间真伪参半，不可尽信，这也正是其文学价值所在。

（1）以人物活动为记叙中心

按，《战国策》因不受"编年"的限制，开始以人物的游说活动为记叙中心，进而记言、记事。由于策士通常是游走各国，可以择君而辅，比较自由，所以书中往往强调"士"的尊严，肯定个人在政治外交诸事件上的功能。有时当然不免夸大，但这夸大中，显示"士"阶层的自信，社会地位的崛起，同时点出"个人"言行的重要性。

《战国策》中，涉及的人物层面相当广泛，上自国君、太后、王孙公子，下至游士谋臣、侠客策士、嬖臣宠姬，均收罗于书中。而且所写人物，各具姿态，各有性格。同样的，主要还是通过言与行来刻画人物性格，与《左传》相比，则显得更为细致。试看《齐策》中记述"冯谖客孟尝君"一段：

> 齐人有冯谖者，贫乏不能自存，使人属孟尝君，愿寄食门下。孟尝君曰："客何好？"曰："客无好也。"曰："客何能？"

曰："客无能也。"孟尝君笑而受之曰："诺！"左右以君贱之也，食以草具。居有顷，倚柱弹其剑，歌曰："长铗归来乎，食无鱼！"左右以告。孟尝君曰："食之比门下之客！"居有顷，复弹其铗，歌曰："长铗归来乎，出无车！"左右皆笑之，以告。孟尝君曰："为之驾，比门下之车客！"于是乘其车，揭其剑，过其友曰："孟尝君客我！"后有顷，复弹其剑铗，歌曰："长铗归来乎，无以为家！"左右皆恶之，以为贪而不知足。孟尝君问："冯公有亲乎？"对曰："有老母。"孟尝君使人给其食用，无使乏。于是冯谖不复歌。

全篇文章实由三个部分组成，以上引文只是第一部分，写冯谖客孟尝君的经过。主要以"弹铗作歌"，展现冯谖以非同寻常的方式试探孟尝君，隐约透露出这位寄食者身上异于常客的气质。其后第二部分，叙述冯谖为孟尝君"市义"的举动。按，孟尝君原先不过是派冯谖到薛地去收债，未料冯谖却矫命焚烧债券，目的是为孟尝君收买民心，显示其胆略才干和奇谋异智。第三部分，则写孟尝君在齐国被免官，冯谖如何替他到魏国去宣扬，乃至魏国派遣使者意欲聘孟尝君为相，引起齐王的注意，终于恢复了孟尝君的相位。

就上引这一段所写冯谖的奇特言行，显示他如何富于心计，企图借此试探孟尝君轻财好士的诚意。不过要在三千门客中引起孟尝君的注意，并非易事。因此，冯谖没有正面夸耀自己的才干，却以异于一般门客，自称"无能""无好"的方式，引人瞩目。继而又三次弹铗作歌，有求于孟尝君，甚至提出非分的要求，进一步显示自己与众不同。这些言行，实际上都是设法从反面印象引起孟尝君对他的注意和兴趣，同时又反衬出孟尝君的胸襟和抱负。通过冯谖的言行，与孟尝君的反应，两个人物的人格特征，都展现出来了。

(2) 以环境描写渲染气氛，烘托人物

《战国策》作者有时还通过描写环境，渲染气氛，来烘托人物的精神风貌，增强故事的感染力。如《燕策》中著名的"荆轲刺秦王"，描写荆轲为报答燕太子丹的知遇之恩，决定为他去行刺秦王。当时秦国国势何其强大，秦王戒备又何其森严，此去无论能否刺杀成功，荆轲都必死无疑。荆轲心里清楚，他的好友高渐离也知道，燕太子丹，还有他的部下门客也都知道。试看《燕策》中荆轲上路时，"易水送别"一段的动人描述：

> 遂发，太子及宾客知其事者，皆白衣冠以送之。至易水上，既祖取道，高渐离击筑，荆轲和而歌，为变徵之声，士皆垂泪涕泣。又前而为歌曰："风萧萧兮易水寒，壮士一去兮不复还！"复为慷慨羽声，士皆瞋目，发尽上指冠。于是荆轲遂就车而去，终已不顾。

这段描述，有强烈的感情色彩，浓厚的文学意味。在慷慨悲壮的环境气氛中，荆轲"为知己死"的英雄形象，极为动人。后来司马迁几乎未加改动，将《战国策》中有关荆轲的部分，录入《史记·荆轲列传》。

另外，《战国策》中所记一些策士的说辞，常常引用生动的寓言故事，其中有些一直流传至今，成为日常生活中习用的成语。如《齐策》中的"画蛇添足"、《楚策》中的"狐假虎威"、《魏策》中的"南辕北辙"等均是。

《战国策》虽是一部史书，在散文史上则具有承先启后的作用。司马迁《史记》中人物形象的塑造，在很大程度上受到《战国策》的影响。此外，秦汉的政论文章，汉代的辞赋，都延续《战国策》辞采华丽、铺排夸张的风格。

✤

第三节

小　结

先秦历史散文，从甲骨卜辞，到《周易》卦爻辞，到《尚书》《春秋》《国语》，到《左传》《战国策》，实经过漫长的演变过程。其发展的轨迹大致如下：

作者方面，由巫官到史官到民间史家，逐渐脱离宗教，走向人文。作品方面，则是由官方文献，到私人著述。就内容视之，乃是从贵族的言行，扩大到"士"阶层的言行记录；由实用的历史文献、官方文告，到文学性的历史叙述。就其叙述风格视之，则是由简而繁，由疏而密的发展。亦即从单纯的记录（记言记事），到具有文采的叙述描写（叙事写人），换言之，从粗略记言记事，进而为叙事生动、描写人物形象鲜明的史传文学。

综合上述，或许可以看出先秦历史散文的发展总趋势：亦即官方色彩逐渐削弱，文学意味相应地增强，乃至作品流露逐渐文学化的痕迹。对君臣社稷的群体关怀，则逐渐转向个体身心的关怀。显示由于"士"的地位崛起，个人开始受到重视，个人在历史上扮演的角色，为史家所注意。因此，《史记》《汉书》等，以人物为中心的纪传体的史传文学，将要应运而生。

当然，先秦散文中，除了上面章节介绍的历史散文之外，同时还出现许多说理议论的哲学著作，对于后世的说理议论文章，亦有一定程度的影响，文学史一般将之归类于"诸子散文"。

第六章

说理文章的肇始
—— 诸子散文

第一节
绪　说

　　所谓"诸子散文"，乃是指先秦诸子论著中，以散体古文撰述的说理议论之文而言。其实，诸子论著之兴起，与历史著述相同，也是在周室衰微、政治社会动荡变革之下的产物。按，春秋之前，学在官府，并无私人之师，亦无私家著述。自春秋后期到战国末，王道既衰，礼崩乐坏，乃至学术下移，遂导致具有学识文化的"士"阶层之兴起，官学于是流入民间，私人讲学盛行，私家论著也相继问世，因而出现了"百家争鸣"、纷纷著书立说的盛况。所谓"百家"，并非实指其数，不过是强调当时学术流派之"多"而已。班固于《汉书·艺文志》即尝标举儒、道、阴阳、法、名、墨、纵横、杂、农、小说等十家。当然，诸子各家各派之论著，特色各异，风格不一，各有其独特的思想体系与理论重点，提出不同的政治主张或人生哲理，并且成为中国学术思想的鼻祖。

尽管先秦诸子论著的主要贡献在于宣扬各家的学术或哲学主张，并且成为中国学术与哲学思想研究的中心，但就文学史的立场，重视的乃是这些诸子论著的"文学"意义与可能影响。包括各家以散体古文为主的写作风格，如何在不同程度上展现了文采，并将说理议论之文推展至一个高峰，成为文学史上说理议论文章的重要源头。

第二节

诸子散文的兴起与发展

总趋势：由简而繁，由疏而密；由片段语录至长篇说理议论

先秦诸子散文也经历了由简而繁，由疏而密，亦即由片段简短语录体而朝长篇专题论文的发展过程。不但展现哲理宣扬的高度自觉性，同时在文章本身，显示组织渐趋严整、说理越来越周密的现象。尤其值得注意的是，某些诸子之文，在说理议论过程中，讲求文辞技巧，流露抒情意味的现象。就散文的体式而言，先秦诸子之文，大体上是从简洁的语录体（包括对话），朝向长篇说理议论之文的方向发展。

✦ | 一、早期语录体：《论语》《墨子》

论及先秦说理之文，首先必须提及的影响人物，即是孔子与墨子（名翟，前 480？—前 420？）。两者分别为先秦儒家、墨家的开山祖师。有关他们的言论，主要见于春秋战国之交的《论语》和《墨子》，分别为儒、墨两个学派的经典著作。在散文艺术的发展上，则同样是早期语录体的代表。

（一）《论语》概览

1. 成书与体例

其实《论语》之名，乃是编纂者所定。根据班固《汉书·艺文志》："《论语》者，孔子应答弟子时人及弟子相与言而接闻于夫子之语也。当时弟子各有所记。夫子既卒，门人相与辑而论纂，故谓之《论语》。"当今学界亦大致同意班固的意见，并认为所谓"论"，乃指论次编纂，"语"则指孔子及其弟子的言语谈话。"语"经"论"纂，故称《论语》。

《论语》基本上是辑集孔子的言行录，兼及孔门弟子和时人的言行之著，大约是战国初年，由孔子弟子或再传弟子辑录编纂而成书，是历来研究孔子思想以及先秦儒家哲学之宝典。《论语》全书近一万六千字，共二十篇，每篇包含若干小节，主要是由零星片段的语录汇集而成，各篇并无中心题旨，篇内各章之间也无必然关系。而且每章语句简短，主要是表示观点，并无进一步的引申论证。最短的章节不到十个字，最长的《侍坐》章，也仅三百一十五字。但是，《论语》在中国散文发展史上仍然有其不容忽略的地位。

2. 文学特点

《论语》主要是语录体，就文学史重视的"散文"立场视之，其基本风格特色是，言简意赅，含蓄隽永，而且由于颇为忠实地记录孔子与弟子之间的言谈对话，用的是通俗平易的口语，乃至往往出现相当生动传神、隽永有味之处，令读者如闻其声、如见其人。这些均对后世散文有深远影响。试举以下数例：

(1) 孔子自道生平、情操——简洁扼要，亲切可感

子曰："吾十有五而志于学，三十而立，四十而不惑，五十而知天命，六十而耳顺，七十而从心所欲，不逾矩。"(《为政》)

这应当是孔子暮年时期，向弟子回顾自己一生，在学业德行上，如何随着年龄的增长，而因应变化的人生境界。短短六句，完整地概括一生，的确简洁扼要。而且所录语言浅白易懂，语气亲切可感，并流露一份自信。再看：

子曰："饭疏食饮水，曲肱而枕之，乐亦在其中矣。不义而富且贵，于我如浮云。"(《述而》)

其实孔子一生都追求入世问政，以实现政治理想的机会，但是于上引言谈中却宣称，吃粗食，饮冷水，仍然可以枕臂而乐，只因为："不义而富且贵，于我如浮云。"这显然是人生态度、道德情操的宣示。

不容忽略的是，上举二例，均是与弟子直接言谈中的自述，文字浅白易懂，却蕴含着寓教于言的深意，故而又显得含蓄委婉。

(2) 孔子与弟子论政、说理——比喻生动，观点明确

就《论语》所录，孔子似乎从来不会用枯燥抽象的语言来说理论教，而经常运用一些意象的语言，生动的比喻，明确传达其对政治、道德的观点。试看：

子曰："为政以德，譬如北辰，居其所而众星共（拱）之。"

（《为政》）

按"为政以德"，乃是孔子终其身一贯的政治主张。值得注意的是，"北辰居其所而众星共之"的比喻运用，展现出"为政以德"者的光辉灿烂景象。这已经涉及文学的修辞艺术。再看：

子曰："岁寒，然后知松柏之后凋也。"（《子罕》）

此处以"岁寒"，比喻环境的恶劣，又以"松柏"不畏霜寒，在恶劣环境中仍然傲然自处，英姿挺拔，以喻人格的高贵与意志的不屈。再看：

子在川上曰："逝者如斯夫，不舍昼夜。"（《子罕》）

以河川流水夜以继日不断流逝，比喻时光永恒的流逝，流露身为有识之士对于有生之年能否在德行功业上留下一些痕迹的关怀或焦虑。

记录人物言行的"语录"体，除了表现人物的观点意见，自然也会通过生动的言谈对话，流露不同人物的人格情性。在《论语》中，除了孔子本人之外，通过与弟子的言谈，也会展现出各自不同的人格形象。尽管《论语》中展示孔门弟子人格特征的例证俯拾皆是，但其中最引人瞩目、历来公认最精彩且展现文学意味的，乃是《论语·先进》中的《侍坐》章：

(3) 孔子与弟子并坐言志——师徒人格情性的表露

子路、曾皙、冉有、公西华侍坐。子曰："以吾一日长乎尔，毋吾以也，居则曰：'不吾知也！'如或知尔，则何以哉？"子路率尔而对曰："千乘之国，摄乎大国之间，加之以师旅，因之以饥馑；由也为之，比及三年，可使有勇，且知方也。"夫子哂之。"求，尔何如？"对曰："方六七十，如五六十，求也为之，比及三年，可使足民。如其礼乐，以俟君子。""赤，尔何如？"

对曰："非曰能之，愿学焉。宗庙之事，如会同，端章甫，愿为小相焉。""点！尔何如？"鼓瑟希，铿尔，舍瑟而作，对曰："异乎三子者之撰。"子曰："何伤乎？亦各言其志也。"曰："莫（暮）春者，春服既成，冠者五六人，童子六七人，浴乎沂，风乎舞雩，咏而归。"夫子喟然叹曰："吾与点也！"三子者出，曾皙后。曾皙曰："夫三子者之言，何如？"子曰："亦各言其志也已矣。"曰："夫子何哂由也？"曰："为国以礼，其言不让，故哂之。""唯求则非邦也与？""安见方六七十，如五六十而非邦也者？""唯赤则非邦也与？""宗庙会同，非诸侯而何？赤也为之小，孰能为之大？"（《先进·侍坐》）

此章所记录的，乃是孔子与子路、曾皙、冉有、公西华等四个弟子，师徒同坐闲话并彼此言志的融洽情景。全章主要是以师徒之间的言谈对话构成，通过师徒对话，孔子的和蔼可亲，循循善诱，鼓励弟子各抒己志的良师形象，展露无遗。四个弟子的不同人格情性也跃然纸上。子路"率尔"发言，以及自信能治理好"千乘之国"，保证三年之内，人民"可使有勇，且知方也"，自诩其治军之才。子路刚直好勇，坦率自负的个性，立即浮现在读者面前。冉有则是在孔子点名之后才发言，谓其意欲治理的不过是"方六七十"或"五六十"之地，三年之内，或"可使足民"，表示其自认有财政之才，不过又说"如其礼乐，以俟君子"。与子路对比之下，流露出冉有较为谦虚谨慎的个性。接着孔子又点名公西华，公西华则比冉有更为谦虚，只愿继续学习，最多做一名主管宗庙祭祀的"小相"而已。最后曾皙应孔子点名之后所言之"志"，却与其他三弟子大异其趣。首先，别人在回应孔子问政之"志"，他却独自在一旁鼓瑟，其所言"异乎三子"

之"志",又并非治国之志,却是一种在太平盛世可以优游自在、无所欲求的生活情趣。曾皙的潇洒自在,忘怀得失,以乐其志之人格气质,已含蕴其间。而孔子的"吾与点也",亦含蓄地揭露孔子对于太平盛世优游生活的向往。

《论语》主要是孔门弟子为宣扬孔子思想言行而辑录之著,可谓首创诸子论著语录之体。当然,"语录"作为文章的形式,自有其局限,但是其间行文之流畅自然,言谈之生动活泼,乃是后世文人推崇追摹的典范。《论语》虽为研究儒家思想的宝典,但其既浅白易懂,又含蓄委婉的语言艺术风格,在中国散文特质传统的形成中,亦扮演着重要的角色。

（三）　《墨子》概览

1. 成书与体例

《墨子》一书乃是墨家学派著作的总汇,包括墨翟讲学的记录,故以"墨子"名称。其成书较晚,主要是墨子弟子或后学,在战国初期,墨家已分为三派（有相里氏之墨、有相夫氏之墨、有邓陵氏之墨）,各将有关墨子言行及学说记录下来,经过多人整理、汇编而成。班固《汉书·艺文志》著录《墨子》七十一篇,今存五十三篇。其书内容相当复杂,体例也不尽一致。就如《尚贤》《尚同》《兼爱》《非攻》《节用》《节葬》《天志》《明鬼》《非乐》《非命》等十篇,应是墨家三派弟子各有所记,合而成书,故每篇分上、中、下,内容亦大同小异。

在中国散体古文的发展史上,《墨子》的影响虽不及《论语》,然而在文体因革方面,却展现出承先启后的痕迹。

2. 文学特点

《墨子》虽然是为推崇发扬墨家思想之著，就先秦诸子散文的发展角度视之，可谓是为将《论语》简洁的对话语录体，推向说理辩论的专论体之先驱。

(1) 质朴无华，不重文采

整体视之，质朴无华，不重文采，乃是《墨子》一书的语言风格。这当然与墨家尚质尚用的主张，以及旨在说理传道有关。按《韩非子·外储说左上》即认为，墨子讲学立言，是为"传先王之道，论圣人之言，以宣告人。若辩其辞，则恐人怀其文，忘其直，以文害用也"。此后犹如刘勰（465？—520？）《文心雕龙·诸子》的评论"《墨子》意显而语质"。《墨子》文章，的确文意明显清晰，语言不重文采雕饰，显得质朴无华。也正因为如此，往往予人以不够生动、缺乏韵味的印象。其文学意味，不及单纯语录体的《论语》。不过，就说理文的发展而言，还是有其贡献。

(2) 篇章标题，题旨集中 —— 专论体的萌芽

按，《论语》各篇的标目，与《诗经》一样，各取自首章的首句二三字，并不代表该篇的中心思想，各篇实际上也无一定的主题。而《墨子》每篇均以简明扼要的标题，概括全篇的主旨，表现出思想理论的系统化，也说明写作或编辑的进步。诸如《尚贤》《尚同》《兼爱》《非攻》《节用》《节葬》《天志》《明鬼》《非乐》《非命》等篇均是。其中虽然还是由墨子若干段的语录连缀组合而成，但每一篇中各段语录之间，不再是各自零星孤立之言，而是有一定的联系。或自设问答，或假设反对者的诘难，然后分别引"子墨子曰"或"夫子曰"，一一解说或作答。展现的是，全篇

均围绕着一个中心论题而存在，且所言有头有尾，层次分明，显示出专题论文已经萌芽的痕迹。

(3) 讲求逻辑，重视论辩

讲求逻辑，重视论辩，亦是《墨子》文章的另一特色。按《墨子·小取》即云："夫辩者，将以明是非之分，审治乱之纪，明同异之处，察名实之利，处利害，决疑焉。"《墨子》所记录的言论，已经不是片言只语，而是理论性的言谈及概括的论辩之辞，不但有结论，还有推理和论证。此外，谋篇布局方面，也已初具章法，颇有论辩文章的架势。

试看《兼爱中》的一段：

> 诸侯相爱则不野战，家主相爱则不相篡，人与人相爱则不相贼，君臣相爱则惠忠，父子相爱则慈孝，兄弟相爱则和调，天下之人皆相爱，强不执弱，众不劫寡，富不侮贫，贵不傲贱，诈不欺愚。凡天下祸篡怨恨，可以使毋起者，以相爱生也。……

再举《非攻上》一段为例：

> 今有一人，入人园圃，窃其桃李，众闻则非之，上为政者得则罚之。此何也？以亏人自利也。至攘人犬豕鸡豚者，其不义又甚入人园圃窃桃李。是何故也？以亏人愈多，其不仁兹甚，罪益厚。至入人栏厩取人马牛者，其不仁义又甚攘人犬豕鸡豚。此何故也？以其亏人愈多。苟亏人愈多，其不仁兹甚，罪益厚。至杀不辜人也，拖其衣裘取戈剑者，其不义又甚入人栏厩取人马牛，此何故也？以其亏人愈多，苟亏人愈多，其不仁兹甚矣，罪益厚。当此天下之君子，皆知而非之，谓之不义。今至大为攻国，则弗知非，从而誉之，谓之义。此可谓知义与不义之别乎？

像以上引文中，如此侃侃而谈，层层推进，充分展现《墨子》文章论述集中，主题明确，且逻辑清楚，重视论辩的风格。不过，或许由于墨家对自己的学说，具有一份近乎宗教的信仰与热诚，所言虽已初具论辩文的架势，今天读起来，却有点像坐在教堂里，聆听传教士热情地对人絮絮叨叨传道的意味。

❖ ┃ **二、语录体至说理文之桥梁：《孟子》《庄子》**

先秦诸子散文发展的第二阶段，可以《孟子》和《庄子》之文为代表。二书在思想体系上，分属儒、道两家，在散文发展史上，不但共同扮演着从语录体通往长篇论说文之间的桥梁，也是诸子文章中，最具文学意味者。

◇ **（一） 《孟子》概览**

1. 成书与体例

孟子（前372？—前289？）名轲，受业于孔子嫡孙孔伋（字子思）之门人，尝自谓："乃所愿，则学孔子也。"（《孟子·公孙丑上》）是孔子所创儒家学派的忠实传人。根据《史记·孟子荀卿列传》，孟子为宣扬自己的政治主张，尝游说魏（梁）、齐、滕、宋等诸侯。齐宣王时，曾一度仕齐为客卿。可惜因其推行以仁义治国的主张，与当时以诈力夺取天下的时俗不合，无人听信，终不见用，于是"退而与万章之徒序《诗》《书》，述仲尼之意，作《孟子》七篇"。

《孟子》七篇（各分上下），凡二百六十一章，三万四千多字。不过，关于《孟子》一书的作者，当今学界的一般看法是，并非全属孟子所著，其中掺有孟门弟子的记录。

2. 文学特点

《孟子》文体与《论语》相近，基本上也属语录体，包括孟子的独白，以及与诸侯或门生弟子的对话。不过，《孟子》一方面继承了《论语》的文采辞章，同时还继承了《墨子》的长篇说理论辩，并使两者融合一体，有逐渐向比较成熟的说理文发展的趋势，并且形成孟子本人独特的，既有气势、又具文采的散文风格。已经初见散文"个性化"的端倪。

（1）气势浩然，明快流畅

从文学角度观察，《孟子》之文最明显的特点，即在于其文笔雄健，铿锵有力，以气势见长。而这分"气势"，显然来自其高涨的道德意识，以及对个体人格的自信。孟子即尝自谓："我知言，我善养吾浩然之气。"（《孟子·公孙丑上》）意指其所以"知言"，乃是因为有学识道德的修养，内心充满天地之间的浩然正气。这却也正好可以用来形容《孟子》文章的气势。

试以《孟子·梁惠王上》首章中著名的"孟子见梁惠王"一段为例：

> 孟子见梁惠王。王曰："叟！不远千里而来，亦将有以利吾国乎？"孟子对曰："王！何必曰利？亦有仁义而已矣。王曰：'何以利吾国。'士庶人曰：'何以利吾身。'上下交征利，而国危矣！万乘之国，弑其君者必千乘之家；千乘之国，弑其君者必百乘之家。万取千焉，千取百焉，不为不多矣。苟为后义而先利，

不夺不餍。未有仁而弃其亲者也，未有义而后其君者也。王亦曰仁义而已矣，何必曰利？"

开门见山，劈头就点出其宣扬的中心思想：非利而主仁义，且层层推进，前后呼应，无处不紧扣"利、义"二字。虽然形式上仍然是客卿与诸侯君主的对话，可是孟子这一席以仁义之道讨伐唯利之私的言辞，举着仁义道德的旗帜，侃侃而谈，理直而气壮，充满自信自负。单就文章本身而言，予人的印象，的确是气势浩然，明快流畅。

同样是儒家经典，倘若将《孟子》与《论语》之文相比照，《孟子》文中的词句更加明快，感情更为强烈，个性也更为鲜明。正可谓"读其书，想见其人"。

(2) 运用比喻，穿插寓言

说理议论之际，运用比喻，穿插寓言，亦是当今学界认为《孟子》文章具有"文学"意味的一大特色。无论比喻或寓言，往往针对不同对象，就其身份、爱好，联系其切身事例作为比喻。如对好战的梁惠王，"请以战喻"，对好乐的齐宣王，则"臣请为王言乐"。值得注意的是，《孟子》中的比喻或寓言，多取材自日常生活，浅近易懂，平易近人，为其言辞增添了文学气息与通俗色彩。诸如"缘木求鱼""以五十步笑百步""揠苗助长"等比喻或寓言故事，已是历来家喻户晓的"成语"。试看《孟子·公孙丑上》所录"揠苗助长"的故事：

宋人有闵其苗之不长而揠之者，芒芒然归。谓其人曰："今日病矣，予助苗长矣。"其子趋而视之，苗则槁矣。

孟子本意是要说明养生之道，切勿做出违背自然规律的蠢事，那样只会适得其反。故事可谓首尾完整，仅四十来字，交代动机，说明效果，并展现了行为，记录了言语，且流露神态和口吻。这是论及文学散文艺术不容忽略之处。

（3）长篇独白，发表议论

《孟子》中有一些单纯发表议论，类似长篇独白（或演说辞？）的篇章，已经展现说理议论文的雏形。试看历来百引不厌的《孟子·告子下》一段：

> 故天将降大任于斯人也，必先苦其心志，劳其筋骨，饿其体肤，空乏其身，行拂乱其所为，所以动心忍性，曾益其所不能。人恒过，然后能改，困于心，衡于虑，而后作；征于色，发于声，而后喻。入则无法家拂士，出则无敌国外患者，国恒亡。然后知生于忧患而死于安乐也。

此处并非在意于"生不逢时"者的"抑郁"情怀，而是精辟地概括卓越人物如何经历世事的磨难，人生的挫折，恰好是砥砺心智，培养正气，成就功业，实现理想的必经过程。当然，文中为鼓励追求功业理想的受挫者，再接再厉，无须气馁的"励志说教"意味浓厚。就文章本身而言，不容忽略的则是，其行文之明快流畅，气势之浩阔，颇能动人心弦。

《孟子》虽然是为宣扬儒家思想而撰写辑录的著作，在中国散文发展史上，对唐宋"古文运动"影响极大。韩愈就曾以孟子的继承人自居，称赞"孟子醇乎醇乎也"，这不单单是指儒家思想而言，亦包括文章风格在内。柳宗元论文，主张"参之孟荀以畅其文"。苏洵平生尤好《孟子》，曾端坐读之凡七八年，著有《苏批孟子》行世。王安石曾注《孟子》，为文亦学之。南宋以后，《孟子》成为《四书》之一，是学子必读而科举必考的官方教材。

（三）　《庄子》概览

1. 成书与体例

《庄子》是阐扬道家哲学思想的经典，其中包括庄周（前369？—前286？）本人的著述，也有门人后学之作。《汉书·艺文志》著录"《庄子》五十二篇"，而今之通行本仅存三十三篇，乃晋人郭象（？—312）之删定本。计有"内篇"七篇，"外篇"十五篇，"杂篇"十一篇，共存约七万字。其中内篇各篇皆有标题，点出中心题旨，外篇、杂篇则大都只取篇首二三字以资标识。当今学界的一般看法是，内篇属庄子自作，已无疑义，外篇、杂篇中，则除了门生后学承袭庄子思想之作外，亦很可能有庄子所作。

庄子虽然与孟子同时，其最大的不同，就是对人生的规划各异。庄子虽然家境贫寒，"尝为蒙漆园吏"谋生，却因傲视王侯卿相，鄙夷功名利禄，而谢绝楚威王聘请为相："我宁游戏污渎之中自快，无为有国者所羁，终身不仕，以快吾志焉。"（《史记·老子韩非列传》）这也是重视个体身心逍遥自在的道家，与以入世问政为人生目标的儒家，在人生哲学上之分野。

2. 文学特点

《庄子》已开始摆脱语录体的格局，虽然有些篇章还保留着对话的痕迹，部分文章已经展现专题讨论的形式。《庄子》可谓是先秦诸子之文中，最富想象力、最具有文学意味的著述。甚至予人的印象是，庄子是在用文学手法来写哲学著作。就散文的发展角度观察，通过大量神奇怪谲的寓言故事来说理，是《庄子》的一大特点；笔沾诙谐，语带抒情，则是其语言风格。

（1）寓言说理，神奇怪诞

《史记·老子韩非列传》称庄子，"其学无所不窥，然其要本归于老子之言。故其著书十余万言，大抵率寓言也。"当然，《孟子》《墨子》书中也会用寓言故事说理，但是，《庄子》则"寓言十九"，"藉外论之"（《庄子·寓言》），全书有近二百则寓言故事，有的篇章如《逍遥游》《人间世》《天下》等，基本上就是一连串的寓言故事组成，其理论观点就寄寓在寓言故事之中，乃至抽象理论与文学审美，显得水乳交融。

由于《庄子》书中的寓言，往往以"谬悠之说，荒唐之言，无端崖之辞"（《天下》）写成，乃至无论文章之构思、意境，都显得神奇怪诞，令人叹为观止。试以《逍遥游》中的首段为例：

> 北冥有鱼，其名为鲲。鲲之大，不知其几千里也；化而为鸟，其名为鹏。鹏之背，不知其几千里也。怒而飞，其翼若垂天之云。是鸟也，海运则将徙于南冥；南冥者，天池也。齐谐者，志怪者也。谐之言曰："鹏之徙于南冥也，水击三千里，抟扶摇而上者九万里。去以六月息者也。"……蜩与学鸠笑之曰："我决起而飞，枪榆枋，时则不至，而控于地而已矣；奚以之九万里而南为！"……

据郭象《庄子注》，《逍遥游》的主旨是："夫小大虽殊，而放于自得之场，则物任其性，事称其能，各当其分，逍遥一也，岂容胜负于其间哉！"就文章本身而言，庄子于此，一发端，即凌空起笔，言出意外，鲲鹏突兀而来。但见几千里大的巨鲲，瞬息间化为几千里大的大鹏，待其奋起而飞，背负青天，翅膀就像垂挂在天空的云影。继而大鹏南徙，展翅拍击水面达三千里之遥，乘旋风扶摇而上九万里的高空……其间超凡的想象，神奇的构思，夸张的形容，浩阔的意境，可谓恣意挥洒，异趣横生。在先秦诸子散文史上，甚至中国文学史上，如此夸张，纯属虚构的描述，实为创举。以后李白著名的《大鹏赋》即是继其绪的拟作。

(2) 笔沾诙谐，风趣怡人

在中国文学传统中，政教伦理的严肃关怀，自先秦以来，始终为大多数文人学士所遵行沿袭，乃至风趣诙谐是比较罕见的元素。然而《庄子》的说理文章中，即使意在说理论道，却不时流露风趣诙谐的意味。试以《应帝王》一则笔沾诙谐的寓言故事为例：

> 南海之帝为儵，北海之帝为忽，中央之帝为浑沌。儵与忽
> 时相遇于浑沌之地，浑沌待之甚善。儵与忽谋报浑沌之德，曰：
> "人皆有七窍，以视听食息，此独无有，尝试凿之。"日凿一窍，
> 七日而浑沌死。

按，顺乎自然天成，不任人为智巧，当是这段故事的寓意所在。然而，南海、北海、中央三帝的名字，在寓意中就显得风趣诙谐。继而儵与忽两者在感念之余，为报答浑沌之友善，决定将原本无面目的浑沌，改造成宛如人一样有七窍；于是"日凿一窍，七日而浑沌死"。值得注意的是，庄子于此，显然并无意于严格谴责儵与忽的无知和愚蠢，不过是以轻松诙谐之笔，调侃或嘲笑那些未能理悟"自然之道"者，传达其强调的"顺乎自然"之理而已。其他例子，如《齐物论》中"庄周梦蝴蝶"、《养生主》中"庖丁解牛"、《秋水》中"河伯自喜"等，均不同程度地流露《庄子》文章中的风趣诙谐。遂令《庄子》在文学意趣上，超越其他诸子之文。

(3) 语带抒情，文学意浓

先秦诸子之文，其宗旨主要是宣扬各家的哲学思想理论，即使儒家的《论语》《孟子》，也不例外，因而一般较少出现文学史重视的抒情成分。

但是，在《庄子》中，语带抒情之文，处处可见。尽管庄子在哲学思考与理论上，主张去情、去智、无己、忘我，但是其文章，却不时流露浓厚的个人抒情意味。试看《徐无鬼》中写庄子送葬惠施的感叹：

> 庄子送葬，过惠子之墓。顾谓从者曰："……自夫子死，吾无以为质矣！吾无与言之矣！"

惠施属名家玄虚派，与庄子友善。《庄子》书中，惠施与庄子，经常对于种种人生哲理而论辩，显示二人的观点并非一致。然而，对庄子而言，失去了一位足以言谈辩论的朋友，实在是生命中一大损失，所以才会有"自夫子死，吾无以为质矣！吾无与言之矣！"之深切喟叹。

尽管庄子自诩"独与天地精神往来……上与造物者游，而下与外生死无终始者为友"（《天下》），仿佛已经超然世俗人生之外了。但是庄子却是一个十分深情的人，不但伤悼友人之亡，亦慨叹妻子之死。《至乐》篇即有如下之记载：

> 庄子妻死。……庄子曰："不然是其始死也，我独何能无慨然！"

庄子之深情，不但表现在与友人或妻子的生死离别的感慨中，亦不时流露在对于人生的普遍感慨里：

> 吾生也有涯，而知也无涯。以有涯随无涯，殆矣！以而为知者，殆而已矣！（《养生主》）

> 死生，命也，其有夜旦之常，天也。人之有所不得与，皆物之情也。（《大宗师》）

> 人之生也，与忧俱生。（《至乐》）

其中包括为人臣者之无奈：

知其不可奈何而安之若命，德之至也。为人臣子者，固有所不得已。（《人间世》）

亦有面临大自然之欣悦，以及对人生哀乐无常的悲叹：

山林与！皋壤与！使我欣欣然而乐与！乐未毕也，哀又继之。哀乐之来，吾不能御；其去，弗能止。悲夫！世人直为物逆旅耳！（《知北游》）

还有送人远行之依依不舍：

君其涉于江而浮于海，望之而不见其崖，愈往而不知其所穷。送君者皆自崖而反，君自此远矣。（《山木》）

或游子对故乡的怀思眷恋：

旧国旧都，望之畅然，虽使丘陵草木之缗，入之者十九，犹之畅然。（《则阳》）

尽管《庄子》原是一部论述道家哲学理念的著述，其书中处处流露着对人生种种的体味与感慨，洋溢着浓厚的抒情意味，不但为说理之文开拓了新境，并且预示中国文学未来的走向：亦即以抒情为主的发展趋势，同时为汉魏以后文人诗歌的主要关怀，诸如生命之无常、离情之悲哀、羁旅之愁怨，以及山水自然之赏爱，谱出基调。

❖ ｜ 三、长篇论说文之开启：《荀子》《韩非子》

荀况的《荀子》与韩非的《韩非子》，是战国末期分别宣扬儒家和法家思想的著作，在散文的表现上，两者同样标志着诸子散文已从语录对话的议论或论辩，发展成长篇的专题论说文。

（一） 《荀子》概览

1. 成书与体例

荀况（前313？—前238？）又称荀卿或孙卿，是战国末期一位杰出的儒学大师，与孟子同样是孔门学说之正传。不过孟子继孔子之仁义学说，荀子则继承孔子之礼乐学说。孟子专就内在之仁，主张性善，荀子专就外在之礼，主张性恶。荀子一生行事亦与孔、孟相若，始则治学，继而周游、出仕，终则讲学著书。今传《荀子》三十二篇，乃是西汉末期刘向根据官方所藏《荀卿书》三百二十二篇编辑整理而成，及至唐代杨倞作注时，对篇目次第又有所移动。其书中难免有弟子门生之杂录，但是大部分为荀子自著，基本上保存了荀子的学术思想观点和文笔风格。《荀子》一书，在体例上可分为三类：其中《成相》与《赋》两篇属韵文；《大略》以下六篇或为杂论，或是对话体的短小故事；余下的二十四篇，除《议兵》《强国》等少数几篇还带有语录对话的痕迹，其他都属于专题性的说理议论文章。

2. 文学特点

（1）专题论文，论旨明确

《荀子》书中的说理议论文章，每篇都有概括性的标题，点明主题。如《劝学》篇论学习，《修身》篇论道德修养，《王制》《王霸》论政治问题，《君道》《臣道》论君臣纲纪，《富国》论经济，《议兵》论军事，《性恶》论人性等。这些论说文不再是零散缀合的片段记述，而大多是立意集中、体制宏博的长篇，已属专题说理议论之文。而且篇章结构完整，论旨明确，论证严密，明显标志着说理文章的成熟。

试节录其《劝学》篇为例：

> 君子曰：学不可以已。青，取之于蓝，而青于蓝；冰，水为之，而寒于水。木直中绳，輮以为轮，其曲中规；虽有槁暴，不复挺者，輮使之然也。故木受绳则直，金就砺则利；君子博学而日三省乎己，则知明而行无过矣。故不登高山，不知天之高也；不临深溪，不知地之厚也；不闻先王之遗言，不知学问之大也。……吾尝终日而思矣，不如须臾之所学也；吾尝跂而望矣，不如登高之博见也。登高而招，臂非加长也，而见者远；顺风而呼，声非加疾也，而闻者彰。假舆马者，非利足也，而致千里；假舟楫者，非能水也，而绝江河。君子生非异也，善假于物也。……骐骥一跃，不能十步。驽马十驾，功在不舍。锲而舍之，朽木不折。锲而不舍，金石可镂。

一发端即开宗明义，从总体上说明学习的重要，接着从不同方面论述学习的具体作用，继而交代学习过程中应注意的种种事项，最后归纳至学习的态度上：必须坚持不懈，坚定不移。就全文视之，可谓论旨明确，其间脉络分明，首尾贯通。文中用喻之多，亦令人目不暇接，但用意十分明确，均为说明"劝学"之宗旨。已明显展示专题论文的格局。

（2）排比铺张，讲究修辞

《荀子》尚实用，反对言过其实，认为语言文辞的应用，关键在于明道："当其辞，以务白其志义者也。"（《正名》）换言之，为文只要能明道，便无须在文辞上过于修饰。正如孔子所谓："辞，达而已矣。"但是，综观《荀子》诸篇之行文，却与荀子宣称尚实用的文章观点，并不尽然相符。

盖《荀子》文章中展现的排比骈偶，讲究修辞，亦是其语言风格。试以《天论》篇中之两段为例：

> 强本而节用，则天不能贫；养备而动时，则天不能病；修道而不贰，则天不能祸。故水旱不能使之饥，寒暑不能使之疾，祅怪不能使之凶。

> 本荒而用侈，则天不能使之富；养略而动罕，则天不能使之全；倍道而妄行，则天不能使之吉。故水旱未至而饥，寒暑未薄而疾，祅怪未至而凶。

两段文字，在字句上均工整相对，形成骈偶，又用连串的并列句，排比而出，遂令文章显得紧凑绵密，整齐匀称，有节奏，有气势。

再如前举《劝学》篇中，除了排比铺张，同时明显展示荀子特别重视"譬称以喻之"的修辞艺术。其中一些警语，如"青出于蓝""锲而不舍"，均言简意赅，至今沿用不绝。

《荀子》书中，另有《成相》一篇韵文，以及总称《赋》篇的五首小赋（详后），乃是用通俗文字宣扬政治主张。就散文而言，《荀子》之文，已标志先秦诸子说理议论文的成熟，再经过《韩非子》政论文的相继推展，说理议论文终将成为散文中之一"体"。

（三） 《韩非子》概览

1. 成书与体例

韩非（前280？—前233）与荀子有直接的师承关系，是先秦诸子中最后一位大家，也是先秦法家的主要代表。其学术思想渊源不一，其中包括商鞅的"明法"，申不害的"任术"，慎到的"乘势"等，并将三者冶于一炉，而自成体系，成为刑名法术之学。据《史记·老子韩非列传》："韩非者，韩之诸公子也。喜刑名法术，而其归本于黄、老。非，为人口吃，不能道说，而善著书。与李斯俱事荀卿，斯自以为不如非。"秦王见其书，顿生思慕之心。可惜韩非未及信用，最后竟被李斯等谗害而死。

今本《韩非子》五十五篇，与《汉书·艺文志》著录数量相同。全书约十万言。当今学界一般认为，除了少数篇章为其弟子或后人所述，大多出于韩非本人之手。《韩非子》的文章，大部分是政论文。但体例并不一致，其中包括长篇政论，短篇杂文，以及通篇用韵的韵文体。

2. 文学特点

(1) 重质轻文，词锋犀利

韩非的学术中心是"法治"，对文学（学术）著述，主张重质轻文，反对文饰。尝于《解老》篇云："礼为情貌者也，文为质饰者也。夫君子取情而去貌，好质而恶饰。"表示其所以重质轻文，乃是因为担心"览其文而忘其用""以文害用"。又于《亡征》篇云："喜淫而不周于法，好辩说而不求其用，滥于文丽而不顾其功者，可亡也。"不过，韩非之文，虽不重文饰，却因强调实用，为了把宣扬的道理说清楚明白，往往以词锋犀利，说理透辟见长。试以《说难》的首段为例：

> 凡说之难，非吾知之，有以说之之难也；又非吾辩之，能明吾意之难也；又非吾敢横失，而能尽之难也。凡说之难，在知所说之心，可以吾说当之。所说出于为名高者也，而说之以厚利，则见下节而遇卑贱，必弃远矣。所说出于厚利者也，而说之以名

高，则见无心而远事情，必不收矣。所说阴为厚利而显为名高者也，而说之以名高，则阳收其身而实疏之；说之以厚利，则阴用其言显弃其身矣。此不可不察也。

夫事以密成，语以泄败，未必其身泄之也，而语及所匿之事，如此者身危。……

按，《说难》乃是一篇讨论游说之术的专文。一发端即以"凡说之难"四字，点出全篇之纲。强调的是，对人主游说进谏之困难与危险，顺之以招祸，逆之以制祸，稍不留心，便命丧身亡。最后以"人主亦有逆鳞，说者能无婴人主之逆鳞则几矣"，总结全篇。全文不重藻饰，虽然稍嫌欠缺文采，但说理透辟，笔锋犀利，已是相当成熟的说理文。

(2) 寓言荟萃，博喻之富

韩非文章之另一特色，乃是运用大量寓言来说理论政。韩非之前，寓言故事都是零散的存在于诸子或历史著述之中，作为说理或叙事的一部分。即使以"寓言十九"见称的《庄子》亦如此。及至韩非，开始有系统地收集整理，并且分门别类编辑成为各种形式的寓言故事。《韩非子》书中寓言之众多与集中，可谓是先秦诸子文章之冠。刘勰《文心雕龙·诸子》即称之为"博喻之富"。主要集中于《内外储说》《说林》《喻老》《十过》等篇。这几篇共有寓言故事二百七十余则。

试先以《外储说左上》一则为例：

郢人有遗燕相国书者，夜书，火不明，因谓持烛者曰："举烛！"而误书举烛。"举烛"非书意也。燕相国受书而说之，曰："举烛者，尚明也。尚明也者，举贤而任之。"燕相白王，王大悦，国以治。治则治矣，非书意也。今世学者多似此类。

这就是著名的"郢书燕说"，目的是讽刺当时某些著书立说的学者，在征引和解释前人著述时，往往穿凿附会，望风捕影。再看《外储说右上》中之一则：

> 宋人有沽酒者，升概甚平，过客甚谨，为酒甚美。县帜甚高著，然而不售。酒酸，怪其故，问其所知里长者杨倩。倩曰："汝狗猛耶？"曰："狗猛则酒何故而不售？"曰："人畏焉！或令孺子怀钱，挈壶瓮而往沽，而狗迓而龁之，此酒所以酸而不售也。"

售酒者之酒甚美，且服务态度周到，酒旗也悬挂得很高，然而酒就是卖不出去，乃至酒都变酸了。其原因就在于，有个猛狗看门。这个故事显然是告诫为君者，为延聘人才，就必须除掉那些看门的"猛狗"。

《韩非子》中这些寓言故事的组织，往往经过精密的安排，论述之际，先点明论题主旨，然后分门别类将若干寓言排列在一起，以期佐助说明论点，于是就产生了初具系统的"寓言故事集"。为中国古代寓言故事，由陪衬附庸到开始具有独立存在价值，铺上先路。

第三节

小　结

先秦诸子散文，自《论语》到《韩非子》，从文体本身看，明显展示，从片段的语录，到有意识地采用问对方式阐述某种理论观点，逐渐朝长篇说理议论文演进的痕迹。不过，值得注意的是，首先，说理文虽然从语录体演进而来，并不表示语录体的消失，事实上语录体始终继续存在于历代的著述中。从扬雄《法言》到朱熹《朱子语类》，均属有意模仿《论语》的语录体式者。其次，由于诸子各家的政治哲学和人生态度的不同，表现在文章风格上，也各具特色。综观先秦诸子之文，除了个别情况，如庄子其人其书之外，主要都是在游说君人过程中产生，多为匡时救世之作。所谓儒、墨、道、法等派别的文章，从本质上看，都在某种意义上是个人或群体学说的宣传品。儒、墨、法三家的孔、孟、墨、荀、韩等著书立说，鼓吹的主要还是自己的政治主张，以期受到人主君王所用，重视的是个人与君王社稷之间的群体关系，强调的是政教伦理的意识，流露的是作者入世问政的抱负。可是庄子却是一个傲视王侯卿相、鄙夷功名利禄者，《庄子》学说重视的是个人身心的自由逍遥，是个体意识的宣扬者、倡导者，其笔墨所及，多针对个人在人生天地间的经验感受以及因应选择。因此，《庄子》之文，在先秦诸子著述中，最具文学意味，是最接近抒情意味者，对后世抒情文学的影响，也最为深远。

第
二
编

中国文学的起步与飞跃

✚ 两 汉 文 学 ✚

第一章

绪　说

汉王朝的建立，是在春秋战国长期分裂战乱之后并继秦代的统一王朝，亦是中国历史上第一个由庶族平民建立的王朝。西周以来施行的宗法制度从此解体，个人的社会角色与生存地位，无须再受宗族血缘定尊卑阶级的支配，这显然是一种对个体身心人格某种程度的解放。加上汉初一统江山之后，力行休养生息，推崇黄老无为，在政治社会方面，均产生一定程度的松绑效应，为个人一己生命意义与生存价值的关怀，以及人格独立的觉醒，提供良好的孕育滋长环境。在文学创作上，因面向"新时代"的产生，乃至充满新变的机会与要求，不仅诗歌体制发生了变化，题材内容也随着时代的变革而产生变异。其中最值得注意的，就是作品中流露的个体意识之自觉。

当然，由于汉王朝政权的统一，君权的集中，尤其自武帝盛世，倡导儒术独尊，强调群体纲纪，基本上还是一个重视群体纲纪的

时代 ①。影响所及，甚至促成中国文学强调政教伦理实用功能的长远传统。幸运的是，朝廷官方对于文学创作，显然并未横加干涉，容许作者思索、体味，并重视个人生命的意义与存在价值，拥有表现自我、抒发己情的空间。从现存汉代楚歌、辞赋、乐府、古诗诸作中不时浮现的无关政教伦理的个人情怀，蕴含着汉代作家对个人生命意义和存在价值的关注，清楚显示个体意识自觉的信息，为文学的自觉开出先路，同时为中国文学的个人抒情传统，谱出历久不衰的基调。

不容忽略的是，流露个体意识自觉的汉代文学作品，并不局限于某一固定群体的作者，亦非集中于某一特殊的文学样式，而是散布于不同的社会阶层，表现于不同类型的作品。其间展现的，对于自我生命意义与存在价值的关注，乃是属于一个时代的共同倾向，显示汉代文学作品中个体意识的自觉，自西汉初始，已经逐渐形成一个时代的文学现象。文学作品中个体意识的自觉，正是促使中国文学以个人抒情为主流的推动力。因而此处以"中国文学的起步与飞跃"作为两汉文学的标志。

---

① 余英时即认为，汉代基本上是一个重视"群体意识的时代"（an age of collectivism）。见 Ying—shih Yu, "Individualism and the Neo—Taoist Movement in Wei—Chin China", in Donald Munro（ed.）, *Individualism and Holism: Studies in Confucian and Taoist Values*（Ann Arbor: Center for Chinese Studies, University of Michigan, 1985）, pp. 121—155。

第二章

两汉辞赋的发展

❖

第一节

绪 说

❖ | 一、"赋"与"辞赋"

"赋"这个词原本是《诗经》的"六艺"（风、雅、颂、赋、比、兴）之一，指的是诗歌中一种表现技巧，其特点是，不用比喻，不假象征，只是"直书其事"，把话直截了当地说出，近似今天所谓的"白描"。"赋"作为一种文学体裁的名称，则是介于诗和文之间的奇特文体，既有诗歌之用韵，又有散文之自由。其体式风格之形成，深受楚辞、先秦散文，以及战国时纵横家谈风的影响。学界一般认为，赋作为一种文体，萌芽于战国后期，正式产生于汉初，极盛于西汉中叶，一直延续到东汉末年，可说是汉代文学的主流，囊括了两汉四百多年的文学天才与功力，文学史上习惯称之为汉赋。正如唐诗、宋词、元曲、明清小说，代表一个特定时代的文学最高成就。

由于赋受楚辞的影响很深，两者关系密切，许多赋篇在辞句上、腔调上还保持楚辞的余味，因此汉代人往往把赋和辞混称。如司马迁《史记·屈原贾生列传》：

> 屈原乃作《怀沙》之赋。

按《怀沙》乃是《楚辞·九章》中的一篇，司马迁此处仍称其为"赋"。又如班固《汉书·扬雄传》：

> 赋莫深于《离骚》……辞莫丽于相如。

此处以《离骚》为"赋"，司马相如之作则称"辞"。不过，有时又会将辞与赋合并使用。如《史记·司马相如列传》：

> 会景帝不好辞赋。

《汉书·王褒传》亦是辞赋合称：

> 辞赋大者与古诗同义，小者辩丽可喜。

其实一直到今天，仍然保持这个传统，或简称赋，或称辞赋。不过，辞和赋两种文体还是可以大概区分开来。一般而言，辞比较偏向于言情，个人抒情意味较浓，赋则偏向于体物，客观描写的性质较强。

赋，作为一种独立的文体，自然应有其基本的特质。刘勰《文心雕龙·诠赋》言之甚确：

> 赋者，铺也；铺采摛文，体物写志也。

意指"赋"就是铺陈，作为一种文体，其特点就是铺陈辞藻，讲求文采，以便描写物象，表达情志。其所云"铺采摛文"，点出赋体在语言上的特色，"体物写志"，则点出赋体在内涵上的宗旨，也包括作者写赋的

"目的"。两者实相辅相成，同样是构成赋体的要素。

✣ ｜ 二、汉代辞赋的类型——骚体与散体

根据现存的汉代辞赋作品，可以看出西汉初期的赋篇，基本上承袭楚辞风格，不仅在选辞造句上，就是内涵情味上，也与屈原作品的悱怨悲世相似，一般称之为"骚体赋"，可视为汉代文人士子的抒情诗。但是这种抒情之赋，并非汉赋的主流，亦非汉赋的典型，只是汉赋的一股支流而已。典型的汉赋，则是以散文为主的"散体大赋"，其中夹杂着韵文。在主题内涵上，则有相当的局限性，大多以描写天子游猎的盛况、京城都邑的壮观为主要内容，但在体制上，却兼具体物、叙事、抒情、写志的功能。这类赋篇，正呈现刘勰所谓的"铺采摛文，体物写志"的特质。而汉大赋中所写的"志"，往往含蕴着作者以人臣之身对天子王侯的讽喻或歌颂。班固即曾经以"贤人失志"之赋（《汉书·艺文志》）和"润色鸿业"之赋（《两都赋序》），分别指"骚体赋"和"散体赋"，大致点出两种类型赋在基本内涵和功能方面之差异。

第二节

汉代辞赋兴起的背景

✣ ｜ 一、文体本身发展趋势

四言诗是周代文学的主流，春秋战国以来，则是史家之文与诸子之

文的天下，四言诗逐渐衰微。经过儒家的推崇，《诗经》三百篇已成为儒家经典，离开文学的范围，成为圣贤之书。战国时期，继《诗经》而兴起的新诗体，则是楚国的歌辞，亦即楚辞。但是楚辞作品，在屈原、宋玉笔下，似乎已达到了高峰，及至汉朝，除了因袭模仿，似乎已很难有什么创新。不过，战国末期出现的"赋"，正成为可以接续楚辞的一种新文体。

现存最早以赋名篇，并且粗具散文韵文交织特色的作品，见于战国末期荀况的《荀子》，其中有五个独立的短篇：《礼》《知》《云》《蚕》《箴》，皆以"赋"字名篇。这几篇赋，基本上是四言为主，偶句押韵，显然是受《诗经》句式的影响。不过采用的主要是君臣问答对话的布局，也有韵文散文混合叙述的情形。其次是宋玉的作品，如《风赋》《笛赋》《高唐赋》等。这些作品则兼用四言、五言、七言，同时亦用主客问答对话的布局。诗的成分减少，散文的成分已增加，与汉赋的基本特质已相当接近。比方说，作品均是为提供帝王贵族阅读欣赏而写，虽亦有讽谏的意图，但更多的是铺叙、夸耀贵人的威风和豪华。

这些初步的尝试，及至大一统的汉王朝，正接续着这个潮流，于是辞赋交互影响，形成汉赋的鼎盛。就文体本身的发展上，汉赋的兴起，乃是一种必然的趋势。刘勰《文心雕龙·诠赋》即云：

> 赋也者，受命于诗人，而拓宇于楚辞也。

意指赋作为一种文体，乃是起源于《诗经》，发展开拓于楚辞，点出文体本身发展的渊源。不过，亦如刘勰《文心雕龙·时序》篇中的名言："文变染乎世情，兴废系乎时序。"时代的因素，外在的环境，对文学的影响，亦不容忽视。

✤ | 二、帝国空前统一繁荣

经过春秋战国的长期分裂，秦朝三十年的"苛政"，汉王朝的建立，在政治经济上都达到空前的安定和繁荣，疆域版图之大，也是历史上前所未有，文化上则是南北文化融汇合流，大大开阔了文人的胸襟和视野。此外，在宇宙万物间，"人"本身的力量，尤其是君王——大汉帝国统治者——的力量，得到具体的肯定。各种珍奇物品的收集，豪华宫殿的建设，田猎游乐的好尚，乃至帝王对死后继续享受荣华富贵的神仙长生之想，都成为汉赋作家的题材。汉赋中对天子威武游猎的盛况，林苑中山川景物的夸示，京城都邑、文物典章的铺叙，就充分表现了对天子拥有无比权势与财富的赞叹，对帝国统一与富庶境况的自豪。因此，或可说，汉赋的兴起，与汉王朝空前的统一、强盛、繁荣的局面，密切相关。

✤ | 三、天子王侯奖励提倡

汉赋作家绝大多数都来自文人学士阶层。有的是寄身宫廷王府的文学侍从，有的则是游身于权贵之间的待聘学士，而"赋"的盛行，得力于天子王侯的奖励提倡。文人献赋，可以成为博取声名、获得俸禄的快捷方式。例如司马相如即因献《上林赋》，得封为"郎"，任职宫廷。枚乘赋"柳"，获得赐绢五匹。相如又赋"长门"，得黄金百斤。此外，东方朔、枚皋等，都是以辞赋得官。

天子王侯提倡辞赋，一方面出于政治的需要，利用这些文人来宣扬大汉天威，以"润色鸿业"，另一方面同时也为宫廷生活提供一些娱乐，增添风雅的趣味。赋，既然是为天子王侯所写，作者当然经常把天子王侯的权势、帝国封畿的繁荣，作为构思的前提。这些文人，除了作赋以逢迎天子王侯之外，自己确实也感受到这是一个值得歌颂的"盛世"。于是大批的辞赋作家出现了，大量颂美帝国君王的赋篇应运而产生。

第三节

汉代辞赋的发展与流变

综观现存的汉代辞赋，不难发现，虽同属汉赋，其实从内容到形式，并不完全一样。从这些作品本身可以观察到，顺着时代先后，赋这种文体，从诗的赋化，到赋的诗化，一直在不断地发展演变。大致可以分为以下三个阶段：

一、汉赋的形成——诗的赋化

（一）骚体短赋的典范——楚骚余绪

西汉初期，从高祖到武帝初年（前206—前140），大约六七十年间，是汉赋的形成期。这时汉王朝自身的文化，尚未显出其特色，在文学创作上，抒情意味浓厚的楚歌流行，辞赋亦继承楚骚余绪，往往以抒发个人情怀为宗旨，流露的是一己的诗情。即使英雄帝王之吟咏，亦以个人生活的经验感受为主调。例如项羽的《垓下歌》、汉高祖刘邦的《大风歌》，各自在不同场合即兴吟出的楚歌，也是对个人失志、人生无常之悲叹，以及对个人生存命运无法掌握，丰功伟业难以常保之焦虑①。全然是诗人的情怀，楚声的回荡。西汉初期的辞赋创作一般亦以抒情为主调，流行的是"骚体赋"，主要是采用楚骚形式，抒情的意味浓厚。就主题内涵而言，或可分为怀才不遇之悲与孤独寂寞之哀两种类型。前者是为人臣者的感慨，后者则纯然是一己孤独处境的感受。

1. 怀才不遇之悲

这类赋篇的内容，主要是抒发己身的怀才不遇，或借哀悼他人的怀才不遇来发泄个人在仕途上的挫折。贾谊（前200—前168）即是这时期的代表作家。

贾谊年少时即以文才见称，亦胸怀大志，颇受汉文帝宠信，年二十余即为博士，官至大中大夫。可惜虽提出种种改革政制的建议，却受到当时主张"无为"的当权人物反感。汉文帝又听信元老大臣的谗言，开始疏远贾谊，并出为长沙太傅。当时的长沙地处偏僻，形同贬谪。四年后虽被召回，拜为梁怀王太傅，不料怀王堕马而死，贾谊以自己失责，深感内疚，不久即忧伤抑郁而终，年仅三十三。

贾谊遭谗受贬的境遇，及其幽怨抑郁的心情，和屈原颇相似，在长沙时，写了一篇《吊屈原赋》，试节录其首尾：

---

① 根据《史记·项羽本纪》，西楚霸王项羽，被刘邦大军围于垓下，眼见大势已去，走投无路，又夜闻四面楚歌，面对平生最心爱的美人与骏马，不禁慷慨悲歌："力拔山兮气盖世，时不利兮骓不逝。骓不逝兮可奈何！虞兮虞兮奈若何！"又据《史记·高祖本纪》，高祖于讨伐英布之后，还归过沛，召故人父老子弟纵语，酒酣之际，自击筑为歌："大风起兮云飞扬，威加海内兮归故乡，安得猛士兮守四方。"两首楚歌均是面对个体人生，关心自我生命，抒发一己情怀之作。

恭承嘉惠兮，俟罪长沙；侧闻屈原兮，自沉汨罗。造托湘流兮，敬吊先生：遭世罔极兮，乃殒厥身。呜呼哀哉！逢时不祥。鸾凤伏窜兮，鸱枭翱翔。阘茸尊显兮，谗谀得志。贤圣逆曳兮，方正倒植。……

讯曰：已矣！国其莫我知兮，独壹郁其谁语？凤漂漂其高逝兮，固自引而远去。……

全文乃是借吊屈原的冤魂来哀悼自己的失志不遇，其中反复运用比喻以鸣不平，以斥谗佞，宛如屈原苦闷灵魂、幽怨情感的再现。这篇辞赋，在体制形式和气氛情调上，显然均"拓宇于楚辞"。但是，首先，贾谊《吊屈原赋》中，已经明显点出"凤漂漂其高逝兮，固自引而远去"，亦即意欲避世远去，洁身自好，摆脱君臣社稷群体关系的意图，这是与始终心系君王、执着于人臣身份的屈原与宋玉作品最大的不同。其次，前一段连用许多铺排句，第二段又多用反诘句和感叹句，形成一种铺张扬厉的风格，具有战国策士说辞一般雄辩的余风。

贾谊这篇抒发个人情志的骚体赋，影响颇巨。以后庄忌（后人因避汉明帝讳改为严忌，前188？—前105？）《哀时命》、董仲舒（前179—前104）作《士不遇赋》、司马迁作《悲士不遇赋》、扬雄（前53—18）《逐贫赋》，还有两汉之间，崔篆（约25—30年间举贤良）《慰志赋》、冯衍（？—70？）《显志赋》、东汉班固《幽通赋》等，均可归类于"贤人失志"之赋。这类作品的创作缘起，犹如庄忌《哀时命》所云，乃是"志憾恨而不逞兮，抒中情而属诗"，不是为取悦或讽喻天子王侯所写，而是心感自己生不逢时，志不得逞，乃至以抒发个人失志不遇的哀怨忧愤为宗旨。作者衷心关怀的是个人生命的意义与存在价值，以及个体人格的尊严；重视的是一己身心之安危，进而引发避世远祸、求仙隐逸等纯粹有关个人身心幸福之思。

2. 孤独寂寞之哀

孤独寂寞乃是个人对一己处境的心理感受，也是个体意识自觉地表露。个人的孤寂之感，通常源自与他人之间关系疏离的体会，源自预期或实质联系的断绝与破灭。这样的情怀，在论及屈、宋作品以及汉人失志不遇篇章中，已有所着墨。但是，在现存汉代辞赋中，几篇诉说个人孤独寂寞情怀之作，则主要是以君王后妃之间男女的情思意念为笔墨重点。如汉武帝为悼念宠姬李夫人而作的《李夫人赋》，诉说天人两隔的离别相思之情。还有相传为司马相如为陈皇后失宠于武帝而写的《长门赋》，则集中笔墨抒发一个失宠后妃在孤寂中的幽怨与悲哀。其后有班婕妤失去汉成帝宠爱后所写，具有自传意味的《自悼赋》，追述自己在宫中的生活经历，自伤自悼个人身世命运的悲苦不幸。

三篇辞赋的作者，分属君王、后妃、文人等不同的社会身份，但其情怀意念，则明显展示汉初辞赋"诗化"的现象。三篇作品均属面向自我身心、针对个人处境之作，为以后的宫怨诗立下典范，且为汉人辞赋中的个体意识增添一分女性的温柔。不过，《长门赋》与《自悼赋》两篇作品中的失宠后妃，对君王始终念念不忘，则与楚辞中人臣对君王的依恋相若，尚未能完全摆脱君臣之间的群体意识。只有汉武帝《李夫人赋》，则是纯粹个人的离情相思。试看：

> 美连娟以修嫭兮，命樔绝而不长，饰新宫以延贮兮，泯不归
> 乎故乡。惨郁郁其芜秽兮，隐处幽而怀伤。释舆马于山椒兮，奄

修夜之不阳。秋气潜以凄泪兮，桂枝落而销亡，神茕茕以遥思兮，精浮游而出疆。……骊接狃以离别兮，宵窬梦之芒芒，忽迁化而不反兮，魄放逸以飞扬。……超兮西征，屑兮不见，寖淫敝恍，寂兮无音，思若流波，怛兮在心。……

作者不是以帝王之尊发言，仿佛只是一个普通的夫君，在离情相思中，伤悼妻子爱侣的早逝，诉说他的孤独寂寞情怀。这或许是文学史上第一篇"悼亡"之作，为以后西晋潘岳的《悼亡诗》，铺上先路。

上举这些汉代骚体赋，是诗化的辞赋，可谓是表现个体人格与生命态度的抒情诗。无论是为自我抒情述怀，或为他人代言写情，其中对个体人生命运的关注，对个人情怀意念的体味，已经显示出作者对个人生命意义与存在价值的重视。汉代这类赋篇，尽管只是汉赋的支流，其所开创的个人抒情方式，则为后世抒情诗歌点出发展演变的方向。

（三） 骚体短赋的转变 —— 句式散化

骚体赋的转变，展现出汉赋发展的方向，则可从作品句式的散文化，观其大概。其实在汉初贾谊作品中，已经可以看出端倪。贾谊另有一篇《鹏鸟赋》，写其如何通过老庄哲理对生死荣辱的体悟：

单阏之岁兮，四月孟夏，庚子日斜兮，鹏集予舍，止于坐隅兮，貌甚闲暇。异物来萃兮，私怪其故；发书占之兮，谶言其度，曰："野鸟入室兮，主人将去。"请问于鹏兮："予去何之？吉乎告我，凶言其灾。淹速之度兮，语予其期。"鹏乃叹息，举首奋翼；口不能言，请对以臆，曰："万物变化兮，固无休息。……

祸兮福所倚，福兮祸所伏；忧喜聚门兮，吉凶同域。……且夫天地为炉兮，造化为工；阴阳为炭兮，万物为铜。合散消息兮，安有常则？千变万化兮，未始有极！忽然为人兮，何足控抟；化为异物兮，又何足患！小智自私兮，贱彼贵我；达人大观兮，物无不可。贪夫徇财兮，烈士徇名。夸者死权兮，品庶每生。怵迫之徒兮，或趋西东；大人不曲兮，意变齐同。……"

此赋在内涵情境上，比《吊屈原赋》更进一步抒发作者"进则仕，退则隐"的人生选择。不过在形式体制上，尽管还是楚骚体，但是其间已经夹杂着问答的散文句式。虽然还缺少典型汉大赋中那种华丽的辞藻与夸张的形式，这篇《鹏鸟赋》，可说是楚骚的转变体，已经显示出，汉赋开始走向句式"散文化"的痕迹，并且指出此后汉赋发展的方向。

㊂ 散体大赋的成熟——散文为主

上承贾谊、下开司马相如一派散体大赋作家者，则是枚乘（？—前140）。按，枚乘活跃于文帝、景帝时期，大约与贾谊同时。其《七发》虽然没有以赋名篇，实际上已是一篇典型的散体大赋，在汉赋发展史上，占有极为重要的地位。就体制视之，《七发》已是《子虚》《上林》之类散韵兼备赋体的先声。就内涵而言，《七发》已显现汉赋讽喻劝诫的旨趣。全文主要是说七件事，以启发太子，是为劝诫当时膏粱诸侯子弟而作。试看：

楚太子有疾，而吴客往问之，曰："伏闻太子玉体不安，亦少间乎？"太子曰："愈，谨谢客。"客因称曰："今时天下安宁，四宇和平；太子方富于年。意者：久耽安乐，日夜无极；邪气袭逆，中若结轖。……"

开头一段是序曲，以楚太子有疾，吴客探病发端。吴客指出，楚太子的病是养尊处优、生活腐化所致，不是药石针灸所能奏效：

客曰："今太子之病，可无药石针刺灸疗而已，可以要言妙道说而去也。不欲闻之乎？"太子曰："仆愿闻之。"

接着就用六段文字描述六种治疗方案，期望能治疗楚太子之病。包括：欣赏动听的音乐，品尝美味的食物，驾驶稳健的车马，游览华丽的宫苑，参与盛大的田猎，观赏浩荡的涛水。但是，太子对每种治疗方案均曰"仆病未能也！"换言之，太子的病情毫无起色。于是，吴客最后说出第七发，亦即推崇圣贤之要言妙道，这才使楚太子听了之后，出一身冷汗，霍然而愈：

于是太子据几而起，曰："涣乎若一听圣人辩士之言，涊然汗出，霍然病已。"

枚乘的《七发》，虽并未以赋名篇，但显然已具有汉大赋的一些特征。诸如：

1. 散韵结合，主客问答

全篇以散文为主，偶尔杂有楚辞式的韵文。其中又用反复的问答句式，亦即主客交互方式，为以后司马相如所写的大赋，奠定了基础。

2. 层层推进，篇幅渐长

汉初的赋，如贾谊的《吊屈原赋》《鵩鸟赋》，不过三五百字。但是

《七发》已发展到二千三百多字。全文铺叙章法分明，明显受到《楚辞·招魂》的影响，并且与先秦纵横家辩论的表现形式，也颇相近。其特色是，一件件事说下去，上下左右四方，包揽无遗，层层推进，篇幅也就愈集愈长，表现出雄伟浩大、滔滔不绝的气势。《七发》之后，不少文人竞相模拟，兴起了所谓"七"体。如东方朔《七谏》、张衡《七辩》、曹植《七启》即是。

3. 夸张解说之笔墨

于行文中夸张解说这一点，《七发》表现得相当突出。试看吴客所说第六发"广陵观涛"一段中有关涛水的描写：

> 客曰："将以八月之望，与诸侯远方交游兄弟，并往观涛乎广陵之曲江。至则未见涛之形也，徒观水力之所到，则恤然足以骇矣。观其所驾轶者，所擢拔者，所扬汩者，所温汾者，所涤汔者，虽有心略辞给，固未能缕形其所由然也。恍兮忽兮，聊兮栗兮。忽兮慌兮，俶兮傥兮，浩瀇瀁兮，慌旷旷兮。秉意乎南山，通望乎东海；虹洞兮苍天，极虑乎崖涘。浏览无穷，归神日母；汩乘流而下降兮，或不知其所止。或纷纭其流折兮，忽缪往而不来。……"

形容江涛如何浩荡无边，望不真切，浪声滚滚，令人惊骇；浪涛无边，茫茫一片，浩大无边，汹涌跌宕，令人胆战心惊……继而进一步形容撼人耳目、动人心魂的涛水，声势神力之巨：

> ……疾雷闻百里。江水逆流，海水上潮；山出内云，日夜不止。衍溢漂疾，波涌而涛起。其始也，洪淋淋焉，若白鹭之下翔；其少进也，浩浩溰溰，如素车白马帷盖之张；其波涌而云

乱，扰扰焉如三军之腾装；其旁作而奔起也，飘飘焉如轻车之勒兵。……直使人踣焉，洄暗凄怆焉。此天下怪异诡观也，太子能强起观之乎？

对涛水的形状、声响、起伏、远近、虚实，无不极力摹写，令人感到惊心动魄。仿佛企图透过动人心魂的神力描写，来解释、说明，并分析江涛形状声势的宏伟壮观和神妙。这种夸张解说的，而且滔滔不绝、层层道来的描写艺术，宛如战国时代纵横家施展雄辩艺术的重现。也就是凭自己的辩才来说服对方，或令对方目眩口呆，无言以对。其实纵横家与辞赋家都有逞才的动机，若要惊人耳目，令人心服，夸张与解说是势所难免。不过，纵横家发挥雄辩的工具是语言，辞赋家表现描写技巧的媒介是文字，而汉代小学的发达，正是促进汉赋的描写艺术成功的重要因素。《七发》中这种夸张解说的描写，已为司马相如、扬雄等大赋作家铺上先路。

4. 劝诫讽喻的意图

作者假设楚太子有疾，吴客前往探问。先与太子讨论病源，然后陈说奇声、奇味、骑射、游宴、校猎、观涛等六事，以启发太子，最后第七事则归于"圣贤"的要言妙道。枚乘此赋的宗旨，或许是为了劝诫讽喻当时一些诸侯子弟，引导他们扬弃腐化享乐生活，归于圣贤正道。这种劝诫讽喻的意图，已经脱离楚辞抒发个人一己情怀的传统，也正是汉大赋的普遍特征。

✤ | **二、汉赋的全盛—— 散体大赋**

西汉中叶，亦即武帝（前140—前87年在位）、宣帝（前74—前49

年在位）时代，是汉赋创作的全盛期。据《汉书·艺文志》的记载，赋作有九百余篇，作者六十余人，而绝大多数是西汉中叶时期的作品。

（一）　散体大赋的典范——体物图貌的特色

此时期流行的是散体大赋，多铺写帝国的威势，都邑的繁荣，物产的丰饶，林苑宫室的富丽，还有天子王侯田猎的壮观，同时亦隐约流露对天子王侯豪华奢侈生活的不满，乃至委婉的劝诫讽喻。这类赋篇，形式上通常是鸿篇巨制，而且铺张扬厉，辞藻华丽，散韵兼行。在这期间，司马相如是最著名的赋家，其代表作品《子虚》《上林》，也是汉大赋的典型，已完全脱离楚辞的作风，建立了以散体为主干的汉赋传统。

司马相如（前179—前117）字长卿，蜀郡成都人。与枚乘一样，曾是梁孝王的门客。据说武帝读了他的《子虚赋》，大加赞赏，叹云："朕独不得与此人同时哉！"宫中为皇家养猎犬的"狗监"杨得意，是相如同乡，遂趁机向武帝推荐司马相如。经武帝召见，司马相如又写了一篇《上林赋》进献，终于被封为"郎"，任职宫中。据《汉书·艺文志》，司马相如有赋二十九篇。如今保存完整的，只有六篇，其中以《子虚》《上林》为代表。由于这两篇赋的辞意相衔接，合起来也称《天子游猎赋》，长达三千五百多字。

《子虚赋》乃是假借楚国派遣使者子虚出使齐国，向齐国的乌有先生夸耀楚国在云梦湖地区之辽阔，物产之丰美，游猎之盛况，乃至受到乌有先生的诘难。继而在《上林赋》中，亡是公则详述汉天子校猎上林苑的盛况，远非齐、楚之所能及。最后汉天子认识到"此大奢侈"，于是下令将上林苑开放为民用田地、鱼池，从此天子不再游幸，甚至还发粮仓以救贫穷，补不足。这些当然是虚美之辞。而歌颂推崇天子的林苑，最后则归之于节俭，作者劝诫讽喻的意图，甚为明显。当然，赋作为一种文学体裁，讲求的是铺陈，作者可以铺陈文辞来体物写物，又没有长度的限制，可以在广面上、细节上尽力发挥，是一种很适宜表现描写艺术、炫耀辞章才智的文体。试先看《子虚赋》：

> 楚使子虚使于齐，齐王悉发境内之士，与使者出畋。畋罢，子虚过诧乌有先生，而亡是公存焉。坐定，乌有先生问曰："今日畋乐乎？"子虚曰："乐。""获多乎？"曰："少。""然则何乐？"对曰："仆乐齐王之欲夸仆以车骑之众，而仆对以云梦之事也。"曰："可得闻乎？"子虚曰："可。王车驾车千乘，选徒万骑，畋于海滨。……"

以下则是借亡是公因应子虚、乌有二人对楚、齐两国的吹嘘，引起对汉天子管辖下云梦湖的描写：

> 云梦者，方九百里，其中有山焉。其山则盘纡茀郁，隆崇嵂崒；岑崟参差，日月蔽亏。交错纠纷，上干青云；罢池陂陁，下属江河。

首先绘出湖中间山岳的外貌形势，不仅耸立峻绝，拥蔽日月，高入云霄，与青天相接，而且蜿蜒广阔，与远方的江河相连，继而列出山中蕴藏的各种灿烂夺目的珍奇名贵矿土和玉石：

> 其土则丹青赭垩，雌黄白坿，锡碧金银……其石则赤玉玫瑰，琳瑉昆吾……

然后就依次从湖的东南西北，高低上下来形容云梦地区山水物产之盛美：

> 其东则有蕙圃：衡兰芷若，芎藭菖蒲……其南则有平原广
> 泽：登降阤靡，案衍坛曼……其高燥则生……其埤湿则生……其
> 西则有涌泉清池：激水推移……其中则有神龟蛟鼍……其北则有
> 阴林：其树楩枏豫樟，桂椒木兰……其上则有赤猿蠷猱，鹓鶵孔
> 鸾……其下则有白虎玄豹……

作者巨细不遗、井然有序的刻画形象，分析土石，罗列景物，展现的
仿佛是一张铺排靡丽、雕绘满眼的云梦湖空中摄影，也像一页勾画严整、
秩序井然的云梦湖旅游指南。

司马相如的赋篇，除了巨细不遗、井然有序的刻画之外，还有夸张解
说的特色。如《上林赋》中，描写天子游猎场所"上林苑"的浩阔，周旋
往来其间的河水如何四通八达，就极尽"吹嘘"之能事：

> 左苍梧，右西极，丹水更其南，紫渊径其北。终始灞浐，出
> 入泾、渭，酆、镐、潦、潏，纡余委蛇，经营乎其内；荡荡乎八
> 川分流，相背而异态。东西南北，驰骛往来……

甚至夸张南北的距离遥远得连气候都有寒暑的不同，令人觉得"上林
苑"的范围，简直跟整个大汉帝国的版图相当了：

> 其南则隆冬生长，涌水跃波……其北则盛夏含冻裂地，涉冰
> 揭河……

为了夸示上林苑物产的丰美富足，作者似乎把他所有能想象得到的珍
奇物产都陈列出来。例如河水溪流中潜藏着稀罕的蛟龙赤螭、各色鱼类，
聚积着灿烂的明珠美玉，漂浮着多姿的珍禽水鸟。山岳溪谷之间，又布满
各种美丽芬芳的奇花异草。作者特别强调，这些山峦河流，以及其间的各
色景物，繁盛得令人眼花缭乱，而且是看不完、观不尽的：

周览泛观，缤纷轧芴，芒芒恍忽。视之无端，察之无涯。

再者，还有分布于上林苑南北地区的各种珍怪野兽，以及满山遍谷的离宫别馆、果树花木，也是"视之无端，究之无穷"。

作者对山水景物分类勾画、刻意描写的目的，是为了夸示上林苑的富足与壮观。事实上，上林苑不过是根据所处地理环境的天然形势，再加上人工塑造的山水胜景，可是在作者的夸示之下，却有若天地间自然宇宙的缩影，也仿佛是富庶雄伟的大汉帝国的缩影，而天子就是其中的主宰。当然，不容忽略的是，除了夸示之外，作者的另一创作目的，是为劝诫讽喻天子王侯的奢豪浪费。但是，由于其过分铺陈事物，雕绘词采，以致歌颂夸示的意味浓厚，虽有劝诫讽喻之意，实际上往往收不到预期的效果。最著名的例子就是，汉武帝好神仙，司马相如献《大人赋》讽喻之，武帝读了之后，结果却反而更加飘飘欲仙了。

这类散体大赋，大都以主客问答的格式开端，彼此夸张形势，极言奢侈之盛事。并以"若乃""于是乎"之类语气转换词，联结成文。一般是首尾用散，篇中夹杂用韵。且句式长短不一，选韵变化亦无定。行文则甚为铺张扬厉，语言华丽雕琢。通常以描写帝王的生活为手段，以劝诫讽喻帝王之淫奢为旨归。司马相如的赋篇，标志着汉大赋发展的最高峰，成为此后两汉赋家效法仿真的对象。如扬雄《甘泉赋》、班固《两都赋》、张衡《二京赋》等名篇，无不取式于《子虚》和《上林》。

(三) 散体大赋的模拟——体物图貌的继承

西汉末期至东汉中叶，已进入汉大赋的模拟时期。自司马相如之后，汉赋的体制、格调均已定型，后辈作者无法跳脱出《子虚》《上林》的范围，模拟之风大盛。可以扬雄、东汉班固与张衡（78—139）为代表。

扬雄字子云，蜀郡成都人，是西汉末期的代表赋家。年轻时即崇拜司马相如，"每作赋，常拟之以为式"。四十岁后才由蜀郡来游京师，经人推荐其"文似相如"，于是被汉成帝召入宫廷，经常随成帝游猎、祭祀，于是写了《甘泉赋》《羽猎赋》等。这些赋篇，都是以司马相如的赋为蓝本，从题材的摄取，情节的安排，语言的运用，几乎无不受《子虚》《上林》的影响。

虽然扬雄晚年尝后悔曾经创作赋篇，认为赋之文乃是"童子雕虫篆刻"，故而"壮夫不为"。不过，在汉赋的发展上，还是颇有贡献。首先，扬雄的赋，将描写的对象，由天子的禁苑移至地方，写出赋史上第一篇地方都市赋《蜀都赋》。以后班固《两都赋》、张衡《二京赋》，乃至西晋左思《三都赋》等，均受到扬雄《蜀都赋》的启示和影响。其次，扩大了赋的描写领域，跳出帝王宫廷生活的圈子，举凡贵族的生活、官僚的内幕，以及古代历史人物，都摄入赋中。如其《长杨赋》，对汉高祖、文帝、武帝的功勋之叙述，开创了叙事赋的端倪。

东汉初期辞赋主要作者是史学家，亦即《汉书》的作者班固。班固字孟坚，扶风安陵（今陕西咸阳）人。其代表赋篇是《两都赋》，包括《西都赋》和《东都赋》。西都指长安，东都指洛阳。文中虚拟西都宾客与东都主人，竞夸两都之盛美，重心却在《东都赋》。通过东都主人之口，对比两都的长短，大肆宣扬光武帝建国以来的盛事，终于令西都宾客心悦诚服，收回成见。这样的作品，当然是为定都洛阳制造舆论，旨在劝阻和帝（89—105年在位）迁都，以安定政治局势，避免劳民伤财。

班固《两都赋》显然是模拟《子虚》《上林》之作。其后张衡又写了《二京赋》，结构组织亦相类似，只是篇幅更为长大。《两都赋》已达四千六七百字，而张衡的《二京赋》竟达七千五六百字，是汉赋中篇幅最长的大赋。是以劝诫讽喻天子的奢侈为宗旨，同时也批评富商巨室、土豪恶霸的行径。行文方面则更为铺张，描写方面亦更见雕琢。东汉以来，辞赋已不再是因应王侯之诏而作，汉大赋到张衡的《二京赋》，就算发展到尾声，以后就一蹶不振。幸好骚体赋之不绝如缕，乃至抒情小赋的出现，为赋体带来生机。

（三） **骚体传统的延续——抒情言志的徘徊**

其实骚体赋的抒情传统，自西汉初贾谊《吊屈原赋》《鵩鸟赋》以来，从未中断，只不过是在散体大赋的声势之下靠边站而已。如前面已指出，抒发"贤人失志"情怀之作，自《吊屈原赋》之后，有庄忌《哀时命》、董仲舒《士不遇赋》、司马迁《悲士不遇赋》，都是抒发个人政治理想落空及在仕途中的挫折和悲哀。作者衷心关怀的，显然并非君王社稷，亦非政教伦理。扬雄也留下了抒发个人身世感慨的《逐贫赋》，可称是文学史上第一篇以贫士自居的抒情述怀作品，遥示东晋陶渊明的述贫诗。此外，两汉之间，崔篆的《慰志赋》，冯衍的《显志赋》，单从标题，已可看出是抒情言志的作品。试看崔篆《慰志赋》节录：

> 愍余生之不造兮，丁汉氏之中微。……乃称疾而屡复兮，历三祀而见许。悠轻举以远遁兮，托峻崎以幽处。……遂悬车以絷马兮，绝时俗之进取。叹暮春之成服兮，阖衡门以扫轨。聊优游

以永日兮，守性命以尽齿。贵启体之归全兮，庶不忝乎先子。……

崔篆因看不惯王莽时代（9—23）政坛的黑暗，遂告病辞归不仕。于上举赋中，即明确表示，基于"愍余生之不造兮，丁汉氏之中微"，乃至意图轻举远遁，隐处山林，目的是弃绝时俗之进取，可以幽居衡门，优游度日，保全性命以享天年。值得注意的是，其中所言弃绝时俗的进取以保命全身的人生选择，清楚流露了作者在个体意识中，对自我身心幸福的重视。

汉代辞赋家，因失志不遇转而重视自我身心幸福的宣示，随着东汉时期宦官专权、朝政日非的政治环境，以及文人士大夫竞以名行相高、不肯入仕的士风，开始迅速扩散。加上文士阶层的政治权益遭受排斥，甚至身家性命也遇到威胁，儒家强调的群体纲纪，已不足以维系人心，乃至意识到道家的避世隐遁可以保命全身、优游行乐的重要。汉赋的主题内涵，亦相应而转变，西汉盛世时期出现的散体大赋，对都邑的称颂、帝王的推崇与讽喻，已明显消退。这时作者衷心关怀的，不是君王社稷，亦非政教伦理，而是个人在一己生命旅程中"纵心物外，聊以娱情"的自由逍遥。

❖ ｜ **三、汉赋的转变——赋的诗化**

（一）散体大赋的没落

东汉中叶以后，汉帝国已开始由盛转衰，这时宦官与外戚两个政治利益团体，彼此争夺政治主导权，社会民生日益穷困。在知识阶层中，强调群体纲纪的儒学衰微，重视个人身心幸福的道家思想，应运流行。相应地，专以铺采摛文、炫耀自己的文章才智为能事，歌颂大汉天威，赞叹都邑盛况，以"润色鸿业"的大赋，也日渐没落。当然，后世文人还是有继续写散体大赋者，如晋代的左思《三都赋》。但毕竟已是偶然零星的仿真作品，再也不能引起热烈的回响。随着散体大赋的没落，"睹物兴情"的抒情小赋，代而兴起。文人士子开始以辞赋来抒发个人一己的情怀志趣。这种转变，就现存资料，乃是由张衡开其端绪。

(二) 抒情小赋的兴起

尽管文人士子在汉代已经拥有凭借文学入仕的机会，并且逐渐形成在传统中国社会结构中的一个新兴的"统治阶层"[①]，其实他们的政治地位是没有保障的。有时完全依靠皇室权贵的宠信，有时还得与其他的当权集团，如外戚、宦官等相抗衡，因此在仕途上并不容易一帆风顺。又由于汉王朝政权的集中统一，文人士子已经不可能像在春秋战国时期的封建政体之下的策士或术士那样，拥有游仕列国的多种出路，因此更容易面临"士不遇时"的悲哀。从汉赋中那些抒发"贤人失志"的作品中，就明显写出文士阶层在政治社会中受挫的普遍失望和悲愤，而且往往流露对政治社会的疏离感，以及想要突破或避开现实政治社会环境的意愿。这时他们最关怀的问题，就从外在的政治环境，转向自我的身心，因此，他们目中所见，不再是天子的威风或帝国的伟大，而是远离政治社会的倾轧，避世隐居可以获得的身心逍遥自适。东汉后期张衡的抒情小赋《归田赋》，虽然以对政

---

① 有关汉代文人学士在汉代社会结构中的地位，详见 Ch'u T'ung—zu, *Han Social Structure* (*Han Dynasty China*, Vol. I, ed. By Jack L. Dull, Seattle: University of Washington Press, 1972), pp. 101—107。

治之失望、悲己身之失志发端，但整体视之，显然已是关怀个人生命意义与价值，向往隐居生活的自由逍遥为中心题旨之作。试看其文中对于乡居生活的逍遥自在，就推崇备至：

> 游都邑以永久，无明略以佐时；徒临川以羡鱼，俟河清乎未期。感蔡子之慷慨，从唐生以决疑；谅天道之微昧，追渔父以同嬉。超埃尘以遐逝，与世事乎长辞。于是仲春令月，时和气清，原隰郁茂，百草滋荣。王雎鼓翼，鸧鹒哀鸣，交颈颉颃，关关嘤嘤。于焉逍遥，聊以娱情。

> 尔乃龙吟芳泽，虎啸山丘。仰飞纤缴，俯钓长流。触矢而毙，贪饵吞钩。落云间之逸禽，悬渊沉之鲚鳢。于时曜灵俄景，系以望舒，极般游之至乐，虽日夕而忘劬。感老氏之遗诫，将回驾乎蓬庐；弹五弦之妙指，咏周孔之图书。挥翰墨以奋藻，陈三皇之轨模；苟纵心于物外，安知荣辱之所如！

全赋只有二百十一字，简短明畅，乃属清新小品，一扫汉赋以歌功颂德，或劝诫讽喻为宗旨的传统。虽然以"游都邑以永久，无明略以佐时……"发端，但感慨自己的不遇时、却没有一般骚体赋中流荡的缠绵哀怨腔调，并且脱离散体大赋铺采摛文、堆砌辞藻的陈习。只是以平浅清新的文句，直抒个人情怀，寄托一己的生活理想。其中描绘的，逍遥游娱于自然山水之间，弹琴、读书、写作的隐逸生活，以及忘劬劳、外荣辱的人生态度，是作者对一己生命意义探索之际所勾画的理想人生情境。这是中国文学史上第一篇以描写隐居生活之乐为主题的作品，是魏晋隐逸文学的先声，是现存第一篇比较成熟的骈文赋，也是现存东汉第一篇完整的抒情小赋。此后汉末的赵壹、蔡邕等，亦继其余绪，以抒情小赋见称，共同为魏晋以后的抒情小赋，铺上先路。

汉赋发展至此，由汉初的骚体转为散体，又由散体大赋的鸿篇巨制，变为简短篇章，行文则从带有楚骚色彩到以散文为主，继而又在散文中逐渐杂有骈偶成分，并且展现赋的诗化痕迹。同时亦显示，汉代作家的视野，自汉初以抒发个人不遇之怀为笔墨重点，至西汉中叶以君王帝国为主要关怀，之后逐渐由朝廷都邑，转向山林田园，由君王社稷，转向自我个体，其笔墨重点亦逐渐由描写帝王、京城、宫殿、游猎，转为表现个人的经验感受，一己的情怀志趣。整个发展过程，表面上看，似乎是转了一个圆环，回到原点。但是，也说明了抒情述怀在中国文学中的重要性。

第四节

汉代辞赋的特色与文学地位 —— 承传与开拓

辞赋是汉代文学的主流，囊括了两汉四百多年的文学天才与功力。根据现存的汉代辞赋作品，或许可以探究，辞赋作为一种文体，有哪些共同的特色，及其在文学史上的地位。试从主题内涵与艺术风貌两方面来观其大概。

✦ | 一、主题内涵方面

汉代辞赋在体制上，虽然兼具体物图貌与抒情写志的功能，在主题内涵方面，却有相当的局限性。大概可以分为两大主要体系：为天子王侯所写的"润色鸿业"之赋，以及为自己所写的"贤人失志"之赋。但从文学发展史的立场视之，则有其不容忽略的承先启后之地位：

（一） 扩大文学作品题材范围

辞赋是继《诗经》、楚辞之后而风行文坛的一种文体，本身在主题内涵上，虽然有一定程度的局限性，但是从文学史的整体立场来看，无疑扩大了文学的题材范围。汉代辞赋把过去作家尚未充分注意到的题材，诸如帝王宫廷生活，京城都邑繁荣盛况，以及隐居乡野田园的乐趣，都写到了。

以描写帝王宫廷生活与京城都邑盛况为笔墨重点的作品，多出现在以体物图貌为主的散体大赋中，是汉赋的主流。作者夸示天子王侯林苑之浩阔、游猎场景之壮观，或称颂京城都邑地区物产之丰富，文物典章之盛美，主要是为娱乐天子王侯的耳目，同时也借此炫耀自己辞章之才智。虽意存劝诫讽喻，但过分在描写上夸奇斗胜，乃至效果似乎并不佳。予读者的一般印象是，歌颂赞美的成分为主调，含蕴着对天子王侯拥有权势财富的赞叹，对大汉帝国空前的统一与繁荣境况的自豪。司马相如《上林赋》即是典型的例子。其他类似作品，诸如扬雄《蜀都赋》《羽猎赋》、班固《两都赋》、张衡《两京赋》等，都是或隐或显地以汉帝国的最高主宰——天子——为全篇焦点。游猎赋则通常以天子猎罢后之威武显现，为全篇之高潮，京都赋则往往以天子的丰功伟业、仁心德政作为通篇要旨。除此之外，当作者的视野，由外在的朝廷社稷转向个人一己身心的逍遥自在，隐居乡野田园的生活细节，也成为辞赋创作的题材。这些在题材内容上的开拓，为中国文学的发展后续，点出某些方向。

（二）　遥接《诗经》美刺传统

典型的汉赋，乃是以散文为主的散体大赋，多以描写天子游猎盛况、京城都邑壮观，为主要内容，其作者除了借此夸示自己辞章的才智，极尽铺叙描写之能事外，其最终目的，往往是对天子王侯权势地位的歌颂赞美，或生活奢侈浪费的劝诫讽喻，这样的创作意图，正遥接《诗经》中的"美刺"传统。所谓"美"，就是对天子王侯歌功颂德，所谓"刺"，就是对天子王侯言行不当的劝诫或讽喻。当然《诗经》作者创作之际是否真的胸怀"美刺"，已难以考核证明，但这正是汉儒说《诗》所立下的诗教传统，是儒家思想体系中的文学观念，也是重视政治教化与伦理道德的中国文学之一大传统。

（三）　承扬楚辞不遇情怀

现存汉代辞赋，亦有不少抒发个人感世伤己情怀，表达在政治社会中的失望与悲愤，显然是楚辞中不遇情怀之继承。这类主题大多出现于以抒情言志为主的骚体赋篇里，是汉赋的支流。但是其创作，自汉初至汉末以来，从未中断。诸如贾谊《吊屈原赋》《鹏鸟赋》，以及庄忌《哀时命》、董仲舒《士不遇赋》、司马迁《悲士不遇赋》、崔篆《慰志赋》、冯衍《显志赋》、张衡《归田赋》等，均写出文人学士在现实政治社会中受挫的普遍失望或悲愤。这类作品不再是为天子王侯所写，只是为了抒发个人的情怀。作者的视野，已由朝廷都邑，转向山林田园，由君王社稷，转向个体自我。因此，个人的生死进退，身心之幸福，成为了构思之前提。

值得注意的是，汉代辞赋中出现这两种情调决然不同的主题内涵，不仅并行，而且同一作家，可以既写歌颂天子王侯，赞叹帝国盛况的作品，也写抒发个人感世伤怀，甚至避世隐居的作品。因为前者是以儒家的入世精神为后盾，基于现实生活的需要；后者则是以道家的出世精神为依归，出自理想生活的需求。这正是传统中国文人士大夫"进则仕，退则隐"的儒道调和的处世态度和生命情调，经过汉王朝政治统一的局面，以及南北文化的交流融汇，从西汉初期就开始具体地表现在中国文人的思想里，并且成为进退取舍的行为准则。同时也是中国文学作品中，不断出现、反复吟咏的情怀。这是汉代辞赋家建立的传统。

✤ ｜ 二、艺术风貌方面

㈠ 承继主客对话的布局

典型的汉大赋，往往运用主客对话来开头作引子。如司马相如的《子虚》《上林》，一开始，出现子虚、乌有、亡是公三人。先是子虚和乌有先生对话，亡是公在旁边听着；由子虚盛夸楚国云梦湖之大，以及楚王游猎之乐；乌有先生听后，就盛夸齐国疆域之辽阔，物产之丰富；接着亡是公则批评二人说的并不正确，不该"争游猎之乐，苑囿之大"，"以奢侈相胜，荒淫相越"，这不但不能"扬名发举"，恰好只能"贬君自损"。接着话锋一转，就夸耀起汉天子的上林苑来。其他汉大赋的布局，也相类似，都是以主客对话形式，各自夸耀己方，一方压倒另一方，后来者居上。最后则是以一方向另一方表示心悦诚服而结束。

这一项特色，基本上是承继战国时期荀子"赋"篇中，君臣问答对话的布局。不过在荀子的赋篇中，只是偶然现象，到了汉赋，已成为散体大赋的定格。

㊁　确立散韵兼备的行文

汉大赋的开端，往往有一段文字交代起因，末尾又有一段文字交代结果。这两段文字，一般用散文，而中间夸奇斗胜、铺叙事物部分，则侧重于用韵文。当然，偶尔也有以韵文结尾的。不过，赋中的韵文，与诗歌之用韵并不相同，不但句子的长短可以不断变化，而且这些韵文中，也时常夹杂着散文，并非一律都用韵的。其实，这种散韵兼备的行文，也是在荀子的赋篇中已经出现，到了汉大赋行文里，才成为通例。

㊂　奠定状景写物的传统

赋的本义是"铺"，也就是铺陈其事，在广面上总揽一切，细节上镂画入微。因此，铺陈乃是其文体的主要特点，是一种很适合表现描写艺术的体裁。而铺陈之际，往往有一定的程序：例如说"其山"如何，"其水"如何；"其高"如何，"其低"如何；"其东"如何，"其南"如何，这种井然有序、上下四方的铺陈方式，实源自战国时期纵横家的说辞公式。如苏秦、张仪每游说一个君主时，总要说一通"大王之国，东有……西有……"。汉代辞赋中这种上下四方、高低远近，且巨细不遗、整蔚有序的描写，可说是临摹自然宇宙空间秩序的尝试，并为后世山水诗中以对举方式状景写物的描写艺术奠定传统。

（四）　肇始尚辞好藻的文风

汉代辞赋作家铺陈之际，多以"铺采摛文"为能事，犹如班固在《汉书·扬雄传》中所言："必推类而言，极丽靡之辞，闳侈巨衍，竟于使人不能加也。"换言之，作者铺陈之际，会将同类事物排比在一起，尽量运用最华丽的辞藻来夸饰。或许由于汉赋作家诸如司马相如、扬雄等，都是"小学家"，故而显得尚辞好藻，往往通过文字的巧用，把稀奇罕见的事物，以华丽的辞藻，堆砌罗列在赋篇里，形成汉大赋的特色。当然，有时予读者的印象，仿佛是在编写字典，或是记流水账。以后班固的赋篇，甚至西晋左思的大赋，也依循尚辞好藻的文风。

但是，不可否认的，汉赋作者在用字炼句上的用心，以及他们尚文求美的传统，的确为魏晋六朝尚辞好藻的文坛风气开辟了先路。

第三章

史传文学的楷模
—— 司马迁《史记》

第一节
绪　说

　　司马迁的《史记》，是中国历史上第一部由个人独立完成的历史著作，并且开创了"纪传体"的先例，也是第一部规模宏大、体例完整的通史，上自传说时代的三皇五帝，下迄汉武帝太初年间（前104—前101），上下三千多年。同时也是中国历代"正史"之始。不过，《史记》之后的正史，多属朝廷主持、受命君王而修的"官史"，司马迁的《史记》，乃是继承父志，自己主动撰写，准备"藏之名山"的私人撰著，直到汉宣帝时期（前74—前49年在位），才由其外孙杨恽（？—前56或前55）献出。从记述历史的传统来看，《史记》不再以年代或事件为本位，而是第一部以"人"为本位的历史巨著，以人的生平遭遇来展现历史。因此，无论史学上，或文学上，《史记》的影响都既深且远。

✦ | 一、《史记》的作者与名称

（一）作者及撰写缘起

司马迁之生平事迹，资料来源主要是其《太史公自序》《报任安书》（亦称《报任少卿书》），以及《汉书·司马迁传》。

按，司马迁字子长，夏阳（今陕西韩城）人。其父司马谈尝为太史令，是朝廷史官，掌天时星历，并负责记录、收集、保存典籍文献。值得注意的是，在汉代专制体系下，史官地位低微，近乎卜祝巫官之间。司马谈原想继承孔子撰《春秋》，写一部体系完整的史书，可惜只做了一些准备工作，就于元封元年（前110）病逝。临终前他嘱咐司马迁，一定要完成他写史的志业。三年后，司马迁继任太史令，成为汉武帝朝廷的史官，有机会参阅宫廷藏书，收集资料，遂于太初元年（前104）开始撰写《史记》。

天汉二年（前99），时司马迁大约四十二三岁，李陵败降匈奴，司马迁为李陵辩护，得罪汉武帝，乃至入狱，甚至判死罪。但根据汉代刑法，为免一死，可以或出钱赎罪，或接受宫刑。司马迁家境清寒，友朋亦不愿援手，为了继承父志，完成历史著作，只得接受宫刑，忍辱偷生。悲愤之下，遂以刑后余生的全部精力，奉献于《史记》的撰写，大概于征和二年（前91），也就是五十一二岁时完成这部空前的巨著。此后事迹不详，卒年亦不能确定。

司马迁撰写《史记》，目的是总结历史的经验教训，为在上者提供借鉴，同时为自己在历史上留下一点痕迹。其撰写《史记》的态度、目的、心情，从其著名的《报任安书》，亦是汉代的散文名篇，可略知一二：

> 仆之先人，非有剖符丹书之功；文史星历，近乎卜祝之间，固主上所戏弄，倡优蓄之，流俗之所轻也。假令仆伏法受诛，若九牛亡一毛，与蝼蚁何异！而世又不与能死节者比，特以为智穷罪极，不能自免，卒就死耳。何也？素所自树立使然也！人固有一死，死有重于泰山，或轻于鸿毛……所以隐忍苟活，幽于粪土之中而不辞者，恨私心有所不尽，鄙陋没世，而文采不表于后也。古者富贵而名摩灭，不可胜记。唯倜傥非常之人称焉。盖西伯拘而演《周易》；仲尼厄而作《春秋》；屈原放逐，乃赋《离骚》；左丘失明，厥有《国语》；孙子膑脚，兵法修列；不韦迁蜀，世传《吕览》；韩非囚秦，《说难》《孤愤》；《诗》三百篇，大抵贤圣发愤之所为作也；此人皆意有所郁结，不得通其道，故述往事，思来者。及如左丘明无目，孙子断足，终不可用，退论书策，以舒其愤，思垂空文以自见。仆窃不逊，近自托于无能之辞，网罗天下放失旧闻，考之行事，稽其成败兴坏之理，凡百三十篇。亦欲以究天人之际，通古今之变，成一家之言。草创未就，适会此祸，惜其不成，是以就极刑而无愠色。仆诚已著此书，藏之名山，传之其人，通邑大都，则仆偿前辱之责，虽万被戮，岂有悔哉！然此可为知者道，难为俗人言也。

（三） 名称及其由来

其实"史记"之名，原是汉代对古代"历史"之通称，大凡史官记事之书，通称"史记"。司马迁亦屡次称古史为"史记"，而自名其书为《太史公书》（《太史公自序》），后人或因习惯以作者的官衔名书，或称《太史公》，或称《太史公记》，或称《太史公传》。最早称《史记》为《太史公书》者，应是班固《汉书·五行志》。不过，这可能是指司马迁所写的历史之书而言，并非专书之名称。直到曹魏时期，才以《史记》作为《太史公书》的专书名称。以后就沿用至今[①]。

✤ ｜ 二、《史记》的取材与体例

（一） 取材范围

《史记》取材范围之广泛，乃是空前的。除了《诗》《书》《易》《春秋》《国语》《左传》《战国策》，以及诸子之书，还有宫廷专藏的文献档案，其中包括法令、诏告、诏令、奏议等，以及民间流传和私家收藏的古文书传。经司马迁亲自访问、实地考察得来的资料，加上其父亲司马谈生前收集下来的资料，故其取材之丰，涉猎之广，前所未有。

---

① 家父王叔岷：《史记名称探源》，收入黄沛荣编：《史记论文选集》，长安出版社 1982 年版，第 181—197 页。

司马迁的《史记》，开创了纪传体的先例。全书共一百三十卷，五十二万余字，由"本纪""表""书""世家""列传"五种体例构成：

(1)"本纪"十二卷：以编年方式，记述历代帝王事迹。且以身居帝王，或相当于帝王者的名字为篇名，诸如《高祖本纪》《项羽本纪》等，构成一条历史发展的基本线索，是全书的总体大纲。

(2)"表"十卷：乃是以表格形式，分项列出各历史时期的大事。以此贯通史事之脉络，是各历史时期的简要大事记。

(3)"书"八卷：则是个别制度或知识的专史。其中包括礼、乐、律、历、天官（天文）、封禅、河渠、平准（商贾）等，以展现社会生活的横切面。

(4)"世家"三十卷：主要记述世袭诸侯家族的兴衰，以及辅汉功臣的生平事迹。值得注意的是，孔子虽非世袭诸侯贵族，然历代祭祀不绝，故亦归之于世家类。另外，陈涉则属于反秦而革命未成功者，亦置于世家。可见司马迁并未被"成者为王，败者为寇"的传统观念所束缚。

(5)"列传"七十卷：乃是本纪与世家之外的各色人物志。以个人名字或职称为篇名，如有命运事迹相类者，往往合传，如《屈原贾生列传》《刺客列传》《游侠列传》等，加上几篇边缘地带各民族的历史，如《匈奴列传》《西南夷列传》。

综观《史记》一书，实包含古代史传论述体裁的全部，是古史的总汇，集古史之大成。乃是将三千多年的历史，通过五种不同的体例，相互配合，彼此补充，构成一个完整的历史体系。这种体例，即称"纪传体"，从此成为历代正史的通用体例。当然，文学史重视的，毕竟还是《史记》所表现的文学特色，以及其对后世文学作品之影响。

第二节

《史记》的文学特色与影响

司马迁的《史记》，虽然是一部史书，却是亦史亦文，不但是后世史传文学的楷模，对中国古典小说传统的形成，亦有既深且远的影响，在文学史上占有一席极为重要的地位。

✤ ｜ 一、第一部以"人"为本位的史传文学

《史记》的主体部分，包括本纪（十二卷）、世家（三十卷）、列传（七十卷），共一百一十二卷。可见全书基本上乃是由人物的传记构成，是以"人"为本位来记载历史，表现出人在历史长河中地位与作用的重要性。当然，过去的历史著作，也记录人在历史中的活动，或以历史中某段时间，或某项事件为本位，而个人不过是某一特定时间，某一重大事件中的一个角色而已。但是《史记》却是以"人"为本位。换言之，在司马迁的笔下，乃是由"人"主导历史，人的活动创造了历史。因此，大凡《史记》立传的人物，范围已不再局限于上层社会，或政治人物，而是扩大到整个社会层面，遍及不同的行业领域。除了帝王将相之外，非政治人物，甚至社会中下层人物，也能成为一个传

记的主角，从文学家、思想家，到刺客、游侠、赌徒，到商贾、俳优、卜者等。

此外，每一篇人物传记，都有一个中心题旨，或某种人格特质。就如写项羽，主要强调一种狂飙突起的精神，以及其盖世英雄、壮志未酬、儿女情长的憾恨。刘邦，则具有开国君王的大度与豪气，夹杂着流氓无赖的性格特征。又如管（仲）晏（婴）之传，强调朋友之道；信陵君传，强调礼贤下士；荆轲传，则强调士为知己者死……这些人物，分别展现人类生活的不同侧面，各自演出可歌可泣的故事，且共同组成繁富丰美、波澜壮阔的历史画卷。

✤ | 二、为古典小说格式体制与叙述模式立下典范

《史记》的文学成就，最主要的还是为古典小说的格式体裁与叙述模式立下典范。当然，司马迁为人物立传，叙述人物的生平遭遇和最终命运，对后世"纪传体"的传记文学之影响，自然不容忽视。而这种由《史记》开创的纪传体，对中国古典小说的影响，尤其深远。首先表现在格式体制及叙述模式上。

（一）格式体制

司马迁写人物传记，从命题，以至篇章的开头与结尾，都有一套基本的格式，为中国古典小说，特别是早期的小说所继承。乃至大凡早期的小说，都具有《史记》中历史人物传记的特点。

1. 传、记名篇

叙述历史人物生平事迹的"传"，可谓是司马迁首创。之后从魏晋六朝的笔记小说，到晚清的谴责小说，都出现以"传"或"记"名篇的作品。唐代传奇尤其普遍，诸如《李娃传》《南柯太守传》《枕中记》等，都是以个别人物传记的形式来叙述。

2. 开头与结尾

《史记》中的人物传记，通常是一开头便先对人物的姓名、乡里、家世、外貌、性格，作概括性的介绍。如《项羽本纪》的发端：

> 项籍者，下相人也，字羽。初起时，年二十四。其季父项梁。梁父即楚将项燕，为秦将王翦所戮者也。项氏世世为楚将；封于项，故姓项氏。

介绍过项羽的姓氏乡里与家世，遂得知原来项家与秦有宿仇，乃至世代居楚。接着叙述项羽的教育与抱负：

> 项籍少时，学书不成，去，学剑，又不成。项梁怒之。籍曰："书，足以记名姓而已；剑，一人敌，不足学。学万人敌！"于是项梁乃教籍兵法。籍大喜，略知其意，又不肯竟学。

上引文字，可知项羽少时虽学书、学剑均"不成"，唯对"兵法"有兴趣，虽"略知其意，又不肯竟学"，已勾勒出项羽秉性粗犷，能开新局面，却难以竟齐全功的性格特征。继而说明其起兵源起：

> 项梁尝有栎阳逮，乃请蕲狱掾曹咎书，抵栎阳狱掾司马欣，以故，事得已。项梁杀人，与籍避仇于吴中，吴中贤士大夫皆出项梁下。每吴中有大繇役及丧，项梁常为主办，阴以兵法部勒宾

客及子弟，以是知其能。

接着再概括项羽的抱负与粗犷外貌，以及胸无城府的英雄气概：

> 秦始皇帝游会稽，渡浙江，梁与籍俱观。籍曰："彼可取而代也！"梁掩其口，曰："毋妄言！族矣！"梁以此奇籍。籍长八尺余，力能扛鼎，才气过人，虽吴中子弟，皆已惮籍矣。

秦始皇是何等人物，项羽却脱口而出"彼可取而代也！"其野心、自信与不凡的气概，以及坦率毫无心机的人格情性，栩栩如生地展现出来。读者对项羽，已经有了初步的认识。

以后古典小说大都沿袭《史记》这种纪传体介绍人物的开头方式。甚至长篇章回小说中，每一个重要人物出场，也有类似的介绍；使和戏曲中人物初次登台亮相时必做一番自我介绍的情形雷同。

此外，《史记》的人物传记，往往"包举一生"。既要载其生平事迹，也要记其死，交代一个人最后的结局，如何死，何时死，以及死后的大略情况如何，尤其是那些与他关系密切的人物的结果，甚至后代子孙的下场，均有交代。例如项羽，最后是：

> 乃自刎而死。王翳取其头。余骑相蹂践，争项王，相杀者数十人。最其后，郎中骑杨喜、骑司马吕马童、郎中吕胜、杨武，各得其一体；五人共会其体，皆是。分其地为五……项王已死，楚地皆降汉，独鲁不下。汉乃引天下兵，欲屠之。为其守礼义，为主死节，乃持项王头视鲁。鲁父兄乃降。……诸项氏枝属，汉王皆不诛。乃封项伯为射阳侯，桃侯、平侯、皋侯、玄武侯皆项氏，赐姓刘。

中国古典小说与《史记》一样，对主人公的结局，通常都明确交代。

即使人物的生死去留不明，最后也要说"莫知所终""莫知所之""不知所适"，或"遂亡其所在"之类的话。后世小说往往清楚交代主人公生与死，具有人物传记的开头和结尾，显然受《史记》纪传体的影响。

3. 序言与论赞

《史记》中某些人物传记，在正文前往往还有一段序言，其中或交代资料来源，或说明写作目的，或概括正文内容。其作用在于引起读者对人物生平记叙之外，属于"非情节"部分的重视。如《游侠列传》：

> 韩子曰："儒以文乱法，而侠以武犯禁。"二者皆讥，而学士多称于世云。至如以术取宰相、卿、大夫，辅翼其世主，功名俱著于春秋，固无可言者。及若季次、原宪，间巷人也，读书，怀独行君子之德，义不苟合当世，当世亦笑之。固季次、原宪终身空室蓬户，褐衣疏食不厌；死而已四百余年，而弟子志之不倦。今游侠，其行虽不轨于正义，然其言必信，其行必果，已诺必诚，不爱其躯，赴士之阨困。既已存亡死生矣，而不矜其能，羞伐其德，盖亦有足多者焉。……

以上主要是说明为何游侠之士值得为之立传，作为整篇列传的序言。

此外，《史记》人物传记之后，还有"太史公曰"一段论赞，对传主的人格情性或生平事迹加以评论。有时是说明作传缘起，有时则就事实加以考核、商榷。如《项羽本纪》最后，以"太史公曰"评论项羽的功过：

> 太史公曰："吾闻之周生曰：'舜目盖重瞳子。'又闻项羽亦重瞳子，羽岂其苗裔邪？何兴之暴也！夫秦失其政，陈涉首难，豪杰蜂起，相与并争，不可胜数。然羽非有尺寸，乘势起陇亩之

中，三年，遂将五诸侯灭秦，分裂天下，而封王侯，政由羽出，号为霸王，位虽不终，近古以来未尝有也。及羽背关怀楚，放逐义帝而自立，怨王侯叛己，难矣。自矜功伐，奋其私智而不师古，谓霸王之业，欲以力征经营天下，五年卒亡其国，身死东城，尚不觉悟，而不自责，过矣。乃引'天亡我，非用兵之罪也'，岂不谬哉！"

以后的小说，大多也有引入话题的"序言"，同时也往往在结尾处，宛如"太史公曰"一般，由作者出面发表一段议论，对故事中人物事迹，加以品评。

㊁ 叙述模式

1. 第三人称与客观立场

司马迁《史记》乃是以第三人称客观立场叙事，亦即以目击者叙述历史。而且往往以全知视角，客观叙述所见所闻，乃至一些应当属于机密事件或情况，诸如人物之间的密谈、悄悄话，甚至内心翻转的念头，也了如指掌。当然，作者基本上仍然是站在事件之外，让人物自己演出，只是在最后"论赞"部分，才登场露面，作评论，表示自己的观点看法。但在叙述之际，则往往"寓褒贬于叙述中"，作者对人物事件的褒贬立场与态度，昭然若揭。以后的唐代传奇小说，亦沿袭这种叙述模式。

2. 时间顺序与叙述角度

《史记》中的人物传记，有"个人传记"与"类型传记"之别。个人传记通常按时间顺序叙述，以人物生平的始与终为脉络，予人的印象是，有头有尾，鱼贯而下，有时偶尔还会穿插着年月日期的提示。以后的文言小说，如唐传奇，亦多按照时间先后顺序叙述的模式。但是，《史记》中的"类型传记"，则往往以同类型人物的共同特色为笔墨重点，乃至无意于人物在时间过程中的始与终。例如《游侠列传》《儒林列传》，主要展示个别游侠或儒者，在言行举止方面，符合其"游侠"或"儒士"的标志，因此笔墨重点在于人格情性的刻画，不在于个别人物在人格情性方面的变化。这对以后的传记文学，以及小说，乃至戏曲中人物性格的塑造，影响深远。

3. 连锁情节与线型结构

《史记》个别人物的列传，无论是否按时间先后顺序，叙述人物的生平事迹，往往由一系列故事性，甚至戏剧性的情节串联起来，乃至整体上形成一种线型结构。例如《信陵君列传》，是由亲迎侯生、窃符救赵、从博徒、卖浆者游等一系列故事构成。《廉颇蔺相如列传》，是由完璧归赵、渑池会、负荆请罪等故事构成。《项羽本纪》，则由巨鹿之战、鸿门宴、垓下之围等故事构成。这些个别的人物传记，多由大大小小相关的故事情节，按时间顺序，逐步完成其生命历程，从头到尾贯穿人物的遭遇与命运。这是史传文学的叙述线索，也成为日后古典小说往往展现线型叙述的传统。

✙ ｜ 三、为古典小说人物形象与性格塑造奠传统

从文学史的观点，《史记》可谓是一部以人物为中心的传记文学。书

中人物来自社会各阶层，从事各种不同的行业与活动，经历不同的人生命运。从帝王将相，到人臣官吏，到市井小民，其中有成功者，亦有失败者，有贤能的人臣，刚烈的英雄，亦有无耻的小人；有彬彬君子，也有地痞流氓……形形色色的人物，共同组成一个社会中丰富多彩的人物画廊。在这些人物中，给读者留下深刻印象的，就有近百人之多。

当然，《左传》已经颇善于写人物，但毕竟是编年史，在体例上受到时间的限制，只能在某一段时间范围之内来写人物。此外，《战国策》是国别史，虽也长于写人物，无须受纪年的限制，描写人物之际，比《左传》自由；但是《战国策》往往以重大历史事件为中心，又过分注重人物的辩论语言。换言之，《左传》《战国策》主要是截取人物的生活横断面来描写人物，《史记》却是从人物的一生，予以完整的叙述，试图把握历史人物的全貌。

（一）　外貌形态的点染

其实《史记》很少详细描绘人物的外貌，基本上没有人物肖像的描绘，往往只是简略地点出人物外貌某些特征。如《高祖本纪》写刘邦：

高祖为人，隆准而龙颜。美须髯，左股有七十二黑子。

当然，所称刘邦"左股有七十二黑子"，当取自传闻，实在难以考核。另外，《项羽本纪》写项羽外貌，亦同样简略：

籍长八尺余，力能扛鼎，才气过人。

再看《留侯世家》写张良状貌，只一句话：

状貌如妇人好女。

又如《李将军列传》写李广，更为简略，只有五个字：

> 为人长，猿臂。

在司马迁笔下，人物外貌显然并不重要。重要的是，人物的性格特征。后世的小说，如唐人传奇，亦往往如此。对人物的外貌形态，往往只用一些陈腔套语，点到为止。如写年轻小伙子，或"唇红齿白"，或"方面大耳"，写妙龄少女，则或是"闭月羞花"，或是"沉鱼落雁"……很难看出人物的个别肖像。

(三) 性格特征的刻画

《史记》中人物性格特征的刻画，主要通过人物的行动和语言表现出来。为了凸显传主的人格特质，除了援引相关的传闻逸事之外，作者甚至可以"遥体人情"，运用"入情合理"的想象，"笔补造化，代为传神"①，虚拟出人物在某种特定环境情况中之行为举止、言谈对话，甚至独白，以揭示人物的神态或心理状况，展现传主的性格特征。这样含有"虚拟"的记录，当然容易予人以文史界限并未严格区分的印象。

1. 对话言谈

人物的对话言谈，往往泄露人物的生活经历、文化修养、社会地位，

---

① 钱锺书《管锥编》论及《左传》常云："史家追叙真人实事，每须遥体人情，悬想事势，设身局中，潜心腔内，忖之度之，以揣以摩，庶几入情合理。盖与小说、院本之臆造人物、虚构境地，不尽同而可相通。"又针对《史记·项羽本纪》所载"项王乃悲歌慷慨。……美人和之"情节，引周亮工《尺牍新钞》三集卷二释道盛《与某》云："吾谓此数语，无论事之有无，应是太史公笔补造化，代为传神。"见《管锥编》第二册，中华书局1979年版，第166、278页。

甚至心理状况。这是刻画人物形象最基本的手法。例如刘邦、项羽，早年都曾混在人群中观看过秦始皇巡游，目睹其威仪气派，各自说了一句话，分别泄露不甘心久处低微的意念。刘邦说：

> 嗟乎！大丈夫当如是也！

所言充满羡慕之情，却含蓄地表达自己的野心。同时亦在场观看的项羽，则说：

> 彼可取而代也！

野心毕露。可看出，二人同样有野心，同样怀抱壮志，但刘邦之语，显得稳重踏实，含蓄沉着；项羽所言则情怀毕露，听者了然，全无城府。难怪项梁听了吓一跳，立即"掩其口，曰：'毋妄言！族矣！'"

2. 行动举止

在《左传》《战国策》中，作者已经运用人物的具体行动和对话来刻画人物。至于司马迁《史记》，则更为传神，更为生动。往往由生活琐碎细节中的人物行动，或戏剧性场景中的人物行动，即使人物众多，也各自展现其性格特征。试以《项羽本纪》中"鸿门宴"的一段精彩描写为例。

按，事情的序幕是，项羽欲入函谷关而不得，闻说刘邦已破咸阳。后来项羽虽然入了关，却又听说刘邦要在关中称王。谋士范增即献策云："急击勿失！"这时倘若要开打，项羽的军势必胜无疑，并建议设下"鸿门宴"，等刘邦诸人抵达之后，一举拿下，免除后患。刘邦当然知道此去可能凶多吉少，但迫于形势，又不能不去。谋士张良于是建议刘邦赴宴，并向项羽请罪，表示并无野心，同时还交代武将樊哙随侍在侧，以防万一。于是：

沛公旦日从百余骑来见项王，至鸿门，谢曰："臣与将军戮力而攻秦，将军战河北，臣战河南；然不自意能先入关破秦，得复见将军于此。今者，有小人之言，令将军与臣有郤。"项王曰："此沛公左司马曹无伤言之。不然，籍何以至此？"项王即日因留沛公与饮。项王、项伯东向坐；亚父南向坐，亚父者，范增也；沛公北向坐；张良西向侍。范增数目项王，举所佩玉玦以示之者三。项王默然不应。范增起，出，招项庄，谓曰："君王为人不忍。若入，前为寿，寿毕，请以剑舞，因击沛公于坐，杀之。不者，若属皆且为所虏！"庄则入为寿。寿毕，曰："君王与沛公饮，军中无以为乐，请以剑舞。"项王曰："诺。"项庄拔剑起舞，项伯亦拔剑起舞，常以身翼蔽沛公，庄不得击。于是张良至军门见樊哙。樊哙曰："今日之事何如？"良曰："甚急！今者项庄拔剑舞，其意常在沛公也。"哙曰："此迫矣！臣请入，与之同命！"哙即带剑拥盾入军门。交戟之卫士欲止不内，樊哙侧其盾以撞，卫士仆地。哙遂入，披帷西向立，瞋目视项王，头发上指，目眦尽裂。项王按剑而跽曰："客何为者？"张良曰："沛公之参乘樊哙者也。"项王曰："壮士！赐之卮酒！"则与卮酒。哙拜谢，起，立而饮之。项王曰："赐之彘肩！"则与一生彘肩。樊哙覆其盾于地，加彘肩上，拔剑切而啖之。项王曰："壮士！能复饮乎？"樊哙曰："臣死且不避，卮酒安足辞！夫秦王有虎狼之心，杀人如不能举，刑人如恐不胜，天下皆叛之。怀王与诸将约曰：'先破秦入咸阳者王之。'今沛公先破秦入咸阳，豪毛不敢有所近，封闭宫室，还军霸上，以待大王来。故遣将守关者，备他盗出入与非常也。劳苦而功高如此，未有封侯之赏，而听细说，欲诛有功之人，此亡秦之续耳，窃为大王不取也！"项王未有以应，曰："坐！"樊哙从良坐。坐须臾，沛公起如厕，因招樊哙出。沛公已出，项王使都尉陈平召沛公。沛公曰："今者出，未辞也，为之奈何？"樊哙曰："大行不顾细谨，大礼不辞小让。如今人方为刀俎，我为鱼肉，何辞为！"于是遂去。乃令张良留谢。……项王曰："沛公安在？"良曰："闻大王有意督过之，脱身独去，已至军矣。"项王则受璧，置之坐上。亚父受玉斗，置之地，拔剑撞而破之，曰："唉！竖子不足与谋！夺项王天下者，必沛公也！吾属今为之虏矣！"沛公至军，立诛杀曹无伤。

这实在像一篇精彩的短篇小说，也是一出雏形的戏剧。文中人物，除了刘邦和项羽之外，还有谋臣、勇士。从这场"鸿门宴"中人物的行动举止，包括他们的言谈对话，生动地展现：刘邦的圆融老练，项羽的坦直粗率，张良的机智沉着，樊哙的忠诚勇猛，项伯的迂腐老实，还有范增的果断急躁。尽管有"项庄舞剑，意在沛公"的戏剧演出，项羽终于因其"为人不忍"之心，让刘邦借"如厕"而逃之夭夭。最糟糕的是，项羽还把向自己报密者曹无伤给泄露出来了。刘邦也真够狠，一回到自己军中，毫不手软，"立诛杀曹无伤"。短短一句话，一个行动，在性格上，刘邦之狠毒与项羽之仁厚，形成对比，也是果断与优柔的对比，夺取江山成功者与失败者的对比。项羽坐失杀刘邦的良机，而刘邦得张良、萧何、韩信诸人之助，势力日益坐大，一心要消灭项羽。两军交战无数次，不分胜负。项羽因见楚汉相争持久未决，丁壮老弱均受苦，于是向刘邦建议，何不双方单打决雌雄，刘邦却宣称"吾宁斗智不能斗力"。不肯出面接受挑战。项羽不免性起，冲到汉军中奋勇战斗，结果陷于大泽中，为汉军所迫，而且迫得作最后一战。试看司马迁笔下"垓下之围"与"霸王别姬"的动人描述：

> 项王军壁垓下，兵少食尽，汉军及诸侯兵围之数重。夜闻汉军四面皆楚歌，项王乃大惊曰："汉皆已得楚乎？是何楚人之多也！"项王则夜起，饮帐中。有美人名虞，常幸从；骏马名骓，常骑之。于是项王乃悲歌慷慨，自为诗曰："力拔山兮气盖世，时不利兮骓不逝，骓不逝兮可奈何！虞兮虞兮奈若何！"歌数阕，美人和之。项王泣数行下。左右皆泣，莫能仰视。

项羽在汉军重围之下，但闻汉军四面楚歌，疑幻疑真，以为汉军皆已得楚。然后点出美人、骏马，回顾一下项羽过去叱咤风云、不可一世的英雄情怀，同时展现英雄落魄、孤单寂寞的处境，面对美人骏马而独自伤神的悲哀。又借项羽慷慨悲歌，表现他既英雄盖世又儿女情长无限失意的心情。真是"一腔愤怒，万种低回"。最后，美人和而歌数阕，项羽挥洒下了英雄热泪。此情此景，人何以堪！所以"左右皆泣，莫能仰视"。这样动人的景象，显然是文学的描述。

再看另一段，写项羽终于冲出重围，欲东渡乌江时的情节：

> 于是项王乃欲渡乌江。乌江亭长檥船待，谓项王曰："江东虽小，地方千里，众数十万人，亦足王也。愿大王急渡。今独臣有船，汉军至，无以渡。"项王笑曰："天之亡我，我何渡为！且籍与江东子弟八千人渡江而西，今无一人还，纵江东父兄怜而王我，我何面目见之！纵彼不言，籍独不愧于心乎！"乃谓亭长曰："吾知公长者。吾骑此马五岁，所当无敌，尝一日行千里，

不忍杀之，以赐公！"乃令骑皆下马步行，持短兵接战。独籍所
杀汉军数百人。……

这是项羽自刎前的一段小故事。项羽和渡江船人的对白，以坐骑骏马
相赠的行动，流露出视死如归的英雄气概，以及怜惜坐骑、尊重长者的善
良心肠。

也就是通过这些言谈对话，行动举止，刻画出项羽这样一个英雄形
象，一个不可一世的英雄，一个最终失败的英雄。他的逞强好胜，他的粗
率坦白，他的善良心地，乃至优柔寡断的性格，展现在读者面前。

司马迁刻画人物形象，主要就在具体的行动中与生动的对话言谈里，
展现人物之间的矛盾冲突，以及面对命运变化的不同反应，同时呈现人物
的性格特征。以后的中国小说，刻画人物之际，主要也就是以对话言谈、
行动举止来展现人物的性格特征，显然深受《史记》的影响。

三 人物类型的建立

《史记》是以人的活动为中心，人物的生平事迹，言行表现，自然是
叙述的主体。不过，史家撰写历史，不会单纯地追述史实，更重要的是以
史为镜鉴，叙人事以明王道，由前代之治乱兴亡，可以记取教训。司马迁
撰《史记》，其意即在于继孔子作《春秋》之旨，通过历史事件的叙述及
人物的言行操守，以颂美明主贤君、忠臣死义之士，并为闾巷之人，"欲
砥行立名者"，留下声名，或可"善善恶恶，贤贤贱不肖"（《太史公自
序》），达到讽喻劝诫的效果。也就是由于《史记》带有这种以历史为镜
鉴的意图，遂造成史传中展现的人物形象有明显的类型化或典型化倾向。

此外，将历史人物"归类立传"，并以类目名篇，亦是自《史记》开始。所谓"归类立传"，即大凡人物之社会角色、生平事迹有相类似者，即视为具有某种共通性的人物类型，于是合为一传，如《屈原贾生列传》即是。有时则以不同人物共同扮演的社会角色类型为篇目，诸如《儒林列传》《游侠列传》等即是。在这些"类传"中，史家笔墨重点，并不在于探索个别人物复杂多样的面貌，而在于展现属于某种人物类型的群体共同特征。因此，同传人物之"共性"，往往多于"特性"[①]。乃至《史记》中的人物，往往属于某种社会角色的既定类型或典范，为中国文学建立了一批人物类型典范的"资料库"。后代的小说、戏剧中的帝王将相、英雄豪杰、侠客儒生、清官酷吏……各种人物形象，很多都是以《史记》中的人物类型为楷模。例如《三国演义》中的刘备，《水浒传》中的宋江，在他们的形象中，不时浮现出刘邦的影子。诸葛亮及吴用的性格中，往往流露出张良的痕迹。后世的小说刻画人物，也往往以人物的类型特征为笔墨重点。

✤ ｜ 四、文笔疏宕从容，为唐宋"古文"立典范

《史记》乃是以"散体古文"叙述，文笔疏宕从容，行文自然流畅，不拘于整齐的形式，也很少用骈俪句法。读起来，似乎是不经意地自然写出，并无着意雕琢的痕迹，但却有生气、有韵味。既有史家冷静客观的陈述，又有人物对话言谈的模拟，偶尔又还流露出浓厚的抒情意味。这样的文笔，使得古代历史人物的性格特征、生活经历、为人行事，在读者面前

[①] 有关中国史传"归类立传"之传统特质，见：Denis Twitchett, "Problems of Chinese Biography," in Arthur F. Wright & Denis Twitchett（eds.）, *Confucian Personalities*（Stanford: Stanford University Press, 1978）, pp. 24—39.

活跃起来，其效果与阅读小说无异。

《史记》之文，以散行单句为主，是纯正的散文，被后世读者视为是"古文"的典范，是唐代韩愈、柳宗元等"古文运动"诸大家追随模仿的对象。甚至北宋欧阳修等倡导的文体革新运动，明代前后七子倡导的文学复古运动，都曾以《史记》之文为"古文"的最高模范。

《史记》虽是一部历史著作，其本身的文学气质，对后世文学的影响，不容忽视。同时，《史记》也是中国文学史中文史难分家的有力证据。

第四章

两汉诗歌的发展

两汉四百年历史，只留下六百多首诗歌，其中还有很多是断编残简。不过，就现存有限的汉代诗歌，其体式类型与内涵情境已繁富多样，而且可以看出南北文化合流与域外胡乐融入的影响，以及审美品味逐渐生活化并世俗化的现象。从现存诗歌篇目看，文人的创作比例增加，只是仍以无名氏之作居多，乃至大部分汉诗，只能有一个大概的写作年代估计，其中有些作品，甚至到底属西汉时期或东汉时期，均难以确定，学界亦尚未取得共识。尽管如此，从汉代诗歌作品本身的表现，一方面沿袭先秦诗歌的旧传统，一方面也开创了汉代诗歌的新风貌，读者还是可以从汉代诗歌中继承与革新的一些痕迹，掌握其发展演变的大势。

就诗歌体式风行之先后视之，汉诗大致可以分为三种主要类型，亦即诗骚体、乐府诗、五言诗，同时亦显现其发展演变的三个阶段。就内涵情境视之，尽管武帝以来，儒术独尊，汉儒说诗又强调政教伦理，却并未在诗歌创作上横加干扰，作者有充分的创作自由，乃至关心自我生命意义与价值，抒发个人情怀，则是汉诗发展的总体倾向。

第一节

诗骚余绪

从汉初到武帝初年约七八十年间，诗歌的创作，基本上仍以诗骚体为主。所谓"诗骚体"，即指沿袭《诗经》雅、颂体的四言之章，以及楚辞的骚体楚歌。西汉流传下来的诗歌虽然很少，但从汉代诗歌的整体发展趋势来看，已经是一个诗骚体逐步走向衰落，各种新诗体酝酿萌芽的时期。一方面，不歌而诵的辞赋正在逐渐形成文人士子的创作重点；另一方面，一些新体的诗歌体，如五言、杂言之作，也开始兴起。

✤ │ 一、雅颂体的徘徊

(一) 祭祀燕飨之章——朝廷之乐

刘邦正位后，天下既定，百废待举，命叔孙通制定礼乐，为新王朝建立统治秩序，并教化百姓以彰显功德。其中一项重要措施，就是创设宗庙祭祀雅乐。不过，由于叔孙通因秦时乐人所制之宗庙雅乐包括《嘉至》《永至》《登歌》《体成》《永安》等五章，早已失传，现存仅高祖唐山夫人根据楚声而制作的《安世房中歌》^①，遂成为汉初雅乐的代表作品。

《安世房中歌》可能是朝廷祭祀祖庙大典之乐章，亦可能是以楚声演唱的宫中燕乐宾客之乐。全诗共十七章，在内容上，主要是赞扬高祖、歌颂孝道。试看其首章云：

> 大孝备矣，休德昭清。高涨四县，乐充宫廷。
>
> 芬树羽林，云景杳冥。金支秀华，庶旄翠旌。
>
> 七始华始，肃倡和声。神来宴娭，庶几是听。^②

发端两句"大孝备矣，休德昭清"，即揭示全篇之主旨。沈德潜（1673—1769）《古诗源》即指出此诗之宗旨：

> 首言"大孝备矣"，以下反反复复，屡称孝德，汉朝数百年家法，自此开出，累代庙号，首冠以孝，有以也。^③

第三、四章又云：

> 我定历数，人告其心。敕身齐戒，施教申申。
>
> 乃立祖庙，敬明尊亲。大矣孝熙，四极爰辏。
>
> 王侯秉德，其邻翼翼，显明昭式，清明鬯矣。
>
> 皇帝孝德，竟全大功，抚安四极。

以下五章咏唱的，均是皇帝如何体现上天之意志，其孝德如何施教宗室、文臣武将，以及黎民百姓等。第六章，则是教导公卿侯伯：

> 大海荡荡水所归，高贤愉愉民所怀。大山崔，百卉殖。民何贵？贵有德。

---

① 有关《安世房中歌》乃高祖唐山夫人所作之论证，见赵敏俐：《〈安世房中歌〉作者、时代考》，收入赵著《汉代诗歌史论》，吉林教育出版社 1995 年版，第 49—54 页。

② 按此诗各本偶有分章不尽相同者，今依逯钦立辑校《先秦汉魏晋南北朝诗》（中华书局，1983）所载为据。

③ 见朱太忙注释：《详注古诗源》，江苏广陵古籍刻印社 1991 年版，第 37 页。

意指大海浩荡，众水归之，明君贤德，则民人依之。就如大山崔嵬，百卉茂盛，君王德高，则万民崇敬。再看第九章，教导黎民百姓：

> 雷震震，电耀耀，明德乡，治本约。治本约，泽弘大。

> 加被宠，咸相保。德施大，世曼寿。

以雷震电耀喻王者之威，明示德义之方，治国本之于当初高祖对人民的"约法三章"，君王的恩泽广被。德政所加，人民受宠渥，则老幼相保，得以延年益寿。以后诸章反复咏唱的，亦不离这种歌功颂德的调子。就全诗的内涵意境视之，其宣扬政教伦理之旨昭然若揭，却显得简古典雅，颇有《诗经》中颂诗的余韵。

值得注意的是，《安世房中歌》在继承先秦雅乐传统之际，于艺术风格上展现的一些变新痕迹。首先，诗中句式已出现或三言，或四言，或三七杂言的变化。其中四言共十三章，另外三言三章，杂言一章。四言者固然是沿袭《诗经》体式，三言与杂言者，则是从楚辞的句式演变而成。如上举第九章，若在其句中增添一"兮"字："雷震震兮电耀耀，明德乡兮治本约。……"便与楚辞《九歌》一些句法相同。其次，一些场景的描写，亦不同于雅颂体的雅正古奥。如上举第一章中祭祀场景的描写："高涨四县，乐充宫廷。芬树羽林，云景杳冥，金支秀华，庶旄翠旌。"就颇有《九歌·东皇太一》日神出场之际的富丽堂皇热闹气氛。第六章的"飞龙秋，游上天"，第十章的"乘玄四龙，回驰北行，羽旄殷盛，芬哉芒芒"，亦染上了善幻想的楚文化色彩，与《九歌》中描绘的神灵往来相仿佛。这些不同于先秦雅乐之处，正是汉代诗歌在南北文化交流融汇过程中，逐渐脱离先秦诗歌的起步。

（三）　讽喻劝诫之章——人臣之诗

现存汉初有主名的文人诗，极为有限，可以韦孟（前225—？）的四言《讽谏诗》为代表。据《汉书·韦贤传》，韦孟在汉文帝（前180—前157年在位）、景帝（前157—前141年在位）时，先后为楚元王傅及其子夷王和孙夷王戊的太傅。其《讽谏诗》即乃是以人臣之身，劝诫荒淫不守正道的夷王戊而作。《昭明文选》即选录为"劝励"类第一首代表。不过，诗的发端，却先将笔墨围绕在自己的家世和身份，以冗长的篇幅，历叙韦氏祖先自商周以来，如何致力辅佐商周诸君主王室的德行功业：

> 肃肃我祖，国自豕韦。黼衣朱绂，四牡龙旂。
>
> 彤弓斯征，抚宁遐荒。总齐群邦，以翼大商。……

继而才开始劝诫：

> 如何我王，不思守保。不惟履冰，以继祖考。
>
> 邦事是废，逸游是娱。犬马悠悠，是放是驱。
>
> 务彼鸟兽，忽此稼苗。烝民以匮，我王以偷。
>
> 所弘非德，所亲非俊。唯囿是恢，唯谀是信。
>
> 睮睮谄夫，谔谔黄发。如何我王，曾不是察。
>
> 既藐下臣，追欲纵逸。嫚彼显祖，轻此削黜。……

所言苦口婆心叮咛夷王戊，须敬慎其职，以继承祖先之业绩；切勿疏远忠贤，听信谄谀，追求安逸游乐，疏忽稼穑，困匮民人，导致侯国危殆。全诗言辞恳切，谆谆善诱，耿耿忠心溢于言表，是一首典型的继承《诗经·大雅》中人臣匡谏君主的汉代四言诗。

尽管韦孟这首《讽谏诗》仍然颇有"雅颂余韵"，毕竟已是汉代文人的作品，诗中追述和推崇的，已不再只是君主王室先祖的功勋，而是作者自己先祖的德业，流露出对自己先祖辅佐王业的自豪，对个人身份家世传统的珍视，乃至为汉魏以后叙先烈、述祖德之文人诗开辟了先路。或许由于后世诗人较少具有像韦孟那样三代老臣的身份经验，可以写诗匡谏其幼主，姑且循其恭谨态度和劝诫语气，发展成各自推崇先人、训诫子孙的诗歌类型，以自励或励人。韦孟之后出现的四言"自励诗""诫子诗"，即相继师法《讽谏诗》的模式，往往率先自述先祖德行功业为发端。

✤ | 二、楚歌体的回荡

由于西汉开国君臣多为楚人，分封于南方的诸侯又多喜爱楚声，所以原来楚国的文学样式——楚辞和楚歌，风行一时。随着楚人占据了政治舞台中心，用楚地方言歌唱、楚地音乐伴奏的楚歌，也就流行于社会，乃至宫廷。楚歌在体式上比《诗经》四言正体显得自由无拘束，可以比较随意且活泼的形式，伤感而悠扬的调子，咏唱新时代的心声。汉初楚汉相争的风云人物，项羽和刘邦，就分别留下动人的作品。

根据《史记·项羽本纪》，西楚霸王项羽，被刘邦大军围困垓下，眼见大势已去，走投无路，又夜闻四面楚歌，面对平生最宝爱的骏马、美人，慷慨悲歌，于是唱出这首《垓下歌》：

　　力拔山兮气盖世，时不利兮骓不逝。

　　骓不逝兮可奈何！虞兮虞兮奈若何！

首句"力拔山兮气盖世"，盖世霸主的英武气概，立即跃然纸上，可是二句笔锋逆转："时不利兮骓不逝"，仿佛从万丈高空突然坠落下来，称霸四方的英雄，偏偏遇时不利，驰骋疆场的骏马，再也不能奔驰前行。该怎么办呢？回顾身边的爱姬，又忍不住哀叹："虞兮虞兮奈若何！"虞姬啊虞姬，该怎么安排你啊！一个二十四岁即起兵，身经七十余战，叱咤风云的英雄，雄盖一时之霸王，落得山穷水尽，面临败亡，连心爱的美人，竟然也无法保护了。诗中出现的是，逗引遐思并令人称羡的英雄、美人、骏马，抒发的却是盖世英雄穷途末路的极端无奈与哀伤，回天乏力的挫折与悲慨。同时流露出项羽既英雄盖世又儿女情长的人格情性。值得注意的是《垓下歌》内涵的深层含意，亦即个人失志不遇的悲哀，以及人生无常的无奈。这将会是汉魏以后文人诗歌吟咏不辍的主题。

刘邦的《大风歌》，根据《史记·高祖本纪》，作于高祖十二年（前195），时讨伐英布，还归过沛，置酒沛宫，悉召故人父老子弟前来纵饮欢庆。酒酣耳热之际，情动于衷，不禁击筑而歌：

> 大风起兮云飞扬，威加海内兮归故乡，安得猛士兮守四方！

按，刘邦自沛宫驾返长安，大约半年之后即驾崩，所以这首《大风歌》，当是垂暮之年的作品。发端句"大风起兮云飞扬"，气势壮丽奇伟。以拔地而起的大风，飞扬云烟，席卷尘埃的自然景象起兴，隐含刘邦一生戎马倥偬，扫除群雄，建功立业的辉煌历程。语气间踌躇自满之情，溢于言表。二句"威加海内兮归故乡"，则是对自己统一天下，君临寰宇，登峰造极之帝业的自豪。同时也隐含一分创业成功英雄的寂寞，所以才会以帝王之尊，还归故里，夸耀于故人父老子弟之前，享受"衣锦荣归"的喜悦。可是，表面的热闹欢腾，并不能纾解内心深处的寂寞，紧接着一股无常之感、忧虑之思涌入心头。无常之感不但是因为创业不易、守成艰难，更何况英雄迟暮，而人生短暂，事业功名毕竟只能与身始终，转眼即化为云烟，又有谁能够传诸万世永保江山？所以说"安得猛士兮守四方！"刘邦在悲歌之后，"令儿皆和习之"，自己也起而舞之，而且"慷慨伤怀，泣数行下"。全诗抒发的是一个创业之主不可一世的壮志与豪情，糅杂着英雄迟暮的寂寞和悲凉，功名富贵难以永恒的焦虑与无奈。

两首楚歌，乃即兴唱出，直抒胸臆，吐露一己情怀之作。在创作目的及内涵情韵上，与现存朝廷祭祀燕飨之乐，人臣讽喻劝诫之诗，有很大的不同。值得注意的是，其中继承楚骚传统的浓厚抒情意味，歌者对个人自我命运的关注，对人生苦短、生命无常的感慨，已经预示出汉代诗歌中经常浮现的对个体生命意义的自觉意识，为乐府新声的繁荣和文人五言诗的发展，铺上先路。

第二节

乐府新声

汉代诗歌发展的第二阶段，以汉武帝立乐府采歌谣为标志。从武帝时代开始，汉帝国不但进入空前强盛时期，汉诗的发展，也开始了一个新的时代。最令人瞩目且影响深远的，就是汉武帝仿秦制立乐府，成为一个新时代的体制，创造新的宗庙祭祀之乐，开始了新时代新诗歌的收集。令汉乐府诗成为一个以杂言与五七言为主的新的诗歌形式，同时也通过这种新的诗歌形式，表现出汉人的生活与感情，揭开了中国中古乐府诗发展的序幕。

汉代是中国诗歌开始发生变化的重要时期，不仅见于诗体的变更，还表现在内容也随着时代的变革产生变异。即使那些产生于汉初楚骚体的诗歌，无论帝王贵族的创作，或宗庙祭祀的乐章，均显示一种新的时代气象。更重要的是，潜藏在这种诗体变革的背后，还存在着文学观念的变新。如体现在散体大赋中的以宏丽为美的审美趣味；体现在乐府歌诗中的享乐意识；体现在骚体赋以及部分诗歌中个人的人生观念。三者共同奏响了汉武帝盛世的时代之音，也使这一时代成为汉代诗歌发展中最辉煌的年代。从诗歌体式上看，是中国中古诗歌诸体兼备的确立期；从创作风貌上看，可称之为汉代诗歌的鼎盛期。

✦ | 一、乐府歌诗的产生

㈠ 乐府官署设立

"乐府"一词，原指掌管朝廷音乐演奏之事的官署名称，在先秦时已有类似的机构，但情况不详。汉初承秦制，也设有乐府官署，不过规模较小，主要只是掌管朝廷郊庙朝会的音乐。及至武帝时，才扩大了乐府机构的规模和职务。根据班固《汉书·礼乐志》：

> 至武帝定郊祀之礼，祠太一于甘泉，就乾位也；祭后土于汾阴，泽中方丘也。乃立乐府，采诗夜诵，有赵、代、秦、楚之讴。以李延年为协律都尉，多举司马相如等数十人造为诗赋，略论律吕，以合八音之调，作十九章之歌。……

按，郊天、祀地、祭太一，均属朝廷大典，必须合用大批相关人员，才能担负起这样的重任，所以须特别设立一个官署机构。又见《汉书·艺文志》：

自孝武立乐府而采歌谣，于是有赵、代之讴，秦、楚之风，皆感于哀乐，缘事而发，亦可以观风俗，知薄厚云。

自武帝立乐府官署，乐府歌诗遂蓬勃地发展起来。武帝立乐府的主要目的：其一，令文臣创作歌诗，作为宗庙郊祀颂神之歌，以张扬大汉天威，光耀祖考。其二，仿效周代采诗制度，从各地区采集那些流行民间"感于哀乐，缘事而发"的歌诗，以便"观风俗，知薄厚"，同样也可以宣示汉王朝的盛德。其三，无论郊祀颂神歌诗，或宫廷乐师或文人所作歌诗，以及各地采集来的民间歌诗，均配乐演唱，可以丰富宫廷生活，娱乐帝王耳目。

（三）乐府歌诗界说

一般所称"乐府诗"，当指乐府官署成立之后所采集或创作的歌诗，包括宗庙郊祀送神之章，文人或乐师所作之歌，或从民间采集的歌诗。这些作品，魏晋以后，就统称为"乐府"。其特点是，在当时均可配乐演唱。不过，后来凡是文人模拟乐府古题所作的诗歌，并不入乐演唱，也都称为"乐府"，或"乐府诗"。所以乐府诗的范畴相当广泛，其作者来自社会各阶层，上有宫廷文人和乐工，下有落魄民间的文人和乐伎。民间艺人与文人，或贵族之作，皆可配乐演唱。

正由于汉代乐府诗原来都是合乐演唱的，所以命题多以曲调的类别，如某某"歌""行""曲""引""吟"等来名篇，显示其合乐歌唱的密切关系。以后文人模拟乐府，并不入乐演唱，也沿袭这个传统。可惜汉乐府歌诗大都失传，少数作品则保存在宋代郭茂倩所编《乐府诗集》中。

从现存的汉代乐府歌诗，依其来源、功能或内容，大概可以分为以下两种不同的类型。

（一）　宗庙祭祀之章

武帝时的《郊祀歌》十九章，可视为汉乐府中宗庙祭祀之歌的代表。《郊祀歌》之作，与唐山夫人之作《安世房中歌》不同，并非出自一人之手，亦非同时之制。据前引《汉书·礼乐志》，此"十九章"之产生，主要是为配合汉武帝定郊祀之礼而作，立乐府之举即与之相关。是由"司马相如等数十人造为诗赋"，经过严密的文字推敲，再由李延年等宫廷乐师为之配音，"略论律吕，以合八音之调"，以便举行祭祀大礼时演唱。

《郊祀歌》在内容上或歌颂太一、天地，或歌颂五帝，或迎神、送神、娱神，乃是一组宏丽堂皇之乐章，侈陈歌舞声乐之盛。不过，似乎含有力图继承或模仿先秦宫廷雅乐的意味。文辞显得典雅古奥，甚至艰涩难懂。司马迁《史记·乐书》即指出："通一经之士，不能独知其辞，皆集会五经家，相与共讲习读之，乃能通知其意。"但整体视之，《郊祀歌》毕竟非一人一时之作，作者群中，除了司马相如诸文人外，还有出身倡家，善造新声者，如宫廷乐师李延年之类的人物，加上武帝其实颇喜爱流行的俗乐新声，乃至《郊祀歌》十九章中，还是夹杂几首具有明显时代色彩的作品，诸如《天马》《日出入》《天门》等即是。且以祭祀日神之乐歌《日出入》为例：

> 日出入安穷？时世不与人同。故春非我春，夏非我夏，秋非

我秋，冬非我冬。泊如四海之池，遍观是邪谓何？吾知所乐，独

乐六龙，六龙之调，使我心若。訾黄其何不徕下！

日神原是人类最崇拜的自然神之一。不过，《日出入》却跨出祭神仪式
的主题，并未歌颂其为人类带来的光明和温暖，而是视其为永恒的象征。由
日出日入，春夏秋冬之永恒运转，兴起人生短暂无常之慨。全诗实以口语入
诗，文同白话，文句又参差错落，而且直抒胸臆。首句以不与人世时命相
同的"日出入安穷"问句发端，立即提起整首歌诗的气势。继而"春非我
春，夏非我夏……"的四季体验，加上四海之池的比喻，颇能唤起自然永恒
而人寿短暂的感慨。此诗显然已超越了迎送神灵、颂美帝王宫廷的雅乐范围，
流露出个人的抒情意味：包括时光流逝的无奈，个人生命短促的焦虑，以及
意欲成仙却无成的悲哀。这或许表达了汉武帝希望乘龙而仙的急切心情。

《郊祀歌》十九章，内容比汉初的《安世房中歌》广阔，体制也较多
样。计三言者七章，四言者八章，四七杂言者二章，四五六七杂言者一章，
三四五六七言者一章。其中主要是三言和四言，皆模拟《雅》《颂》体例，
以后晋宋人所作之郊祀宗庙乐章，多为三言、四言句，皆其仿作。

当然，这十九章《郊祀歌》，毕竟属朝廷宗庙祭祀颂神之作，其中典
雅古奥的语言，抽象的内容，降低了文学意味，乃至一般文学史多略而不
论。真正能代表汉代乐府诗之成就者，乃是流行民间之歌。

（三）　流行民间之歌

所谓"流行民间之歌"，并非指纯粹的闾巷歌谣或乡村民歌，而是指
"非官方"之作品，亦即原先流行民间社会的无名氏之作，经乐府官员采

集、宫廷文人加工润色而成的"集体创作",同样也是配乐演唱者。故而当今学界多称之为"民间乐府"。这些流行民间的乐府歌诗,流露的自然是"非官方"的民间人士之心声。与那些特别为官方宗庙祭祀颂神而作的乐府,其间最大的不同,首先就是个人抒情意味的浓厚,以及抒情的个人化。其次则是内涵情境的世俗生活化。这些乐府诗人的关怀,不是君王的权势,亦非朝廷的荣耀,而是个人一己日常世俗生活的经验与感受。再者就是语言方面的口语化、寻常化。

✤ ┃ 三、乐府歌诗的内涵情境

采自流行民间的乐府歌诗,其实与因应朝廷官方之命所作的宗庙祭祀之章,以及言语侍从所写的散体大赋,乃至失志文人的骚体赋,可以属同时期的作品。但其作者,却站在全然不同的角度,观察社会,认识环境,体验人生。汉大赋或宗庙祭祀之章的作者,歌颂的是大汉帝国的富庶繁荣,揭示的是对这个强大帝国感到的自豪。骚体赋主要是文人士子个人在仕途受挫之余,抒发怀才不遇之悲,或个人在人生旅途中,感受孤单寂寞之哀。可是,民间乐府歌诗的作者,吟唱的往往是身处社会主流圈外者,在现实社会人生所遇的困苦与艰难,以及个人在日常生活中感到的挫折与忧伤。换言之,流行民间的乐府歌诗,反映的是汉代的现实社会人生。其中包括:

(一) 征战徭役之苦

西汉自武帝开始出征开拓边疆,及至东汉,兹因国势转弱,乃至边患内乱不断，征战徭役遂成为朝廷巩固政权的政策。对一般人民而言，征战徭役带来的，不是大汉天威，而是无尽的灾难困苦。被征召戍边者，或横尸沙场，或终身军旅，颠沛流离，有家归不得。因此，有的民间乐府歌诗，即不乏诉说战争的残酷，行役之辛苦。试看《战城南》：

> 战城南，死郭北，野死不葬乌可食。为我谓乌："且为客豪！野死谅不葬，腐肉安能去子逃！"水深激激，蒲苇冥冥。枭骑战斗死，驽马徘徊鸣。梁筑室，何以南，何以北！禾黍不获君何食？愿为忠臣安可得！思子良臣，良臣诚可思！朝行出攻，暮不夜归。

此歌诗乃是哀悼那些不幸战死沙场的"忠臣""良臣"而作。就辞义视之，或可分两章，前章仿佛是战死沙场者之言，后章则似乎是家中妻子之辞。亦有读者解为，通篇均托战死者的妻子之辞者。总之，整首歌诗描述的情景则很清楚，就是战死后横尸荒野之悲凉情景，流露对阵亡忠臣将士的深切同情与哀悼，以及对战争无情的埋怨与无奈，是一首典型的厌战诗。再举一例《古歌》：

> 秋风萧萧愁杀人，出亦愁，入亦愁，座中何人，谁不怀忧！令我白头。胡地多飙风，树木何修修。离家日趋远，衣带日趋缓。心思不能言，肠中车轮转。

当属征夫戍士之辞，埋怨征战行役之苦，倾诉思乡怀人之愁。这样的主题内涵，远在《诗经》中已屡见不鲜。值得注意的是，《战城南》中的叙事意味，以及《古歌》中后六句展现的整齐五言的句式，已经点出诗歌发展的多种途径。

（二） 恶吏豪强之讽

汉乐府歌诗中，亦出现反映吏治的黑暗腐败，或豪强横行不法的作品，且风格多样，有的通过叙事以谴责，有的则通过流传的人物故事，语带诙谐以讽刺。先看谴责恶吏的《平陵东》：

> 平陵东，松柏桐，不知何人劫义公。劫义公，在高堂下，交
> 钱百万两走马。／两走马，亦诚难，顾见追吏心中恻。心中恻，
> 血出漉，归告我家卖黄犊。

似乎是叙述一个行善好义者，遭绑匪绑架，继而又被追吏勒索之事。前段言绑匪把义公劫至高堂下，勒索"钱百万"。后段似乎是从义公家人的角度发言。待家人付出两匹善走的好马，绑匪才放人。这位义公，遭遇绑匪勒索之后，接着竟又遭到追吏的压榨，可怜义公的家人，在"交钱百万两走马"之后，"追吏"又来勒索（追税？），无权无势的小老百姓又能奈何？只得"归告我家卖黄犊"，把小黄牛卖了，以应付官家。像这样控诉官员犹如绑匪的作品，是否具有舆论的效果，则不得而知了。

另外一首著名的《艳歌罗敷行》，又名《陌上桑》，则是讽刺挖苦官员之作，但意境风格完全不同，当可视为另辟新境之作：

> 日出东南隅，照我秦氏楼。秦氏有好女，自名为罗敷。
> 罗敷善采桑，采桑城南隅。……行者见罗敷，下担捋髭须；
> 少年见罗敷，脱帽着帩头；耕者忘其犁，锄者忘其锄。
> 归来相怨怒，但坐观罗敷。……

首言采桑女秦罗敷之美，妙在侧写望见罗敷者，不分老少均为其美色倾倒着迷，乃至捋须搔头，荒废工作，甚至互相埋怨，的确是妙趣横生。

如此美女，好色的县太爷见了当然也为之心动。次段即叙述使君邀罗敷共载而遭拒的情节：

> 使君从南来，五马立踟蹰。使君遣吏往，问是谁家姝？
>
> 秦氏有好女，自名为罗敷。罗敷年几何？
>
> 二十尚不足，十五颇有余。使君谢罗敷，宁可共载不？
>
> 罗敷前致辞，使君一何愚？使君自有妇，罗敷自有夫。

不过，末段则从罗敷之口，盛夸其夫君，形貌如何英武，地位如何重要，以拒使君之求。此诗所述，可能原是流传民间的传闻故事，经好事文人整理剪裁入诗，或许还可以演唱。全诗叙事完整，井然有序，有人物、对话、情节，既有男女调情的场面，又归结于正统的道德规范，当属十分讨好的一首歌诗。作者笔带讽刺，而讽刺的对象，不单单是好色的县太爷，还有对权势地位崇拜的社会风气。语气轻松风趣，不含恶意，是文学史上少有的具有智慧且含有风趣诙谐的作品，后世诗人仿真援用者，不计其数。中唐诗人张籍的名篇《节妇吟》即是一例。

（三）　贫困孤苦之哀

汉乐府歌诗中最令人伤怀的作品，是一些通过日常家庭生活的不幸画面，展示人物在贫困和孤苦生活之下沉重的哀鸣。如《孤儿行》：

> 孤儿生，孤儿遇生，命独当苦。父母在时，乘坚车，驾驷马。
>
> 父母已去，兄嫂令我行贾。南到九江，东到齐与鲁。腊月来归，不敢自言苦。头多虮虱，面目多尘。大兄言办饭，大嫂言视马。
>
> 上高堂，行取殿下堂，孤儿泪下如雨。……

以孤儿之口，抱怨如何身受兄嫂之虐待。揭露的是家庭生活，社会问题，人伦关系，也可谓亲人不亲之悲。像这样叙述日常家庭生活琐屑细节的内容，在《诗经》中尚未出现过，当属汉人乐府歌诗之首创，流露的正是乐府歌诗日常世俗生活化的表现。再看《东门行》，则是另一种家庭悲剧：

> 出东门，不顾归。来入门，怅欲悲。盎中无斗储，还视桁上无悬衣。拔剑东门去，舍中儿母牵衣啼："他家但愿富贵，贱妾与君共脯糜。上用仓浪天故，下当用此黄口儿。今非！""咄！行！吾去为迟！白发时下难久居。"

叙述一个受贫困所逼者，眼见盎中无米，架上无衣，走投无路，不顾妻子的哭泣劝阻，似乎打算去干一番非法之事。诗中夫妻之间的对话，予人以舞台表演艺术的印象，同时流露对贫困中铤而走险者的同情与怜悯。如此短短一首诗，有人物、对话、情节，已经符合叙事诗的一些基本条件。

（四） **爱情婚姻之怨**

爱情婚姻虽属男女双方之事，但其哀怨情怀的抒发，主要来自居于"弱势"的女方，通常是以弃妇或思妇立场，诉说被夫君或情郎遗弃或遗忘的悲哀愁怨。这类作品，其实首见于《诗经》，诸如有详细叙事内容的《卫风·氓》，以及具浓厚抒情意味的《邶风·谷风》，即是有名的例子。两首诗中女主人公温柔敦厚的美德，备受传统论诗者之推崇。继而汉代辞赋中司马相如《长门怨》与班婕妤《自悼赋》，或许也可归类于此。不过

《诗经》中的弃妇或思妇，以及汉赋中的失宠后妃，其中女主人公，地位虽有高低贵贱之别，其共同特色是，女主人公均怨而不怒，始终未能摆脱被弃者对夫君情郎或君王的眷恋和依附，未能展现个体的独立人格，颇符合儒家讲求温柔敦厚的诗教立场。可是，汉乐府歌诗中，却出现了女主人公单纯以在爱情婚姻中个人的情思意念为主调之吟咏。

汉乐府中纯粹表达男女爱情的作品，现存仅一首《上邪》，其余大多以思妇或弃妇立场，抒发被弃的痛楚和哀怨，或诉情郎之无义，或怨夫君之无情。这些作品在数量上并不多，但其对爱情婚姻之哀怨态度，对后世诗人具有深远的影响。试先看《上邪》：

> 上邪！我欲与君相知，长命无绝衰。山无陵，江水为竭，冬
>
> 雷震震，夏雨雪，天地合，乃敢与君绝！

可谓是一首爱的誓言。在中国文学史上，如此直言情爱的诗，当属罕见，其间吐露的感情之炽烈，亦少有。爱得如此狂热，如此痴顽，仿佛心都撕裂了。显然沉溺在爱情中的女子，并不快乐。倘若仔细体味，女主人公为爱赌咒发誓，不单单表示对情爱的执着，同时也隐约流露一份对"我欲与君相知"能否长久的不确定感，一份对爱情欠缺自信的幽怨，所以才会指天地山川为誓。

的确，爱情往往会变色的，另一首《有所思》，则是诉说闻知情郎变心前后的经验感受，不少学者认为与《上邪》是一对，或属上下篇。又由于二诗均是杂言体式，并非工整的五言，当今学界一般认为同属西汉时期之作。试看：

> 有所思，乃在大海南。何用问遗君？双珠玳瑁簪，用玉绍缭
>
> 之。闻君有他心，拉杂摧烧之。摧烧之，当风扬其灰。从今以往，

勿复相思！相思与君绝！鸡鸣狗吠，兄嫂当知之。妃呼豨！秋风

萧萧晨风飔，东方须臾高知之。

整首诗传达的是，获悉情郎变心前后，对负心汉怨恨又难以忘怀的复杂心情。令人瞩目的是，诗中女主人公个体人格意识之鲜明：原本对远在大海南的情郎"有所思"，一旦"闻君有他心"，立即反弹，在恼怒之下，将原先打算送与情郎的"双珠玳瑁簪"，折断（拉）、砸碎（杂）、捣毁（摧）、烧掉（烧之）。这样还不足以发泄心中之怒，还要"当风扬其灰"，将原本寄意相思的簪子，焚烧成灰，随风飘散，旋即无影无踪，表示爱情的结束，决绝的坚定。所以说："从今以往，勿复相思。"女主人公对负心汉如此"怨而怒"的激烈反应，显然并不符合儒家讲求温柔敦厚的诗教立场。诗中并无屈原《离骚》中以男女喻君臣的痕迹，亦无人臣依附君王，或女子依恋男子的臣属意识，纯粹是一个在爱情中受挫女子个人情怀意念的表露，而且充分展现了女主人公在爱情与婚姻关系中对自我人格尊严的重视。

不过，同样是从女子立场，表达受遗弃或被遗忘者的幽怨之辞，文人的模拟之作，风格韵味就很不一样了。试看《怨歌行》：

新裂齐纨素，鲜洁如霜雪。裁为合欢扇，团团似明月。

出入君怀袖，动摇微风发。常恐秋节至，凉飙夺炎热。

弃捐箧笥中，恩情中道绝。

相传是汉成帝（前33—前7年在位）之妃班婕妤失宠后所作，不过历来持反对意见者居多。当今学界大致同意，是一首无主名文人的拟作乐府。诗中并未正面写失宠之怨，而是通过团扇之咏叹，婉转细腻地传达女主人公自觉将被遗弃的心情与她的不安与忧虑。诗中对女主人公的身份地位，并无交代，看不出明确的个人身份形象，只是一个担忧君心有变则失去恩宠的女

子,"常恐秋节至,凉飙夺炎热",团扇无用,其下场就是"弃捐箧笥中,恩情中道绝"。整首诗,构思委婉曲折,意境哀怨动人。女主人公的温柔敦厚,宛然可感,明显展现与坦率质直的"民歌"迥然不同的情味意境。

⑤ 生命无常之悲

楚辞中已经出现天地悠悠、人生有限的喟叹,但那纯粹是知识分子反思个人生命意义之际的感慨。汉乐府歌诗中亦往往出现生命无常之悲,但反映的主要是对个人生命短暂的直接感伤与焦虑,进而引起不如珍惜当前、行乐当及时的意愿。试先看《薤露》:

> 薤上露,何易晞!露晞明朝还复落,人死一去何时归?

再看《蒿里行》:

> 蒿里谁家地?聚敛魂魄无贤愚。鬼伯一何相催促,人命不得
>
> 少踟蹰。

历来皆认为此二首是"挽歌",属汉人丧礼上所唱。歌辞虽短,已充分表现对生命的眷恋,对死亡的恐惧。也就是这份眷恋与恐惧感,引发了个人在现世人生中,面对生命短暂的因应之道。试看《长歌行》:

> 青青园中葵,朝露待日晞。阳春布德泽,万物生光辉。
>
> 常恐秋节至,焜黄华叶衰。百川东到海,何时复西归!
>
> 少壮不努力,老大徒伤悲!

当是一首意识到个体生命有限,忧心焦虑中意图自励亦励人之歌。歌者以欣欣向荣的葵花,与日出即晞的朝露,并举起兴,进而联想到万物的盛衰,季节的推移,以及生命的兴荣与衰歇。乃至引起时光流逝不止,个

人青春一去不回，努力当及时，以免老大徒伤悲之喟叹。歌者虽然并未明说其矢言"努力"的内容与目标，但其中对人生无常的悲哀，以及力图抓住这短暂生命的焦虑，相当明显。诗中流露的，不但是对个体生命本身的关注，也是对个人存在价值的重视。

再看《西门行》：

> 出西门，步念之。今日不作乐，当待何时！逮为乐！逮为乐！当及时。何能愁怫郁，当复待来兹！酿美酒，炙肥牛。请呼心所欢，可用解忧愁。人生不满百，常怀千岁忧。昼短苦夜长，何不秉烛游？游行去去如云除，弊车羸马为自储。

歌者同样亦慨叹人生短促。所言"今日不作乐，当待何时"以及"逮为乐！逮为乐"行乐当及时的警惕语气，显示对个人生命有限的焦虑。汉乐府歌诗中这种"请呼心所欲，可用解忧愁"，但随个人欲望以解忧愁，以及"昼短苦夜长，何不秉烛游"的呼吁，强调个人享受美酒佳肴、优游行乐之娱的生活蓝图，亦出现于无名氏文人古诗作品中（详后节），或许可视为汉文学中明显针对个人一己世俗欲望之表露。

值得注意的是，乐府歌诗中表露的，在短暂人生中秉烛夜游，及时享受美酒佳肴的世俗情味，与辞赋中宣示的逍遥容与于山水田园、弹琴读书写作、优游行乐的风雅情趣，显然有雅俗之别。或许正代表身居不同社会阶层、站在不同立场角度的作者，对个体生命意义与存在价值的领悟。前者是曾经涉入官场仕途，却因失志不遇而心怀隐退的知识分子；后者则是生活在世俗社会，挣扎图存的民间人士，包括平民百姓与流落民间的失意文人。

除了以上五种常见的主题内涵外，还有一首非常有名，但是却很难归类的作品《江南曲》：

江南可采莲，莲叶何田田。鱼戏莲叶间。

鱼戏莲叶东，鱼戏莲叶西，鱼戏莲叶南，鱼戏莲叶北。

曲中歌咏日常生活之乐，珍惜当前之乐，却无生命无常之悲。似乎出自一个外乡人，或旁观者，称颂江南好的语气。这首采莲谣，《乐府诗集》归类于"相和歌／曲"，表示或两人唱和，或一人唱、众人和的歌曲，是现存汉乐府中最具"民歌"色彩的作品。不过，由于其通篇五言的格式，当今一般文学史，多将此曲作为东汉时期已经有"完整五言诗"的诗例。

❖ ｜ 四、乐府歌诗的文学成就——承传与开拓

此处所谓"文学成就"，主要是指两汉乐府歌诗在文学史上的传承与开拓而言。经综合整理，可得以下五点：

（一）承扬《诗经》写实精神

正如《诗经》中，尤其是《国风》的一些歌诗，汉乐府歌诗亦颇为忠实地记录当时社会的各种生活风貌，包括上自朝廷的祭祀燕飨，下至升斗小民的日常生活。换言之，大凡《诗经》作品反映到的，再度出现在汉乐府歌诗里。可是，《诗经》诗篇没有或较少触及的一些主题，汉乐府歌诗显然出现了新的开拓。例如反映人伦关系、家庭生活境遇的作品，就明显增多。诸如《孤儿行》《妇病行》《东门行》诸作展示的家庭生活不幸场面，就是《诗经》中少见者。

即使相同主题的作品，汉乐府歌诗在深度上，也有新的开拓。如弃妇

诗、思妇诗，在《诗经》中往往以谴责负心汉的变心和无情为笔墨重点，汉乐府歌诗吟咏不辍的，通常是弃妇或思妇个人的经验感受，比较重视的是个人一己哀怨情怀意念的抒发。

（二） 奠定社会讽喻诗之传统

社会讽喻诗虽然在《诗经》中已出现，但却是汉乐府歌诗，为后世的社会讽喻诗奠定了传统。按，汉乐府的一些题旨和题材，方成为后世文人反复仿真，或借题发挥的对象。从建安到南朝，即出现大量的文人拟乐府；及至唐代，诸如杜甫的新题乐府《石壕吏》《兵车行》《丽人行》，还有白居易、元稹等人发起的"新乐府运动"，其反映民生疾苦、揭露政治腐败与社会阴暗的精神，均可推溯至汉乐府，并且成为中国诗歌的一大传统。

（三） 突破《诗经》四言正体

汉乐府歌诗的句式多样，往往呈现杂言的形式，从一言到九言不等，开拓了后世文人拟乐府诗长短不齐的杂言体式，亦可视为唐代杂言歌行的前驱。当然，最令文学史家注意的还是这时期通篇整齐五言流调作品的出现。如《饮马长城窟行》《十五从军行》《怨歌行》《江南曲》《陌上桑》等，都是通篇五言。当今学界一般认为，早期乐府歌诗多杂言形式，五言乐府则多是比较晚期的作品。就诗歌体式之演变而言，其整体趋势乃是朝整齐的五言诗体发展。五言诗这种流行的新诗体，可说是在汉乐府歌诗中逐渐孕育产生的。

（四） **标志叙事诗之趋向成熟**

尽管叙事诗从来不曾成为中国诗坛主流，其存在并默默发展，亦不容忽视。在中国文学史中，所谓"叙事诗"，意指叙述有关人物事件情节内容的作品。其实早在《诗经》中已经出现，只不过还处于萌芽状态，及至汉乐府歌诗中才趋向"成熟"。不过，《诗经》中具有叙事内容的作品，一般尚缺少完整的情节和细致的叙述，往往以第一人称口吻自述。但现存汉乐府歌诗，约有三分之一可称为具有叙事性的作品，而且已经出现第三人称叙述事件的诗篇。不论是截取生活中一个片段叙事，如《东门行》，或者叙述一个较完整的故事，如《陌上桑》，共同特点是，叙述比较详细，情节比较完整。而其叙事的基本方式是，多用故事中人物的发言或对白来展开故事情节。这以后就成为中国叙事诗的一大特色。中国叙事诗，可说是从汉乐府的基础上发展起来的。文学史上一些"叙事诗"名篇，就是直接以"歌"或"行"标题。最显著的例子，就如白居易的叙事诗《琵琶行》《长恨歌》，甚至清代吴伟业的《圆圆曲》，均显示对乐府歌诗传统的继承。

（五） **保存朴实无华语言风格**

现存汉乐府歌诗，语言风格多样，从典雅古奥到明白如话都有。值得注意的则是那些保存下来的，生动活泼、朴实无华的民间用语。如：

　　为我谓乌，且为客豪。……（《战城南》）

　　大兄言办饭，大嫂言视马。……（《孤儿行》）

咄！行！吾去为迟！白发时下难久居。(《东门行》)

少壮不努力，老大徒伤悲。(《长歌行》)

这些都仿佛是日常口语的实录。这种朴实无华的语言，成为乐府歌诗的传统标志。即使唐宋文人的拟乐府诗，亦多以语言朴实无华为正宗。朴实无华的民间语言，将会成为文学史上"通俗文学"的标志。

第三节

五言流调——文人五言古诗

五言诗的产生，预示这种新兴的流行于民间社会的诗体，将会成为汉代以后最主要的诗歌形式。最早出现于这时期的五言诗，如相传为西汉李延年所作《北方有佳人》，以及汉成帝时的《长安为尹赏歌》等，均具有极为重要的意义，同时标志着文人五言诗的开端。但是五言诗的正式成熟，则须从无名氏《古诗十九首》来观察。

❖ ｜ 一、《古诗十九首》绪说

㊀ 名称之由来

按此处"古诗"一词，并非指与律诗绝句等近体诗相对而称的古体诗，也不是指现代一般泛称的古代诗歌，而是两晋南朝时期人士对一些流传于世，又没有乐府标题的无主名诗歌的笼统称呼。由于这些作品产生的确实年代与作者均难以考订，故通称"古诗"。但"古诗"究竟有多少篇？亦因年代久远，且大都散逸，已不可详考。不过萧统《昭明文选》则从这些古诗中，选录了十九首，编在一起，题为《古诗十九首》，便是名称的由来。以后则成为专称，甚至只称"十九首"，即表示是指《文选》所录的这些古诗而言。

(二) 作者与时代

古诗的作者与时代，在南朝时期已不清楚了，虽然钟嵘（？—518？）《诗品》已称"人代冥灭"，故不可考，还是有各种不同的推测。如刘勰《文心雕龙·明诗》即云：

古诗佳丽，或称枚叔（枚乘），其"孤竹"（即十九首其八："冉冉孤生竹"）一篇，则傅毅之词，比采而推，两汉之作也！

问题是，枚乘是西汉人，傅毅是东汉人，所以只能笼统地说是"两汉之作"。之后又经历代文人学者的考证、争论，目前学界大致同意，《古诗十九首》大多是东汉时期的作品，其中应该也有少数是西汉之作。最保险的说法是在建安之前，亦即社会秩序已经开始失调，但尚未造成白骨片野的大动乱、大灾害之时。至少东都洛阳还没被烧毁，还是如十九首其三中所描述的，一片繁华热闹："洛中何郁郁，冠带自相索。长衢罗夹巷，王侯多第宅。两宫遥相望，双阙百余尺……"

从现存资料看，自西汉后期至东汉末叶，文人已经逐渐成为新体诗歌的主要创作者。除了那些有主名的作品，一些"乐府歌诗"中，应该也不乏无主名文人之作。而《古诗十九首》之类无名氏五言古诗，当亦出自文人之手，可能是一些离乡背井，汇集于洛阳或其他都会，营求功名的失意者、落魄文人所作。

按，汉代知识阶层进身之途主要是靠选举或征辟，由地方官员挑选推举，再由上一级政府机关征辟任用。一般文人士子为了引人瞩目，必须离乡背井，到处游学，以博得赏识，赢取声名。但在东汉后期，尤其是桓帝（147—167 年在位）、灵帝（168—189 年在位）之际，朝政腐败，外戚宦官专权，选举征辟的管道，遭受严重的破坏，正常的进身之途往往被堵塞。而《古诗十九首》反映的，正是这些离乡背井，寻求出路，却失意落魄文人的心声。

㈢ 论者之推崇

历代论诗者对《古诗十九首》的推崇，自南朝以来，即不绝如缕。试先看钟嵘《诗品》所云：

> 古诗，其体源出《国风》。……文温以丽，意悲而远，惊心动魄，可谓几乎一字千金。

又见刘勰《文心雕龙·明诗》：

> 观其结体散文，直而不野，婉转附物，怊怅切情，实五言之冠冕也。

唐代释皎然（活跃于大历 766—779、贞元 785—804 年代）《诗式》：

> “十九首”辞精义炳，婉而成章，始见作用之工。

明人胡应麟（1551—1602）《诗薮》：

> 《古诗十九首》及诸杂诗，随语成韵，随韵成趣；词藻气骨，

略无可寻，而兴象玲珑，意致深婉，真可以泣鬼神，动天地。

清代王士禛（1634—1711）《带经堂诗话》：

> 《十九首》之妙，如无缝天衣。后之作者顾求之针缕襞绩之间，非愚即妄。

沈德潜《说诗晬语》：

> 《古诗十九首》不必一人之辞，一时之作，大率逐臣弃妻、朋友阔绝、游子他乡、死生新故之感。或寓言，或显言，或反复言，初无奇辟之思，惊险之句，而西京古诗，皆在其下，是为国风之遗。

综观以上的评语，情真意婉，词语自然流畅，乃是其值得推崇的共同特色。当今学者对《古诗十九首》的文学评价与称颂，大概亦不出这些范围。

✤ ｜ 二、《古诗十九首》的主要内涵

汉代的无名氏古诗，或许由于作者多流落民间，乃至多用"五言流调"，亦即流行于世俗民间社会的新声。这些文人古诗，与采自各地区的乐府歌诗相若，其中有个人抒情述怀之章，如假托李陵、苏武之间的赠答送别诗，也有富于社会意义的叙事诗，如《上山采蘼芜》《十五从军征》等即是。不过，选录在《文选》的十九首古诗，虽非一人一时之作，但篇篇都是咏叹人生，每首都是诉说个人在现实生活中的经验和感受。流露的显然并非心怀君王社稷的群体意识，亦无政教伦理的依附，只不过是自由抒发个人的情怀意念而已。展现的是诗人反顾自己在现世人生旅程中的生活处境，引发个人的悲哀愁怨。其中反复吟咏的主题，包括离情相思之苦、

失志不遇之悲、人生无常之叹、及时行乐之思，均明显流露诗人对个人生命意义与生存价值的自觉意识。

一　离情相思之苦

虽然《古诗十九首》作者已无考，但整体视之，当属一批离乡背井、寻求出路，却失意落魄的文人。有的甚至返家无途，长期流落他乡，成为漂泊在外的"游子""荡子"，不能或无颜回家。外有游子，则内必有思妇。因此，游子思妇离情相思之苦，遂成为这些失意落魄文人诉说情怀、吟咏不辍的主题。十九首中，倾诉离情相思之苦的作品最多。试看：

> 行行重行行，与君生别离。相去万余里，各在天一涯。
>
> 道路阻且长，会面安可知？胡马依北风，越鸟巢南枝。
>
> 相去日已远，衣带日已缓。浮云蔽白日，游子不顾返。
>
> 思君令人老，岁月忽已晚。弃捐勿复道，努力加餐饭。（其一）

当属怀想远行夫君或情郎的思妇之辞。首联点出"生别离"的主题，为全诗谱出悲哀的基调。继而从"相去万余里，各在天一涯"空间距离之遥远，以及"道路阻且长，会面安可知"之渺茫，传达离情之悲、相思之切。接着以离别时间之久长，导致思妇衣带日缓、岁月已晚的警觉，诉说相思之苦。尾联"弃捐勿复道，努力加餐饭"，表示在无奈绝望中，仍然关怀游子的日常饮食健康。其间用情之深，用语之拙，令主人公之忠爱仁厚，溢于言表。或许这是何以一些传统论者及注家，会站在儒家诗教立场，附会此诗为见弃君王的逐臣之辞。但当今学界大多认为，这是一首单纯的思妇怀人之作。笔墨重点始终围绕在女主人公与所思对象"生别离"之悲情，反复吟味一己形影的孤单，生活的寂寞，流露的是在无止无尽的离情相思中，但感自己芳华虚度，岁月流逝，就此孤寂老去的忧伤。试再举数例：

> 青青河畔草，郁郁园中柳。盈盈楼上女，皎皎当窗牖。
>
> 娥娥红粉妆，纤纤出素手。昔为倡家女，今为荡子妇。
>
> 荡子行不归，空床难独守。（其二）

这是一首以第三人称旁观角度，吟咏一个被遗弃或遗忘女子的处境。主要是通过春之盛，人之丽，以及生活之寂寞冷落，写一个倡家女从良之后，夫君远行不归，虽正逢青春貌美，却独守空闺的孤单寂寞。尾联"荡子行不归，空床难独守"，语气充满怜悯同情，却又暗含调侃逗趣意味。诗中显然并无男女君臣之寓意，也无道德教训之痕迹，作者的关怀，只是个人的孤独处境与寂寞心情。

> 明月何皎皎，照我罗床帏。忧愁不能寐，揽衣起徘徊。
>
> 客行虽云乐，不如早旋归。出户独彷徨，愁思当告谁。
>
> 引领还入房，泪下沾裳衣。（其十九）

写的是在月光流转、时光流逝中，但感孤独彷徨，睹月怀人的忧伤。只是主人公身份不明，到底是独守空闺的思妇，或客居他乡的游子，学界至今尚未获得共识。不过，对其吟咏主题，为个人一己之伤离怨别、乡思缭绕之情，则并无异议。值得注意的是，整首诗流露的是个人但感孤独寂寞的自觉意识，反映的不仅是男女的离情相思，更是对个人在生命旅途中的孤寂与悲哀，这正是汉人个体生命意义与生存价值自觉的表露。

离情相思原是社会人生中最基本且普遍的情感类型，无论君臣、父子、友朋、夫妇、情侣，皆同此心。因此，有时一首诗，到底是思妇之辞，或游子之辞，或朋友阔绝之辞，或见弃君王的逐臣之辞，并不清楚，乃至时常引起后世读者的争论。不过其中流露的伤离怨别、相思难挨之情，则是一致的。值得注意的是，诗人为强调离情相思之"苦"，往往通过空间的遥远和时间的久长来传达。试看：

(1) 空间距离的遥远，如：

> 相去万余里，各在天一涯。道路阻且长，会面安可知？（其一）
> 还顾望旧乡，长路漫浩浩。同心而离居，忧伤以终老。（其六）
> 攀条折其荣，将以遗所思。馨香盈怀袖，路远莫致之。（其九）
> 客从远方来，遗我一端绮。相去万余里，故人心尚尔。（其十八）

(2) 时间距离的久长，如：

> 相去日已远，衣带日已缓。……思君令人老，岁月忽已晚。（其一）
> 馨香盈怀袖，路远莫致之。此物何足贡，但感别经时。（其九）
> 凛凛岁云暮，蝼蛄夕鸣悲。凉风率已厉，游子无寒衣。（其十六）
> 上言长相思，下言久别离。置书怀袖中，三岁字不灭。（其十七）

空间距离的遥远，时间距离的久长，从此为后世诗人抒写离情相思之苦的作品，立下追随模仿的典范。

（三）　失志不遇之悲

失志不遇之悲，原是楚辞以来文人士子吟咏不辍的情怀。不过，汉代文人古诗中，与采自民间社会的乐府歌诗相类，已经展现出新时代的内容风貌，流露更多个人生活在现实人生中的世俗情味。十九首的作者，当属一群涌向州郡京城追求功名的一般文人士子，但游宦者无数，除了少数能获得援引，受到推荐，绝大多数都求仕不得，挫折失意。有的甚至回家无途，长期流落他乡。这些失意文人自然牢骚满腹，哀叹生不逢时，际遇困顿，有时还难免对那些有幸爬上高位，却不念旧情者，心怀不满，乃至发出人情淡薄、世态炎凉的深切感触，甚至进而引发愤世嫉俗的情怀意绪。这些作品中流露的，显然是失意落魄文人反顾一己生命之际"不平而鸣"心声。试看：

> 西北有高楼，上与浮云齐。交疏结绮窗，阿阁三重阶。
>
> 上有弦歌声，音响一何悲！谁能为此曲，无乃杞梁妻！
>
> 清商随风发，中曲正徘徊。一弹再三叹，慷慨有馀哀。
>
> 不惜歌者苦，但伤知音稀。愿为双鸿鹄，奋翅起高飞。（其五）

全诗写的是，一个落魄文人在羁旅漂泊途中，偶然听闻高楼处传来琴声悠扬，领会到其中一弹三叹的悲哀，乃至引起人生在世知音难逢的感慨。听者显然认为歌者与自己同是失意伤心人，一样天涯沦落，一样孤苦伶仃。尾联所言"愿为双鸿鹄，奋翅起高飞"则道出对人生知音或伴侣的需求，或许是孤寂中自我安慰或期许之辞吧。

> 明月皎月光，促织鸣东壁。玉衡指孟冬，众星何历历。
>
> 白露沾野草，时节忽复易；秋蝉鸣树间，玄鸟逝安适？
>
> 昔我同门友，高举振六翮；不念携手好，弃我如遗迹。
>
> 南箕北有斗，牵牛不负轭；良无磐石固，虚名复何益！（其七）

主人公因感季节推移，意识到自己的落魄失意。进而念及"昔我同门友，高举振六翮"，昔日同门飞黄腾达了，不但"不念携手好"，竟然还"弃我如遗迹"！含蕴的是对世态炎凉的喟叹。但转念想想，同门高举之后获得的，不过是无益的虚名罢了。所谓"虚名复何益"，并非对现实人生中声名的超越，吐露的乃是对同门友的埋怨不满，夹杂着嫉妒的意味。此诗令人欣赏之处，就在于个人在日常生活中感受之真情流露。其所以予人以"真"的印象，就在于眼看他人发达，反顾个人生命，失意无奈中涌起的酸葡萄心理的流露。如此充满世俗意味的个人情怀，是楚辞与汉赋中不曾出现的。

(三) 人生无常之叹

正由于这些无名氏古诗作者，多属为追求功名，寻找出路，乃至流落他乡的落魄失意者，而时光流逝，岁月蹉跎，在自我省思个人生命意义与价值之际，更觉人生天地间，生命短促无常的焦虑与恐惧，乃至屡次发出生命短促、人生无常之叹。诸如：

思君令人老，岁月忽已晚。（其一）

人生天地间，忽如远行客。（其三）

人生寄一世，奄忽若飙尘。（其四）

玉衡指孟冬，众星何历历。白露沾野草，时节忽复易。（其七）

伤彼蕙兰花，含英扬光辉。过时而不采，将随秋草萎。（其八）

人生非金石，岂能长寿考。（其十一）

四时更变化，岁暮一何速。晨风怀苦心，蟋蟀伤局促。（其十二）

浩浩阴阳移，年命如朝露。人生忽如寄，寿无金石固。万岁更相送，圣贤莫能度。（其十三）

去者日以疏，来者日以亲。出郭门直视，但见丘与坟。（其十四）

生年不满百，常怀千岁忧。（其十五）

上引诗句中感叹的主要是，岁月流逝、人生无常的悲哀。既然在天地间生而为人，而"人生寄一世"，若飘尘，如朝露，眼见季节推移，岁暮来临，生命枯萎，死亡无法避免，即使圣贤亦难逃一死。

不过，人生在世短暂无常，已经令人忧伤，死后却一切湮灭无痕，则更令人沮丧。值得注意的是，这些古诗作者似乎并无追求身后声名的意愿，而是和乐府歌者一样，转念涌起"奄忽随物化，荣名以为宝"（其十一），不如追求人间荣名富贵，享受短暂人生，及时行乐之思。

（四） 及时行乐之思

《诗经》与楚辞诗人已经先后表达过，要惜取光阴、及时行乐的念头。如《唐风·蟋蟀》："今我不乐，日月其除。"又如《九歌·湘君》："时不可兮再得，聊逍遥兮容与。"此外，乐府歌诗中叶已出现，因感生命无常，姑且享受美酒佳肴，或秉烛夜游的呼吁。但是，将及时行乐之思与人生无常之焦虑并举，且清楚作为个人生命意义与价值的选择，则是在《古诗十九首》中更为普遍。

试看以下诗例：

生年不满百，常怀千岁忧。昼短苦夜长，何不秉烛游！

为乐当及时，何能待来兹。愚者爱惜费，但为后世嗤。

仙人王子乔，难可与等期。（其十五）

意指既然人生短促多忧，且未来不可知，成仙又不可能，不如惜取当前，秉烛夜游，及时行乐。此处与前举乐府歌诗中流露的及时行乐之思，颇有类似之处，或许同属失意文人吐露之经验感受。如前二联，亦见于汉乐府《西门行》。这种人生苦短的焦虑，唯有珍惜当前，乃至主张行乐当及时的念头，显然是汉代歌诗中萦绕不去的情怀。

驱车上东门，遥望郭北墓。白杨何萧萧，松柏夹广路。

下有陈死人，杳杳即长暮。潜寐黄泉下，千载永不寤。

浩浩阴阳移，年命如朝露。人生忽如寄，寿无金石固。

万岁更相送，圣贤莫能度。服食求神仙，多为药所误。

不如饮美酒，被服纨与素。（其十三）

诗中主人公驱车登上洛阳城的东门，遥望北邙山的累累坟墓，念及人死之后从此面对永恒的黑暗，再也不会醒寤，乃至惊觉时光流逝，感叹人生无常。但可悲的是，服食求仙又"多为药所误"，怎么办呢？转念一想，"不如饮美酒，被服纨与素"，干脆在现实物质生活上图个眼前痛快，享受短暂的人生。

今日良宴会，欢乐难具陈。弹筝奋逸响，新声妙入神。

令德唱高言，识曲听其真。齐心同所愿，含意俱未申。

人生寄一世，奄忽若飙尘。何不策高足，先据要路津！

无为守穷贱，轗轲常辛苦。（其四）

全诗原是在欢乐宴会中听弹筝、闻新声，却引起人生意义的反思：既然人生如寄，生命短暂如风中尘埃，瞬息即逝，何不快马加鞭，博取高官要职，求得荣华富贵，摆脱贫困穷贱。所言对人生享乐的追求，对功名利禄的热衷，表现得如此坦率真切，又如此世俗，这显然是始终心怀君王社稷的楚辞，或自叹失志不遇的汉代辞赋作品中，不可能出现的。反映的是，汉代古诗作者对个人生命意义与生存价值的初步探索，也是十九首中的共同基调。

✤ | 三、《古诗十九首》的文学地位

《昭明文选》收录的十九首无主名的五言古诗，在文学史上具有承先启后的地位。一方面继承《诗经·国风》的精神风貌，一方面又开启建安诗风。虽然在内容方面，犹如沈德潜所称，大抵不离"逐臣弃妻，朋友阔绝，死生新故之感"，却已涵盖了中国古典诗歌吟咏的主要范畴。从文学发展史的角度视之，大概呈现以下几点特色。

（一）标志五言诗体正式成熟

《古诗十九首》的出现，标志五言古诗的发展已臻至正式成熟的阶段。当然，现存两汉乐府歌诗，业已显示逐渐向五言整齐句式发展的趋势。而《古诗十九首》，则每首都是通篇五言，且最短的是八句（其六、其九），最长的是二十句（其十二、其十六），无论就句式的统一，或篇章的长短而言，已是中国五言古诗的"典型"。此外，诗篇中大多是偶句押韵，而且通常一韵到底，或偶尔也有中途换韵者（其一、其八、其十五）。这些正是传统五言古诗的一般体制。从汉魏六朝，到唐宋以后，均保持这个传统。

（三） 确立文人诗歌语言艺术

《古诗十九首》虽也可能受民间乐府歌诗的影响，甚至出现与汉乐府歌诗互见的诗句，不过，从其中炼字造句的迹象、引文用典的情况视之，当属文人有意识的文学创作，并非像一般民歌那样仿佛即兴脱口而出。或可从以下方面观察：

1. 遣词、造句

首先，古诗作者显然颇喜用叠字来写景绘物，增添音韵效果，以酝酿情绪，或营造气氛。当然，《诗经》诗中早已出现叠字现象，但是十九首却表现出刻意运用叠字的痕迹。试看：

> 迢迢牵牛星，皎皎河汉女。纤纤擢素手，札札弄机杼。
>
> 终日不成章，泣涕零如雨。河汉清且浅，相去复几许？
>
> 盈盈一水间，脉脉不得语。（其十）

全诗超过一半以上的诗句，都以叠字构成，显然并非出自偶然，而是有意的修辞。前举"青青河畔草"一首，亦同。

其次，古诗作者常以对偶句来增添对称美。几乎每首诗都有。试举数例：

> 青青陵上柏，磊磊涧中石。（其三）
>
> 不惜歌者苦，但伤知音稀。（其五）
>
> 去者日以疏，来者日以亲。（其十四）
>
> 三五明月满，四五蟾兔缺。（其十七）

对偶句是唐代以后近体诗歌追求词汇或音韵对称"美"的重要条件。显然自汉代古诗中，已经展现其未来发展之方向。

2. 意象、比喻

通过具体意象或比喻来表情达意，可使情意更委婉曲折，这样的技巧，远在《诗经》与楚辞中，已经频频出现。不过，出现在十九首中的某些意象，经后代诗人不断地追随模仿，遂成为中国诗歌中惯用的意象或比喻。

例如"浮云"：

　　浮云蔽白日，游子不顾返。（其一）

浮云在天空随风飘浮，令人联想到游子的漂泊无依，居无定所，遂使得思妇对游子相思情意中，糅杂着一份疼惜与怜爱，思妇的温厚痴情，更深一层。所以才会在无奈的等待中，但愿游子"弃捐勿复道，努力加餐饭"。

再如"青草""杨柳"：

　　青青河畔草，郁郁园中柳。（其二）

两句原是描写春天的景象，但是芳草青青，绵绵不尽，宛如《饮马长城窟行》所云："青青河畔草，绵绵思远道。"令人联想起绵绵不断的情思、无尽无休的怀念。再加上浓郁的杨柳，依依随风摇曳，引起临别折柳相赠的情景，都为这个女主人公更增添一层离情相思之苦。

当然，意象原本具有比喻的功能，前举例句可证。不过十九首中，还有一些明喻，也表现得相当成熟。如：

　　人生寄一世，奄忽若飙尘。（其四）

以人之一生，短暂易逝，比喻为宛如"飙尘"。换言之，生命如狂风席卷起的尘土，微小无助，刹那间即消失了。主人公对人生短促的焦虑，含蕴其间，所以才会矢言，"何不策高足，先据要路津。无为守穷贱，轗轲常苦辛"。此外，亦有将人生的短暂比喻为"朝露"者：

浩浩阴阳移，年命如朝露。（其十三）

在浩大无垠的宇宙中，春夏秋冬永恒的循回运转，人生年寿却如朝露一般，须臾之间就晒干了，消失殆尽了。那些服食求仙者，又"多为药所误"。既然如此，还"不如饮美酒，被服纨与素"，抓住短暂的人生，追求当前的享受。按，人生如尘埃、如朝露，从此成为文人诗歌中常见的比喻。

3. 典故、对比

典故与对比的运用，可以扩大语意范围，增添言外之意。按，中国文学中的典故，一般包括语典和事典。十九首中化用或引用古籍中语句之处不少，或可视为语典。如：

行行重行行，与君生别离。（其一）

"与君生别离"句，应该是化用《楚辞·九歌·少司命》中"乐莫乐兮新相知，悲莫悲兮生别离"。可视为运用语典之例。再看用事典者：

上有弦歌声，音响一何悲！谁能为此曲，无乃杞梁妻。（其五）

有关杞梁妻的故事，流传甚早，先秦时的《左传》《孟子》《礼记》，汉初的《说苑》《列女传》均有记载。综合整理之余，或可得其故事大概：相传春秋时齐国大夫杞殖字梁，与莒国交战而死，其妻于城下痛哭十日，精诚动天，城为之崩。又据古乐府《琴曲》，有《杞梁妻叹》之歌，另外，《琴操》则以为是杞梁妻所作。此处"谁能为此曲，无乃杞梁妻"，意谓非杞梁妻这样的人，是唱不出这样悲伤的曲子的。用"杞梁妻"的典故，更增添一层悲哀伤感的意味。

典故之外，还有对比，亦是十九首中扩大语意的技巧。试看：

昔为倡家女，今为荡子妇。（其二）

女主人公今昔社会身份的对比之下，昔日为倡家女，生活何等繁华热闹，今日为荡子妇，境况如此之孤寂凄凉，今昔情境与心情的落差，尽在不言中。难怪诗人忍不住要调侃她："荡子行不归，空床难独守。"

试再举一例：

> 昔我同门友，高举振六翮；不念携手好，弃我如遗迹。（其七）

同样的是过去与当前境况的对比。过去是同门友，如今则是弃我者。更糟的是，过去的同门友，已"高举振六翮"，飞黄腾达，如今却不念旧情，弃我而去，且视我为踩过的脚印而已。同门友与主人公前后的交情，前后不同的境遇，对比之下，更令人气结。主人公内心的埋怨、气愤、酸溜溜感，浮现其间。

这些都是文人诗的语言特征，也是中国古典诗歌的艺术传统。重要的是，在十九首中，无论运用叠词、对句、意象、比喻，或化用前人的陈词，或援引典故，运用对比，在形式上又显得自然成熟，即令不知出处的读者，仍然觉得语言平易近人，且语短情长。而知其出处来源者，更感到其语言深婉含蓄，意在言外。

㈢　奠定中国诗歌抒情特质

抒发情怀是《古诗十九首》的共同宗旨，开启了中国诗歌中，以吟咏人生、反映现实生活为主要内容的个人抒情之作的先河。《古诗十九首》的诗人，用新兴的五言流调描写社会人生，抒发个人情感，或慨叹自己在仕途的不遇，社会的险恶，世态的炎凉；或感叹时光流逝，人生短促，流露意欲及时行乐、超然远举之思；抒发游子思妇伤离怨别之情，同时也不乏慷慨激愤之作。这些无名氏文人的诗歌，强调的是个人生命价值的实现，重视的是一己情怀志趣的表达，不是以政教伦理为核心的说教，而是以抒发个人经验感受为笔墨重点。

此外，从汉乐府歌诗到《古诗十九首》，抒情的方式发生了很大的变化。汉乐府歌诗主要是叙事，因此往往以事情发生的顺序为线索，形成一种平铺直叙的、线型的抒情模式。《古诗十九首》，则通常是按感情的变化、思绪的起伏为线索，从不同侧面去渲染，从不同角度去抒发情怀。乃至予人以一份低回婉转、回环往复的审美趣味，形成一种类似网状的、复合的抒情模式。

值得注意的是，《古诗十九首》抒发的主要情怀，无论离情相思之苦，失志不遇之悲，或人生无常之叹，及时行乐之思，其实都是一些普遍性的、概括性的情怀，亦即诗人与读者在人生经验中都体会得出、想象得到的。也正由于其普遍性，到底这些是思妇之辞？还是游子之辞？属逐臣之辞？还是友朋同僚之辞？均难以确定，却也并不会影响读者的品味玩赏。试看清人陈祚明《采菽堂古诗选》卷三，对《古诗十九首》的精彩评述：

> 《十九首》所以为千古至文者，以能言人同有之情也。人情莫不思得志，而得志者有几？虽处富贵，慊慊犹有不足，况贫贱乎？志不可得，而年命如流，谁不感慨？人情于所爱，莫不欲终生相守，然谁不有别离？以我之怀思，猜彼之见弃，亦其常也，夫终身相守者不知有愁，亦复不知其乐，乍一别离，则此愁难已。逐臣弃妻与朋友阔绝皆同此旨。故《十九首》唯此二意，而低回反复，人人读之皆若伤我心者，此诗所以为性情之物，而同有之情，人人各具，则人人本自有诗也。但人有情而不能言，即

能言而不能尽，故特推《古诗十九首》以为至极。

陈氏指出，重要的是，《古诗十九首》中情怀的亲切感与感染力。其所以令人觉得真实、动人，正在于其概括性、普遍性的情怀意念，能引发人生最基本的情思。这正是《古诗十九首》的抒情特质，也是中国古典抒情诗的普遍特质。

（四） 谱出中国诗歌悲哀基调

《古诗十九首》的作者，在反顾一己生命意义与价值之际，反复吟咏其个人情怀，无论离情相思，失志不遇，人生无常，及时行乐，似乎总是回荡在悲哀愁怨的伤感情调中。当然《诗经》中亦有强调伤感的诗歌，但也不乏欢悦、肃穆的情怀，并没有像《古诗十九首》那样，沉溺于悲哀伤感中。楚辞的伤感情调动人心魂，但楚辞中浮现的伤感，主要源自巫祀的宗教传统，以及屈原身世遭遇的不幸，因此有其特定的传统与背景。

《古诗十九首》的悲哀伤感，展示的则是一般文人士子游宦生涯中感受的普遍悲情，其中萦绕不去的"悲"，实际上即是吉川幸次郎论《古诗十九首》时所谓的"推移的悲哀"，也就是个人对光阴流逝，青春一去不返，人生短促无常的生命意识[①]。这些汉代歌诗的无名氏作者，虽然意识到个人生命意义与存在价值的重要，却亦同时领略到，个体生命在浩瀚苍茫宇宙时空中的薄弱与渺小，以及意欲掌握个体生存命运的无力与无奈。因此，他们笔下的悲哀愁怨，可说是伴随着个体生命意识自觉的情绪流露，为中国古典诗

---

① 吉川幸次郎即以"推移的悲哀"为《古诗十九首》的主题。见郑清茂译：《推移的悲哀——〈古诗十九首〉的主题》，《中外文学》6卷4期（1976.9），第24—54页；6卷5期（1976.10），第113—131页。

歌悲岁月、叹流逝、怨别离、伤不遇的普遍主题，谱出悲哀的基调，是中国伤感文学的奠基者，也为中国文学中以悲为美的审美趣味掀开了序幕。

第四节

其他无名氏五言古诗

❖ | 一、相传李陵、苏武赠答诗

《昭明文选》中题为李陵、苏武之诗，共七首，另外还有一些流传于世，并未收录于《文选》的无主名古诗，亦有相传为李陵、苏武之间的赠答送别诗者。端看这些作品的成熟程度，似乎不可能是西汉武帝时期的作品，历来读者学界已公认是后世拟作者的"伪托"。不过，究竟"后世"到何世，则始终并无定论。试各举一首为例：

良时不再至，离别在须臾。屏营衢路侧，执手野踟蹰。

仰视浮云驰，奄忽互相逾。风波一失所，各在天一隅。

长当从此别，且复立斯须。欲因晨风发，送子以贱躯。（《李陵与苏武诗》）

结发为夫妻，恩爱两不疑。欢娱在今夕，嫌婉及良时。

征夫怀远络，起视夜何其。参辰皆已没，去去从此辞。

行役在战场，相见未有期。握手一长叹，泪为生别滋。

努力爱春华，莫忘欢乐时。生当复来归，死当长相思。（《苏武诗》）

两首诗抒发的都是离别之悲。或临歧送别，或游子自伤，或夫妻离散，内容并不同，情怀也各异。只从诗歌本身的内涵情境看，实在并无任何线索可以证明与李陵和苏武的事迹相关。其实无论内涵情调，措辞用语，这些相传为李陵苏武诗，均和《古诗十九首》颇为类似。因此学界一般认为，应属同时代无名氏之作。当然，也有学者认为是建安时期，甚至齐梁时期文人模仿《古诗十九首》的风格之拟作。只是当今学界对其作者与年代尚无定论，亦无共识。

❖ ｜ 二、《古诗为焦仲卿妻作》（或称《孔雀东南飞》）

《焦仲卿妻》诗并未收录于《文选》，此外刘勰《文心雕龙》、钟嵘《诗品》亦未见提及。最早则见于徐陵（507—583）《玉台新咏》，题为"古诗为焦仲卿妻作"，且诗前有小序，说明创作背景原委：

> 汉末建安中，庐江府小吏焦仲卿妻刘氏，为仲卿母所遣，自
> 誓不嫁，其家逼之，乃没水而死。仲卿闻之，亦自缢于庭树。时
> 人伤之，为诗云尔。

序言指出，此故事发生在东汉末期建安中，庐江府（汉庐江郡，即今安徽寿县）地区。不过，当今学界一般认为，此诗即使在建安年间已经写成或流传，应该还经过不少好事文人的修改润色，最后的写定，当在徐陵编《玉台新咏》之时。试节录其首段：

> 孔雀东南飞，五里一徘徊。十三能织素，十四学裁衣。
> 十五弹箜篌，十六诵诗书。十七为君妇，心中常苦悲。
> 君既为府吏，守节情不移。鸡鸣入机织，夜夜不得息。

　　　　三日断五疋，大人故嫌迟。……

　　按，此后宋代郭茂倩《乐府诗集》收入"杂曲歌辞"，题为"焦仲卿妻"，今人习惯取其首句，名之为"孔雀东南飞"。全诗长达三百五十三句，一千七百六十五字，是中国古典诗中罕见的长篇叙事诗。叙述刘兰芝与焦仲卿夫妻如何情深，却遭婆母破坏的婚姻家庭悲剧。全诗人物众多，形象鲜明，对话生动，口吻毕肖，已经流露讲唱文学的痕迹，而且情节波澜起伏，包括婆母驱遣，夫妻别离，太守逼嫁，导致兰芝投水，仲卿自缢，最后是夫妻合葬。作者的笔端，处处流露对男女主角在命运摆布下的同情与怜悯，以及对社会伦理道德的臣服。

　　从另一个角度看，这首叙事长诗，通过女主角刘兰芝的悲剧命运，亦塑造了一个汉代妇女的理想化身：贤惠能干，知书达礼，多才多艺，孝顺贞节。同时反映汉代社会对妇女在伦理道德方面的期待与要求：既要孝顺婆母，又须忠于夫君。倘若两者有冲突，只能以死相殉。尽管兰芝的故事令"时人伤之"而为诗吟咏，类似的故事情节，将会不断在以后的文学作品中上演。

　　至于其他少数有主名的汉代诗作，诸如班固的《咏史诗》、张衡的《同声歌》、秦嘉（147 年前后在世）的《赠妇诗》等，则将留待有关中国诗歌主要类型之形成章节中讨论。

第
三
编

乱 世 文 人 的 心 声

✦ 建 安 风 骨 与 正 始 之 音 ✦

汉末魏初是中国历史上由统一到分裂的过渡，也是当今研究思想史的学者乐于称道的，是自春秋战国以来，文人士子个体意识臻至最高涨与最蓬勃的时期。只就文学史而言，则是乱世文人寻求身心安顿，展示个人才华，以求自显或自保的年代。其间的建安与正始，即是两个最值得关注的时期，尤其在诗歌发展方面，建安与正始诗人分别在诗歌的题材内涵与艺术风貌上，为后世立下典范，并且点出两晋南朝以后诗歌继续发展的方向。

第一章

建安风骨

——雅好慷慨

第一节

绪　说

建安（196—219）是东汉末代皇帝献帝的年号，历时二十四载。一般文学史所称"建安文学"，实际上包括汉末及曹魏文学，在时间范围上，则比建安年号要宽。通常是从"黄巾之乱"（184）算起，至魏明帝景初末年（239）为止，包括五十多年的时间。

建安时代是当今学界公认的"文学自觉"的时代，尚情好藻则是自觉的文学创作之标志。据沈约（441—513）《宋书·谢灵运传论》的观点：

至于建安，曹氏基命，三祖陈王，咸蓄盛藻，甫乃以情纬

文，以文被质。

沈约所谓"甫乃以情纬文，以文被质"，正是两汉到魏晋六朝文风转变的关键。建安时期文学创作之蓬勃，曹氏父子的提倡及参与，实功不可没。这时文学形式多样发展，无论诗歌、辞赋、杂文均不乏佳篇，不过在文学史上，一般均以诗歌为建安文学最辉煌的代表。在题材内涵上，或反映汉末社会动乱状况，或抒发个人渴望建功立业的理想抱负，或记述游宴，吟咏情性。在情韵格调上，往往慷慨多气，悲哀苍凉。在语言风格上，则由朴实自然到清丽婉转，均表现出新时代的精神风貌，流露新时代的审美趣味，建立新时代的诗歌风格。此外，在诗歌体式上，建安诗人已普遍采用新兴流行的五言流调，从而奠定了五言诗在诗坛上的巩固地位，同时也勇于尝试其他的新形式，包括六言诗（孔融《六言诗》三首）和七言诗（曹丕《燕歌行》）。建安诗歌的繁荣，以及作家辈出的新局面，形成了中国文学发展史上第一个诗歌创作的高峰。

❖ ｜ 一、诗歌创作的蓬勃——彬彬之盛

建安时代诗歌创作的蓬勃，的确是空前的，而权重位高的曹氏父子，则是关键人物。由于曹操（155—220）、曹丕（187—226）、曹植（192—232），均雅好文学，不但是文坛风气的倡导者，本身也积极参与创作。于时依附曹氏父子的文人数以百计，其中较著名的有史称"建安七子"者：包括孔融（153—208）、陈琳（？—217）、王粲（177—217）、徐干（171—217）、阮瑀（？—212）、应玚（？—217）、刘桢（？—217）。根据钟嵘于《诗品·序》的观点：

> 降及建安，曹公父子，笃好斯文；平原兄弟，郁为文栋；刘

桢、王粲，为其羽翼。次有攀龙托凤，自致于属车者，盖将百计。

彬彬之盛，大备于时矣！

在曹氏父子的领导之下，这些"盖将百计"的文人，一方面向前代作品学习模仿，同时又不断尝试新的文学形式，吟咏新的内容。所以说："彬彬之盛，大备于时矣！"再看刘勰《文心雕龙·明诗》所云：

暨建安之初，五言腾踊。文帝陈思，纵辔以骋节；王、徐、应、刘，望路而争驱。

值得注意的是，刘勰点出"建安之初，五言腾踊"的状况。按，五言流调实源起于民间，两汉时期大凡具有社会地位的知名文人，或继承四言正体，或追摹楚辞骚体，至少在诗歌体式的采用上，大多是怀旧的、回顾的。可是建安诗人，尽管他们的"阶级地位"，可谓均高居社会的上层，却不受传统的约束，自由地以流行民间的五言流调作为抒情述怀的主要媒介。这是文士阶层划时代的创举，也是建安作家勇于创新的表现。这种划时代、新作风的现象，亦展露于君臣之间几近平等的交游往来关系中。

建安文人地位虽有君臣之别，却能平等交游欢会，曹丕于其《与吴质书》中，追忆过去与诸文人一起游宴赋诗之良辰美景，可以为证：

昔年疾疫，亲故多离其灾，徐、陈、应、刘，一时俱逝，痛可言邪！昔日游处，行则连舆，止则接席，何曾须臾相失。每至觞酌流行，丝竹并奏，酒酣耳热，仰而赋诗。当此之时，忽然不自知乐也。……

曹丕所言不但记述当时建安文人相互交游往来之亲密，同时也提示当时诗歌创作的盛况。现存建安时期的诗歌，不计无主名者在内将近三百首。其中存传最多的数曹植，约九十首，曹丕其次，约四十首，再次数曹操和王粲，各有二十多首。这些作品的出现，打破两汉四百年间知名文士纷纷致力于辞赋创作的局面，掀起了文人诗歌创作的高潮。所以文学史上往往称建安时代为中国诗歌创作的第一个黄金时代，形成中国文学史上第一个"诗坛"，后世常以"建安风骨"来称道这时期诗歌的时代风格。

✤ ｜ 二、时代诗风的标志 —— 建安风骨

所谓"建安风骨"，乃是后世论诗者对建安诗歌时代风格特征的标志，也成为初唐诗坛一百多年间，令诗人缅怀不已，大声呼吁，力图恢复的文学理想。

按"风骨"一词，作为文学批评理论的专门术语，最早出现在南朝时期。首见刘勰《文心雕龙·风骨》：

> 《诗》总六义，风冠其首。斯乃化感之本源，志气之符契也。怊怅述情，必始乎风；沉吟铺辞，莫先乎骨。故辞之待骨，如体之树骸；情之舍风，犹形之包气。……

所谓"怊怅述情，必始乎风；沉吟铺辞，必先乎骨"，实则包括文情与文辞两方面。简言之，文情生动感人，文辞刚健有力，应该即符合"风骨"之义。虽然刘勰于此篇中，并未将"风骨"直接与建安诗歌相连，不过钟嵘《诗品·序》则提出"建安风力"：

> 永嘉时（307—312），贵黄老，稍尚虚谈，于时篇什，理过其辞，淡乎寡味。爰及江表，微波尚传。孙绰、许询、桓、庾诸公诗，皆平典似道德论，建安风力尽矣！

钟嵘是在论及西晋末期诗坛，因好尚道家玄虚之谈，诗篇显得"理过

其辞，淡乎寡味"，东晋之后诗歌更是"平典似道德论"，而惋惜"建安风力尽矣！"其后至初唐陈子昂（659—700）《修竹篇序》，亦慨叹晋宋之后"汉魏风骨"之消失：

> 文章道弊，五百年矣。汉魏风骨，晋宋莫传。

不过，明确提出"建安风骨"，则是宋代严羽（？—1264）《沧浪诗话·诗评》：

> 黄初（220—226）之后，唯阮籍《咏怀》之作，极为高古，有建安风骨。

按，关于"建安风骨"的含意，一直是当今学界反复争论研讨的问题，目前比较普遍的看法，则认为"建安风骨"指的是建安诗歌的整体表现，以刚健有力为主要特征的审美趣味。当然，倘若进一步观察，"风骨"亦可指建安诗歌在内涵方面流露的慷慨多气之精神风貌，亦即由作品本身迸发出的一份艺术感染力。这份艺术感染力，源自建安诗人对时代忧患动乱的深切感慨，还有个人身处乱世，意欲建功立业，追求不朽的抱负和理想，以及对于文学抒情功能与审美趣味自觉的追求。

因为汉魏之际，是一个大动乱的时代，建安诗人大多亲身遭遇过流离之苦，有的甚至经历过戎马生涯，且目睹政治败坏，社会失序，感触自然良多，将这种感触诉诸诗歌，就增添一份浓厚的抒情意味。然而这也是一个因动乱而充满创业机会的时代，故而又满怀豪情，壮志凌云，力图在有生之年，建功立业，甚至垂名青史。可是在现实生活经历中，个人壮志未酬的挫折往往多于功业声名的成就，何况身逢乱世，但感人命危浅，朝不保夕，难免情多哀思。乃至建安诗歌中表现的忧患动乱的时代风貌，追求功名的个人精神，人生如朝露的生命体味，形成慷慨多气、悲哀苍凉的抒情格调。再者，建安诗人大多是围绕在曹氏父子身边的文人学士，云集邺下之后，政局暂时的安定，经常群体游宴，即席赋诗，形成一种既娱乐又竞争的创作场合。且在互相切磋又各自逞才的气氛下，对于周遭事物的状貌声色乃至文章辞藻之华美清丽，必然有意识地力图表现。因此，如果以"建安风骨"为建安时代诗风的标志，则除了慷慨多气的内涵情调，还不能忽略追求华美清丽的语言风格，方能概括建安诗歌的全貌。

当然，建安诗歌毕竟并非一个凝聚不变的整体，在五十多年的"漫长"岁月中，基于环境背景的变异，何况诗人的际遇亦各有不同，必然会表现出，其逐步发展流变的大致脉络。

第二节

建安诗歌的发展脉络

前引诸家对建安诗歌特质的观察，诸如"雅好慷慨""志深笔长，梗概多气"等，主要是指建安诗歌在内涵情境上的表现，尚未能概括建安诗歌在艺术风貌方面的特色，也不能看出汉末魏初时期诗歌的发展演变痕迹。按，建安诗歌大致可以建安十六年（211）左右，曹操为曹丕、曹植兄弟各置官署，邺下文人集团的形成为界点，分为前后两个阶段。从创作时代背景的变化，以及生活环境气氛的不同，或可观察出建安诗歌的发展脉络：自汉末乱离，慷慨悲歌，到邺下云集，新声腾踊。这两个阶段，分别显示建安诗歌承先启后的文学地位。

从汉灵帝中平元年（184），黄巾之乱爆发，至汉献帝建安十五年（210），大约二十多年间，属建安诗歌前期的创作阶段。这时期的作品，受汉诗尤其是汉乐府的影响颇深，大都未超出汉诗范围。题材内容上，多"感于哀乐，缘事而发"，针对政治现实和社会状态，描述个人见闻，抒发经验感受之作。风格情调上，则因感时伤乱，而慷慨多气，悲哀苍凉。语言表现上，虽已流露文人化的痕迹，与邺下时期的创作相比，仍然显得较为浑朴自然，尚未明显展示有意文饰、尚辞好藻的现象。这时期的诗歌创导者主要是曹操，以及建安七子中较年长之辈。代表作品，诸如曹操的拟乐府《薤露行》《蒿里行》《苦寒行》《步出夏门行》《短歌行》，以及孔融的《杂诗》，王粲《七哀诗》，还有曹丕、曹植早年随父出征时期所写的一些作品。

试先看王粲《七哀诗》其一：

> 西京乱无象，豺虎方遘患。复弃中国去，远身适荆蛮。
>
> 亲戚对我悲，朋友相追攀。出门无所见，白骨蔽平原。
>
> 路有饥妇人，抱子弃草间。顾闻号泣声，挥涕独不还。
>
> "未知身死处，何能两相完？"驱马弃之去，不忍听此言。
>
> 南登霸陵岸，回首望长安。悟彼下泉人，喟然伤心肝。

汉末董卓之乱乃是此诗的时代背景。按，初平元年（190），董卓乱军烧毁洛阳，挟持汉献帝迁往长安。初平三年（192）吕布又杀了董卓，董卓的残余部将则攻占长安，且纵兵大肆掠夺杀戮，时王粲十七岁，决定赴荆州避难。上引此诗即追述其甫离长安途中所见所思所感。值得注意的是，令王粲喟叹伤感者，不单单是身为一个贵公子必须"委身适荆蛮"的个人不幸遭遇，还有因目睹战乱造成白骨遍野、饥妇弃子的悲惨状况。诗中流荡着个人身处乱世的悲慨，以及对苦难中平民百姓的同情与怜悯。

再看曹操《蒿里行》：

> 关东有义士，兴兵讨群凶。初期会盟津，乃心在咸阳。
>
> 军合力不齐，踌躇而雁行。势力使人争，嗣还自相戕。
>
> 淮南弟称号，刻玺于北方。铠甲生虮虱，万姓以死亡。
>
> 白骨露于野，千里无鸡鸣。生民百遗一，念之断人肠。

按《蒿里》原是汉乐府古辞中送葬时所演唱的挽歌，多为三五七杂言体。曹操现存诗虽多属四言体，但此处则通篇采用五言流调，且全然不顾乐府古辞传统，只用旧题感怀时事。这种勇于摆脱旧传统，只顾写自己经验感受的作风，已经展示出开创新时代新诗风的气派。上引《蒿里行》感怀的是时事，大意指汉末董卓作乱，群雄共盟讨伐，却各自拥兵自强，形成割据，只顾互争霸权，彼此混战，造成社会乱离、白骨遍野之惨状，乃至哀叹"生民百遗一，念之断人肠"。明代钟惺（1574—1624）《古诗归》即称曹操的《薤露行》《蒿里行》为"汉末实录，真诗史也"。值得注意的是，全诗除了"实录"之外，还抒发个人的感慨，表达对当时军阀割据酿成社会祸害之谴责，对人民苦难之同情，以及对整个乱离时代的哀叹。这已经为以后杜甫于安史之乱期间所写新题乐府，铺上先路。

建安诗人并非只是时局动乱的旁观者、哀叹者，事实上在感时伤乱中，往往触发一种渴望社稷安定、期盼天下统一的宏伟志愿，乃至引发济世拯物、建功立业的进取精神。反映在诗歌中，便形成一种既昂扬向上、慷慨多气，又悲哀苍凉的韵味。曹操的名篇《短歌行》，最为典型：

对酒当歌，人生几何？譬如朝露，去日苦多。

慨当以慷，幽思难忘。何以解忧？唯有杜康。

青青子衿，悠悠我心。但为君故，沉吟至今。

呦呦鹿鸣，食野之苹。我有嘉宾，鼓瑟吹笙。

明明如月，何时可掇？忧从中来，不可断绝。

越陌度阡，枉用相存。契阔谈䜩，心念旧恩。

月明星稀，乌鹊南飞。绕树三匝，何枝可依？

山不厌高，海不厌深。周公吐哺，天下归心。

此诗大概写于建安十三年（208），曹军出征江东孙权的前夕。其间模仿《诗经》体的痕迹显著，甚至第二章中，有六句皆是借用《诗经》诗句。如"青青子衿"两句，取自《郑风·子衿》；"呦呦鹿鸣"四句，则取自《小雅·鹿鸣》。不过整体味之，却是一首打上建安时代烙印、涂上曹操个人色彩之作。形式上是四言正体，内涵上却是个人抒情述怀之章。抒发的是，以周公自比的豪情，渴望招揽贤才、共举大业的宏伟抱负，其中却流荡着一份人生苦短的伤逝情怀，正是乱世英雄时不我与的心声，显得慷慨多气，悲哀苍凉。同样的心境和情怀始终徘徊在曹操的诗歌中。多年后曹操已行将暮年，仍然慷慨高歌："老骥伏枥，志在千里，烈士暮年，壮心不已。"（《步出夏门行·龟虽寿》）这种积极进取、慷慨述志的呼声，乃属时代的潮流，在其他建安诗人作品中，也一直回荡不去。

例如王粲即尝慨然宣称："虽无铅刀用，庶几奋薄身。"（《从军诗》其四）陈琳亦云："骋哉日月逝，年命将西倾。建功不及时，钟鼎何所铭。收念还房寝，慷慨咏坟经。庶几及君在，立德垂功名。"（《游览》其二）曹丕虽无乃父之雄才大略，亦尝慨然云："在昔周武，爰暨公旦。载主南征，救民涂炭。彼此一时，唯天所赞。我独何人，能不靖乱。"（《黎阳作》）曹植身为贵公子，亦矢言："闲居非吾志，甘心赴国忧。"（《杂诗》其六）"愿得展功勤，输力于明君。怀此王佐才，慷慨独不群。"（《薤露行》）试看曹植早年所写《白马篇》：

> 白马饰金羁，连翩西北驰。借问谁家子？幽并游侠儿。
>
> 少小去乡邑，扬声沙漠垂。宿昔秉良弓，楛矢何参差。
>
> 控弦破左的，右发摧月支。仰手接飞猱，俯身散马蹄。
>
> 狡捷过猴猿，勇剽若豹螭。边城多警急，虏骑数迁移。
>
> 羽檄从北来，厉马登高堤。长驱蹈匈奴，左顾凌鲜卑。
>
> 弃身锋刃端，性命安可怀？父母且不顾，何言子与妻？
>
> 名编壮士籍，不得中顾私。捐躯赴国难，视死忽如归。

诗中描述一个边塞游侠儿，驰骋疆场，如何武艺超群，勇于献身国难。盖曹植于此，主要是通过游侠少年的英勇形象，传达自己建功立业的强烈欲望，抒发其可以不顾父母妻子，但愿"捐躯赴国难，视死忽如归"慷慨赴义的悲壮情怀。

动荡的时局，乱离的社会，是建安诗歌兴起的时代背景。建安诗人一方面继承汉乐府歌诗"感于哀乐，缘事而发"的写实传统，从动乱的社会中汲取创作源泉，另一方面则受时代乱象的冲击，还有个人颠沛流离的遭遇，遂将个人所见所思所感，反映在作品中。这些身处乱世的诗人，显然并非消极的退避者，而是热血的关怀者。他们对政治社会抱持浓厚的兴趣与关怀，对民生疾苦寄予深切的同情与怜悯，故而挥洒成一篇篇个人抒情述怀的动人篇章。反映的是现实环境与个人生活的紧密结合，既述社会乱离，亦抒个人情怀，故而悲壮动人。正如刘勰《文心雕龙·时序》历述曹氏父子及建安诸子之后的总观察：

> 观其时文，雅好慷慨，良由世积乱离，风衰俗怨，并志深而笔长，故梗概而多气也。

社会的动乱，流离的经验，提供了诗歌创作的素材，建安作者或"生乎乱，长乎军"（曹植《上疏陈审举之义》），饱经乱离之苦，吸取了丰富的人生经验，激发了身为有识之士积极入世、参与政治的责任感与使命感，其抒怀述志之际，往往满腔壮志激情，满怀理想抱负，故"梗概而多气也"。即使其中含蕴着悲哀苍凉，也不失刚健有力、昂扬向上的气韵。而不容忽略的则是，建安诗歌中慷慨多气、悲哀苍凉的基调里，经常流露的一分身处乱世，但感人世无常、生命短促的焦虑。从曹操的《短歌行》喟叹"人生几何，譬如朝露，去日苦多……"，一直延续到建安诗歌的后期，即使在邺下时期，身居安定舒适的环境，君臣同好游宴赋诗，畅言欢愉的作品中，仍然徘徊不去。

例如前举陈琳《游览诗》其二的感叹是："骋哉日月逝，年命将西倾。"曹植《箜篌引》，主要是描述宴饮歌舞的盛况，但在最后却笔锋一转，慨叹："惊风飘白日，光景驰西流。盛时不再来，百年忽我遒。生存华屋处，零落归山丘。先民谁不死？知命复何忧。"又如其《名都篇》，原是一首描述游乐饮宴生活之作，在极尽描写游乐饮宴之乐之余，却忽然深深喟叹："白日西南驰，光景不可攀！"将时光流逝，盛时不再，壮志难酬的焦虑与无奈，寄慨于欢宴中。这种"慷慨多气，悲哀苍凉"的时代风格，遍布在建安诗歌、辞赋、杂文里，显示建安作家对于"世积乱离"的经验，总是难以忘怀，面对生命的无常，惊觉欢愉苦短，乃至慷慨多气、悲哀苍凉之情，挥之不去。

建安诗歌中流露的慷慨多气、悲哀苍凉情怀，也出现在一位难得的女性作家蔡琰作品中。由于中国文学史中知名女作家相当少，即使蔡琰作品之可信度，学界仍然有争议，在此还是稍作介绍。

按，蔡琰字文姬，乃蔡邕（132—192）之女。博学有才辩，又妙于音律。其一生传奇性的经历，正是乱世女子悲剧生涯的写照。初嫁河东卫仲道，夫亡无子，于是返回娘家居住。献帝兴平中（194—195），天下丧乱之际，为胡骑所掳，成为南匈奴左贤王之妃。居匈奴十二年，生二子。后曹操遣使以金璧赎回，之后再嫁同郡董祀。董祀为屯田都尉，因犯法当死，蔡琰乃亲见曹操，哀求赦免，辞音悲切，曹操感其言，终免董祀死罪。蔡琰因感伤一生乱离，追怀悲愤，遂作《悲愤诗》二首，一为五言，另一为骚体。此外，相传《胡笳十八拍》也是蔡琰所作。

蔡琰五言《悲愤诗》凡一百零八句，是一篇自述生平之作。依内容可分为三个段落：从董卓作乱，自己被掳的悲苦境况，到入胡后怀乡念亲和诀别幼子回国的惨痛场面，到归途中所见，以及还乡后再嫁之忧虑。整首诗将家国之念，亲子之情，交织在一起，并与个人的遭遇与动乱的社会联系起来，可说是蔡琰一生漂泊流离的血泪史：

> 汉季失权柄，董卓乱天常。志欲图篡弑，先害诸贤良。
>
> 逼迫迁旧邦，拥主以自强。海内兴义师，欲共讨不祥。
>
> …………

诗之发端直写董卓之乱："汉季失权柄，董卓乱天常。"按，蔡琰归汉，离董卓之乱年代很近，而且汉尚未亡，如此大胆贬斥，似不可能。因此自苏东坡开始质疑其真伪问题以来，历代读者颇有认为此诗并非出于蔡琰之手笔，乃是后人伪托者。当今学界在争论中尚无共识。

蔡琰《悲愤诗》即使不能确实证明是她的亲笔创作，毕竟展现了建安诗坛前期"汉末乱离，慷慨悲歌"的时代风格特征。

✤ | 二、邺下云集，新声腾踊

此处所谓"新声"，乃指邺下时期诗歌的新变，包括五言流调之风行，个人抒情写景之多样，以及尚辞好藻的风气而言。邺下时期相对安定的社会现况，为建安诗歌创作的蓬勃，提供肥沃的培育土壤、良好的发展环境。建安文人因云集邺下，而形成了一种虽没有正式组织，却因交游往来，兴趣相投，经常共同参与各类文学活动的"文人集团"（或"文学集团"），这在文学史上是一件大事，亦是促使建安诗歌蓬勃发展演变的关键。

（一）文人集团的形成

建安九年（204），曹操攻占邺城，从此邺城就是曹操准备逐步扩展势力的根据地。及至建安十三年（208），三国鼎立之势已大致成形，政局遂获得暂时的安定。为巩固政权，扩张势力，曹操以相王之尊，广纳人才，招揽天下文人学士。数年之间，以七子为首的建安文人，纷纷归附曹营，云集邺下①。建安十六年（211），曹丕为五官中郎将，太子之位底定，曹植则封为平原侯。曹操并分别为两人各置官署，招揽人才，一时成为邺下文

---

① 曹植《与杨德祖书》即云："昔仲宣独步于汉南，孔璋鹰扬于河朔，伟长擅名于青土，公干振藻于海隅，德琏发迹于大魏，足下高视于上京。当此之时，人人自谓握灵蛇之珠，家家自谓抱荆山之玉。吾王于是设天网以该之，顿八纮以掩之，今尽集兹国矣。"

人围绕的中心。兄弟两人经常共同或分别举行各类游宴文娱活动，并亲自参与文学创作，形成中国文学史上第一个官署领袖与属下文人共同以文学创作为主要活动的文人集团，促使诗歌的发展进入前所未有的高峰，其影响既深且远[①]。

根据刘勰《文心雕龙·明诗》对这时期的观察：

> 暨建安之初，五言腾踊。文帝陈思，纵辔以骋节；王徐应刘，望路而争驱。并怜风月，狎池苑，述恩荣，叙酣宴；慷慨以任气，磊落以使才；造怀指事，不求纤密之巧；驱辞逐貌，唯取昭晰之能；此其所同也。

又见《文心雕龙·时序》：

> 建安之末，区宇方辑，魏武以相王之尊，雅爱诗章；文帝以副君之重，妙善辞赋；陈思以公子之豪，下笔琳琅；并体貌英逸，故俊才云蒸。……傲雅觞豆之前，雍容衽席之上，洒笔以成酣歌，和墨以藉谈笑。

建安文人云集邺下之后，身处相对安定的环境，富裕的生活，自然比较容易培养出优雅的情趣，也提供了文学创作的有利条件。曹氏父子，尤其是曹丕、曹植兄弟，与周边文人士子之间，名义上虽有君臣之别，实际上则是同调文友。经常"昔日游处，行则连舆，止则接席，不曾须臾相失。每至觞酌流行，丝竹并奏，酒酣耳热，仰而赋诗"（曹丕《与吴质书》）。

---

① 当然，文人因文学创作活动而形成的"集团"，实乃始自西汉。诸如武帝时，言语侍从之臣"司马相如等数十人"，为乐府机关作诗；地方诸侯藩国亦纷纷招纳文士，其中梁孝王刘武、淮南王刘安幕下的文学侍从，甚至形成辞赋创作群。即使东汉灵帝亦尝特别设立"鸿都门学"，招揽"诸生能为文赋者……待以不次之位"。不过，以"文学集团"的声势，造成对后世诗歌深远影响者，还是建安时代的"邺下文人集团"。详见胡大雷：《中古文学集团》，广西师范大学出版社1996年版，第19—35页。

这时期的诗歌创作，大多是诗酒集会游宴场合，即席赋诗而成，正所谓"洒笔以成酣歌，和墨以藉谈笑"，而且往往一人首唱，群体唱和。内容方面，除了继续模仿汉代古诗之外，主要则围绕着"怜风月，狎池苑，述恩荣，叙酣宴"的优游行乐生活。主题范围亦随着生活的安定，环境的改变，以及邺下文人交游互动之频繁，开始多样发展。现存大量的公宴、赠答、送别、咏物、游仙，还有各种临场命题创作或同题共咏诸诗，为文人诗歌开辟了新领域、新方向，并且充分表现建安诗人对美的事物的喜悦与体味。或为充满生命力的大自然景象所感动，或为深具审美趣味的情思而赞叹，或为彼此相知相惜的友谊而称颂……在这些多情多才的建安诗人笔下，诗歌的文人化愈发显著，且时时流露有意为诗，刻意写情，尚辞好藻的迹象。

㊁ 华辞丽藻的追求

建安诗歌的"文人化"，首先表现于对外物的状貌声色之"美"的发现，进而以华辞丽藻来传达诗人对物象之细密观察与欣赏喜爱的经验感受。

试看曹丕《芙蓉池作》：

> 乘辇夜行游，逍遥步西园。双渠相溉灌，嘉木绕通川。
>
> 卑枝拂羽盖，修条摩苍天。惊风扶轮毂，飞鸟翔我前。
>
> 丹霞夹明月，华星出云间。上天垂光采，五色一何鲜。
>
> 寿命非松乔，谁能得神仙。遨游快心意，保己终百年。

写的是与同好友人夜游铜雀园，漫步于芙蓉池上观赏风景的经验感受。在美景游赏中，体会到"遨游快心意"，即足以"保己终百年"，因此不必羡慕松、乔之长寿了。值得注意的是，曹丕笔墨下对当前美景，由衷的赏爱喜悦，对自然景物诸如双渠、嘉木、卑枝、修条、惊风、飞鸟、丹霞、明月、华星等之状貌声色，五彩缤纷的细致描述，在展现诗人对于外物状貌形态之美的"发现"，以及审美趣味的流露。其他邺下文人同类作品，诸如曹植、王粲、刘桢、应玚等同题共咏的《公燕诗》，均有类似的表现。且以曹植《公燕诗》为例：

> 公子敬爱客，终宴不知疲。清夜游西园，飞盖相追随。
>
> 明月澄清景，列宿正参差。秋兰被长阪，朱华冒绿池。
>
> 潜鱼跃清波，好鸟鸣高枝。神飙接丹毂，轻辇随风移。
>
> 飘飘放志意，千秋长若斯。

诗人关怀的，并非现实的政治社会状况，亦非个人的抱负理想，而是日常生活中，与"公子"及其宾客，优游林苑"终宴不知疲"的欢乐，以及美景当前的愉悦。其实，这乃是《古诗十九首》中一再强调的人生无常、行乐当及时情怀意念的延伸。不同的是，此诗中更增添了一份雍容优雅的富贵气，并且流露着面对自然景色声色状貌之"美"的由衷喜悦。

邺下文人对辞藻华美的追求，亦经常表现于诗中展示景物对称美的对偶句之经营。试举数例：

> 嘉禾凋绿叶，芳草纤红荣。（陈琳《游览诗》）
>
> 灵鸟宿水裔，仁兽游飞梁。（刘桢《公燕诗》）
>
> 幽兰吐芳烈，芙蓉发红晖。（王粲《诗》又名《清河作》）
>
> 凝霜依玉除，清风飘飞阁。（曹植《赠丁仪诗》）

虽然邺下文人优游行乐的主要动机，或许是企图忘怀身处乱世、人生无常的悲哀，而且游览的范围，主要局限于贵族林苑或京城近郊，不过这种游览美景足以"快心意"的态度与认知，亦可说是刘宋以后诗篇以游览自然山水为赏心乐事的先兆。诗中对于当前景物状貌声色之美的细致描绘，亦正巧印证了曹丕所主张的"诗赋欲丽"的文学观点。

㊂ 尚情风气的昌盛

当然，邺下文人的诗歌创作，令人瞩目且影响深远者，除了"尚辞"的追求，还有"尚情"的创作风气。这一点，虽由曹操开其端，倘若考察其所以形成一个时代诗坛的风尚，则曹丕之功不可没。就看曹丕自己的诗歌，即以抒发婉转缠绵的情思见长，犹如清人沈德潜《古诗源》的观点："子桓诗有文士气，一变乃父悲壮之习矣。"此"一变"，即是从英雄到文人情怀之变，也是汉末乱世英雄慷慨述志，与邺下文人优游行乐、婉转抒情的分际。

汉末魏初曹操诸人之作品，慷慨述志，挥笔抒情，与作者身逢乱世的历史使命感、个人的功名心紧密相连，真正属于日常生活中一己私人情怀之作则较为罕见。曹丕以及其他建安文人，早年也不乏慨叹时事、吟咏怀抱之作，但云集邺下之后，身处时局趋于安定的环境，优游行乐之际，笔墨重点开始倾向于日常生活中个人喜怒忧乐情怀意念的表达，更为明显地展示"尚情"之创作风气。而建安作家之"尚情"，不仅表现于对个人一己情怀意念的抒发，甚至延伸至对于大凡人之情的同情共感。这显然与曹丕的倡导也不无关系。

曹丕在政治上，或许是一个不甚讨好的太子，在文学创作上，却是一个勇于创新的文坛领袖，而且也是一个多愁善感的诗人。试看其《杂诗》：

漫漫秋夜长，烈烈北风凉。辗转不能寐，披衣起彷徨。

彷徨忽已久，白露沾我裳。俯视清水波，仰看明月光。

天汉回西流，三五正纵横。草虫鸣何悲，孤雁独南翔。

郁郁多悲思，绵绵思故乡。愿飞安得翼，欲济河无梁。

向风长叹息，断绝我哀肠。

虽然写作的时空不详，但表达的显然是游子思乡的孤独情怀，与《古诗十九首》中游子之辞颇为类似，悲哀凄凉是其萦绕不去的主调。全诗流露的是一个文人多愁善感之情，而非乱世英雄慷慨述志之叹。

曹丕等邺下文人之"尚情"，不仅表现于自我抒情述怀之作，或有意继承《古诗十九首》的抒情传统，吟咏游子思妇的凄哀情怀，甚至亦还扩展至同好友人之间友谊之情的倾诉。试看刘桢《赠五官中郎将》其二：

所亲一何笃，步趾慰我身。清谈同日夕，情眄叙忧勤。

便复为别辞，游车归西邻。素叶随风起，广路扬埃尘。

逝者如流水，哀此遂离分。追问何时会，邀我以阳春。

望慕结不解，贻尔新诗文。

像这样表达深厚友谊、不舍离别、无限思慕之情，可谓是建安诗人为此后文人之间"赠答送别诗"类型的成立，展开了序幕。此外，又在"尚情"的创作风气吹袭之下，建安作家会在日常生活周遭，寻找灵感源泉，倘若发现任何凄伤感人的人物事件，都可以触发创作意识，成为诗歌吟咏的题材。曹丕就经常以太子之尊，体味当时愁人的经验感怀，命题共咏，代人言情。

例如，因同情遭夫君所出的弃妇，曹丕、曹植各留下一首《代刘勋出妻王氏作》。又如建安十七年（212），建安七子之一的阮瑀逝世，因怜其遗孤，曹丕于其《寡妇赋序》中自注云：

每念存其遗孤，未尝不怆然伤心，故作斯赋，以叙其妻子悲苦之情。

并且命其他邺下文人亦分别撰写《寡妇赋》。或许仍然觉得情犹未尽，曹丕又另作骚体《寡妇诗》一首，序中亦特别说明：

友人阮元瑜早亡，伤其妻孤寡，为作此诗。

王粲、曹植等均各自留下《寡妇诗》一首，显然属受命同题共咏之作[1]。

正因为"尚情"成为创作的推动力，乃至大凡夫妻相思、游子怀乡、友朋别离、亲人亡故等，诸般触动人情人心的日常生活情景，均成为邺下文人抒发感动之情的题材。甚至偶尔因目睹毫无关系的陌生人之人生别离场景，也会令多情的邺下文人动容，转而写出像《见挽船士兄弟辞别诗》《清河见挽船士新婚与妻别作》之类，纯粹代人言情的作品[2]。文人诗歌以抒情为主调的传统，就在凡人情皆动人、凡人事均可咏的邺下文人笔下，由此而巩固，同时为中国诗歌的抒情传统谱出基调。

第三节

建安诗歌的文学成就

倘若将建安诗歌置于文学发展史的长远轨迹上来观察，其文学成就斐然可观。或可从以下四方面览其大概。

---

① 据曹丕《寡妇赋序》，王粲曾受命写赋，或许也有同题诗作，可惜失传。又据《文选》卷二十谢灵运《庐陵王墓下作》注，引曹植《寡妇诗》，可知曹植亦曾受命作诗。
② 曹丕《清河见挽船士新婚与妻别作》，收入《玉台新咏》，而《艺文类聚》卷二十九作干作，且名《为挽船士与新娶妻别诗》，或许属曹、徐二人同题共咏者？

✤ | 一、乐府旧题咏怀时事

建安诗坛基本上仍然属于汉乐府歌诗的模仿时代，但是，建安诗歌的光辉，则在于模仿中又突破汉乐府传统的束缚，展现出新意。在建安诗人笔下，原来以叙事为主的汉乐府歌诗，往往转化为描述个人见闻，抒写个人情怀为主的文人诗歌。即使还保留乐府旧题，却通常是借题发挥，配合当前动乱的时代，个人颠沛流离的生活，但写个人的经验与感受。充分显示建安诗人如何不受乐府旧题原意的限制，乃至在创作之际，赋予其作品崭新的题材内容，甚至不同以往的形式，为后世的文人乐府立下典范。

就如汉乐府中的《蒿里》《薤露》，原是丧葬之歌，形式上是三五七杂言体，曹操的《蒿里行》《薤露行》却咏怀时事，抒发个人的感慨，而且通篇五言。显示在内容形式方面，均有创新，有发展。其他建安诗人的乐府作品中，亦多类似的表现。如《从军行》原为乐府旧曲，据《乐府解题》："皆军旅辛苦之辞。"可是王粲《从军行五首》[①]，却称"从军有苦乐，但问所从谁"（其一），以此表达对曹操的感念与推崇，并抒发自身的功名愿望。此外，曹丕的乐府诗，亦有无视旧题传统，纯然是个人感情的抒发者。曹植甚至会抛开旧题，自创新题乐府以抒个人情怀，如《名都篇》《白马篇》即是。

建安文人写乐府，目的显然并非为官方"观风俗，知薄厚"，而是为叙个人见闻，抒自己情怀。这种借乐府旧题咏怀时事，或自创新题乐府诗歌，却为唐代诗人诸如白居易、元稹等人的"新乐府"开辟了先路。当然，

---

① 逯钦立《先秦汉魏晋南北朝诗》作王粲《从军诗五首》，而据《乐府诗集》则作《从军行五首》。

元、白"新乐府"创作目的有异，乃是有计划地为呼吁改革政治社会风气而作（详后）。

✤ ┃ 二、五言诗体蔚为主流

五言诗在汉代原是民间之流调，虽然无名氏文人《古诗十九首》已显示五言诗之成熟，却是在建安诗人笔下，方巩固其在文坛的主流地位。按，两汉有主名的文人诗，主要还是以四言正体或楚辞骚体为主，曹氏父子及建安诸子作品中，体式多样，包括四言、杂言、五言，乃至六言、七言、骚体等，是各种新旧体式都愿意尝试的新时代。不过，除了曹操仍然多沿袭四言正体之外，其他的建安诗人，则比较偏爱新兴的五言流调，乃至形成刘勰所称"五言腾踊"的局面。

建安诗人创作的五言诗，在他们现存全部诗歌创作中，占有很大的比例。据逯钦立辑校《先秦汉魏晋南北朝诗》，建安二十四诗人，现存作品共二百九十七首，其中五言诗就有一百九十八首。这个统计虽然还不能说绝对准确，但至少可以看出五言诗在建安时期的分量。如曹植的五言诗比重，即占其现存诗歌总数百分之七十以上。而刘桢，这位号称"五言诗之善者"，现存诗歌全是五言。

汉代《古诗十九首》以及现存其他汉代五言古诗，也不过是一些沦落民间的失意文人，受民间流行曲调影响而作的诗篇。建安文人虽属接近权力中心的贵游文人，但大多经历过战乱，遭受过流离之苦，采用新兴流行的五言体式，或可有较大的挥洒空间，自由抒情述怀。若用四言正体，则难以超越两汉文人四言诗沿袭《诗经》传统，步趋《雅》《颂》风格的局限，往往显得过分庄严拘谨，抒情意味淡薄，感染力较弱。要像曹操以其旷世奇才，本着乐府民歌精神来抒情述怀，写出诸如《短歌行》《碣石篇》等那样慷慨悲凉、意境朴茂的四言之章，实在不易。何况四言诗体本身有其形式传统的局限。

按四言诗每四字一句，两字一顿，句式短促，节奏平坦，相较于五言流调，的确显得比较单调，而且"每苦文繁而意少"，往往长篇累句，繁密冗长，不易充分表现复杂深曲的情思意念[①]。再者，四言诗每句四字，隔句用韵的形式，又显然与两汉以来兴起的其他应用韵文体式，诸如赞、颂、碑、铭等文类相仿佛，容易导致文体混淆现象[②]。当然，这并不表示四言诗从此无人问津，其"中兴"尚有待西晋诗人的努力。

❖ | 三、文人雅辞痕迹渐显

建安以前的诗歌，如现存的两汉无名氏五言古诗，在语言艺术方面，往往显得通篇自然浑成，但及至建安，在文人"有意"追求美文的风气中，诗歌则渐见"人力"，渐可"摘句"，已经明显展示"文人化"现象。据胡应麟于《诗薮·内篇》卷二"古体中"的观察：

> 两汉之诗，所以冠古绝今，率以得之无意。……汉人诗不可
>
> 句摘者，章法浑成。……汉诗自然，魏诗造作。……

---

① 钟嵘《诗品·序》对五言盛行，四言衰退缘由之观察："夫四言，文约易广，取效《风》《骚》，便可多得。每苦文繁而意少，故世罕习焉。五言居文词之要，是众作之有滋味者也。故云会于流俗。岂不以指事造形，穷情写物，最为详切者邪！"
② 王夫之（1619—1692）《古诗评选》即尝指出："似赞似铭似颂，尤四言本色。"沈德潜《古诗源》就注意到东方朔（前154—前93）《诫子》，全诗原本二十二句，班固《汉书》则取前十句为东方"赞"。

汉魏之诗，从"无意"到"有意"，从"不可句摘"到"可以句摘"，从"自然"到"造作"，正巧说明建安诗人有意创作的自觉意识。总之，建安作家是在有意作诗写文了，尤其显著的是，开始对诗歌语言形式之美自觉地追求。即使建安前期的创作，一般上还保持汉乐府诗浑朴自然的本色，但已经展示出作者的"书卷气"。其中典故的运用即可为证。

（一）典故运用以示意

运用典故来表情达意，当然属于文人的创作。典故不但流露作者的"学识"，亦能在现状与故实的模拟或对比之下，引发言外之意，增添作品情怀意念的深度。流行民间社会的乐府歌诗，虽然经过文人的润色加工，仍然以自然流畅、浅白易晓的语言为主调，不会刻意引经据典，令听者或读者却步。可是，建安诗歌即使是依循乐府旧题之作，亦往往展示文人雅辞日益显著的痕迹，尤其是典故的运用，更明显流露诗歌文人化的发展趋向。

就看上引曹操《蒿里行》中"初期会盟津，乃心在咸阳"二句，均涉及典故。前句乃是用《尚书·泰誓》中所记，武王伐纣时与诸军会盟之事："惟十有三春，大会于孟津。"借武王与诸军之会盟，意指当时关东地区为讨伐董卓而形成所谓义军之会盟。后句则用《史记·高祖本纪》中记述当初刘邦和项羽相约，先入关中，进兵咸阳者为王，借此指义军一心要直捣董卓巢穴。两则典故，增添了诗的意涵，暗示的言外之意是，作者自比"武王伐纣"的气概，以及满怀消灭董卓、直趋京都的决心。另外，曹操《短歌行》尾联："周公吐哺，天下归心。"显然运用《韩诗外传》所载，周公唯才是举，为接纳贤士，"一沐三握发，一饭三吐哺，犹恐失天下之士"的举止心情，以周公自况。两首诗，均因典故的运用，内涵意境加深了，文人化更为明显。又如前述王粲《七哀诗》尾联："悟彼下泉人，喟然伤心肝。"乃是感悟到《诗经·曹风·下泉》作者所反映的，曹国人民在忧患中，盼望明君的意愿，进而流露王粲自己，对当前时局的极端无奈感，所以"喟然伤心肝"。

建安诗歌中典故的运用，不但增添作品本身内涵意境的深度，同时亦明显流露诗歌业已文人化的痕迹。

⬡ 炼字造句以逞才

在文学作品文人化的过程中，除了运用典故示意之外，建安诗人也讲求词句的对偶，同时追求辞采声色之美。因此，在炼字造句方面，表现出有意为诗的痕迹，具有明显的文人诗之特色。如上举曹丕《杂诗》中：

漫漫秋夜长，烈烈北风凉。……俯视清水波，仰看明月光。

首尾两联均是对偶句，而且上下句词性相同。首联叠字"漫漫"与"烈烈"相对，名词"秋夜"与"北风"相对，形容词"长"与"凉"相对。尾联亦同。又如曹丕另一首《丹霞蔽日行》：

丹霞蔽日，采虹垂天。谷水潺潺，木落翩翩。……

首联强调的是丹霞与彩虹色彩之瑰丽，次联传达的则是谷水与落叶声色交融之审美感受。当然，建安诗人中最讲究辞藻的修饰者，当属曹植。试看前章已举之《公燕诗》中的写景名句：

秋兰被长阪，朱华冒绿池。潜鱼跃清波，好鸟鸣高枝。

四句笔墨重点是描绘西园池中岸上绚烂的秋色。不但对偶工整，而且写景动静并举，声色俱备。其中动词"被"与"冒"字，生动传神，形象地刻画出秋天植物苗壮繁茂的景象，充分展示作者观景之际审美意识的敏锐，创作之际选辞用字的匠心。曹植的乐府诗，也比其他同辈诗人之作更注意辞藻的修饰。钟嵘《诗品》称其"词采华茂"，是建安诗人中真正达到"诗赋欲丽"的代表作家。

建安诗歌在语言上渐趋华丽，增强了作品文辞内涵的美感，并且为两晋南朝诗人追求辞采的诗风，提供了典范。而不容忽略的是，建安作家在创作之际各自表现的风格特色。

✤ ｜ 四、作者风格特色各异

按，本书第一编论中国文学的源头，已指出屈原《离骚》诸篇作为作家文学之开端。但就此后的诗歌表现而言，建安之前，概括视之，可谓只有"诗作"而无"诗人"。及至建安诗人才是文学史上第一批可以指名道姓的"诗人"，可以凭个人作品展现其个人风格特色者。盖因汉代乐府，主要是采自流行民间社会之歌诗以入乐者，多非一人一时之作。此外，汉乐府歌诗又多以叙事为主，叙述的通常是发生在别人身上的传闻故事，并非作者个人一己的经验感受，当然难以展现作者的个人风格。建安诗歌虽然在汉乐府歌诗中吸取养分，毕竟已是个别文人的创作，其创作最终目的主要是抒发个人的经验与感受，乃至由叙事为主的乐府歌诗，转化为抒发个人情怀的文人诗歌。此外，汉代五言古诗如《古诗十九首》之类，当属文人之作已无异议，只是作者无名，且流传已久，经手亦多，乃至只能代

表一群社会地位低下、失意落魄无名氏文人的共同心声。可是，建安诗歌却属于围绕在政治权力核心的有主名文人作品，是以个人抒情述怀为创作宗旨。这些出现在建安诗歌中的个人情怀，包括对动乱时局的感叹，以及个人情性怀抱的抒发，无论曹氏父子或建安诸子，都留下了个人抒情意味浓郁的作品，流露作者个别的身世遭遇与人格情性，自然容易展现出各自不同的风格特色。

当然，整体而言，建安诸子依附曹氏父子，文学作品难免会反映所处时代，以及这个文人集团的共同感情和审美趣味。但是，就个别作家的作品视之，毕竟因身世际遇、人格情性各异，诗中所言往往流露诗人个人之怀，一己之情，乃至分别表现出各自不同的风格特色，反映各自不同的人格情性。正如曹丕于《典论论文》的观点：

> 王粲长于辞赋，徐干时有齐气，然粲之匹也。……应场和而不壮，刘桢壮而不密。孔融体气高妙，有过人者。……文以气为主，气之清浊有体，不可力强而致。……虽在父兄，不能以移子弟。……

王粲、徐干、应场、刘桢、孔融诸个别作家，各因其人格才情，身世遭遇之不同，遂显示其个别的风格特征。故而曹丕《典论论文》特别指出："虽在父兄，不能以移子弟。"就看曹氏父子的作品，曹操之诗古直悲凉，气韵沉雄；曹丕则纤柔细腻，缠绵婉转；曹植则骨气奇高，词采华茂。的确，每个作者的文学创作，各有其擅长，各显示其风格特色，而建安诗歌中作者个人风格特色的鲜明，正是文人作家主导文学发展的里程碑。

不容忽略的是，建安诗歌的文学成就与建安作家的文学自觉意识密切相关，两者不但同时并行，且交互影响。因此，以下特别专辟一章，论析所谓"文学的自觉"，或可作为建安风骨的补充。

第二章

文学的自觉

文学的自觉，在中国文学漫长曲折的发展演变过程中，是一件大事。自鲁迅于1927年所写《魏晋风度及文章与药及酒之关系》一文提出，曹魏是"文学的自觉时代"，大致已成为中国文学史论者之共识[1]。

按，所谓"文学的自觉"，主要表现在创作意识的自觉，以及文学本质的体认两方面，两者紧密相连，且交互影响。当然，不容忽略的是，文学作家创作意识的自觉，必须以人的个体意识之自觉为前提。换言之，作者在个体意识的主导下，方能够不以传统的政教伦理为依归，无视君王社稷的群体意识，只顾抒发个人一己生活经验中的情怀意念，为其创作之宗

---

[1] 鲁迅于1927年7月在广州一次演讲：《魏晋风度及文章与药及酒之关系》云："曹丕的一个时代，可说是'文学的自觉时代'，或如近代所说是为艺术而艺术的一派。……"原载鲁迅《而已集》，后收入北京大学传统文化研究中心编《北京大学百年国学文粹·文学卷》（北京：北京大学出版社，1998），第27页。但近年已有学者指出，最早提出此论者，乃是日本学者铃木虎雄《支那诗论史》（东京：弘文堂书房，1925），铃木氏于其中第二篇第一章有云："我认为魏代是中国文学的自觉时代。"（第86页）

旨。因此，文学的自觉，虽成就于曹魏，实肇始于两汉。笔者于前编章节尝论及两汉文学之发展，对于汉代楚歌、辞赋、乐府歌诗、文人古诗诸作品中流露的个体意识之自觉，已有所着墨，故而此章乃延续前说，仅就建安作者创作意识的自觉，以及对文学本质的体认两方面论述"文学的自觉"。

第一节

创作意识的自觉

曹魏建安时期是当今学界公认的"文学自觉"的时代，而"尚情"与"好藻"，则是建安作家自觉的文学创作之标志。姑且再引沈约《宋书·谢灵运传论》的观点：

> 至于建安，曹氏基命，三祖陈王，咸蓄盛藻，甫乃以情纬文，以文被质。

沈约所谓"甫乃以情纬文，以文被质"，即点出在曹氏父子领导之下，建安文坛展现尚情好藻的时代风貌。当然，在两汉一些作品中，包括辞赋与无名氏古诗，已经陆续出现尚情好藻的痕迹。不过，及至建安文人笔下，方成为一个时代文坛的整体风貌。或可从抒情意识之自觉与尚辞好藻两方面，览其大概。

✤ │ 一、旨在抒情的创作意识

汉代乐府歌诗与无名氏文人古诗中，作者无视政教伦理的要求，摆脱君臣社稷的群体关系，自由抒写个人情怀的作风，主要还是由于在个人生存境况中"有话要说"的自然表现。及至建安时期，在曹氏父子雅好文学并大力倡导之下，则进一步发展为一个时代显著的文坛风气。建安时期文学作品中个人抒情意味之浓厚，是划时代的现象，而且往往流露旨在抒情的创作意图，这是自觉地进行文学创作的首要条件。

（一）诗歌的抒情化

建安作家的诗歌，大多是记录个人的见闻，抒写自我的经验感受，不但流露对时代忧患动乱的慨叹，同时亦抒发个人建功立业的理想抱负、人生苦短的焦虑，并且明确展示其旨在抒情的创作意图。这些建安作家，为抒发个人情怀而创作的自觉意识，在个别诗歌作品中已多有表露。试看：

刘桢《赠五官中郎将四首》其三：

> 望慕结不解，贻尔新诗文。

意指因对五官中郎将曹丕的思念难解，故而借诗文相贻，以抒发其郁结心中的望慕之情。作者刘桢将诗文作为表达望慕之情的媒介，已明显展示作者旨在抒情的创作意图。继而同题诗其四亦云：

> 秋日多悲怀，感慨以长叹。终夜不遑寐，叙意于濡翰。

所言表示，秋日愁思盈怀，乃至感慨长叹，终夜不寐，于是"叙意于濡翰"，将其愁怀感慨付诸翰墨。上引二处诗句，均清楚道出，为诉望慕、说愁怀，乃是其染翰叙写之创作动机。

曹植《赠徐干》中，也明白表露其因情兴文的创作意图：

> 慷慨有悲心，兴文自成篇。

另外，曹丕《燕歌行》亦表示，为自我宽解抒怀而写诗的创作意图：

> 展诗清歌聊自宽，乐往哀来摧心肝。

建安作家的诗歌创作，显然已经属于旨在抒情的"非功利"之作，并且超越了传统儒家重视的"实用价值"之文学观点，基本上已将诗歌创作视为日常生活中为个人感情的发泄，表达个人情怀的一种"需要"。其旨在抒情的创作意图，自然与"尚情"的风气密切相关。

建安作家的"尚情"风气，并不局限于作者个人情怀的抒发，而是对于大凡身为"人"之情，均感到有兴趣，有时甚至推广到对于他人境况的同情与体味。例如，偶尔目睹陌生路人的别离状况，也会因人情之共感，心有所动，乃至相约同题共咏。据目前所存资料，曹丕、徐干各有《于清河见挽船士兄弟辞别诗》一首，曹丕、曹植亦都留下《代刘勋出妻王氏作二首》之类"代人言情"的作品。当然，"代人言情"在汉乐府歌诗中，已屡见不鲜。可是，建安作家作品中，不但有沿袭传统的想象之辞，还有目睹人情场面受感动之辞，充分显示建安作家对于具有审美意趣的个人情感之发现与赏爱。展现的是，文学创作的宗旨无他，就是为抒发人生天地间的个人情怀，而抒情的特色，即是但写此心，别无他意，同时亦流露有意识的创作痕迹。

既然文学创作已成为个人生活感情的重要部分，而且创作宗旨主要乃是抒发大凡身而为"人"的情怀意念，自然不必依附或归顺传统儒家倡导的政治教化的要求，乃至文学超越了原属经学附庸的地位。换言之，文学作品本身，就具有存在的价值。

建安作家旨在抒情的创作意图，亦可从这时期文人创作的乐府与辞赋之抒情化现象来观察。

(二) 乐府的抒情化

两汉乐府歌诗虽然已经出现一些个人抒情之作，但整体视之，仍然以第三人称的叙事为主调，何况多非一人一时之作，而是经手多、历时久的集体创作。不过，在建安作家笔下，原先合乐演唱，以叙事为主的乐府歌诗，则已经转化为抒写个人情怀为主的文人诗。乐府的抒情化，乃是建安文坛的普遍现象。例如曹操，往往采用乐府旧题，内容却不受旧题原意的限制，且配合当前面临的动乱时代，但写其个人的经验与感受。《蒿里行》《短歌行》即是著名的代表。曹丕的乐府亦往往如是，如其《艳歌何尝行》，即纯然是感情意绪的抒发。曹植甚至会抛开旧题，自立新题以抒情怀，其《名都篇》《白马篇》等即是。另外，阮瑀《驾出北郭门行》、王粲《七哀诗》、陈琳《饮马长城窟行》等，均不同程度地展现乐府抒情化的痕迹。建安作家写乐府，目的并非"观风俗，知薄厚"，不过是借其题而抒己情，单纯地抒写自己的经验和感受而已。

当然，建安文坛的尚情作风，并不局限于诗歌的创作，甚至还波及其他文体的撰写。试以建安时期辞赋的抒情化为证。

(三) 辞赋的抒情化

两汉时期以大为美，且以颂扬、讽喻为宗旨的散体大赋，在西汉时期曾经盛极一时。不过，经过东汉后期蔡邕、祢衡、赵壹诸人陆续撰写抒情小赋，其体物写物的传统已经开始动摇。及至建安文人笔下，辞赋的抒情化，则成为建安文坛的普遍现象。建安作家写赋往往以抒发个人情怀为宗旨，赋的篇幅亦趋向精致短小。诸如祢衡《鹦鹉赋》，寄托身世之悲；王粲《登楼赋》，抒发乡思之苦；曹丕《悼夭赋》，哀悼族弟的早夭；曹植《洛神赋》，则表达爱慕之情。这些赋篇，除了散韵夹杂的体制，以及均标目为"赋"篇之外，内涵情境实与抒情诗歌并无太大的差别。建安文人甚至为了表明其赋作旨在抒情，别无他意，往往会提供赋前小序，向读者说明其创作原委，明显展示其旨在抒情的创作意图。

试看曹丕《悼夭赋序》，即称其写赋的缘起，乃因：

> 母氏伤其夭逝，追悼无已。予以宗族之爱，乃作斯赋。

为母亲哀伤族弟的夭逝，"追悼不已"，又基于自己对"宗族之爱"，"乃作斯赋"。将其旨在抒情之创作意图，明显道出。又如曹丕《感离赋序》所云：

> 建安十六年，上西征，余居守；老母诸弟皆从，不胜思慕，
> 乃作赋。

兹因父亲西征，"老母诸弟皆从"，而自己却居守一隅，乃至怀思远行的亲人，是触发创作的原动力，故云"不胜思慕，乃作赋"。又如其《柳赋序》亦云：

> 昔建安五年，上与袁绍战于官渡，时余始植斯柳。自彼迄今，
> 十有五载矣。感物伤怀，乃作斯赋。

显然是在"木犹如此，人何以堪"的生命意识慨叹中，引发《柳赋》的创作。

曹植的赋篇，亦曾在序中刻意说明，其旨在抒情，别无他意的创作意图。如《离思赋》，与曹丕《感离赋》乃同记一事，亦以《序》云：

> 意有怀念，遂作离思之赋。

曹植其他赋作，诸如《释思赋》《愍志赋》《叙愁赋》等，同样亦提

供说明抒情宗旨的序文。按，作者亲自为赋文写序，说明创作缘由背景，已经明显展现辞赋的个人抒情化，以及作者旨在抒情的创作意图。

建安文学创作之"尚情"作风，不仅表现在作者自我抒情之作，还表现于对他人之"情"的同情共感。综观现存建安诗文，似乎大凡凄伤感人的人物或事件，都能引起"尚情"的建安文人的感动，进而提笔创作。就如前章已提及的，因同情阮瑀遗孀的孤苦，曹丕不但自己写《寡妇诗》《寡妇赋》，还命他人同题共作，并于同题作品中说明原委。如《寡妇赋序》所云：

> 每念存其遗孤，未尝不怆然伤心，故作斯赋，以叙其妻子悲
> 苦之情。……

此外，建安作家尚情的倾向，波澜所及，甚至表现在官方实用的应用文体中。

㈣ 应用文抒情化

应用文乃属具有实用目的者，但在"尚情"的建安作家笔下，亦变得抒情化了。诸如曹丕两封著名的《与吴质书》，属于"书牍文"，具实用目的。整体视之，全文可谓写得情意缠绵，韵味无尽。曹植的《与杨德祖书》，亦流露个人的抒情意味。当然，这些书信原本属于私人信函，犹如刘勰《文心雕龙·书记》所称，"书"可以"舒布其言"，甚至"本在尽言"[①]，

---

① 刘勰《文心雕龙》有《书记》篇，已视"书信"为一种重要文体："书者，舒也，舒布其言，陈之简牍。"另外，"疏"亦属"书"类："疏者，布也。布置物类，撮题近意，故小卷短书，号为疏也。"范文澜：《文心雕龙注》，（香港）商务印书馆 1986 年版，第 5 卷，第 455、459 页。

难免会向对方抒情述怀。可是，建安时期的官方公文，竟然也往往流露抒情意味，展现抒情化的现象。

例如，孔融《与曹公论盛孝章书》，原本是下僚的"上书"，当属"公文"性质，其目的是向曹操荐举人才为官。可是孔融此"上书"，一发端，即向其读者曹操动之以情：

> 岁月不居，时节如流，五十之年，忽焉已至，公为始满，融又过二。海内知识，零落殆尽，唯会稽盛孝章尚存。……

曹操与孔融实属君臣关系，臣子上书荐才，乃属官方公文，但此书却先追述二人的私交，慨叹岁月，缅怀旧情。其实，在现存建安时期公文中，不但下僚上书会动之以情，就连在上者之诏令，往往亦抹上抒情色调。就如身居丞相高位的曹操，留下不少公文诏令，就写得充满感情，读之宛如个人的抒情小品。试看曹操的《军谯令》：

> 吾起义兵，为天下除暴乱，旧土人民，死丧略尽。国中终日行，不见所识，使吾凄怆伤怀。……魂而有灵，吾百年之后何恨哉！

其他如《明罚令》《整齐风俗令》等亦大率如此。至于孔融《荐祢衡表》、陈琳《为袁绍檄豫州》、曹植《王仲宣诔》，甚至远在蜀汉的诸葛亮《出师表》等名篇，同样荡漾着作者的深情意念，而非板滞枯燥的官样文章。

旨在抒情的创作意识，是建安时代文学的基本特征，同时亦标志着魏晋六朝文学发展演变的总趋势。当然，情的内涵和浓度，会因时随世而有所变化。

尚辞好藻，亦是文学创作自觉意识的明显标志。有趣的是，抒情意识的自觉源自作者个体意识的觉醒，重视的是个人一己生命的意义与存在价值。可是，尚辞好藻风气的形成，却偏偏与文人阶层的群体活动密切相关。

尚辞好藻的讲求，实发端于汉代言语侍从之臣所写的辞赋。按，"铺采摛文"原是汉代辞赋的语言特色，汉赋作家多属围绕在帝王贵族周边的言语侍从之臣，虽服膺于汉儒"美刺讽喻"的要求，却同时亦借由逞辞弄藻，来炫耀自己辞章的才智。汉赋作家对于语言文辞之美的重视，炼字造句的用心，已经隐隐流露一种自觉的创作意识。及至建安，在曹氏父子领导之下，形成中国文学史上第一个君臣共同参与创作的"文人集团"，而文人集团的形成，不但为同题共咏提供良好的环境背景，更为文学创作孕育尚辞好藻风气的温床。

建安作家显然已经有意识地追求美文形式，包括字词的锻炼，警句的设置，以及一定程度上音韵的谐美。建安以前的诗作，如《古诗十九首》，予人的印象往往是"天造"，通篇"浑成"，而建安以来，则渐见"人力"，渐可"句摘"。试再引胡应麟《诗薮·内篇》卷二"古体中"之观察：

> 两汉之诗，所以冠古绝今，率以得之无意。……汉人诗不可
> 句摘者，章法浑成。……汉诗自然，魏诗造作。

从"无意"到"有意"，从"不可句摘"到"可以句摘"，从"自然"到"造作"，正巧说明自两汉至曹魏之间，建安作家有意创作的自觉性。总之，建安作家是在有意写诗作文了，开始自觉地追求辞藻形式之美。

建安作家之尚辞好藻，形成文学作品辞采华丽唯美化的倾向，不但展

现建安诗歌的语言风格，并且促成文章的骈俪化。稍后的正始时期，阮籍与嵇康的文章，即是玄理与骈俪并存。

✤ │ 三、作家个人风格的显现

旨在抒情的创作意图，加上尚辞好藻的讲求，自然容易表现出个人的创作风格。建安之前的汉代诗歌，主要包括采自流行民间社会的乐府歌诗，以及《古诗十九首》之类的无名氏文人作品，其中还有假托苏武、李陵所作的赠答送别之章。按，乐府歌诗叙述的，往往是发生在他人身上之情事，或假托他人身世背景而拟作者；无名氏《古诗十九首》之类，虽然明显表现一批失意落魄文人的情怀意念，只能算是集合作品，具有一些共同的文学特征，却未能凸显每一首作品的独立特色，何况还有一些诗句与乐府歌诗相互借用的现象。换言之，是"共性"将汉代无名氏文人古诗融为一体，而形成一个时代、一个特殊群体的文学现象与特征。但是，建安作家的作品，不但展现一个时代的共同风貌，尤其值得注意的是，其作品亦往往显示不同个别作家个人的人格情性与创作风格。

首先，由于知名作者个别身份的认定，作品背后具有可考的历史或社会背景，以及作者各自不同的身世遭遇，均有助于显示不同作家的个人风格。其次，建安文坛这些知名的作者，往往从第一人称角度直接切入，描述个人的见闻，抒发一己的经验感受，导致作品或多或少带有几分"自传"意味，表现出不同的"我"来，自然容易流露个别作家鲜明的个性与风格。乃至无论曹氏父子，或建安诸子，都留下抒情意味浓郁、个人风格明晰的作品。故而曹丕《典论论文》已能对其同时代作家的创作特点与不同风格分别予以评论。此后钟嵘《诗品》、刘勰《文心雕龙·明诗》亦相继对建安作家的个人风格分别提出观点。

第二节

批评意识的自觉

文学批评意识的自觉，首先表现于对文学本质的审视，包括对文体的认识，以及文体本质的探讨。汉人对文学本身的认识与探讨，例如汉儒对《诗经》的阐释，仍然停留在文学与社会现实以及政治教化的关系上，重视的是个人与君王社稷或政教伦理的群体关系，尚未达到"文学自觉"的地步。不过，对于不同文体的辨别，刘向以及班固诸人，于相关著述中，已经流露对文体各有体式特色的概念，及至曹魏，则因提出不同文体特征的探讨，乃至促进对文学本质的认识。

✤ ∣ 一、文体概念的形成——文体类别的区分

其实，中国传统文学批评理论中所称的"文体"一词，大概相当于现今受西方文学批评影响之下所谓的"文类"（genre）。中国文学史上文体概念的产生，主要起于对不同文体的辨别，亦即按照文体本身的特点来区分不同的类别。这是中国文学批评的基础，也是了解何谓"文学"的知识准备。

盖文体类别的区分，实际上源自西汉刘向与刘歆父子的《别录》和

《七略》。而二人原来不过是为朝廷整理图书，目的只是"条其篇目，撮其旨意，录而奏之"①。继而东汉班固于《汉书·艺文志》，即依循刘歆《七略》体例，著录各类专书，分为"六艺""诸子""兵书""术数""方技"五略，又将单篇诗赋，著录为"诗赋略"，其中"诗"自成一类，"赋"则细分为"屈原赋""孙卿赋""陆贾赋"和"杂赋"四类。虽然班固只是为区分文体类别而著录，尚未说明各类之特色何在，其文体区分之实，已是一种初步的文体辨析，对以后文体概念的形成，影响既深且远。

试看曹丕《典论·论文》：

> 夫文，本同而末异，盖奏议宜雅，书论宜理，铭诔宜实，诗赋欲丽。此四科不同，故能之者偏也，唯通才能备其体。

曹丕将当时较为流行的八类文体，归纳为四科，指出各科文体大概应该具有的艺术特点，所言虽还不够精密，却从此开启后世的文学批评中以体论文，探讨文体特点的传统。值得注意的是，曹丕将"诗赋"与奏议、书论、铭诔等诸应用文体区别开来，比起汉人对文学的认识，显然已大有进步。

不过，曹丕在创作实践上，虽然无论诗赋，均以个人感情的抒发为主调，但其论文之际，却把"诗赋"置于诸实用文体之末，可见在观念上，诗赋之"地位"仍然不如奏议、铭诔之类的应用文体。这一点，尚有待西晋文人陆机（261—303）的《文赋》，方能将诗赋之类提升至诸文体之首。尽管如此，曹丕对文体的区分，已经展现建安时期文体概念的形成，这是对文学本质认识的前驱，也是文学批评自觉意识的初步流露。

---

① 据《汉书·艺文志序》，汉朝立国，见天下图书颇有散亡，故武帝建藏书之策、置写之官；至成帝时："使谒者陈农求遗书于天下，诏光禄大夫刘向校经传诸子诗赋，步兵校尉任宏校兵书，太史令尹咸校数术，侍医李柱国校方技。每一书已，向辄条其篇目，撮其旨意，录而奏之。"中华书局1970年版，第1701页。

批评意识的自觉，带来对文学本质的审视，进而促成文学观念的厘清。这也是建安时期文学自觉的重要标志。

汉人通常站在儒家"尚用"的立场，强调诗歌"经夫妇，成孝敬，厚人伦，美教化，移风俗"的政教功能。对于辞赋展现的"娱悦耳目"的审美趣味，则往往持批判甚至反对的态度。最有名的例子，即是扬雄于《法言·君子》中，批评辞赋这种文体，往往"文丽而寡"，无益政治教化，属"雕虫小技"，故"壮夫不为"，因此自己也放弃辞赋的创作。另外，班固于《汉书·司马相如传》亦认为，司马相如的赋"多虚词滥说"，显然对其夸饰虚构之词表示不满。直至建安时代的曹丕，方开始单就文学本身而论文学，思考文学的本质特征，分辨文学与非文学的区别。

曹丕的《典论·论文》，可谓是对文学本质已有认识的指标。其文中最令人瞩目，且与文学的自觉意识密切相关者，就是其所称"文以气为主"以及"诗赋欲丽"的观点。

(一) 文以气为主

曹丕《典论·论文》中，最受后人频频引述的一段话："盖文章经国之大业，不朽之盛事。年寿有时而尽……不假良史之辞，不托飞驰之势，而声名自传于后。"虽然把"文章"提升至与个人事功并立的地位，但细究其文，其中流露的，显然是针对个人生命有限的焦虑，主要还是为了肯定"人"本身的价值，以及追求个人功业声名的不朽。在曹丕的观念中，文章虽然已经脱离了经学的束缚，但并未真正视文章可以独立于立德、立功之外。何况此处所称"文章"，似亦非特指今天所谓的纯属创作的"文学"。所谓"不朽之盛事"，乃是要靠各类著述留名。但其中所云"文以气为主"，在文学本质的认识上，颇值得重视：

> 文以气为主，气之清浊有体，不可力强而至。……虽在父兄，不能以移子弟。

此处所言"文以气为主"，乃是中国文学批评理论史上第一次从创作主体的角度，考察文学作品的本质，不但反映曹丕重视自我表现的文学观念，同时标志着文学批评理论自觉时代的来临。按，此处所谓"气"，当指影响作品风格的个人特有的气质，秉自天赋，非后天的学养所能改变的个人气质。故云"虽在父兄，不能以移子弟"，明确地视文学作品为个体人格气质风格的表现，即使父兄子弟，亦无法相传授。

除此之外，曹丕又提出"诗赋欲丽"的观点，亦是建安文人对文学本质认识的重要标志。

(二) 诗赋欲丽

曹丕于《典论·论文》论述不同文类的本质，提出"诗赋欲丽"的特识，在传统中国文学观念的发展演进上，当属创举。所谓"诗赋欲丽"，即是"诗赋创作上，倾向于丽"。这不但为建安时期作家创作诗赋的共同艺术特点，并概括诗与赋两种文体的一些主要特征。

按，曹丕《典论·论文》分类论说文体，开启了以体论文并探讨写作特点的风气。当然，扬雄《法言·吾子》已提出："诗人之赋丽以则，辞人之赋丽以淫。"视"丽"为辞赋的一般艺术特点。而曹丕于此,却是首次对"诗"这种文体,提出"欲丽"的主张,正式标明诗与赋作为文学形式应该具有的本质特征,并点出曹魏时期,诗与赋均趋向华美的发展趋势,以及作家与读者自汉以来审美趣味的转变。可谓是对文学本质的认识,提供新的审视角度,并启导此后的文论者,对文学本质特征逐渐由浅入深的掌握。例如皇甫谧(215—282)为左思《三都赋》作序,即认为"美丽之文,赋之作也",以及陆机《文赋》所谓:"诗缘情而绮靡,赋体物而浏亮"均属曹丕"诗赋欲丽"观点的延伸。

当然,在建安作家纷纷体现文学的自觉意识之后,正始诗人的创作,更能展现作者自觉地以文学创作表达个人生命意义探索的经验感受。这正是下章"正始之音"关注的焦点。

第三章

正始之音
——诗杂仙心

　　正始（240—248）是魏齐王曹芳的年号，文学史上一般所谓"正始之音"，并不限于这九年，而是自曹植去世（232）到司马炎篡魏立晋（265）为止。由于此时期玄学勃兴，吸引文人士子的青睐，纷纷专注于道家的幽思玄想，真正从事诗赋创作、表现优异的作家，唯阮籍（210—263）与嵇康（224—263）二人而已。正始诗歌的出现，虽然紧接建安之后，却展现出与建安诗歌迥然不同的风格面貌，这当然与曹魏政权迅速衰败，政治局面混乱黑暗，导致创作环境和文人思想行径的改变，密切相关。

第一节

绪说——正始之音的环境背景

❖ | 一、政治局面：恐怖黑暗

魏文帝曹丕死后，明帝曹叡在位期间（226—239），曹魏政权已开始急速走下坡路。其后齐王曹芳即位时年方八岁，司马懿和曹爽受明帝遗诏辅政，从此司马氏集团与曹魏宗室为争夺政权即展开激烈的斗争。斗争过程中，正始九年（248）曹爽被司马懿所杀，何晏等文人学士并受诛戮，史称此一次诛戮，"天下名士去其半"。随即曹芳被司马师所废，继而曹髦又被司马昭所杀，最后司马炎干脆废元帝曹奂，篡魏立晋（265）。就在魏晋改朝换代期间，司马氏一方面竭力树立党羽，扩张势力，拉拢士族，收买人心，标榜"名教"，推崇儒家"立名分以定尊卑"的人伦秩序，以维持君臣父子忠孝之道；另一方面则镇压异己，残酷屠杀曾经依附或偏向曹魏的文人士子，剪除曹魏宗室的势力。

正始诗人身处的，就是如此恐怖黑暗的政治环境，充满压抑痛苦，没有希望憧憬的局面。与之前建安诗人面临的，曹操用人唯才，曹丕曹植兄弟与文士交往过从，游宴唱和，满怀建功立业希望的时代，迥然不同。

❖ | 二、时代思潮：崇尚老庄

盖因曹氏与司马氏权力争夺激烈，政治局面黑暗恐怖，乃至文人士子往往进退失据，忧患莫测，甚至动辄罹祸。面临这样的生存环境，强调群体纲纪，讲求人伦礼教的儒家思想，已失去维系人心的力量；崇尚自然，珍视个人身心逍遥自适的道家思想，则应运而盛行，并且成为用以对抗名教的理论依据，亦是文人士子意图避祸远害的避风港。因为老庄贵玄虚，尚自然，可以不涉世事，而且清谈老庄玄理，向往仙隐，表示没有政治野心，或亦不致招祸。就在崇尚老庄的时代思潮中，出现一些"名士"往往表现反传统的激烈言行，如嵇康甚至提出"越名教而任自然"（《释私论》），又"非汤、武而薄周、孔"（《与山巨源绝交书》）；阮籍亦云"礼岂为我辈设耶"（《世说新语·任诞》），否定儒家传统礼教。在生活行径上，这些魏晋名士刻意标榜任性自然，乃至或纵酒、服药，或佯狂、放荡，以不拘礼法、蔑视仕宦为尚。一方面对虚伪的礼教表示抗议，同时亦期望借此或许可以保命全身。这样的行径，一时形成魏晋名士争相追随模仿的风流时尚。其中史称"竹林七贤"者，即是此时代思潮的代表人物。据《晋书·嵇康传》记载：

> 所与神交者，唯陈留阮籍、河内山涛。豫其流者，河内向秀、沛国刘伶、籍兄子咸、琅邪王戎。遂为竹林之游，世所谓竹林七贤也。

这些竹林人物崇老庄、尚自然的思维观念，鄙薄政治的处世态度，蔑视礼教的生活方式，以及放浪形骸的言行举止，不但成为后世自诩名士风流者的典范，同时也影响到文学的创作，并开启一种崭新的诗歌风貌。

✤　|　三、文学现象：诗杂仙心

黑暗恐怖的政局，老庄思想的盛行，使得正始诗歌与建安诗歌相比照之下，在内容风格上均展现明显的变化。过去建安诗人往往在慷慨悲歌中得到感情的满足，如今正始诗人则尝试在玄思冥想中领悟人生、求取安慰。建安文学的主流，显然是面对现实人生，积极用世的文学，是重人事的文学；正始文学则异于是。根据刘勰《文心雕龙·明诗》的评述：

> 正始明道，诗杂仙心。何晏之徒，率多浮浅。惟嵇志清峻，
> 阮旨遥深，故能标焉。

所谓"正始明道，诗杂仙心"，即指正始诗歌受老庄思想影响，内容往往糅杂着意欲超越世俗的羁绊，游仙隐逸之心。的确，综观现存正始诗歌，乃是以道家思想为主导，往往以道家虚无的眼光来看待现实人生。像建安诗歌中描述社会乱象，同情民生疾苦的作品，已经匿迹了，抒发诗人建功立业的进取精神，也销声了；表现得最多的则是忧生伤时、畏祸避世之情；殷切向往的则是超越现实、自由逍遥的精神境界。换言之，正始诗人的关怀，已经由群体转向自我，由朝廷社稷转向一己身心之安危与节操，由儒家的用世之心转为道家的离世之情。乃至抒情述怀之际，遂把玄理哲思引进文学，开始在作品中表现老庄的人生境界，唱咏玄虚的企慕，抒发归隐山林、游仙太虚的情怀。因此，向往人间俗世的解脱，哀叹人生虚无如梦幻，以及畏祸避世、彷徨失路的心情，遂构成正始诗歌的主调，为两晋盛行的隐逸、游仙、玄言之作铺上先路，同时亦把一种独特的审美趣味带到文学中来，赋予文学作品一种崇高的人格意义。这时期的代表诗人，当推阮籍与嵇康。

✤

第二节

正始之音的双星——阮籍与嵇康

　　有关正始名士言语行径如何任性放达的逸闻趣事，多记录在刘义庆（403—444）著、刘孝标（462—521）"注"的《世说新语》，从此成为中国思想史论证魏晋思想不可或缺的重要著述。只就文学史而言，《世说新语》主要乃是六朝笔记小说中"志人"一派的重要资料（详后），书中所记述的这些"名士"，并不一定均属文坛健将。诸如著称的"竹林七贤"，不过是一个经常谈玄论理的群体，其中山涛、王戎、向秀、阮咸四人，并无诗作流传。至于刘伶，除了那首表现纵酒之趣的《酒德颂》之外，另存一篇《北芒客舍》五言诗而已。何晏当属玄学家，仅存五言诗二首。能视为正始诗人之代表者，当推阮籍与嵇康二人。后世论者，亦常将二人相提并论。如陈寿（233—297）《三国志·魏志·王粲传》：

　　　　（阮）瑀子籍，才藻艳逸，而倜傥放荡，行己寡欲，以庄周为

　　模则。……时又有谯郡嵇康，文辞壮丽，好言老庄，而尚奇任侠。

　　阮籍"才藻艳逸"，嵇康"文辞壮丽"，正巧指出二人诗歌之共同点，亦可谓建安文学"尚辞好藻""刚健有力"风格之延伸。此外，文论者亦常将阮嵇二人并举而言其异。除了前引《文心雕龙·明诗》所云"嵇志清峻，阮旨遥深"之外，刘勰又于《文心雕龙·体性》，点出二人诗歌之个别风格特征：

　　　　嗣宗倜傥，故响逸而调远，叔夜隽侠，故兴高而采烈。

　　所谓阮籍"响逸而调远"，嵇康"兴高而采烈"，均与前引《魏志》

所言相符。另外，《文心雕龙·才略》，亦针对二人诗文之才，云：

> 嵇康师心以遣论，阮籍使气以命诗，殊声而合响，异翮而同飞。

推崇嵇康、阮籍二人，均兼工诗、论①。

单就诗歌创作而言，"清峻"与"遥深"，的确生动地捕捉到嵇康与阮籍在诗歌创作上的个人风格。

✤ 丨 一、阮旨遥深

阮籍现存诗篇，均题为《咏怀诗》，有五言八十二首，四言十三首，是正始时期文人存诗最丰者。按"咏怀"，犹如"言志""述怀"，表明并非吟咏某些个别具体事件，只是吟咏个人随兴之情怀而已。整体视之，阮籍《咏怀诗》之内容颇为广泛，无论针对自我人生，或针对政治社会现象，均非一时一地之作，当属随感杂录，亦即阮籍一生，在险恶的政治环境中所经验感受的复杂情怀之总汇。就目前资料，最早将"咏怀"作为一种诗歌"文类"名称者，是萧统《昭明文选》，其中即选录阮籍"咏怀"十七首②。不过，阮籍《咏怀诗》之总标题，是诗人自己"首创"，抑或后世集辑者如《文选》编辑者所题，则已不得而知。目前能确定的则是，后世读者对阮籍《咏怀诗》既欣赏又难以情测的"共识"。

其实早在刘宋时期，为解读阮籍《咏怀诗》到底说了些什么，颜延

---

① 据刘师培《中国中古文学史》："此节以论推嵇，以诗推阮，实则嵇亦工诗，阮亦工论，彦和特互见意耳。"（香港）商务印书馆1958年版，第42页。

② 按《文选》咏怀诗类，录诗三题十九首，除阮籍《咏怀》十七首之外，另有谢惠连《秋怀》一首、欧阳建《临终诗》一首。

之（384—456）已为阮籍咏怀之诗作注，《六臣注文选》即引颜延之"注"云：

> 说者谓阮籍在晋文代，常虑祸患，故发此咏耳。

再看《诗品》对阮籍《咏怀诗》之评语：

> 《咏怀》之作，可以陶性灵，发幽思。言在耳目之内，情寄八荒之表，洋洋乎会于《风》《雅》，使人忘其鄙近，自致远大，颇多感慨之词。厥旨渊放，归趣难求。

钟嵘将阮籍列为上品，对其《咏怀诗》之作，可谓推崇备至，却仍然不得不承认"厥旨渊放，归趣难求"。再看《昭明文选》李善（？—689）于《咏怀诗》第一首之下"注"云：

> 嗣宗身仕乱朝，常恐罹谤遇祸，因兹发咏，故每有忧生之嗟。虽志在刺讥，而文多隐避，百代之下，难以情测。

李善呼应颜延之所称"常虑祸患，故发此咏"的观点，认为阮籍"身仕乱朝，常恐罹乱遇祸，因兹发咏"。并且概括指出《咏怀诗》"忧生之嗟"与"志在刺讥"之主要内容，以及"文多隐避""难以情测"之风格特点。

阮籍《咏怀诗》归趣难求、文多隐避的特点，不但是"阮旨遥深"的脚注，也是传统诗论者一再推崇的含蓄蕴借风格的展示。清人贺贻孙（1605—1686）《诗筏》即指出：

> 阮嗣宗越礼惊众，然以口不臧否人物，司马文王称为至慎。盖晋人中极蕴藉者。其《咏怀》十七首，神韵澹荡，笔墨之外，俱含不尽之思，正以蕴藉胜人耳。

另外，沈德潜《古诗源》亦建议读者，该如何领会阮籍《咏怀诗》：

阮公《咏怀》，反复凌乱，兴寄无端，和愉哀怨，杂集于中，令读者莫求归趣，此其所以为阮公之诗也。必求时事以实之，则凿矣。

所谓"反复凌乱，兴寄无端，和愉哀怨，杂集于中"，是阮籍诗以"蕴藉胜人"，令读者"归趣难求"的风格特色，亦是"阮旨遥深"的说明。

✤ ｜ 二、嵇志清峻

竹林七贤中，反对司马氏最明显且表现得最强烈的，当属嵇康。或许由于嵇康是曹魏宗室的姻亲，凭此关系，自然难为司马氏所容。再加上嵇康本身性格刚烈，往往出言不逊，即使司马昭力图拉拢，命山涛做说客，令其归心，嵇康不但坚决推辞为官，还写了著名的《与山巨源绝交书》，讥嘲流俗，菲薄汤武，并指桑骂槐，抨击司马集团，终于招致杀身之祸，被司马昭所害。嵇康刚烈的性格，不但造成最终被杀的悲剧，也深深影响其诗歌的风格特征。颜延之《五君咏·咏嵇中散》评嵇康云：

力俗忤流议，寻山洽隐沦。鸾翮有时铩，龙性谁能驯！

嵇康现存诗五十多首，其中《赠兄秀才入军诗》十八章／首（四言），《五言赠秀才诗》《答二郭诗三首》（五言）、《忧愤诗》（四言）等，均具代表性。值得注意的是，嵇康屡次于诗文中明确表示，如何厌恶仕宦，傲视世俗。诸如其《游仙诗》："长与俗人别。"《五言诗》："俗人不可亲。"《与山巨源绝交书》中，排列自己与俗世相违的"七不堪"，其第六不堪，即"不喜俗人"。像这样与"俗"世"俗"人有别的强烈自觉意识，虽然是嵇康个人心高气傲的人格表现，亦是魏晋之际文人士大夫文化的标志，同时是诗歌文人化，甚至高雅化的驱动力。

当然，嵇康的人格情性对其诗歌特色亦有显著的影响。刘勰《文心雕龙·体性》即尝称"叔夜隽侠，故兴高而采烈"。意指嵇康为人俊爽有侠义，故其诗歌感发力高涨，文辞刚烈。又据钟嵘《诗品》评嵇康诗所云：

> 颇似魏文，过为峻切，讦直露才，伤渊雅之致。然托喻清远，良有鉴裁，亦未失高流矣。

按《诗品》不评四言诗，嵇康的五言诗，的确有近似曹丕诗者[①]。不过其峻切讦直，露才扬己，则关乎个人的性情。清初陈祚明《采菽堂古诗选》更进一步说明：

> 叔夜婞直，所触即形，集中诸篇，多抒感愤，招祸之故，乃亦缘之。……叔夜衷怀既然，文笔亦尔，径遂直陈，有言必尽，无复吞吐之致，故知诗诚关乎性情，婞直之人，必不能为婉转之调。

当初曹丕《典论论文》所云："文以气为主……虽在父兄，不能以移子弟。"在嵇康诗的表现中，可以得到验证。

阮籍与嵇康，共同生活在恐怖黑暗的时代，二人作品均体现"正始明道，诗杂仙心"的时代风格，只是在个别的诗歌表现上，一则遥深，一则清峻，各具特色，不过，合而观之，则共同奏出了正始之音"诗杂仙心"的时代风貌。

---

① 如《述志诗二首》其一有云："焦鹏振六翮，罗者安所羁。浮游太清中，更求新相知。比翼翔云汉，饮露餐琼枝。多念世间人，夙驾咸驱驰。冲静得自然，荣华安足为。"与曹丕《善哉行》五解："比翼翔云汉，罗者安所羁。冲静得自然，荣华何足为。"即相近似。

第三节

正始之音的主要内涵

刘勰所称"正始明道，诗杂仙心"，点出正始时期的诗歌在内涵情境上表现的时代风貌。倘若依个别作品表达的偏重，综观正始之音在内涵上，或许可以观察到下列几种主要情怀：

✤ | 一、乱世危惧之感

阮籍、嵇康均身处乱世，政治局势充满恐怖险恶之时，不少依附曹氏宗室的文人士子，在政权的争夺中被害，甚至灭族。朝野之间，大凡不归属司马氏阵营者，人人自危。在这样的环境背景之下，像建安诗人那样反映社会乱离，同情民生疾苦，追求个人功业声名的内容消失了。取而代之的是，正始诗人在乱世中，面对黑暗恐怖政局，以及死亡祸害随时都会到来的危惧感。即使身居显位，又是曹魏国戚的何晏（？—249），也尝在其《言志诗》（一作《拟古》)中心怀恐惧，忧虑自身的安危：

> 双鹤比翼游，群飞戏太清。常恐失网罗，忧祸一旦并。
>
> 岂若集五湖，顺流唼浮萍。逍遥放志意，何为怵惕惊。

诗中流露的"常恐失网罗，忧祸一旦并"的危惧感，在阮籍诗中尤其显著。试看阮籍《咏怀诗》其三：

> 嘉树下成蹊，东园桃与李。秋风吹飞藿，零落从此起。
>
> 繁华有憔悴，堂上生荆杞。驱马舍之去，去上西山趾。

一生不自保，何况恋妻子。凝霜被野草，岁暮亦云矣。

意指嘉树下游人不绝，蹊路成行，东园里桃李花果满枝，一片盛况，可是秋风骤起，从此零落。流露世事无常，盛衰变化莫测，引起一分生命难以保全、随时会大祸临头之危惧感。于是想要"驱马舍之去，去上西山趾"，意欲效法当初伯夷、叔齐隐居西山，但是他却做不到啊。因为"一生不自保，何况恋妻子"，无奈之下，只得眼看着"凝霜被野草，岁暮亦云矣"。再看《咏怀》其三十三：

一日复一夕，一夕复一朝。颜色改平常，精神自损消。

胸中怀汤火，变化故相招。万事无穷极，知谋苦不饶。

但恐须臾间，魂气随风飘。终生履薄冰，谁知我心焦。

全诗充满戒慎恐惧。虽自叹"但恐须臾间，魂气随风飘……终生履薄冰，谁知我心焦"，可是却并未明言其所担心焦虑的是何事，表达的只是一份身处乱世、朝朝夕夕唯恐惹祸、随时会有大祸临头的危惧感。

同样的，嵇康诗中也反复抒写，但恐遭遇网罗之危惧意识。试看其《五言赠秀才诗》[①]：

双鸾匿景曜，戢翼太山崖。抗首嗽朝露，晞阳振羽仪。

长鸣戏云中，时下息兰池。自谓绝尘埃，终始永不亏。

何意世多艰，虞人来我维。云网塞四区，高罗正参差。

奋迅势不便，六翮无所施。隐姿就长缨，卒为时所羁。

单雄翩独逝，哀吟伤生离。徘徊恋俦侣，慷慨高山陂。

鸟尽良弓藏，谋极身必危。吉凶虽在己，世路多崄巇。

---

① 有的版本将此诗置于《赠兄秀才入军诗》之末，视为组诗之一部分，亦有版本题作《古意》。今据逯钦立《先秦汉魏晋南北朝诗》(第485页)，作《五言赠秀才诗》。

安得反初服，抱玉宝六奇。逍遥游太清，携手相追随。

遨游太清，自由飞翔的双鸾，"自谓绝尘埃，终始永不亏"，或许象征未入仕之前的嵇康、嵇喜兄弟吧。可惜好景不长，"云网塞四区，高罗正参差"，其中一只投身宦途，遭罹网罗，失去了自由，并且"卒为时所羁"。剩下一只，只得"徘徊恋俦侣，慷慨高山阪"。但是，"鸟尽良弓藏，谋极身必危，吉凶虽在己，世路多崄巇"，对于世路的危险恐惧，一直萦绕不去。其实，在嵇康其他诗篇里，这种危惧感亦时时流露。试再自变量例：

人生譬朝露，世变多百罗。（《五言诗三首》其一）

焦鹏振六翮，罗者安所羁。（《述志诗二首》其一）

坎壈趣世教，常恐婴网罗。（《答二郭三首》其二）

鸾凤避罻罗，远托昆仑墟。（《答二郭三首》其三）

这种担心为网罗所制、坠地不起的危惧不安，在建安时期那些虽也身处乱世，却充满建功立业的期盼，慷慨抒情述怀的诗人作品中，是看不到的。这是正始之音的特色，也是乱世文人另一种的普遍心声。

✤ ┃ 二、幽独孤寂之情

身处乱世，正始文人在黑暗恐怖的政治局势中寄讨生活，除了因祸福无常而引发的危惧不安、难以自保的心情外，最常感受到的，就是对现实政治社会的厌恶，以及对世俗人间的疏离。引发的往往就是一份幽独孤寂情怀，亦即与世俗相忤相违的寂寞感。试看阮籍《咏怀诗》其一：

夜中不能寐，起坐弹鸣琴。薄帷鉴明月，清风吹我襟。

孤鸿号外野，朔鸟鸣北林。徘徊将何见，忧思独伤心。

诗中主人公因深夜难眠，遂起坐弹琴，一定是满怀心事的。这时，举目所见是"薄帷鉴明月"，身心所感是"清风吹我襟"，仿佛在清风明月的抚慰之下，心情多少可以平静下来了。可是，耳中所闻则是孤鸿、朔鸟在野外林中不断悲鸣。反顾自己，徘徊无定，踟蹰不安，如何能获得安慰、得以解脱呢？看来只能"忧思独伤心"了。人生带给他的，似乎只有这溢满襟怀，无以明说，也无可解脱的忧愁与哀思了。整首诗，都是写内心的孤独寂寞，忧思难解，但是，到底是哪些具体的事情令他感到如此孤绝无力，忧思不已，却并未点出，似乎亦无意交代。正是"反复凌乱，兴寄无端"。再看《咏怀诗》其十七：

独坐空堂上，谁可与欢者。出门临永路，不见行车马。

登高望九州，悠悠分旷野。孤鸟西北飞，离兽东南下。

日暮思亲友，晤言用自写。

写其在空荡的室内独坐，无人可与欢；出门，则面临漫漫长路，不见任何车马行驶。继而登高望远，不仅未能纾解胸怀，且感九州浩阔无边，旷野一片寂寥。何况孤鸟离兽均各自朝不同方向飞奔而去。诗人自己幽独孤寂之情，尽在不言中，所以说："日暮思亲友，晤言用自写。"

同样的，嵇康诗中，亦不乏类似的幽独孤寂情怀。试看其《四言赠兄秀才入军诗》第十五章：

闲夜肃清，朗月照轩。微风动桂，组帐高褰。

旨酒盈樽，莫与交欢。鸣琴在御，谁与鼓弹。

仰慕同趣，其馨若兰。佳人不存，能不永叹。

与前举阮籍《咏怀诗》其一，内涵情境颇为相近。同样在明月辉照、清风吹拂之夜，但感幽独孤绝之情，只是情况说得比阮籍之作较清楚。按，"旨酒盈樽"，应该是与良朋共享，却"莫与交欢"，虽有"鸣琴在御"，却"谁与鼓弹"，并无知音之赏。于是殷切盼望有同趣、如兰草般芳香者，可惜"佳人不存"。这种同趣佳人并不存在于人世间，怎"能不永叹"呢！百年之后，嵇康此诗曾引起陶渊明于《停云诗》中的回响："静寄东轩，春醪独抚。良朋悠邈，搔首延伫。……有酒有酒，闲饮东窗。愿言怀人，舟车靡从。……安得促席，说彼平生。……愿言不获，抱恨如何！"当然，毕竟因时代环境、身世遭遇，以及人格情性的相异，陶诗中的闲静自处，则是嵇康诗难以臻至的。

阮籍、嵇康诗中流露的幽独孤寂情怀，吐露出身处乱世的文人心声，实源自一份个人与俗世人间相忤相违的高度自觉，即使自诩能优游自然，寄情玄远，也挥之不去。试看嵇康《赠兄秀才入军》诗第十四章云：

> 息徒兰圃，秣马华山。留磻平原，垂纶长川。
>
> 目送归鸿，手挥五弦。俯仰自得，游心太玄。
>
> 嘉彼钓叟，得鱼忘筌。郢人逝矣，谁与尽言。

此章主要展现名士风流的英姿，优游容与的态度，并且是将庄子逍遥自适的哲理境界，予以人间化、诗化的典型。其中"目送归鸿，手挥五弦"，是悠闲自适生活境界的体验，以及诗人高雅情趣与旷达襟怀的展现。据《世说新语·巧艺》的记载，东晋著名人物画家顾恺之，对嵇康此诗欣赏之余，就曾想将之入画，唯云："画'手挥五弦'易，'目送归鸿'难。"顾恺之所言，正巧道出嵇康诗中流露的难以实指、意在言外的趣味神韵。但是值得注意的是，嵇康于此，即使沉思在玄理中，优游于玄趣里，乃至"俯仰自得，游心太玄。嘉彼钓叟，得鱼忘筌"，却仍然忍不住喟叹："郢人逝矣，谁与尽言！"挥之不去的，仍然是一份在人间俗世的幽独孤寂之情。这是正始诗人在反思己身与俗世相违境况中感受深切的情怀，也是自屈原以来，中国诗人在自我人格独立的期许中之所以还能够傲岸自负，乃至反复吟咏的主题。

✦ | 三、仙乡隐逸之企

正始诗人为了摆脱身处乱世的危惧，为了排解人生在世永无休止的忧思，只能到老庄哲理中去寻求精神寄托，从而产生了以仙隐遁世之想为笔墨重点的作品。尽管正始诗歌中，仍然有少许抒发个人功名抱负之作，只不过是建安诗歌追求功名主题的余响而已。建安诗人所共同具有的慷慨奋发的进取精神，实际上在正始诗歌中已经消失了，取而代之的是，对现实政治社会的否定精神与消极抗议。仙乡隐逸之企，即是正始诗人因应现实政治环境的文学表现。

按，正始诗人抒发仙乡隐逸之企的作品，通常首先点出时危世艰的环境，以及内心的抑郁忧愤，继而表示意欲远离俗世尘缨的漩涡，或寄情隐逸，或托志仙乡，以避祸远害，保命全身。犹如阮籍《咏怀诗》其三十二所云：

> 朝阳不再盛，白日忽西幽。去此若俯仰，如何似九秋。
>
> 人生若尘露，天道竟悠悠。齐景升丘山，涕泗纷交流。
>
> 孔圣临长川，惜逝忽若浮。去者余不及，来者吾不留。
>
> 愿登太华山，上与松子游。渔父知世患，乘流泛轻舟。

诗中传达的是，盛衰无常，人生易尽，天道幽远之叹，因而意欲远离俗世尘缨，或与赤松子游仙太华，或随渔父隐逸江湖。当然，早在汉乐府以及无名氏古诗中，已经流露人生无常、生命短暂的焦虑，但是汉代诗人关怀的主要还是现实人生中个人身心的幸福，正始诗人却不只如此。上引阮籍诗，最值得注意的是，其中缅怀"齐景升丘山，涕泗纷交流。孔圣临长川，惜逝忽若浮。去者余不及，来者吾不留"数句典故的运用。按，有关齐景公游牛山，北临其国，因感盛衰无常而流涕不已的经验，以及"孔圣临长川，惜逝忽若浮……"中，有关孔子"临川叹逝"的典故①，充分表现诗人身为一个知识分子的自觉意识。换言之，诗中所言乃是对于个人在天地宇宙间定位的迫切关怀，也是中国诗歌已经充分文人化的指标。

再看嵇康《五言诗三首》其三：

俗人不可亲，松乔是可邻。何为秽浊间，动摇增垢尘。

慷慨之远游，整驾俟良辰。轻举翔区外，濯翼扶桑津。

徘徊戏灵岳，弹琴咏泰真。沧水澡五藏，变化忽若神。

恒娥近妙药，毛羽翕光新。一纵发开阳，俯视当路人。

哀哉世间人，何足久托身。

嵇康经常于诗文中公然宣称其对世俗的厌恶与不耐，并尝坦承自己"不喜俗人"（《与山巨源绝交书》）。上引此诗虽无明确标目，但题旨清楚：首联"俗人不可亲，松乔是可邻"，即清楚点出要与俗人诀别，与松乔为友，托身仙境的意愿。正由于不愿沾染人间俗世的秽浊尘垢，所以要轻举远游，养生羽化，永远摆脱俗世的污秽与苦恼。

---

① 《论语·子罕》："子在川上曰：逝者如斯夫，不舍昼夜！"

嵇康、阮籍二人的诗中，反复出现的对仙乡隐逸的企慕，表达了正始时代身处恐怖政治局势之中文人的心声，同时亦为两晋以后盛行的、意欲超越或摆脱世俗羁绊的游仙诗、隐逸诗、玄言诗，开辟了先路。

✦ │ 四、彷徨失路之悲

上述乡仙隐逸之企，对正始诗人而言，其实不过是一种难以实现的遥远理想，或诗歌创作中的寄托之情。不过，倘若避世隐逸求仙远举之企，解释成公然与司马氏政权的对抗，则可能遭引杀身之祸。对正始诗人而言，令其遗憾的是，宦途充满危惧，避世隐逸不可行，神仙则可闻不可见，仙境亦虚无缥缈，那么身处乱世者，到底该怎么办？乃至正始诗歌中就经常出现，因进退失据，而引发的"失路"之悲，反映的则是一份徘徊矛盾、彷徨无依、极端苦闷孤寂之情。

试看阮籍《咏怀》其二十：

> 杨朱泣路歧，墨子悲染丝。揖让长离别，飘飘难为期。
>
> 岂徒燕婉情，存亡诚有之。萧索人所悲，祸衅不可辞。
>
> 赵女媚中山，谦让愈见欺。嗟嗟途上士，何用自保持？

通过杨朱面对歧路而泣的典故，抒发诗人在生命旅途上，徘徊彷徨无依，但感"萧索人所悲，祸衅不可辞"的深切慨叹，抒发在乱世中不知何去何从，但觉苦闷孤寂的悲哀。

以阮籍与嵇康为代表的正始诗人，其所吟咏的乱世危惧之感、幽独孤绝之情、仙乡隐逸之企、彷徨失路之悲，均充分流露身处乱世文人的心声。于他们诗作中，不但显示一个时代的文学特色，以及身处这个时代的文人士子，为因应乱世而吐露的个人情怀，同时亦展现，紧接建安文学之后，正始之音在文学史上承先启后的文学地位。

第四节

正始之音的文学地位

❖ | 一、奠定咏怀组诗之体例

其实，就现存诗歌视之，曹植的《赠白马王彪》或许是现存最早的文人组诗。不过，却是阮籍的《咏怀诗》八十二首，以及嵇康的《四言赠兄秀才入军》十八章／首等，方奠定了以组诗形式吟咏情怀的传统，对后世诗歌创作的影响，既深且远。从此文人往往将托喻寄兴、主题各异的古体诗，集合成组，表达诗人面对现实政治社会，或生命经验的见闻观察，以及对个体人生际遇的经验感受。从两晋到中国诗歌发展高峰的唐朝，即不断出现各种形式类型的咏怀组诗。诸如左思《咏史八首》、郭璞《游仙十四首》、陶渊明《饮酒二十首》、陈子昂《感遇三十八首》、李白《古风五十九首》等。尽管时代不同，诗歌特色各异，但从作品精神实质到艺术表现，实际上都与阮籍的《咏怀诗》、嵇康的《赠兄诗》诸作一脉相承。

❖ | 二、脱离乐府民歌之模仿

正始之音虽然紧接建安诗歌之后，却已不再效法建安诗人通过模仿乐府的方式来咏怀时事，而是把个人对于当前时事的感伤，与抒发一己身世遭遇之忧愤与复杂心情融为一体，遂令五言诗脱离了模仿乐府的阶段，纯然是文人士子个人抒情述怀的心声。就如现存阮籍诗集，竟然没有一首乐府诗的拟作，可说是汉代五言诗成立以来，第一位全力创作五言古诗的作者。五言诗至此，方正式独立于乐府诗模拟之外，成为文人抒情述怀的主要诗歌样式。故正始之音，可谓是文人五言诗发展的关键。又据现存资料，嵇康虽擅长四言，但其清峻的个人风格，与《三百篇》之古朴业已相去甚远。以阮籍与嵇康等为首的正始之音，已明显展示魏晋南朝的中国诗歌，终将脱离乐府民歌之模仿，走入"文人化"倾向。

✤ │ 三、唱咏老庄玄虚之企慕

正始诗歌中流露的浓厚的老庄色彩，可称是文学史上将哲学思想引入诗歌创作之始[①]，是将老庄人生哲理予以生活化、审美化、诗化的标志，同时也是诗歌哲理化的开端，为中国诗歌渗入了新的素质，开辟了新的领域，其影响既深且远。

身处乱世的正始诗人，显然对于老庄思想均有一分深情的向往，乃至反复唱咏老庄玄虚的企慕。或通过归隐、游仙情怀的抒发，或经由人生哲理的思索，表达对逍遥自适人生境界的追求。因此，哀叹人生的虚无，向往个人的解脱，吟咏避世淡泊的心情，追求玄远的情趣，以及说明老庄之玄理，遂构成正始之音的一种主要旋律。犹如《文心雕龙·明诗》所谓：

---

① 现存资料，在此之前，诗歌中唯一表现出老庄思想的是汉末仲长统（180—220）的《述志诗》。

"正始明道，诗杂仙心。"并为其后两晋盛行的隐逸诗、游仙诗、玄言诗，甚至田园诗、山水诗，铺上先路。

❖ | 四、建立隐晦曲折之诗风

正始时期乃是一个政治极端黑暗恐怖的时代，身处其时的文人士子，但感危机四伏，随时可能有遭受杀害的危险。其间何晏、嵇康先后遭受杀害，即是明证。阮籍处于如此恶劣的环境，无论仕与不仕，均可能有生命的危险。因此，不但在现实生活中从不"臧否人物"，在诗歌中亦不愿或不敢直接明白的表露心迹。于是，或运用自然界的事物作比喻、象征，或利用历史、神话的典故来暗示。再加上其情感之积郁矛盾，思绪之紊乱复杂，可谓变化无端，乃至形成一种恍惚迷离、隐晦曲折的独特风格，与建安诗歌之明朗刚健、慷慨激昂的风格，有显著的区别。正如钟嵘《诗品》所称"厥旨渊放，归趣难求"，亦如刘勰《文心雕龙·明诗》对阮籍诗特质所谓"阮旨遥深"。

不过，值得注意的是，阮籍诗歌作品中展现的这种隐晦曲折的诗风，虽不时令人费解，却颇为符合传统诗说中"比兴寄托"的要求，并且为后世诗人大凡有难言之隐，又不方便明说其旨意者，或刻意追求意境朦胧之审美趣味者，指出一种独特的"隐晦曲折"之抒情言志方式，为读者提供想象的空间，增添追求诗中言外之意的参与感，以及与作者共同参与创作的兴致。这正是令传统诗论者赞赏不绝的"深曲委婉"或"意在言外"的特质，也是此后中国诗歌之所以能源远流长、发展不断的根基，同时也是令当今学者探究不辍的一项重点。

第
四
编

中国诗歌主要类型的形成

✤ 两 晋 南 朝 诗 歌 之 发 展 ✤

第一章

绪说——环境背景

中国诗歌自建安、正始之后，至李唐开国前夕，虽然经历两晋南北朝四百多年间少数民族的入侵，国土的分裂，政局的纷扰，以及无数文人士子的遭祸遇害，却奇迹似地，呈现其蓬勃的生命力，并不断地持续发展演变。而且无论在题材内涵或艺术风貌方面，终于建立其成为中国文学的主流地位。当然，在这期间，作家众多，作品繁富，主题各异，风格表现也因时因人因地而各有不同。但不容忽略的是，助长或显示诗歌在此段时期蓬勃发展的环境背景：包括批评理论的兴盛，以及文学可以独立于政治教化之外的认知，均与诗歌的创作相互影响，彼此激荡，方促使诗歌终于成为文坛的主流，并且导致中国诗歌诸多类型传统之相继形成。试先以文学批评理论的兴盛，以及文学独立观念的初步形成为观察重点。

两晋南朝文学批评理论的兴盛，实际上与文人士子对文学本质的认识密切相关。或许可从文体概念的产生、文体特征的探讨、文学批评理论专著及文学选集的问世诸方面，览其大概。

⟨一⟩ **文体概念的产生**

犹如前面相关章节所述，曹丕的《典论论文》已将"诗赋"与奏议、书论、铭诔诸应用文体区别开来，比起汉人对文学本质的认识，显然有所进步。及至西晋陆机的《文赋》，则将曹丕的八类四科，扩大为诗、赋、碑、诔、铭、箴、颂、论、奏、说等十种文体，其中值得重视的是，陆机不但将诗与赋分类，且提升到诸文体的首二位："诗缘情而绮靡，赋体物而浏亮。"并将以论理说教为主的"说"类，置于最后。陆机《文赋》虽然乃继曹丕《典论·论文》之后，对文学体式风貌予以评述，却是真正脱离目录学框架的"文体论"之始。基本上反映西晋太康时代的文学意识，以及太康作家对文学本质特征的认知与把握。

稍后的挚虞（？—311），于《文章流别集》，则通过按体编排文章总集，以辨析文体分别出各类文体的区别和源流。另外，挚虞亦作《文章流别志论》二卷，论述文章各体的性质特征与起源变化。其书虽已亡佚，但从片段佚文及条目观察，挚虞对文体已非概括性的说明，而是具有精细的研究①。此外，

---

① 按，挚虞《文章流别志论》，仅见《艺文类聚》《太平御览》诸类书引录。从辑佚之条目看来，至少论列十一类文体，并对每种文体来源、体制特点与流变，均论述清楚，且佐以名篇为例。挚虞《文章流别志论》，当属中国文体论的开山之作。详见褚斌杰：《中国古代文体概论》增订本，北京大学出版社1990年版，第17—18页。

约同时期的李充，有《翰林论》三卷，就其现存残文看，亦是一部论述文体之作。这些有关文体的著述，实为南朝时代对文体更为明确精细的认知，为诸如刘勰《文心雕龙》列三十三体，萧统《昭明文选》分三十八类，铺上先路。

（三） 文体特征的探讨

汉人，尤其是汉儒，通常站在宣扬儒家"尚用"立场，强调文学的政教功能，直至儒学衰退的魏晋时代，文论者方开始就文学本身而论文学，思考文学的本质特征，分辨文学与非文学的区别。例如曹丕《典论·论文》用"诗赋欲丽"来概括诗与赋两种文体的共同特质，陆机《文赋》则进一步以"诗缘情而绮靡，赋体物而浏亮"，分别解说诗与赋两种文体之不同，并将诗歌之抒情特质，辞赋之体物特质，分别点出，比起曹丕笼统的"欲丽"来概括两类文体，更为确切。又如曹丕尝用"宜实"来概括铭诔的共同特征，陆机则分别论之，认为"诔缠绵而凄怆，铭薄约而温润"，清楚说明，铭、诔实属两体，且各有其特点。《文赋》所论其他文体特征亦如是，均展现陆机对文体特征的探讨，更为精密细致①。当然，最令人瞩目的还是，《文赋》对"诗缘情而绮靡，赋体物而浏亮"特征的提出，从此为中国文学批评理论史中，诗歌当以抒情为主调的论点，掀开序幕。

其实《尚书·尧典》即尝云"诗言志"，经过先秦两汉儒家的解读，并赋予新的内涵，遂成为儒家诗教思想的理论基石，强调的主要是，诗歌

---

① 详见褚斌杰：《中国古代文体概论》增订本，北京大学出版社1990年版，第16—17页。

"美刺讽喻""风上化下"的实用功能，忽略个人一己私情的重要。魏晋以来文学创作的"尚情"作风，可谓是对两汉文论者重政教伦理、尚实用文学观念的超越。但曹丕《典论·论文》中"诗赋欲丽"的主张，尚局限于文辞风格的表现，并未涉及作品的内涵情境，唯有经过陆机《文赋》针对"诗"这种文体提出"缘情"与"绮靡"的崭新观点，方清楚表现与"言志"文学的不同概念①。简言之，诗必须情韵与辞采兼美。这样的观点，基本上已反映太康时代文学意识的觉醒，同时流露作家对文学本质特征的认知与把握，并且为南朝诸文论者所继承，也是文学可以独立于政治教化之外的序幕。

⬡（三） 《文心雕龙》《诗品》《文选》问世

在中国文学理论批评史上，这三部专著的问世，均是划时代的大事。虽然三部专著的性质与体例各异，编撰宗旨也不同，却不约而同反映南朝齐梁时期的文学观念与创作倾向。不仅显示齐梁文人士子对文学的理解，同时也引起后世论者对中国文学理论与创作不断的反思，产生既深且远的影响。直至今天，仍然是中国文学理论批评领域研究讨论的热门。

1. 刘勰《文心雕龙》

刘勰《文心雕龙》全书共五十篇，是一部长达三万七千多字的巨著。

---

① 按"诗言志"，自先秦以来，即被认定为儒家诗教传统，用以作为解读《诗》和写诗的标准。尽管《诗大序》将"志"与"情"合言，称"在心为志，发言为诗，情动于中，而形于言"，但这"情"必须接受儒家伦理观念的规范，因此是"发乎情，止乎礼义"。

依各篇的内容性质，或大略可分为三部分：（一）文学总论：自《原道》至《辨骚》开头五章，统领全书，乃是文学的总论，也是文学理论的根本。（二）文体论：将各体文章分为有韵之文和无韵之笔两大类，包括《明诗》至《书记》，共二十章，分别探讨各种文体的定义、源流、特色。（三）创作论：自《神思》至《总术》等十九章，乃是针对文学创作过程中，由构思到方法技巧的讨论。（四）鉴赏论：包括《时序》至《程器》等五章。最后一章《序志》则是全书总序，交代撰写此书的宗旨和结构安排。刘勰《文心雕龙》全书规模之宏，涉猎之广，结构之精，讨论之深，均属空前的，从此为中国文学理论和批评建立了完整的体系。

值得注意的是：首先，《文心雕龙》文学总论部分，包括原道、征圣、宗经诸章，明显展示对儒家论文强调政教伦理传统的依循。其次，刘勰的文学观显然还是"杂而不纯"。如涉及文体论诸篇章中，文学作品诸如诗、骚、赋、乐府等，与非文学作品如诸子、论、说、诏、策等并论。再次，在论及有关创作与鉴赏方面，则总结了前人的经验，提出不少精辟的论点。试引数例：

　　人秉七情，应物斯感；感物吟志，莫非自然。（《明诗》）

　　春秋代序，阴阳惨舒，物色之动，心亦摇焉。……情以物迁，辞以情发。（《物色》）

　　文变染乎世情，兴废系乎时序。（《时序》）

　　夫铅黛所以饰容，而盼倩生于淑姿；文采所以饰言，而辩丽本于情性。（《情采》）

　　名理有常，体必资于故实；通变无方，数必酌于新声。（《通变》）

像这样的论点，已经展现对文学本质的充分体会与掌握，可谓是集魏晋以来有关文学创作理论的大成，也是南朝文学创作的指标。

2. 钟嵘《诗品》

钟嵘《诗品》的撰写，自称盖因"四言每苦文繁而意少。五言居文辞之要，是众作之有滋味者"（《诗品序》），因此专以五言诗及其作者为品评对象。《诗品》乃是第一部有关诗歌批评理论的专著，也是第一部针对"纯"文学作家与作品的批评专书。虽篇幅不大，仅五千余字，但内容繁密，网罗古今。值得注意的是：

首先，经钟嵘《诗品》评论的诗人，均属历来令人瞩目的作家，包括自汉迄梁的著名诗人。虽不录存者，已凡一百二十三人，各依其成就，评定优劣高下而列品第，分上（十一人）、中（三十九人）、下（七十三人）三品。其实三品之诗人皆属值得品评的优秀作家，只是上品最佳，中品次之，下品又次之而已。当然，钟嵘自己亦承认，三品之升降，有时颇难审定。如中品评张华诗："置之中品疑弱，处之下科恨少，在季、孟之间耳。"

其次，每品之中，"略以世代为先后，不以优劣为诠次"（《诗品序》）。经钟嵘品评的诗人，均重视其体式风貌之"体源"或"祖袭"，亦即探溯诗体之渊源流派或师承关系。大体而言，分"国风""小雅""楚辞"三派，展现钟嵘对于五言诗发展演变的"史"观。

再者，其评诗标准，强调的是作品本身"干之以风力，润之以丹采"的艺术感染力。简言之，包括：重性情，反对用典；重风力，反对说理；重自然音韵，反对声律；重华靡，而轻质直；重清雅，而忌险俗；取华艳，而轻淫靡。

当然，钟嵘《诗品》毕竟有其时代审美趣味的局限，乃至偶尔会引起后世论者之"不满"。其中最有名的例子，就是把唐宋以后几乎令所有论者偏爱的陶渊明，列入"中品"，至今还是研究《诗品》或陶渊明的学者，不断探讨或辩论的热点。然而，不容忽略的是，钟嵘《诗品》在文学批评史上的指标意义，尤其令人瞩目的是其重情性、重华靡等的评诗标准，正好反映南朝文学观念之"成熟"。文学自有其本质特征，毕竟可以独立于儒家"美刺讽喻"的政教伦理范围之外。

3. 萧统《昭明文选》

《昭明文选》乃是在梁昭明太子萧统的主导之下，由其门客，亦即围绕在太子身边的文人如刘孝绰等，所编选的诗文选集。这是中国文学史上现存的第一部文学总集，共六十卷。其中将辞赋、诗歌、杂文诸入选作品，又细分为赋、诗、骚、七、诏等三十八类。除了少数属于无名氏之作外，共选一百三十位作家之作品，不下七百多篇。时代范围则上自先秦，下至梁代普通元年（520）。

尽管《昭明文选》只是一部作品选本，限于体制，难以直接表露其文学主张，实际上仍然体现萧统及编选者的文学观点。首先，《文选》所选作品，详近略远。换言之，越到后来，作品入选的比重越大，明显流露对时下"重古轻今"态度的修正。其次，在文体的分类界定上，共举三十八类，比《文心雕龙》的三十三体更为精细周全。再者，文学作品的认知与选录上，则比刘勰更为"进步"。如其选录纯文学作品之赋（卷一至十九）与诗（卷十九至三十一），就占有全书一半以上的篇幅。此外，《文选》已经清楚注意到文学作品与非文学作品之别，亦即与"经""史""子"诸著作的区别。所以《诗经》、诸子、史传之类，均排除在选录之外。这是对《文心雕龙》文学范围"杂而不纯"的超越，也是文学可以独立于经史哲理著述之外，自成一家的目标。

当然，《文选》还是选了一些史书中的"赞""论""序""述"之类的作品，为此萧统于《文选序》特别加以说明：

> 若其赞论之综缉辞采，序述之错比文华，事出于沉思，义归乎翰藻，故与夫篇什杂而集之。

所言表示，只有那些具有文采之美的赞论、序述，方能入选。其实，经由"事出于沉思，义归乎翰藻"，而臻至"综缉辞采""错比文华"，不但是赞论、序述入选的必要条件，也是其他篇什入选的必要条件。换言之，亦是《昭明文选》选文的标准。萧统于《文选序》中所言，对作品辞采、文华的重视，以及《文选》选文的标准，不但明确宣称萧统及其门客的文学主张，同时亦流露文学可以独立存在的观念。

✠ | 二、文学独立观念初成

文学独立观念之形成，除了文人士子的个别体认之外，还需要外在环境的鼓励与刺激。其中包括朝廷官方的措施、文坛崇尚文学的风气，进而才表现于作品中政教伦理的淡化。

(一) 朝廷官方措施

东晋后期的内忧外患，在政治社会上造成严重危机，促使南朝当政者意图振兴"儒学"，而文学之所以能成为一项独立的门科，竟然是借助于儒学重新受到重视而形成。刘宋文帝于元嘉十五、十六年间（438—439），先后设立儒学、玄学、史学、文学四科，继而明帝于泰始六年（470）立"总明观"，置东观祭酒，分儒、道、文、史、阴阳五科。由朝廷主导的这些措施，均是前代所无，可谓是历史上由朝廷官方力量将文学与其他学门分离，并且顺此抬高文学地位之始。亦可视为是文学得以独立于经学、史学诸学之外的初步认识。

文学独立的观念形成于南朝，除了朝廷官方措施之助，还可从朝廷上下均崇尚文学成风，以及因作者纷纷追求当前赏心悦目的声色之美，乃至作品中政教伦理观念的淡化来观察。

（三） **崇尚文学成风**

南朝知名文人，除了少数乃庶族寒门子弟（如鲍照），绝大多数均出身世家大族，甚至出现一门能文、"人人有集"的现象[①]，对朝廷内外崇尚文学的风气，显然起着决定性的影响。由于文学的才能在世家大族中成为衡量社会地位与文化修养的重要尺度，即使出身寒门庶族的帝王，虽然在政治、军事上统帅世族，但在社会观念与文化生活上，则始终唯世族的马首是瞻。南朝诸君主往往挟其政治权势，招纳文士，形成围绕在自己身边的文人集团，致力于文学创作，尝试跻身于文士的行列[②]。正由于君臣上下对文学的重视，遂促进文学创作之繁荣，臻至前所未有的高峰。值得注意

---

① 据《梁书·王筠传》，载琅琊王氏王筠与诸儿书："史传称安平崔氏及汝南应氏，并累世有文才，所以范蔚宗云崔氏'世擅雕龙'。然不过父子两三世耳，非有七叶之中，名德重光，爵位相继，人人有集，如吾门世者也。"
② 据《隋书·经籍志》，南朝诸帝有集者有：宋武帝、文帝、孝武帝、梁武帝、简文帝、元帝、陈后主等，其中梁简文帝以下三人，更以提倡与创作诗文为务。

的是，此时期继魏晋文学的自觉创作，逐渐摆脱政教伦理的束缚，强调吟咏情性，重视审美娱悦的文学现象，终于导致文学的本质特征与规律朝文学独立的方向发展。

㈢　政教伦理淡化——声色大开

按胡应麟《诗薮》所云"诗至于齐，性情既隐，声色大开"。实可谓是南朝文学重视赏心悦目的感官审美趣味之标志，也是政教伦理淡化的表现。无论是山水、咏物之作，或永明声律，还是宫体艳情，都出入声色，已明显展现与汉魏两晋文学的区别。南朝文人虽也"吟咏情性"，但这"情性"主要是建立在对外在事物的声色审美趣味。重声色，不仅是一种美感意识的发扬，也是一种文化现象。南朝文化基本上可说是"声色化"的文化，反映在文学创作上，就是开辟新的描写领域，寻求新的艺术趣味，尝试新的艺术技巧，来表现对声色的审美感受。

南朝重视声色美的文学创作，显示传统保守文学观念的松动，换言之，文学不再是政治教化的严肃工具，无须担负"经夫妇、成孝敬、厚人伦、美教化、移风俗"等的沉重责任，甚至也不必"言志"了。

南朝作家，不但更为重视诗歌吟咏情性和娱己感人的美学特点，同时还通过文学理论、作家品评，以及文学选集诸专著的问世，各自提出对于文学理论批评与文学范畴的理念，或可视为文学自有其特质，不必依附政教伦理，可以独立存在的标志。

中国诗歌也就是在上述的诸般环境背景之下，从两晋到南朝，持续发展演变，各种不同题材内涵与艺术风貌的类型遂得以纷纷呈现。

✥ | 三、多样诗歌类型建立

倘若从大潮流或大方向来宏观概览诗歌在两晋南朝时期的发展演变轨迹，大体而言，作品的"文人化"是其总趋势，而尚辞好藻、抒情述怀、说理论道，则是两晋南朝文人诗歌的主要特征。就诗歌的类型视之，依各类诗歌兴起发展演变的先后次序，在题材内容方面，明显展示出内涵范畴逐渐扩大的现象。不同的诗歌类型纷纷相继出现，乃至成为某个特定时期，或某个文人集团，或某一个别诗人的创作重点。倘若从诗歌的主题内涵重点，分为不同类型视之，诸如拟古、咏史、绮情、隐逸、玄言、游仙、田园、山水、咏物、宫体等，可说已大略概括了中国诗歌的主要类型。

这些诗歌类型的建立，在初创阶段，难免会有类型特征模糊，甚至与其他类型重叠的现象，不过，为讨论的方便，兹将这些诗歌类型加以综合整理，并依其兴起风行的时代先后，可大略分成下列五个发展阶段：

拟古咏史之怀

绮情儿女之思

仙隐玄虚之咏

田园山水之情

咏物宫体之盛

不容忽视的是：首先，以上这些诗歌类型之形成，均各有其长远的源流与逐渐形成的过程，论述之际，难免会援引前面篇章业已涉及的某些作家作品。其次，某种诗歌类型的地位，一旦在文坛确立之后，诗人相继创作不绝，乃至形成传统，后代诗人必定亦相继承接其绪，自然会有不同类型诗歌在同一时代，甚至同一诗人作品中并存不悖的情形。再者，在漫长的两晋南朝期间，偶尔亦会出现一些旁枝别流，不为大潮流所囿限的少数作家的个别作品，只是限于本文学史主宏观之宗旨，分章节论述时，只得略过。但从整体视之，上列这几大诗歌类型萌生发展之先后，其脉络是可以掌握的。

尽管这些诗歌类型的题材内涵有别，流行诗坛之际的时代状况不同，诗人的才情风格亦各异，但是，在发展演变过程期间，毕竟展现一个不容忽视的普遍趋势：亦即诗人的视野与关怀，以及个人感情的流露，逐渐发生明显的变化。诗歌创作之际，诗人的视野由大而小，关怀则由远而近，由外而内，个人感情则由浓而淡，由执迷而彻悟。换言之，诗人的创作宗旨，从对于世俗政治社会的浓厚参与意愿的逐渐退缩，转而更为重视一己身心的逍遥自适，或珍惜当下声色之美的愉悦欢欣。令诗人醉心而吟咏者，不一定是伟大的功业或不朽的声名，可以是道家的虚无玄远，或是超越人间的仙隐之乡，或是远离俗世的山水田园，或是眼前当下的人或物的声色之娱。在语言表达方面，先是离民间朴素率直风格愈远，日趋文人化，逐渐走向典雅华丽。虽然其间亦有向民间通俗歌曲借鉴者，甚至呼吁雅俗结合，提出追求简约浅显流畅。不过，整体视之，辞藻华丽、对偶精工、音韵谐美、典故繁富的倾向，则持续日益显著。这样的发展演变趋势，不但为魏晋以来骈俪文章的风行文坛提供滋长孕育的有利条件，同时亦为李唐一代注重形式与音韵谐美的近体诗铺上先路。

第二章

拟古咏史之怀

当今所称"拟古诗"与"咏史诗",实际上属于两种不同的诗歌类型,各有其传统特质,两者似乎并无必然的关联。按,"拟古"涉及创作的意图,意指作者乃是有意仿真前代的作家作品,而且无论前人作品的体裁形式、题材内涵,甚至风格特色,均可成为仿真的对象。而"咏史"之作则清楚点出作品的题材内容范围,表示作品的内涵主要涉及过去历史上的人物或事件。就两类作品并观,仍然有其共同点。首先,无论拟古或咏史,均出于作者对过去往昔的一份回顾或缅怀之情,其中包括对往昔作家作品的同情共感或学习模仿,以及对往古历史人物或事件的体会认知。其次,两类诗歌均萌生于汉魏,而于西晋太康时期臻至成熟,并且从此成为中国文人诗歌不容忽略的重要类型。再者,"拟古诗"的出现,流露作者"有意"追摹前人的创作意图,而"咏史诗"的出现,则是作者"有意"运用历史之作。两类诗歌显然均是在文学自觉情况之下,作者自觉地创作中而产生，亦是自汉魏以来诗歌继续"文人化"的标志。故而此处将两类诗歌的形成、发展与演变，汇为一章，且分节论述。

第一节
拟古诗的形成与发展

✦ ｜ 一、所谓"拟古"

所谓"拟古"，即是对前代作家作品的模仿、仿真①。而仿真的对象繁杂多样，包括：仿真前代某一作品的体式，或仿真某一作品中主人公的经验感受，或仿真个别作品的主题内涵，或仿真某作家作品的整体风格。故《昭明文选》即将收录的各类拟古作品，总归之为"杂拟"类。就两晋南朝文人"拟古诗"所拟之对象观察，大致包括三大系统：拟两汉无名氏古诗、拟两汉乐府歌诗、拟魏晋以来有主名文人诗歌。

不过，"拟古诗"类型之形成，首先，必须基于拟作者对前人作品的欣赏、学习、揣摩；其次，则是拟作者在其创作过程中身份的转换，亦即由前人作品的读者，欣赏学习揣摩之后，转而成为前人作品的仿真者。这种由"读者 → 作者"两种身份的重叠，是大凡讨论"拟古"作品之际不容忽略的。再者，拟作者仿真前代作家作品，并不一定停留于对前人作品亦步亦趋的追摹，往往会在有意无意间流露出拟作者借此抒发的个人情怀

---

① 已故王瑶先生乃属当今学界最早重视"拟古"之学者，其《拟古与作伪》一文（收入《中古文学风貌》，棠棣出版社1953年版），为"拟古诗"之研究奠定基础。

意念，或显示拟作者所处的文学环境，或个人的风格特征，甚至流露拟作者对前代作家作品的"观点"。所以中国文学中的"拟古"，并非"拟古不化"，而是一种创造性的模拟，一种因时因人而异，乃至有所因革变化的模拟。从汉魏时期掀起拟古的序幕，至西晋以后拟古之风行，或许可以观察到拟古诗之形成与发展的大概轨迹。

❖ | 二、"拟古诗"的序幕——汉魏

"拟古诗"之形成，必须是经由具有学识的文人士子作家的开启。就现存资料视之，文人士子作家的拟古之作，当肇始于汉魏作家对《诗经》、辞赋以及乐府歌诗的模拟，其中包括在体裁形式与内涵情境方面的沿袭与仿效。

㊀ 《诗经》四言体的模拟——西汉

虽然现存汉代文人沿袭《诗经》四言之作，数量有限，但其模拟的痕迹，昭然可见。其中不仅包含形式体制上整齐四言分章体式的沿袭，甚至在内涵风格上，亦展现步趋《雅》《颂》的现象。

由于《诗经》所录诗篇，主要以四言为基本体式，因此四言诗在后世读者心目中，几乎成为《诗经》诗歌体式的标志。汉代以后文人倘若创作四言诗，很难不受《诗经》传统的束缚。犹如王夫之《古诗评选》所观察：

> 四言有《三百篇》在前，非相沿袭，则受彼压抑。

王夫之所谓"非相沿袭，则受彼压抑"，即风趣并委婉点出，后人写四言诗，很难在形式体制或内涵风格上，摆脱《诗经》传统的束缚。

但值得注意的是，随着《三百篇》在汉代被尊为"经"，四言诗的地位亦相应"崇高"起来，乃至登入朝廷庙堂，多用于郊庙祭祀，或典礼飨宴等官方正式场合演唱的乐诗。本书第二编章节中论及的高祖唐山夫人《安世房中歌》，以及武帝时《郊祀歌》中的四言之章，即属此类之代表。即使汉代一般文人写四言诗，态度也显得颇为恭谨慎重，通常为表达与政治教化相关的严肃主题，或比较正式的官方场合，则写四言诗，又往往以《诗经》中典重庄严的《雅》《颂》之章为追摹对象。例如汉初的韦孟，其《讽谏诗》与《在邹诗》即是著名的例子。刘勰《文心雕龙·明诗》即尝点出："汉初四言，韦孟首倡。匡谏之义，继轨周人。"按，韦孟《讽谏诗》虽经《昭明文选》选录为"劝励"诗类第一首代表作，但其内容循礼说教，其语言典雅古奥，显然是继承《诗经》中人臣匡谏君主的立意，仿效《大雅》中《板》《抑》诸诗的"讽谏"传统而作。不过，此诗虽"继轨周人"，仿效《诗经》中的"匡谏之义"，毕竟并非出于自觉地有意识地模拟，因此才会以老臣之身发言劝诫夷王之前，先用很大的篇幅追述韦氏家族历史，称颂自己的先祖自商周以来如何辅佐诸朝廷王室之德行功业。乃至其"匡谏之义"似乎沦为次要，遂导致汉魏以后诗人，往往以韦孟《讽谏诗》为"叙先烈，述祖德"诗之典范，进而发展演变成推崇先人、训诫子孙的诗歌类型，以自励或励人为宗旨。其他如韦玄成（？—前36）的《自劾诗》《戒示子孙诗》，以及东汉傅毅的《迪志诗》等，均属依循韦孟《讽谏诗》之余绪，步趋《雅》《颂》，进而演变而成的"新"诗歌类型。

"楚骚"与辞赋的模拟 —— 两汉

由于汉代君王贵族多受荆楚地区文化的熏陶，加上《三百篇》在汉代的经学化，乃至楚骚与辞赋体遂成为汉代文人心目中抒情述怀、体物咏物的文学典范。此后依循先秦楚骚与汉初辞赋之作，络绎不绝。倘若单纯从"拟古"的立场角度视之，汉人对楚骚与辞赋的模拟，可谓掀开文学史上拟古之序幕。

1. "楚骚体"的模拟

按"楚骚体"之模拟，当属汉代"拟古"之作的主流。汉代作家不仅在体制上因袭楚辞长短不齐的句型，沿用楚辞特有的带"兮"字的咏叹语气，在内涵情境上，更常模仿楚国逐臣屈原、贫士宋玉怀才不遇的悲慨情怀。本书第二编章节中已论及的贾谊《吊屈原赋》《鹏鸟赋》、庄忌《哀时命》，以及董仲舒《士不遇赋》、司马迁《悲士不遇赋》，还有王褒《九怀》、刘向《九叹》、王逸《九思》等，均属沿袭楚骚体式，追摹屈、宋不遇情怀的例子。王逸（89？—158）显然已经意识到汉人对楚骚的模拟现象，于其《楚辞章句·序》中，即针对汉人追悯屈原之际，或代古人立言，或借此以抒己怀，而提笔作骚体赋之意图，云：

> 拟则其仪表，祖式其模范，取其要妙，窃其华藻。

当然，这些汉代作家所以"拟则其仪表，祖式其模范"，主要还是基于对前代楚辞作品的同情共感，进而引发对己身遭遇不顺的慨叹，于是染翰创作，以此显示对楚骚文体的缅怀，以及对屈、宋不遇遭遇的认同。像这样因受到前代作家作品的"感召"，而"祖式模范"之作，虽然尚未流露对其作品本身"有意仿真"的创作意识，却已是拟古诗形成的先导。

2."散体赋"的模拟

散体大赋在西汉赋家仕宦生涯中所扮演的重要角色，于本书第二编的章节中已有所论述。诸如枚乘与司马相如等文士，均因献赋而受君主王侯看重，甚至受聘为朝臣的事实，已成为晚辈作家称羡仰慕的"佳话"，乃至学习、模拟前人赋篇，成为晚辈作家努力的方向。其中最早表示"有意"仿真前人辞赋作品的例子，当属曾经"好辞赋"的扬雄。

根据桓谭（前20？—56）《新论·道赋》，扬雄尝宣称："能读千赋则善赋。"桓谭所云倘若属实，则扬雄显然已经意识到，学习揣摩前人作品乃是孕育创作本领的重要条件，同时亦点出，仿真前人作品者，由读者转而为作者身份角度的变化。又据班固《汉书·扬雄传》，认为扬雄："先是时蜀司马相如，作赋甚弘丽温雅，雄心壮之，每作赋，常拟之以为式。"班固所称"拟之以为式"，不但显示仿真前人作品的创作意图，并且为拟古之作点出大概的定义界说。

当然，汉代作家对前人作品的"仿真"，大多仍然处于一种自然而为的阶段，或因对前代作家作品之仰慕，或受前人作品情怀意念之感召，尚未成为个人或时代文学的自觉要求。这必须经过建安时期文学自觉意识的洗礼，而建安文人对汉乐府与古诗的模拟，正好作为"拟古诗"在西晋正式形成与风行的序幕。

（三） 汉乐府与古诗的模拟——曹魏

建安是"五言腾踊"的时代，也是文学史上公认的文学自觉时代。自觉地文学创作，不仅表现于有意识地创作，也表现于对前人有意识地"模拟"。因此，建安可视为"拟古诗"类型形成的初创时期。胡应麟《诗薮》外编卷一，即有如下的观察：

> 建安以还，人好拟古，自三百、十九、乐府、铙歌，靡不嗣
> 述，几于汗牛充栋。

胡应麟所云"建安以还，人好拟古"，主要是指建安文人对汉乐府歌诗之"靡不嗣述"。按，建安作家对汉乐府歌诗的学习与模仿，已是学界公认的文学现象。当然，如曹操叙录社会动乱的《蒿里行》，抒发个人怀抱的《短歌行》之类的拟乐府，不过是袭用旧题，以抒情述怀之作，与西晋以后有些几可乱真的拟古之作，尚有距离。其实曹氏兄弟作品中，亦不乏拟乐府之章。

据逯钦立辑校《先秦汉魏晋南北朝诗》，著录曹丕《善哉行二首》，即引《诗纪》云："一曰拟作。"著录曹植《薤露行》，则引《乐府解题》曰："曹植拟《薤露行》为《天地》。"另外，曹植《吁嗟篇》，亦引《乐府解题》曰："曹植拟《苦寒行》为《吁嗟》。"《豫章行》，复引《乐府解题》曰："曹植拟《豫章行》为《穷达》。"尽管曹氏兄弟诸作，并未在诗题上标明其为"拟"作，但在内涵上模拟的痕迹显著，自《诗纪》《乐府解题》等，均已视之为"拟"作。这虽然是后世读者的判断，至少可作为建安作家善于模拟汉乐府的时代风气之脚注。

建安作家对汉乐府的模拟，当然并非亦步亦趋，犹如方东树(1772—1851)于《昭昧詹言》卷一之观察："拟古而自有托意，如曹氏父子，用乐府题而自叙时事，自是一体。"方氏所言点出，建安作家对乐府的模拟，主要还是借题述怀，因此往往突破乐府旧题的范畴，以个人一己的见闻并经验感受入诗，乃至促使乐府歌诗的个人抒情化与文人化。本书第

三编有关"建安风骨"的章节中，涉及曹氏父子与建安诸子乐府歌诗的特征，已有所论述。但不容忽略的是，除了模拟汉乐府歌诗之外，汉代无名氏五言"古诗"，亦曾是建安文人仿真的对象。

其实建安作家在"拟古诗"传统形成过程中，所扮演的承先启后关键角色，主要即在于对汉代无名氏五言古诗的模拟。例如曹丕、曹植兄弟现存的《杂诗》中，有的篇章无论从语句、情调方面观察，多脱胎于汉代无名氏古诗。胡应麟《诗薮》内篇卷二，即针对曹植《杂诗》，认为其"全法十九首意象"。另外，毛先舒（1620—1688）《诗辨坻》卷一亦称曹植《杂诗》"犹存拟古之迹"。

建安诗人对汉代古诗之模拟，不但含蕴其对古诗文学价值的认识，而且流露对古诗中体现的审美意识的欣然接受。刘勰《文心雕龙·明诗》所谓建安时期"五言腾踊"，显然与建安作家大量模拟五言乐府与五言古诗，有一定程度的关系。其实，建安属汉末年号，距无名氏"古诗"的时代不远，古诗中对人生无常的感慨，生命短促的焦虑，自然容易引起身处乱世的建安诗人的同情共感。乃至在前人作品的"感召"之下，从而模仿其内涵情境，进而创造出慷慨任气、志深笔长的诗篇。当然，建安诗人对汉代古诗之模拟，尚未流露标示作者"刻意拟古"的意图，而建安诗人模拟汉乐府与古诗的创作过程中，毕竟为西晋以后"拟古诗"类型之正式形成与风行，铺上先路。

✤ ｜ 三、"拟古诗"的风行与演变——两晋南朝

拟古诗在西晋太康时期正式形成，并且蔚然成风，又在南朝诗人笔下

持续发展演变,自然有其不容忽略的环境背景。首先,经过建安时期文学自觉意识的酝酿,加上西晋以后作家对于文学本质的认识,以及对于创作技巧的重视,促使作者在自我要求中对前代作家作品的学习揣摩,进而有意识地模仿拟作,应该是"拟古诗"正式形成并且蔚然成风的主要条件。其次,作者在学习揣摩过程中,或因前人作品引发同情共感,或因前人作品之"刺激",乃至引发与之"较量"文才高下的兴致,亦可能成为作者意欲"拟古"的创作意图。再者,西晋以来已经出现作品的标题或小序中,明确指出其为"拟"前人之作,亦可视为正式宣布拟古诗风行的标志。

清人汪师韩(1733 年进士)于《诗学纂闻》,曾就《昭明文选》所录"杂拟诗",对西晋以还的拟古诗有如下的观察:

> 类取往古名篇,规摹其意调,其止一二首者,既直题曰"拟某篇",而其拟作多者,则虽概题曰"拟古",仍于每篇之前,一一标题所拟者为何篇。……

其实,自西晋起的拟古诗,无论是否以标题明确指出作者的仿真意图,就其作品的风貌内涵观察,或可分为两大主要系统:其一,模拟《诗经》四言体之作;其二,则是以两汉知名文人作品为仿真对象,包括楚辞体与古诗体。

(一) 四言正体的模拟

自东汉以来,四言正体虽在五言流调的"压抑"之下,其实并未销声匿迹,甚至于西晋时期还臻至"中兴"现象。根据逯钦立辑校之《先秦汉魏南北朝诗》,在现存五百多首西晋诗作中,存有一百八十多首四言诗,比例相当可观。有的西晋诗人留存下来的诗篇，甚至以四言为大宗。例如傅玄（217—278），现存诗十四首，其中四言之作，即占十二首；又如陆机之弟陆云（262—303），现存诗约三十首，其中二十四首均为四言。另外，诸如应贞（？—269）、郑丰（生卒年不详）、孙拯（？—303）、挚虞等人的现存诗，或均为四言，或四言多于五言。这样的现象，当可视为四言诗在西晋"中兴"的脚注，也是拟古之作风行诗坛的重要标志。

西晋四言正体之"中兴"，或许与司马氏政权提倡"崇儒"的政策有关，乃至模拟《诗经》四言体之作大增。即使文人之间交游往来的应酬诗篇中，亦以四言诗为多。倘若就现存西晋四言诗之内涵与特色观察，其实最多的乃是友朋同僚之间的赠答诗，依次则是公燕诗、拟经诗、祖饯诗。这些作品均明显展示，直接追摹《诗经》四言体式的现象，而在内涵情境方面，则主要是步趋《雅》《颂》传统。当初建安诗人为四言正体增添的个人抒情述怀之作，诸如曹操《短歌行》与《步出夏门行》、曹丕《善哉行》、王粲《赠蔡子笃诗》、曹植《朔风》等，不过是建安诗歌个人抒情化的时代风格，并未成为西晋诗人的继承对象。另外，正始诗人阮籍四言《咏怀诗》与嵇康《四言赠兄秀才入军诗》等，抒发的忧患意识与仙隐玄远之思，似乎对西晋四言诗亦并无明显影响。值得注意的是，虽然汉魏诗人的四言诗，其内涵风貌多样，不过，及至太康诗人笔下，一般是在官方特定场合应诏受令为诗，或正式社交应酬场合，需"歌功颂德"者，方才多用"四言正体"。其中除了"拟经诗"之外，内涵上多以恭维颂美对方的德行或文藻为笔墨重点。如应贞《晋武帝华林园集诗》、潘岳（247—300）《关中诗》《为贾谧作赠陆机诗》、陆机《皇太子燕玄圃宣猷堂有令赋诗》、陆云《大将军宴会被命作诗》、潘尼（250？—311？）《献长安君安仁诗》、枣腆《答石崇诗》等。

西晋风行的这些"恭维颂美"性质的四言诗,其风格自然务求雍容典雅,颇示作者的学识素养。其共同点是,步趋《雅》《颂》的痕迹显著,乃至偏向庄严隆重,或古奥刻板,有的甚至似赞似颂,乃至"诗"的意味不足,往往予人以恭维应酬多于个人真情流露的印象。这或许可以从挚虞《文章流别集》中对四言正体的说明及推崇,得到启示:

> 夫诗虽以情志为本,而以成声为节。然则雅音之韵,四言为
>
> 正,其余虽备曲折之体,而非音之正也。

最能表现西晋诗人有意模拟《诗经》四言正体之风格者,当属一些标明"拟经"之作。现存傅咸(239—294)《六经诗》、夏侯湛《周诗》、束皙《补亡诗》即是代表。按,傅咸之作六首,主要是阐明《孝经》《论语》《毛诗》《周易》等儒家经典之奥义,其用语几乎都是直接辑集自经典。试以《论语诗》为例:

> 克己复礼,学优则仕。富贵在天,为仁由己。
>
> 以道事君,死而后已。

这样的作品,具有明显"说理"的意图,虽然所说之理,并非老庄玄理,而是儒家用世之理。另外,夏侯湛与束皙之作,则是为《诗经》中六篇"亡其辞"之"补亡"之作。夏侯湛仅留下《周诗》一首,"续其亡"。另外已收录于《昭明文选》的束皙《补亡诗》,则分别为六首亡诗补其辞。就"补亡"其内容,或可分为两类:一为推崇孝道,隐含"劝诫"之意者,如《南陔》与《白华》;二为"颂美"天德、王化者,如《华黍》《由庚》《崇丘》《由仪》。试以《由庚》为例:

> 荡荡夷庚,物则由之。蠢蠢庶类,王亦柔之。

道之既由，化之既柔。木以秋零，草以春抽。

　　兽在于草，鱼跃顺流。四时递谢，八风代扇。

　　纤阿按晷，星变其躔。五纬不愆，六气无易。

　　恺恺我王，绍文之迹。

　　所言主要是称美周成王能继承文王的顺道德化，所以万物各得其所，且六气顺布，一切均合于自然之道。

　　这些西晋四言诗，虽然并未在诗题或内容上标明作者"模拟"的意图，不过，无论其四言之形式体制或内涵风格，均可谓是西晋诗坛在自觉的创作意识中，"拟古"风尚的表现①。

　　当然，对于四言正体的模拟，并未止于西晋。东晋诗人陶渊明的四言诗，也具有明显模仿《三百篇》的痕迹，并展露因袭前人四言之现象。但是，陶渊明的四言诗，犹如其五言之作，一方面继承传统，一方面却有所开拓，不但摆脱汉魏西晋以来四言诗古奥板滞的毛病，而且往往以自我的情怀志趣为焦点，在一定的程度上，可以说是"取效风骚"，"恢复"了四言诗在《诗三百》中的抒情功能。其四言之作，诸如《停云》《时运》《荣木》《归鸟》，甚至酬赠之章《酬丁柴桑》《答庞参军》《赠长沙公》等，处处流露出陶渊明个人的风格色彩，焕发出日常生活气息，洋溢着人间情味。试以《停云》为例，诗前有小序：

　　停云，思亲友也。樽湛新醪，园列初荣，愿言不从，叹息弥襟。霭霭停云，蒙蒙时雨。八表同昏，平路伊阻。

　　静寄东轩，春醪独抚。良朋悠邈，搔首延伫。

---

① 有关四言诗在西晋时期之"中兴"现象，见崔宇锡：《魏晋四言诗研究》，台湾大学中国文学系研究所硕士论文，1990年，第116—156页。

停云霭霭，时雨蒙蒙。八表同昏，平陆成江。

有酒有酒，闲饮东窗。愿言怀人，舟车靡从。／

东园之树，枝条载荣。竞用新好，以怡余情。

人亦有言，日月于征。安得促席，说彼平生。／

翩翩飞鸟，息我庭柯。敛翮闲止，好声相和。

岂无他人，念子实多。愿言不获，抱恨如何。

上举《停云》，乃是摘取首句中二字为篇名，篇名之后有诗前小序，说明篇名意义，点出主题，并交代作诗缘起背景。其仿效《国风》传统，以景物起兴发端，并运用复沓联章形式，均是四言正体在章法形式上对《诗经》的模拟。不过，在内涵情境上，此诗并无两汉四言诗那样，与政教伦理相关的大题材，也没有西晋四言诗中社交应酬的礼貌客套，抒发的只是一份殷殷的思友之情，写其意欲与良朋共品新酒，同赏春景，却为蒙蒙春雨所阻的经验感受。并且在继承《诗经》怀人之作的传统中，糅杂着陶渊明个人的知音难遇，无人"说彼平生"的孤寂。

模拟《诗经》四言正体之作，在陶渊明笔下，展现的主要是他日常生活的琐屑细节，抒发的是他个人独特的情性怀抱，与两汉以来的模拟之作相比照，可以说扩大了四言正体的内涵情境，同时也恢复了四言诗在《诗经》中原有的抒情功能。就四言诗的发展视之，陶渊明的四言之章，或许可称为"变格"，却也是中国文学史强调抒情述怀的传统中之"正格"。

三 汉人作品的仿真

西晋作家在自觉的创作意识中，除了常模拟《诗经》四言正体之外，亦仿真汉人作品，并且已经出现明确标示所拟原作的特定对象者。其中在拟古诗发展演变过程中值得注意的，包括对张衡《四愁诗》以及对无名氏"古诗"之模拟。

1.《四愁诗》之模拟

西晋太康时代诗人傅玄与张载（？—289）的《拟四愁诗四首》，即是模拟东汉张衡（78—139）《四愁诗》而作。综观三人《四愁诗》的内涵情境与篇章结构，显然均有其共同点。首先，在内涵情境上，均以追寻理想美人不得而生愁怨，作为全诗主调。其次，在篇章结构上，则以四个叠章形式，反复咏叹其愁思。再者，每章均以第一人称口吻"我所思兮在〇〇"发端，并援用楚骚惯用的"兮"字喟叹语气，加上"美人与我相赠"之类的套语，形成原作与拟作之间的血缘关系。以下试并举张衡《四愁诗》原作与张载拟作各第一章为例，可观其大概：

> 我所思兮在泰山。欲往从之梁父艰。
>
> 侧身东望涕沾翰。美人赠我金锉刀。
>
> 何以报之英琼瑶。路远莫致倚逍遥。
>
> 何为怀忧心烦劳。（张衡原作）
>
> 我所思兮在南巢，欲往从之巫山高。
>
> 登崖远望涕泗交，我之怀矣心伤劳。
>
> 佳人遗我筒中布，何以赠之流黄素。
>
> 愿因飘风超远路，终然莫致增永慕。（张载拟作）

二诗虽在篇章句数上有七句八句之别，但其中所思美人／佳人，因路途遥遥艰难，乃至不得相会，而心生愁怨之叹息则相同，明显展示其间因模拟的血缘关系。值得注意的是，傅玄于其《拟四愁诗》诗前小序的说明：

> 昔张平子作《四愁诗》，体小而俗，七言类也。聊拟而作之，名曰《拟四愁诗》。

傅玄小序不但说明模拟张衡《四愁诗》之缘由，并从审美角度品评张衡原作的七言体制，以及其"体小而俗"的风格特点，且清楚说明，拟作者已经认识到，其拟作本身即是一种由"读者 → 作者"的创作过程，明显流露一份自觉地通过模拟来创作的意图。当然，后人为张衡《四愁诗》所作小序已指出："……时天下渐弊，郁郁不得志，为《四愁诗》。效屈原以美人为君子，以珍宝为仁义，以水深雪雾为小人。思以道术为报，贻于时君，而惧谗邪不得以通。"由此或可说明，太康作家傅玄、张载之拟张衡《四愁诗》，已是第二代之拟古，或可称为"拟《拟古》"之作[①]。不过，张衡《四愁诗》之"效屈原以美人为君子"，实与其他汉人的骚体赋相若，主要出于对楚辞中屈原人格遭遇之"同情共感"，张载《拟四愁诗》虽然并未留下说明拟作缘起之序言，但从傅玄拟作之小序，可谓同属在自觉的地创作意识之下，已经宣示"拟古诗"的正式形成。

2. 汉"古诗"之模拟

西晋以后作家仿真两汉文人作品中，最受学界瞩目者，当然还是对无名氏"古诗"的模拟。其中又以陆机《拟古诗十二首》系列最著称。或许因为钟嵘《诗品》上品对"古诗"赞美备至之际，且特别提及陆机的"拟

---

① 见冯秀娟：《魏晋六朝拟古诗研究》，台湾大学中国文学系研究所硕士论文，2003 年，第 75—79 页。

作"①；加上现存陆机所拟这十二首，均收录于《昭明文选》"杂拟"类，乃至视为文学史上"拟古诗"类的经典之作，并且成为当今学界讨论"拟古诗"，以及陆机诗歌特色的重点。

值得注意的是，《昭明文选》所录陆机拟古之作其中十二首，均视为拟《古诗十九首》之作品，而且在《昭明文选》版本中，每一首皆以所拟诗作之首句为标题，明确点出其所拟对象，诸如《拟行行重行行》《拟青青河畔草》《拟今日良宴会》《拟迢迢牵牛星》《拟明月何皎皎》等。试看《拟明月何皎皎》：

> 安寝北堂上，明月入我牖。照之有余晖，揽之不盈手。
>
> 凉风绕曲房，寒蝉鸣高柳。踟蹰感节物，我行永已久。
>
> 游宦会无成，离思难常守。

如果将陆机拟古十二首与原作相比照，不难发现，拟作中即使基本上句句对应原作之意，其中流露的在社会动乱中个人的漂泊流离，与陆机本人的游宦生涯，入洛之后向往故土、怀念亲友的情思，仿佛有共鸣之处。同时亦展现陆机《文赋》中所主张的"诗缘情而靡丽"之创作倾向。但无论拟作与原作，毕竟无法完全超越作者及其所处时代文坛风气的影响。诸如"古诗"原作，多通过叙述来抒情，陆机拟作则往往直接抒情，而且抒情之际，对景物的描写亦明显增加②。此外，在用字遣词方面，拟作显得"每好繁复"，又"善用俪句及字眼"，且"具有浓厚的贵游气息"③。陆机《拟古诗》含蕴的，不仅是重温汉代古诗的情味

---

① 钟嵘《诗品》评"古诗"云："其源出于国风。陆机所拟十四首，文温以丽，意悲而远，惊心动魄，可谓几乎一字千金。"

② 胡大雷：《文选诗研究》，广西师范大学出版社 2000 年版，第 400—402 页。

③ 见林文月：《陆机的拟古诗》，收入林著《中古文学论丛》，（台北）大安出版社 1989 年版，第 123—158 页。

意境，也是陆机个人对古诗的同情共感，并且流露出太康诗歌的时代风格特征。

当然，对于汉人"古诗"的模拟，并未止于陆机。继而还有刘宋南平王刘铄的着力模拟。据《南史·南平王刘铄传》云："未弱冠，拟古三十余首，时人以为亚迹陆机。"可惜刘铄如今只留下《拟古》四首[①]。而拟"古诗"在晋宋之际蔚然成风，则已是不争之实。其他的南朝作家，诸如鲍照、鲍令晖、何逊、沈约、萧统、萧衍等，或多或少均留下以某首"古诗"为仿真对象的作品。这样的"拟古诗"，与原作的关系，或许可谓是跨越时代的"同题共咏"。其仿真对象虽同属汉代无名氏"古诗"，展现的风格特征，却难免犹如刘勰《文心雕龙·时序》所称："文变染乎世情，兴废系乎时序。"毕竟各有其时代的审美趣味与要求。因此证明，"拟古"之作，并非亦步亦趋的模拟，而是随着不同时代诗歌的发展演变，在沿袭仿作中有所创新。

就如东晋诗人陶渊明亦留下《拟古八首》，即为两晋以后之"拟古诗"开辟了另一天地。按，陆机之"拟古诗"，每首都有明确的仿真对象，主要还是"拟其体"，展现的是对原作体式风格及感情内容的审美认识与接受，因此可以不必表露拟作者自己的人格情性。可是陶渊明的《拟古诗》，则并无明确的仿真对象，当属于"泛拟"，其旨趣亦不在于"拟其体"，只是模拟古诗中的一些情怀意境，并且借此抒发己怀。犹如清人潘德舆（1785—1839）于《养一斋诗话》所称，渊明乃是"浑言拟古，故能自尽所怀"者也。陶渊明"自尽所怀"的拟古之作，与阮籍《咏怀》、左

---

① 刘铄：《拟行行重行行》《拟明月何皎皎》收录于《昭明文选》，另外二首，《拟孟冬寒气至》《拟青青河边草》，收录于《玉台新咏》。

思《咏史》、郭璞《游仙》诸组诗，亦有一定的血缘关系，或许可称为是陆机"拟古诗"类的"变格"。其对后世诗人的影响，并不亚于陆机之作。诸如鲍照《拟古诗八首》《拟行路难十八首》，庾信《拟咏怀诗二十七首》，甚至唐代陈子昂《感遇三十八首》、李白《古风五十九首》，均属"浑言拟古，故能自尽所怀"之作。拟古诗"变格"的产生，意味着模拟与创作渐趋合流，无论拟古咏史、抒情述怀均可以熔于一炉。

(三) 知名作家作品的仿真

对前代经典诸如《诗经》《楚辞》作品的仿真，始自汉魏，及至南朝，在诗坛上已经发展至对前代知名作家某一作品，或某作家作品整体风貌的仿真。例如谢灵运（385—433）《拟魏太子邺中集诗八首》，鲍照《学刘公干体五首》《拟阮公"夜中不能寐"》《学陶彭泽体》，江淹《效阮公诗十五首》《杂体诗三十首》，庾信《拟咏怀诗二十七首》等即是。其间或流露对仿真作品对象的同情共感，或展现对于前代作家风格体式某种审美趣味的体会与接受。这类拟古之作，可以谢灵运《拟魏太子邺中集诗八首》、江淹《杂体诗三十首》为代表。两首组诗均收录于《昭明文选》的"杂拟类"，可视为魏晋南朝以来"拟古诗"发展演变的一个高峰。

谢灵运《拟魏太子邺中集诗八首》，诗前有总序，说明拟作之缘由背景。主要是拟从魏太子曹丕的角度，以代言方式和第一人称"余"的口吻，追怀昔日在邺下与"昆弟友朋，二三诸彦"，如何"朝游夕燕，究欢愉之极，天下良辰美景，赏心乐事……"。但"岁月如流"，如今昆弟友朋纷纷"凋零将尽"，于是乃"撰文怀人"。值得注意的是，谢诗总序中叙述的曹丕在"建安末"的经验，以及"感往增怆"的慨叹，与拟作者谢灵运本人，和庐陵王刘义真之间相知相惜的情谊，颇为类似。加上谢灵运因朝廷"唯以文义处之，不以应实相许"（《宋书·谢灵运传》），但感怀才不遇的愤懑，以及与对庐陵王的怀思，也有某种接合共鸣之处。这或许是谢灵运创作《拟魏太子邺中集诗》的触动点。其八首拟作中，以《拟魏太子》居首，其后依次为，拟王粲、陈琳、徐干、刘桢、应玚、阮瑀、平原侯曹植等七子诗作的风格特色。除第一首《拟魏太子诗》之外，其他各拟诗之前均另有小序，分别介绍所拟各家之身世遭遇、人格特质、为文风格。试以《拟王粲诗并序》为例：

> 家本秦川贵公子，遭乱流寓，自伤情多。
>
> 幽厉昔崩乱，桓灵今板荡。伊洛既燎烟，函崤没无像。
>
> 整装辞秦川，秣马赴楚壤。沮漳自可美，客心非外奖。
>
> 常叹诗人言，式微何由往。上宰奉皇灵，侯伯咸宗长。
>
> 云骑乱汉南，宛郢皆扫荡。排雾属圣明，披云对清朗。
>
> 庆泰欲重叠，公子特先赏。不谓息肩愿，一旦值明两。
>
> 并载游邺京，方舟泛河广。绸缪清燕娱，寂寥梁栋响。
>
> 既作长夜饮，岂顾乘日养。

诗前小序简介王粲其人其诗，其后之拟作，则是从王粲的角度发言，并响应小序所称，抒发一个"秦川贵公子"遭受流离颠沛的身世之叹，以及在邺京如何随魏太子游宴欢聚、深受恩荣的感激之情。拟其他诸子之作，亦相类似。

就《拟魏太子邺中集诗八首》整体内涵视之，其共同特色，实不外刘勰《文心雕龙·明诗》所称，建安诗人"怜风月，狎池苑，述恩荣，叙酣宴"的内容①，这或许与谢灵运当初曾亲身参与庐陵王幕下游宴情景有相似之处。不过，个别诗作又因所拟对象之身世怀抱的相异，亦各有其特色。倘若就个别诗作视之，每一首均可独立存在；作为一组组诗的整体，则不但展现建安时代一群文人的集体生活风貌，同时流露拟作者谢灵运，对这个时代君臣相知相惜生活的神往，对蓬勃的建安诗坛的欣赏与缅怀，以及对建安诗歌的品评观点。"拟古诗"在谢灵运笔下，已经超越前人单纯"模拟"的意图，进而带有对原作的文学品评意味。这是"拟古诗"由模拟到批评意识的萌生，乃至出现"新变"的征兆。

当然，南朝拟古诗中最能显示拟作者表达对前人作品的"品评观点"，流露文学批评与文学史观意识者，首当推江淹的《杂体诗三十首》。据江淹《杂体诗》诗前"小序"，说明其拟作之缘起：主要是由于不满当时的批评风气，认为"世之诸贤，各滞所迷"，乃至"论甘而忌辛，好丹而非素"，"又贵远贱近"，且"重耳轻目"。何况"五言之兴，谅非复古"，自汉魏以来，已发展出不同的风格体貌，"各具美兼善"，于是"今作三十首诗，效其文体，虽不足品藻渊流，庶亦无乖商榷云尔"。小序详细说明此三十首拟作，乃是针对"五言诗"体，自两汉至宋齐之间发展演变的回顾与追摹。这三十首"效其文体"之拟作，是依世代先后为序，标举不同时期诗人作品的题材风格，作为某种"体"的代表，并以所拟诗人及体目为标题，概括出不同时期的代表诗人，就其在五言诗创作上展现的风格特征，勾勒出两汉至宋齐数百年间诗歌发展的大概轮廓。其中包括：

古诗《别离》、李陵《从军》、班婕妤《咏扇》、魏文帝《游

---

① 见梅家玲：《论谢灵运〈拟魏太子邺中集诗八首并序〉的美学特质》，《台大中文学报》第 7 期（1995.4），第 155—216 页。

宴》、陈思王《赠友》、刘桢《感遇》、王粲《怀德》、嵇康《言志》、阮籍《咏怀》、张华《离情》、潘岳《悼亡》、陆机《羁宦》、左思《咏史》、张协《苦雨》、刘琨《伤乱》、卢谌《感交》、郭璞《游仙》、孙绰《杂述》、许询《自序》、殷仲文《兴瞩》、谢混《游览》、陶潜《田居》、谢灵运《游山》、颜延之《侍宴》、谢惠连《赠别》、王微《养疾》、袁淑《从驾》、谢庄《郊游》、鲍照《戎行》、休上人《别怨》。

对江淹的拟古之作，南宋严羽《沧浪诗话·诗评》尝赞曰："拟古唯江文通最长。拟渊明似渊明，拟康乐似康乐，拟左思似左思，拟郭璞似郭璞，独拟李都尉一首不似西汉耳。"的确，江淹的善于模拟，对于前代作家作品风貌的准确把握，是历代读者所公认。就看其拟《陶潜·田居》一首，元人李公焕将之收录于《笺注陶渊明集》，列为《归园田居》第六首之前，苏东坡亦不疑，且欣然和之。这虽然是文学史上一段有趣的"佳话"，同时也是对江淹拟古几可乱真的推崇。当然，江淹《杂体诗三十首》在拟古诗的发展演变过程中，最令人瞩目的还并非江淹个人对往昔作家作品同情共感的流露，或对前人作品惟妙惟肖的仿真，而是江淹通过拟古之作，对五言诗体从汉魏古诗到宋齐新体，在风格流派方面发展演变的"文学史观"。换言之，其拟古之宗旨，是出自对于前代诗人所开拓的创作领域和特点的认知，以及对五言诗体风格流派发展演变的体认。这是拟古诗发展演变至萧齐时代的"新变"，也是拟古诗至于南朝，与文学批评观点融合的意外收获。

在文学批评观点方面，不容忽略的是：首先，江淹《杂体诗三十首·序》中所言，与钟嵘《诗品》对五言诗的特别重视，以及《诗品》

中所列代表作家与时代范围的选取上，均有相似之处①。其次，与萧统《文选·序》所言的文学观点与批评原则，亦有相契合之处，甚至对《文选》的选诗标准，亦可能有影响②。再次，江淹所仿真的前人作品，不但展现其对五言诗发展演变之"史观"，同时业已点出，中国诗歌各种主要类型先后形成的大概趋势。尤其是离别、游宴、赠答、咏怀、悼亡、羁宦、咏史、游仙、田园、山水诸类，无论是群体生活的描述，或一己情怀的感念，均于汉魏两晋南朝文人笔下逐渐形成，并且进而成为唐宋以后诗人沿袭不辍的创作范式。

第二节

咏史诗的萌生与演变

"咏史诗"与拟古诗一样，是在汉魏文人自觉的创作意识下逐渐兴起，并于两晋南朝时期继续发展演变，建立其类型的传统。

✤ ｜ 一、咏史诗界说

所谓"咏史诗"，简言之，即是以吟咏历史人物或事件为主要题材内容之诗。作者或借由历史人物或事件，表达自己的观点意见或感怀；也有

---

① 江淹《杂体诗》与钟嵘《诗品》所评诗人的时代，均起自西汉，终于萧梁；《杂体诗》所拟三十位作家，亦全部均出现于《诗品》。江淹《杂体诗》对钟嵘《诗品》应当有所影响。
② 见陈复兴：《江文通〈杂体诗三十首〉与萧统的文学批评》，赵福海主编：《文选学论集》，时代文艺出版社1992年版，第187—199页。

仅是客观追述历史人物事件，而不加修饰润色，不露主观感受者。因此，自汉魏以来的咏史诗，通常包括两种类型：一种是以叙述历史人物或某事件为主，兼有附带作者对历史人物事件本身的评论。这类作品，以表达作者以古鉴今的"史观"为主，作者个人的感情，往往退居诗后，甚至隐藏不露。另一种则为借吟咏历史人物或事件，以抒发作者对当前政治社会或个人际遇的感怀为主，其中历史部分仅作为题材衬托，其真正目的是个人的抒情述怀。这类作品，作者个人感怀比较浓郁，充分展现咏史诗的抒情潜能。前者或可称为叙事型咏史诗，后者则可称为抒怀型咏史诗。

但不容忽略的是，咏史诗类型的界定，是以题材内容为准。虽然大多数咏史诗可从标题认出，其中包括直接标题为"咏史"者，诸如班固《咏史》、阮瑀《咏史》、王粲《咏史》、左思《咏史八首》、张协《咏史》、袁宏《咏史二首》、鲍照《咏史》等；有时则以所咏古人古事为题，诸如曹植《咏三良》、陶渊明《咏三良》《咏二疏》《咏荆轲》；此后还有颜延之《五君咏五首》、虞羲《咏霍将军北伐》、萧统《咏山涛王戎二首》等。但是，偶尔亦有题材内容虽为咏史之作，却涵盖在其他标题之下者。如阮籍《咏怀八十二首》虽无咏史之题，其中有的篇章，就题材内容视之，显然可归于"咏史诗"。又如刘琨（271—318）《重赠卢谌》，表面上是友朋同僚之间的"赠答诗"，但就其内涵，则是借咏史以述怀之作。总而言之，咏史诗之界说，当以题材内容是否涉及历史人物或事件为依归。

✢ │ 二、咏史诗的萌生

尽管早在《诗经》中已经出现歌咏先贤历史功绩事略的诗篇，诸如

《大雅》中的《生民》《公刘》《大明》等，但是，这些作品毕竟属于朝会之际、君臣群体活动中，追述先祖功业的宗庙颂辞，并非个别作家对历史人物事件的缅怀或评述。因此，还不能算是咏史诗。咏史诗之萌生，不但有赖作者个人的历史意识，更须作者有意识地咏史创作意图。就现存资料视之，如《汉书》的撰述者班固，其标目为《咏史》之作，即是文学史上现存以"咏史"为题材内容的个人咏史诗之开端。班固的《咏史》，虽然钟嵘《诗品》讥为"质木无文"，毕竟是开启个人咏史诗的里程碑。魏晋以降，在诗歌日益文人化的发展趋势中，咏史诗的创作增多，风气渐盛，及至萧梁时期，《昭明文选》诗歌选录部分已专列"咏史"一类，咏史诗类型传统的确立可证。

❖ | 三、咏史诗的演变

自东汉班固《咏史》的出现，咏史诗在魏晋以来诗人笔下，继作不辍，并且从原先偏重述史叙事，以"史"为主体之作，逐渐走向以作者"自我"对历史人物事件的感悟为主体，亦即以"史为我用"的抒情述怀之章。这样的发展演变倾向，可视为抒情述怀诗歌自魏晋以后终于成为中国文学主流的脚注。试从历史的追述与个人的抒怀两个层次来观察咏史诗之发展演变。

(一) 历史的追述——隐括本传，不加藻饰

就现存资料，追述历史人物事件的咏史之作，始自班固的《咏史》：

　　三王德靡薄，惟后用肉刑。太仓令有罪，就逮长安城。自恨

身无子，困急独茕茕。小女痛父言，死者不可生。上书诣阙下，思古歌鸡鸣。忧心摧折裂，晨风扬激声。圣汉孝文帝，恻然感至情。百男何愦愦，不如一缇萦。

班固之作主要是追述西汉文帝时一段史实。据《史记·扁鹊仓公列传》，名医淳于意因得罪朝廷，将加肉刑，幼女缇萦乃上书文帝，愿以身救父，其"孝心"感动了文帝，淳于意遂得以免罪，肉刑之法亦因此而废止。班固《咏史》，在追述缇萦救父过程中，委婉蕴含对文帝最终废止肉刑的称颂，最后又以"百男何愦愦，不如一缇萦"，表达对孝女缇萦的赞叹。虽然整首诗乃是根据史传中的本事情节概述缇萦的事迹[1]，类似人物志，而且由于其叙述语言平实无华、欠缺情采，而受到钟嵘的讥评，但毕竟开启了后世诗人吟咏历史人物事件的风尚[2]。

班固之后，晋人亦继其绪，有不少吟咏历史人物事件之作。如卢谌（284—351）《览古诗》，对蔺相如事迹的追述。全诗长达三十六句，题材全然取自《史记·廉颇蔺相如列传》有关蔺相如事迹的大概。卢谌即使呼出"智勇冠当世，弛张使我叹"的称叹，也显然是承袭《史记》作者司马迁的立场。此外还有傅玄《惟汉行》，追述鸿门宴事件，推崇樊哙之英勇；石崇《王明君辞》，则吟咏王昭君和蕃出塞的无奈。像这样单纯以追述历史人物事件为主体的"咏史诗"，并未因魏晋以后借史咏怀之作逐渐增多而绝迹。

如萧梁时期虞羲（生卒年不详）《咏霍去病北伐》，即以汉代名将霍

---

① 缇萦救父故事，除了《史记·扁鹊仓公列传》外，亦见《汉书·刑法志》、刘向《列女传》等。
② 按，班固的咏史诗当不只有关孝女缇萦救父一首。吉川幸次郎尝列举班固若干佚诗，包括咏延陵季子、秋胡、霍去病等历史人物逸事者。见兴膳宏：《左思与咏史诗》，原刊于《中国文学报》21册（1966.10），后收入兴膳氏著，彭恩华译：《六朝文学论稿》，岳麓书社1986年版，第26—75页。

去病的丰功伟业为追述的重点，最后以"当令麟阁上，千载有雄名"，表示对此英雄人物的景仰与赞叹。如此以"追述历史"为主的咏史之作，或许正如何焯（1661—1722）于《义门读书记·文选》卷二，评张协《咏二疏》时所云："咏史不过美其事而咏叹之，檃括本传，不加藻饰，此正体也。"所谓"檃括本传，不加藻饰"，已经点出这类作品虽忠于史实但欠缺情采的特征，即使作品中已经含蕴作者对历史人物的评价，即使是延续由汉代史家班固开启的"正体"，在重视抒情的文学史观中，仍然是受批评的对象。或许如吴乔（1611—1695）《围炉诗话》卷三所云："古人咏史，但叙事而不出己意，则史也，非诗也。"

咏史诗在文学史上地位之提升与传统之建立，尚有待魏晋以后咏史诗"变体"的产生，亦即作者个人借史抒怀型的出现。

（二）个人的抒怀——借史抒怀，性情俱见

咏史之章要成为"诗"，具有令读者体味的"诗意"，则须在"檃括本传"之外，同时抒发一己之情怀。换言之，历史人物或事件不但是诗人追怀的"题材"，更重要的是，借史抒怀，表达个人的情意怀抱才是创作的宗旨。其实，像这类咏史的"变体"，随着个体意识与创作意识自觉地增浓，在魏晋诗人笔下已经陆续出现。如曹植《怨歌行》"为君既不易，为臣良独难……"，借周公旦忠而被谗、见疑、昭雪的历史事迹，寄托自己遭受曹丕猜忌、排挤的哀怨。读者在抚读之际，可以从中体味出作者曹植如何借古人酒杯、浇胸中之块垒，而此诗所以动人之处即在此。又如阮籍《咏怀》其六"昔闻东陵瓜，近在青门外……"，通过秦汉之际的邵平

失去侯爵、种瓜维生的事迹，表达身处乱世者，对富贵荣禄难持久，恬淡寡欲可全身的处世哲理的认可，流露出身处乱世的文人之心声。当然，曹植与阮籍所写这类借史抒怀之作，尚未展现"有意"咏史之创作意图。

咏史诗借史抒怀类型之形成，当以左思《咏史八首》组诗为里程碑。按，左思的咏史之作，对后世咏史诗最具示范性，同时可视为咏史诗发展臻至成熟的标志。

根据胡应麟《诗薮》的观点："'咏史'之名，起自孟坚，但指一事。魏杜挚《赠毌丘俭》，叠用八古人名，堆垛寡变。太冲题实因班，体亦本杜，而造语奇伟，创格新特，错综震荡，逸气干云，遂为古今绝唱。"此后沈德潜《古诗源》，亦有类似的评语："太冲《咏史》，不必专咏一人、专咏一事。咏古人而性情俱见，此千秋绝唱也。后唯明远、太白能之。"

试以左思《咏史》其七为例：

主父宦不达，骨肉还相薄。买臣因樵采，伉俪不安宅。

陈平无产业，归来翳负郭。长卿还成都，壁立何寥廓。

四贤岂不伟？遗列光篇籍。当其未遇时，忧在填沟壑。

英雄有迍邅，由来自古昔。何世无英才，遗之在草泽。

诗中标举主父偃、朱买臣、陈平、司马相如诸古人的遭遇之后，进而对这些人物加以议论并抒己怀。按，作者左思出身寒微，有志不获骋的不遇情怀，亦由此而流露无遗。诗中历史人物的出现，不过是借此抒怀的题材而已。

整体视之，左思《咏史八首》乃是以组诗形式借史抒怀。其中主要包括壮士的不遇以及寒士的悲愤，这正是左思个人身世遭遇中引发的情怀意念。就其《咏史》题材之运用而言，实涵盖班固以来咏史诗发展之不同类型风格。其中有专咏一人一事者，如其四"济济京城内……寂寂扬子宅"，追慕扬雄如何安贫乐道，著书立说；其六"荆轲饮燕市……"，则咏荆轲刺秦王之事，强调荆轲蔑视荣华富贵之人格特质。此外，亦有标举数位古人姓名，不重事迹而强调境遇，继而加以议论并抒己怀者，除上举其七外，如其三"吾希段干木……吾慕鲁仲连"亦是。

不容忽略的是，就咏史诗的发展趋势视之，左思《咏史》组诗中其实还夹杂着宛如咏怀之章。如其一"弱冠弄柔翰……著论准《过秦》，作赋拟《子虚》……功成不受爵，长揖归田庐"，以汉代文人贾谊、司马相如自喻，又以战国鲁仲连"功成不受爵"自许。全诗单独视之，就"主题"而言，实不类"咏史"，只能算是个人的"咏怀"之章。不过，就咏史"组诗"的结构而言，则有"总序"的意义，其中宣示的是，其咏史之章，乃属个人抒情述怀之作。又如其五"皓天舒白日，灵景耀神州……振衣千仞冈，濯足万里流"，亦全然是自我抒怀。而置于名为"咏史"的组诗之中，展现的是作者（或为其组诗标目者），对"咏史诗"这一类型，在抒情述怀功能方面的强调与推崇。左思的咏史诗，开创了"咏史"与"抒怀"合流的先例。

继左思之后的东晋咏史诗，更明显地展现了借历史人物事件以抒情述怀的发展倾向。就现存资料，荆轲、三良、二疏，似乎是魏晋诗人同题共咏的热门；除此之外，则是以咏古贫士之境遇为多，包括对古代贫士如何安贫乐道的仰慕，或虽处贫困却思振作，意欲挣脱贫困以便有所作为的吟咏。陶渊明亦继承前人之咏史，留下咏荆轲、三良、二疏各一首，以及《咏贫士七首》组诗。尽管陶渊明与左思，无论生平遭遇、仕宦经验、人格情性，或人生态度，均各有异趣，但就"咏史"之作，两者可谓均属建立咏史诗"借史抒怀"传统的大家。此后诗人相继仿效，直至唐宋之后而历久不衰。

当然，南朝刘宋以降，加入咏史诗行列者，亦不乏其人。其中值得注意的是颜延之的《五君咏五首》，乃是以组诗形式，歌咏魏晋时期号称"竹林七贤"中除山涛、王戎之外的五贤。或许是因为颜延之得罪权臣，左迁为永嘉太守，但觉宦途失意，故以竹林贤者的放浪形象来寄托自己的人格情性，并表达对前人豪饮放诞与不拘礼节的欣赏与赞颂。之后还有鲍照继左思《咏史诗》其七中"四贤岂不伟，遗烈光篇籍"，作《蜀四贤咏》一首，咏叹蜀中四贤：包括颜君平、司马相如、王褒、扬雄，亦是明显的借史抒怀之作。

咏史诗虽取材于历史人物或事件，所以能够在重视抒情的中国文学史上，建立其传统，并成为一种令历代诗人因循模仿、吟咏不辍的诗歌类型，主要就在于魏晋以降的作者，逐渐从单纯历史的追述，转变为个人性情怀抱的抒发，其中题材内容仍然是历史人物事件，而创作的宗旨与作品的表现，则是个人情怀意念的抒发。

第三章

绮情儿女之思

　　所谓"绮情儿女之思"，乃是指男女之间的爱慕相思之情而言。在中国文学史中，没有纯粹歌咏爱情本身的传统，男女之间的爱慕，主要是通过日常生活中彼此或单方的离情相思来传达。抒发绮情儿女之思的诗歌，可以远溯自《诗经》中有关爱情婚姻之吟咏，还有《楚辞·九歌》中巫觋向神灵唱出的恋歌，以及汉代乐府与无名氏"古诗"中游子思妇离情相思之倾诉。但是，经过汉儒的说经，以及屈原《离骚》中以男女喻君臣的先导，汉魏文人笔下的绮情儿女之思，创作的宗旨遂变得复杂起来。作品开始文人化、理念化，有些甚至还或隐或显流露出君臣男女的寄托，因而失去了《诗经》或汉乐府古辞中原有的儿女之情的纯朴与天真。据目前所见资料，有主名文人抒写儿女之情，则始于东汉，兴于曹魏，盛于太康诗坛，并且开始发生明显的变化，有的作者已摆脱君臣男女的传统，但写个人一己之相思。尤其值得瞩目的是，在太康诗人笔下，诉说相思情意者，已经不限于为闺中女子代言，男性作者本人也会通过诗歌，表达对妻子的无限怀思。这虽然起自汉武帝的《李夫人赋》，或可视为是曹魏以来，在"尚情"风气熏陶之下，对于但属"人之情"的重视，也是摆脱政教伦理的束缚，对于一己"私情"的"再发现"。

当然，"君臣男女的寄托"与"儿女私情的吟咏"之间，并无直接的继承关系，而是各有偏重者，有时甚至会同时出现在一个作家的作品中。为了讨论的方便，姑且分两个层次，分节论述。

第一节

君臣男女的寄托

《诗经》中有关男女爱情婚姻之吟咏，范围广泛，也颇接近现实人生。诗中抒情主人公，男女兼有，其所倾诉者，包括相思之苦、相遇之乐、幽会之欢，以及遗弃之哀。不过，继而汉乐府歌诗中，涉及男女之间感情纠葛的作品，主人公或发话人，已经普遍只限女性，而且往往以悲哀愁怨为主调。或许基于女性在男女社会生活中居于"弱势"，加上采诗官对于民"怨"的重视，所采者大多以困守闺中的思妇，或遭遗弃的弃妇之处境和经验感受为重点，诉说相思之切，或被遗忘遭失宠的痛楚及哀怨。及至文人开始模拟乐府，因为有乐府古辞为范本，或又出于对女子不幸遭遇之同情共感，亦多为思妇或弃妇代言之辞。尽管如此，文人拟作毕竟难以摆脱作者本身的文人气质，会不时流露出属于文人特有的情思理念。于是，原有的单纯的思妇弃妇之辞，变得文人化、理念化了。有的甚是刻意借乐府之辞，以男女喻君臣，来抒发同样居于"弱势"的人臣之经验感受，包括怀才不遇的悲哀或盼望获得明君知赏之焦虑和无奈。

✤ ｜ 一、传统的形成

在中国文学史中，有意识地在作品中将男女喻君臣之首创者，当属楚臣屈原无疑。本书第一编论及屈原《离骚》之章已经指出，屈原虽然以逐臣之身抒发其政治不遇情怀，为了对疏远他的君王以及排挤他的党人表示不满，时而会中途转换男女角色，亦即由遭谗受逐之人臣，忽而变成一个遭嫉而失宠的女子，或声称："众女嫉余之蛾眉兮，谣诼谓余以善淫。"或用痴情女子责备夫君或情郎变心的口吻，埋怨楚王二三其德："初既与余成言兮，后悔遁而有他；余既不难夫离别兮，伤灵修之数化。"

《离骚》中这种借失宠女子口吻发泄作者自己的政治牢骚，在汉代文人仿真楚骚的作品中，似乎并未引起任何回响，不过，却从此启发了文人诗歌创作中，以男女喻君臣的抒情艺术，并且在读者阅读与接受过程中，留下深刻的印象，难免引发联想：大凡有关男女之情诗歌的表层下，应该或隐或显寄寓着怀才不遇者的"政治相思"或"政治失恋"。也就是在作者与读者，彼此激荡，相互影响，共同参与的创作过程中，以男女喻君臣形成其源远流长的传统。

✤ ｜ 二、文人的沿袭

在诗歌中首先继承楚骚以男女喻君臣的文人作家，或许当属东汉的张衡。按，张衡现存诗歌计有四言《怨篇》、骚体七言《四愁诗》、五言《同声歌》，正巧反映东汉末期各种诗歌体式在文坛争相共存的现象。其中五言《同声歌》，始见录于《玉台新咏》卷一，后又收录于《乐府诗集》卷七十六"杂曲歌辞"。按，《周易·乾·文言》中有："同声相应，同气相求。"其标题或出于此，意谓志趣相同者当互相呼应。试看：

> 邂逅承际会，得充君后房。情好新交接，恐栗若探汤。
>
> 不才勉自竭，贱妾职所当。绸缪主中馈，奉礼助蒸尝。
>
> 思为莞蒻席，在下蔽匡床。愿为罗衾帱，在上卫风霜。
>
> 洒扫清枕席，鞞芬以狄香。重户纳金扃，高下华灯光。
>
> 衣解金粉卸，列图陈枕张。素女为我师，仪态盈万方。
>
> 众夫所希见，天老教轩皇。乐莫斯夜乐，没齿焉可忘。

全诗属代言体，以贱妾之身发言叙述。自幸与君邂逅，能长侍君侧，要勉力奉献妇职。或主中馈，助蒸尝，或愿为莞簟，在下为君"蔽匡床"，又愿为衾裯，在上为君"卫风霜"，与君缱绻枕席，没齿不忘。

这样一首"不尊重女性"的诗，自然会令当今维护女权的读者受不了；但是，传统读者却有不同的体味与解读。认为此诗全用"比兴"手法，另有其寓意。宋人郭茂倩《乐府诗集》即引《乐府题解》云：

> 《同声歌》，汉张衡所作也。言妇人自谓幸得充闺房，愿勉供复职，不离君子。思为莞簟在下，以蔽匡床，衾裯在上，以护霜露，缱绻枕席，没齿不忘焉。以喻臣子之事君也。

换言之，全诗乃是以女子对夫君或情郎宣示的种种奉承伺候，比喻人臣对君王如何竭尽忠诚，而诗中女子所言男女的亲昵关系，不过是表现君臣之间的际会而已。在传统文人士大夫文化中，能获君王知遇，得宠信，受重用，不仅是汉代文人士子规划的人生理想，也是中国古典诗歌中反复吟咏的情怀。

张衡是否刻意借《同声歌》"以喻臣子之事君"，实无法确知。然而，不容忽略的是，此诗或许只是在作者与读者共同参与创作的状况下，以沿袭屈原"男女喻君臣"的面貌流传后世。但并不能掩盖，后世诗人创作之际，的确有刻意借男女喻君臣，以抒情述怀之作。

汉末建安诗坛，是"尚情"意识的高峰，慷慨述志，抒发抱负，强调功名意图，乃是诗人吟咏不辍的主要情怀，君臣男女之作，亦相继出现。试先以建安七子之一，徐干的《室思诗六首》其三、其六为例：

> 浮云何洋洋，愿因通我词。飘飘不可寄，徒倚徒相思。
>
> 人离皆复会，君独无返期。自君之出矣，明镜暗不治。
>
> 思君如流水，何有穷已时。
>
> 人靡不有初，想君能终之。别来历年岁，旧恩何可期。
>
> 重新而忘故，君子所尤讥。寄身虽在远，岂忘君须臾。
>
> 既厚不为薄，想君时见思。

标题中所谓"室思"，即"闺思"或"闺情"之意，也就是闺中女子的情思。传统保守社会中，女子不能出外谋职，令闺中女子所思者，当然不外是远别离的夫君或情郎。徐干《室思诗》是以组诗形式，思妇口吻，倾诉对远行不归的夫君之思念，以及独守空闺的寂寞与哀伤。乃至"自恨志不遂，泣涕如涌泉"（其四），怀着"何言一不见，复会无因缘"（其五）的不满，埋怨"人离皆复会，君独无返期"。不过，即使夫君"重新而忘故"，女主人公却仍然痴情地宣示："寄身虽在远，岂忘君须臾。"但是在其内心深处，毕竟挥不去终将被遗弃的疑虑，所以才会发出"既厚不为薄，想君时见思"的莫忘旧情的呼声。

从语言表象看，徐干《室思诗》所言不过是传统的思妇之辞，与《诗经》或汉乐府歌诗中同类作品，甚至无名氏"古诗"中的思妇弃妇之诉说，颇相类似。然而，就后世读者的接受而言，在熟知屈原《离骚》以男女喻君臣的影响之下，难免会以文人之心体会文人之情，何况这毕竟是一组有主名文人之作，历来的读者注家，大多认为徐干《室思诗》，并非单纯的思妇之辞，而是寄托于君王之作。换言之，诗中思妇对久盼不归的夫君之相思情，寄寓着男女喻君臣之意[①]。

倘若以徐干生平虽处乱世却平稳无波，其《室思诗》是否纯为"拟作"，或真有借思妇表达其个人不遇之叹，尚可以商榷，而至于曹植的同类作品，则无论古今中外读者，几乎均无异议地认为，乃是有意仿效屈原《离骚》以男女喻君臣的个人抒情述怀之作。试看其《浮萍篇》：

> 浮萍寄清水，随风东西流。结发辞严亲，来为君子仇。
>
> 恪勤在朝夕，无端获罪尤。在昔蒙恩惠，和乐如瑟琴。
>
> 何意今摧颓，旷若商与参。茱萸自有芳，不若桂与兰。
>
> 新人虽可爱，不若故人欢。行云有反期，君恩傥中还。
>
> 慊慊仰天叹，愁心将何愬。日月不恒处，人生忽若遇。
>
> 悲风来入帷，泪下如垂露。散箧造新衣，裁缝纨与素。

同样的，整首诗属代言体，以一个失去夫君恩宠的被弃女子口吻，诉说自己的处境和心情。不过全诗强调的是贤而被弃（"恪勤在朝夕，无端

---

① 清人王士祯选，闻人倓笺：《古诗笺》，即针对《室思诗》第六首云："此托言闺人之辞也。'想君终能之''想君时见思'，忠厚悱恻，犹见温柔敦厚之意。"上海古籍出版社 1980 年版，第 68 页。

获罪尤")之无奈，形单影只的寂寞，以及妄想旧恩回转的痴迷。其中糅杂着岁月流逝、时不我待之悲，仿佛含蕴着屈原《离骚》中，唯恐"美人迟暮"的悲哀与焦虑。诗中女主人公的经验感受，与曹植另外几首思妇或弃妇之辞，诸如《种葛篇》《七哀诗》《弃妇诗》《杂诗·揽衣出中闺》等所言，均有类似之处，而且都是以被遗弃女主人公之温柔哀怜为笔墨重点。女主人公对于失宠被弃的命运，逆来顺受，怨而不怒；对于负心汉，不出恶言，不加谴责，甚至还念念不忘。整体而言，既遥接《诗经》之温柔敦厚，又依循楚辞之眷眷深情，可说是典型的文人笔下的失宠被弃女子之辞。

但是，传统诗论者从来不曾把曹植这些作品视为单纯的弃妇诗，而是当作借弃妇以寄慨之辞。甚至当今学界，亦大多同意，在失宠被弃女子的悲哀愁怨里，寄寓了曹植本身宠而后弃，怀才不遇之悲。何况女子见弃于夫君，人臣见弃于君王，的确有相似之处。因此，以思妇弃妇之怨比喻受疏遭逐的人臣之悲，不单单是读者的联想，实际上也成为文人创作中普遍沿袭的模式，乃至丰富了弃妇诗的内涵，增添了弃妇诗的韵味。在古今读者的解读中，曹植在这些诗作里，乃是以男女喻君臣，抒发其政治相思或政治失恋，以失宠被弃女子之处境，传达其于君臣关系中的失宠见弃之悲，以及必须委曲求全之无奈①。在曹植笔下，失宠被弃女子与失宠见弃之人臣，形象上已两相重叠，其中所倾诉之悲哀愁怨，含蕴着人臣文士怀才不遇之心声。这已经不是曹植个人的不遇情怀，而是大凡文人士子但觉其不遇明君、不受赏识的普遍感受之情怀。

---

① 有关曹植以弃妇诗寄寓其政治挫折感之论析，见：David T.Roy, "The Theme of the Neglected Wife in the Poetry of Ts'ao Chih," *Journal of Asian Studies*, 19（November 1959），pp. 25—31.

以男女喻君臣，就是在曹植的耕耘之下，形成一种文学传统，两晋以后的诗人，相继沿袭其绪。试以文学史上以"善言儿女之情"见称的西晋诗人傅玄之乐府《短歌行》为例：

长安高城，层楼亭亭。干云四起，上贯天庭。

蜉蝣何整，行如军征。蟋蟀何感，中夜哀鸣。

蚍蜉愉乐，粲粲其荣。寤寐念之，谁知我情。

昔君视我，如掌中珠。何意一朝，弃我沟渠。

昔君与我，如影如形。何意一去，心如流星。

昔君与我，两心相结。何意今日，忽然两绝。

按，《短歌行》原属古乐府曲名，曹操《短歌行》云："对酒当歌，人生几何。"陆机《短歌行》亦云："置酒高堂，悲歌临觞。"皆言行乐当及时。可是傅玄此诗却另创新意，以失宠女子口吻，诉说宠而被弃的悲哀与疑虑。由英雄、文士之声，转变为失宠女子之辞，或许与傅玄个人的仕途经验感受有关。

根据清人陈沆（1785—1826）《诗比兴笺》的观察，傅玄"善言儿女之情，其诗尤长拟古，借他人酒樽，浇我块垒"。并考其仕宦生涯云："考休奕于晋武元年（265），以散骑常侍掌谏职，迁侍中，旋以争事喧哗免。泰始四年（268），复为御史中丞，明年转司隶校尉，复以争班次免，寻卒。再仕再已，一伸一屈，计其在朝日，正无几耳。"就看傅玄于"再仕再已，一伸一屈"的生涯中，其感慨可以想象。倘若概览傅玄现存抒发儿女之情的作品中，诸如《明月篇》《昔思君》等，或隐或显均寄寓着以男女喻君臣，以见弃女子之辞，传达己身在仕途的挫折与悲哀。

在重视政教伦理的中国文学史中，以男女喻君臣之作，始终是传统诗论者推崇的对象。不过，还是有一些诗人，在情动于衷之际，写下一些单纯儿女私情之吟咏，为中国诗歌增添了一些属于个人在日常生活中的私己情怀。

第二节

儿女私情的吟咏

以男女喻君臣的吟咏，挟着君臣隶属关系与政教伦理相联系的光环，在文人士子主掌诗坛的中国诗歌史中，自汉魏以降，从来未尝消歇，甚至成为中国诗歌中许多以儿女情长为表象的作品之主调。不过，也就在中国诗歌强调政教伦理的"夹缝"里，个人的绮情儿女之思，仍然会焕发出动人的光辉，不但为齐梁时期摇荡性灵的宫体艳情诗，铺上先路，也为唐宋以后文人诗词曲中抒发的绮情儿女之思，点出发展的方向。

✦ ┃ 一、思妇游子之情

思妇游子的离情相思，在《古诗十九首》中，已是吟咏的主调，及至建安年间，如曹丕的《燕歌行》《杂诗》（"漫漫秋夜长"），以及徐干和曹植的《情诗》，可谓一脉相承。不过，直到西晋诗人张华笔下，思妇游子之辞方脱离乐府的模拟，真正成为文人写"情"之作。

据钟嵘《诗品》对张华诗的观察：

> 其体华艳，兴托不奇，巧用文字，务为妍冶。虽名高曩代，

而疏亮之士，犹恨其儿女情多，风云气少。

其实张华也写了一些具有"丈夫气概"的作品，诸如《游侠篇》《博陵王宫侠曲》《壮士篇》等，而在文学史上，则与傅玄同样以善言儿女之情见称。不过，傅玄笔下的女子，包括刚烈的秋胡妻（《秋胡行》）、孝女庞氏妇（《秦女休行》），以及令人联想到"比兴寄托"中的失宠弃妇；张华笔下，则多属经历离情相思的思妇游子。换言之，傅玄通常身处事外，设想女子之遭遇心情如何，而张华之作中，绮情儿女之思更为"纯正"，而且往往情入局中，表现男女之情其实如何。钟嵘所谓"儿女情多，风云气少"，自然是指其单纯抒发绮情儿女之思的作品而言。按，张华现存诗中，标题《情诗》者有五首。试举其三、其五为例：

> 清风动帷帘，晨月照幽房。佳人处遐远，兰室无容光。
>
> 襟怀拥虚景，轻衾覆空床。居欢惜夜促，在戚怨宵长。
>
> 拊枕独啸叹，感慨心内伤。
>
> 游目四野外，逍遥独延伫。兰蕙缘清渠，繁华荫绿渚。
>
> 佳人不在兹，取此欲谁与？巢居知风寒，穴处识阴雨。
>
> 不曾远别离，安知慕俦侣。

虽然两首诗中均以"佳人"为怀思对象，前首写思妇独处的孤独凄凉，后首则写游子漂泊的相思情意。主题上虽然宛如建安诗人继承《古诗十九首》的同类作品，但在儿女情思的酝酿与刻画上，已经更为专注，更为细腻，流露出西晋诗歌充分文人化的痕迹。两首诗中（其他三首亦同）男女主人公的心情，并非像汉魏诗中那样，往往通过人物的动作行为来传达，而是通过环境的描绘、气氛的酝酿，来衬托出思妇游子在离情相思中的孤寂与悲哀。张华乃是以"巧用文字，务为妍冶"见称，其描述绮情儿女之思的"情诗",所以令人瞩目,则不仅在于文字之华美,更在于情思之绮丽。

其实,自《诗经》及《古诗十九首》以来,有关思妇游子的情诗对文人作家的影响,并不局限于张华诗中代言体的沿袭。更重要的是,有些诗人会以自己的身份面貌,第一人称口吻,以儿女之情表达对妻子的深情。

❖ | 二、对妻子的深情

就现存资料视之,东汉秦嘉(约147年前后在世)的《赠妇诗三首》,当为有主名文人抒发自己对妻子情爱之首创,也是作者写个人儿女私情的里程碑。按,《赠妇诗三首》最早见录于《玉台新咏》,诗前有辑录者的小序,说明原委:"嘉为上郡掾,其妻徐淑寝疾,还家不获面别,赠诗云尔。"由于秦嘉奉使入京师致事,其妻徐淑因还娘家又卧病,不得与妻子面别,于是写诗三首相赠,诉说相思。这是中国文学史上第一次出现写给自己妻子的离情相思之辞。无论在诗歌题材之开创上,或夫妻情深的示范上,均具有划时代的意义。试以第一首为例:

> 人生譬朝露,居世多屯蹇。忧艰常早至,欢会常苦晚。
>
> 念(今)当奉时役,去尔日遥远。遣车迎子还,空往复空返。
>
> 省书情凄怆,临食不能饭。独坐空房中,谁与相劝勉?
>
> 长夜不能眠,伏枕独辗转。忧来如循环,匪席不可卷。

全诗以慨叹人生短暂、世道多艰、欢会苦少开端。继而叙述自己此番奉役远行,原以为可以将徐淑从娘家接回来相聚,不料徐淑卧病,"遣车迎子还，空往复空返"。只能看着徐淑的书信，独坐空房，徒自伤悲，无人慰劝，乃至夜不成眠，愁思缭绕不去。笔墨重点在表达不能与妻子晤对话别的失望，以及对妻子的一往情深，语意缠绵，真挚动人。

秦嘉《赠妇诗》，历来从不曾有读者会解读为"男女喻君臣"，均公认是表现秦嘉夫妻情深的代表作。值得注意的是，三首诗中反复吟咏的离情相思之苦，其实与《古诗十九首》，以及相传为李陵、苏武所作的《赠别诗》等，在叙别情的内容风格上均有相似之处。例如，普遍流露对生命短暂的无奈，欢乐苦少的焦虑。不过，《赠妇诗》重视的是个人身心的幸福，夫妻情爱的珍惜，一己人生价值的追求。充分表现汉代以来文人士子对个体人格的自觉意识，亦正巧指出中国诗歌向自我抒情稳步发展的趋势。

✤ ｜ 三、对亡妻的怀思

建安诗人虽然也写了一些代人言情、吟咏夫妻情深的作品，但是首度连续将自己对亡故妻子的情爱或怀思谱成诗篇者，则是西晋的潘岳。其现存《内顾诗二首》《悼亡诗三首》《杨氏七哀诗》，均属悼念亡妻杨氏之辞。

试看潘岳《悼亡诗》其一：

> 荏苒冬春谢，寒暑忽流易。之子归穷泉，重壤永幽隔。
>
> 私怀谁克从，淹留亦何益？僶俛恭朝命，回心反初役。
>
> 望庐思其人，入室想所历。帏屏无仿佛，翰墨有余迹。
>
> 流芳未及歇，遗挂犹在壁。怅恍如或存，回遑忡惊惕。
>
> 如彼翰林鸟，双栖一朝只。如彼游川鱼，比目中路析。

春风缘隙来，晨溜承檐滴。寝息何时忘，沉忧日盈积。

庶几有时衰，庄缶犹可击。

主要是诉说物在人亡，因物思人的哀伤。首二联点出妻子"归穷泉"，彼此"永幽隔"，已经一年的冬春寒暑。继而慨叹，"私怀"已无人了解，"淹留无益"，姑且应朝命，远行赴任。可是，"望庐思其人，入室想所历"，室内的一切，帏幕屏风、翰墨余迹，处处都唤起二人过去曾经共享和墨洒笔的美好时光，也点醒自己，过去是翰鸟双栖，比目同游，如今则形单影只，独自流连徘徊于人世。就在无以抑止，与日俱增的思念中，冀望或许有一天，自己能像庄周那样达观脱俗，在妻子死后鼓缶而歌。

《悼亡诗》其二，主要写深秋月夜引起的思念之情；其三，则写将离居赴任，徘徊亡妻墓前、流连不舍的情景。潘岳对其亡妻的眷眷深情，亦表现在《内顾诗二首》《杨氏七哀诗》，除此之外，还有《悼亡赋》《哀永逝文》各一篇。当然，若要为悼亡诗溯源，《诗经·唐风·葛生》也算是悼亡之章，汉武帝《李夫人赋》则是有主名作者"悼亡"之始。又据《世说新语·文学》，孙楚也曾写一首《悼亡诗》，惜已散逸，而这些只不过是零星的例子，尚未形成传统。像潘岳这样连续多量抒发对亡妻的怀思，在中国文学史上是空前的创举，其后则继作不绝。较有名的如齐梁时期江淹有《悼室人十首》，唐代元稹有一系列的悼亡之篇，均属沿袭潘岳之作。值得注意的是，自潘岳以来，"悼亡"已不再是悼念死者的泛称，而成为悼念亡妻之特指。

当然，潘岳在文学史上，乃是以善写哀情见称，两汉以来又有以悲为美的审美传统，而魏晋乃是乱世，人命旦夕，对于生命的无常，友朋亲故死亡的哀伤，自然成为"尚情"的诗人提笔染翰喟叹的题材。但是，不容忽略的是，从建安到太康的诗歌发展过程中，从目睹白骨遍野而哀伤陌生路人之死，到哀伤亲朋之零落不存，乃至悼念自己妻子的亡故，诗人的视野，逐渐由远而近，关怀则由群体到个人，从社会到己身，这样的发展演变，潘岳实际上扮演着颇为关键的角色。首先，是在潘岳笔下，哀悼文学变得更加个人化、寻常生活化，甚至"世俗化"了。诸如《思子诗》哀稚子之早夭，《悲内兄文》（今不存）以及《怀旧赋》怀思岳父杨肇等即是。其次，在《内顾诗》《悼亡诗》《杨氏七哀诗》诸作中，悼念的对象是妻室，但却无意于"妇德"的称颂，亦无政治社会的批评或控诉，首首均专注于个人对妻子的无限相思深情。因此，可说扩大了绮情儿女之思的范围，且将儒家强调的"夫妇伦理"，增添了情爱的分量，为中国诗人自述的夫妻之间的"爱情诗"，指出新境。

抒发绮情儿女之思的作品，作为一种诗歌类型，在《诗经》、两汉乐府、《古诗十九首》中，已经奠定以儿女之情为主调的文学传统。及至有主名文人之继作，则开始产生了明显的变化。从东汉秦嘉《赠妇诗》、张衡《同声歌》、建安时期徐干的《室思诗》，到太康诗坛傅玄的乐府、张华的《情诗》，以及潘岳的《内顾诗》《悼亡诗》《杨氏七哀诗》等，均展现作者在继承传统之际，已另辟新境。

首先，在作品中，作者由他人身世遭遇的旁观者，转而为当事人，寄寓自己在政治上宠而后弃，怀才不遇的悲哀，乃至涂上文人士大夫的文化气息。其次，由一般思妇游子离情相思之体味或同情，转而抒发个人对自己妻室之依依不舍，或对亡妻的绵绵怀思。两类作品均显示诗人的关怀和视野，如何由远而近、由社会而转向自我的演变，不但扩大了绮情儿女之思诗歌的题材内容与抒情领域，并且成为后世诗人相继创作的典范。不过，在两晋南朝诗歌发展过程中，单纯抒发绮情儿女之思，毕竟显得"风云气少，儿女情多"，又加上除了曹植"以男女喻君臣"诸作之外，其他作品与儒家推崇的"比兴寄托"，似无关系，不能像"仙隐玄虚之咏"那样，与文人士大夫的仕宦生涯、政治态度或生活方式的选择密切相关，乃至一直未能成为中国诗坛的主流，亦未受到传统文学史家的重视。

第四章

仙隐玄虚之咏

中国诗人吟咏仙隐玄虚之企慕，萌生于汉末大乱以来，儒学衰微，道家中兴的环境背景，又在身逢乱世的建安、正始诗人作品中，已开启端绪。西晋统一之后，表面上虽然出现一段太平繁荣景象，实际上则暗潮汹涌；外戚与司马宗室，还有世家大族，始终在争夺政治的主导权。文人士子在几大权势争夺中寄讨生活，身陷混乱险恶的世局，往往很容易就遭到杀身之祸。例如潘岳、陆机、张华等，均在政治的漩涡中遇害。面临如此混乱不安的大环境，宣扬个人身心逍遥自适的老庄思想，自然成为文人士子的心灵寄托。乃至企慕隐逸、向往游仙之吟咏，以及阐明老庄玄理以追求玄远之境的诗篇，自然增多，并且成为两晋（265—420）诗坛的主流风尚。

第一节

隐逸诗的风行与演变

一、"隐逸"的概念

在强调君子以道自任，鼓吹"学而优则仕"的儒家思想体系中，"隐"原是针对知识阶层"仕"的问题，而产生的概念与行为。知识分子倘若从政治社会的参与中引身而退，乃是一种不得已的选择，也是一种对当政者不满的间接抗议或批判。不过，在肯定自我的道家思想体系中，"隐"乃是出于对个人生命与精神的珍视，属于一种人生态度的表现与生活方式的选择，强调的是归返自然，清静无为，逍遥自适，因此往往含有超世绝俗的品质。无论是为抗议、批判当前政治社会而隐，或为追求个人身心逍遥自适而隐，均在传统中国文人士大夫生命中扮演相当重要的角色，同时成为诗歌创作的重要题材。

二、隐逸诗界说

大凡称美隐逸行为，歌咏隐士幽居生活，抒发栖隐山林之志的作品，均可归类于"隐逸诗"。当然，游仙、玄言、山水、田园诸类诗歌中，也往往含有避世隐逸的意念，但隐逸的本身，并非这些作品关注的焦点，也不是诗人创作的主要目的。因此，此处所称"隐逸诗"，属狭义者，乃是指那些将笔墨重点围绕在隐逸概念、行为、情怀的诗作。

隐逸诗并非魏晋以后才萌生。早在《诗经》中，已经出现宛如表达隐逸之志的作品，如《卫风·考盘》《陈风·衡门》即是，不过，其作者无考，且是否真属表现隐逸意愿之作，学界至今仍无共识。从现存可信资料视之，东汉初年已出现肯定隐逸行为、表达隐逸情怀的有主名的赋篇①。其后张衡《归田赋》则是现存最早的、以歌咏隐居生活之乐为主题的作品。而就诗歌而言，汉末仲长统《述志诗二首》其二，可谓正式为隐逸吟出赞歌②，此后建安与正始诗歌中，亦不断流露隐逸之思。不过，隐逸诗渊源虽远，其开始风行于诗坛，成为众多诗人吟咏的对象，却是在西晋太康时期（280—289）。此后，至"古今隐逸诗人之宗"东晋陶渊明笔下，方正式成为后世继作不辍之类型传统。

西晋太康时期乃是继建安之后，另一次诗歌创作盛况。前二章所论"拟古咏史之怀""绮情儿女之思"，均在太康诗人笔下臻至创作的高峰。根据钟嵘《诗品·序》对太康诗坛的评述：

> 太康中，三张（张协、张载、张华）、二陆（陆机、陆云）、两潘（潘岳、潘尼）、一左（左思），勃尔复兴，踵武前王，风流未沫，亦文章之中兴也。

其实太康年间不但展现"文章之中兴"，亦是隐逸诗创作的高峰时期，几乎每个活跃于太康年间的诗人，都曾写隐逸诗。值得注意的是，歌咏隐

---

① 如崔篆（约25—30年举贤良）《慰志赋》及冯衍（？—70？）《显志赋》等即是。
② 仲长统《述志诗二首》其二有："抗志山栖，游心海左。元气为舟，微风为柂。翱翔太清，纵意容冶。"显然已为隐逸行为吟出赞歌。

逸乃是流行诗坛的"风尚"，在诗坛风尚的吹袭之下，其作者并不一定是隐逸的体行者。就如史称"好游权门"、以"进趣获讥"的陆机，还有"性轻躁，趋世利"的潘岳，以及曾经雄心万丈、立志做壮士的左思，均因身处企慕隐逸的风尚里，亦曾提笔写隐逸诗，表露隐逸的意愿。这些西晋时期的隐逸诗，实多以"招隐"为题，且一时成为标目风尚[①]。按，"招隐"之题，虽源自西汉淮南小山之楚辞体《招隐士》，其作者却有意识地唱反调，不再以"王孙归来兮，山中不可以久留"，招请呼唤隐士出山，却转变为访求山中隐士，赞美归隐行为，表示对隐逸山林之企慕。其他虽不以"招隐"名篇，但以隐逸之歌咏为中心题旨者，亦不少。

❖ | 四、隐逸诗之典型及演变

隐逸诗主要以歌咏隐逸为宗旨，不过在内涵情境的重点上，还是可以看出其典型逐渐演变的大概趋势：亦即从强调政治的逃避，向往隐逸的避世离俗，到企慕隐逸的恬澹虚静，到歌咏隐居生活的逍遥自适。

（一）　向往隐逸的避世离俗

身处曹魏及西晋易代之际的诗人，倘若在作品中表现对隐逸的向往，仍然普遍含有政治逃避的意味。往往以身逢乱世，企图避祸远害，或保命全身，而向往隐逸的远离俗世尘嚣。他们深切忧虑的，主要是个人在政治

---

① 据逯钦立《先秦汉魏晋南北朝诗》，现存太康诗歌以"招隐"为题者，计有陆机三首，张华、左思各二首，张载、闾丘冲、王康琚各一首，另有王康琚《反招隐》一首。

社会的处境和安危，因而吟出一些企羡隐逸之避世离俗，则可无忧无惧的诗篇。隐逸于此，乃是一种不得已的选择。前面篇章所论阮籍、嵇康涉及隐逸意愿的作品，多属此类。试再引何晏《言志诗》为例：

> 鸿鹄比翼游，群飞戏太清。常恐天网罗，忧祸一旦并。
>
> 岂若集五湖，顺流唼浮萍。逍遥放志意，何为怵惕惊。

作者清楚表示，是为"常恐天网罗，忧祸一旦并"的政治祸害，忧虑己身之安危，而向往逍遥放志、优游五湖之避世离俗生活。

不过，隐逸除了可以避祸远害之外，还能在个人生活与心境上产生一些"正面"的效果。于是企慕隐逸之恬澹虚静，遂成为创作隐逸诗者投注的焦点。

㊂ 企慕隐逸的恬澹虚静

西晋统一之后，基于隐逸观念的转变，一般企慕隐逸中含蕴的政治忧患意识逐渐淡去，隐逸生活与心境的恬澹虚静，开始成为诗人吟咏的对象。这主要是因为司马氏政权统一，战乱终止，文人士子无须在不同的政治权势斗争中选取立场，可以尝试以儒道调和，名教与自然并不对立的处世态度，在政治漩涡中寄讨生活。西晋文人对隐逸的企慕，与个人的政治立场可以并无直接的关系，不过仍然不出逃避的心理。但是却已经从阮籍、嵇康、何晏等所表达的政治性的逃避，转向更强调精神超越的逃避。也就是由于隐士幽居山林，清静无为，远离俗世尘嚣，因而企慕隐逸的恬澹虚静之境。张载（生卒年不详）《招隐诗》的结尾几句，就颇能代表一般西晋文士对隐逸的认知：

去来捐时俗，超然辞世伪。得意在丘中，安事愚与智。

隐逸者"超然"于俗世的虚伪之外，"得意"于大林丘山之中，诗人对隐逸之推崇和赞美，显示其对隐逸的向往，已非外在政治环境或个人仕途境遇所能完全概括。更重要的是，在老庄思想影响下，恬澹虚静的隐居生活与心境，正符合个人内心的精神需要。试看左思《招隐诗二首》其一：

秋菊兼糇粮，幽兰间重襟。踟蹰足力烦，聊欲投吾簪。

杖策招隐士，荒途横古今。岩穴无结构，丘中有鸣琴。

白云停阴冈，丹葩曜阳林。石泉漱琼瑶，纤鳞或浮沉。

非必丝与竹，山水有清音。何事待啸歌？灌木自悲吟。

秋菊兼糇粮，幽兰间重襟。踟蹰足力烦，聊欲投吾簪。

全诗笔墨重点在于写亲往深山荒野去寻访隐士的经验和感受，其中有一半的篇幅描写隐士幽居的周遭环境之幽美。虽然隐士所居，地处偏远，但却并无淮南小山《招隐士》中所写山川的险恶恐怖。展露的则是：隐士虽栖居岩穴，却鸣琴丘中，心境显然是恬澹虚静的，何况身处一片祥和的自然美景；于是体认到丝竹管弦，不如山水清音，人为啸歌，不如自然天籁；进而领悟到，幽居山林，与世无争，食秋菊佩幽兰，高洁无欲，恬澹虚静，所以兴起"聊欲投吾簪"，不如抛弃华簪官帽的念头。

其他如陆机《招隐士》、潘岳《河阳县作二首》其一，诗境亦类似。但隐逸诗作为一种诗歌类型之形成，尚有待诗人对隐逸生活逍遥自适的歌咏。

（三）歌咏隐逸的逍遥自适

由于隐逸山林既可避世绝俗，又能臻至恬澹虚静的境界，是值得企慕和赞美的，因此"隐"的概念里，不但政治逃避的性质日益薄弱，隐逸山林甚至可以是一种生活方式的选择，可视为一种高尚风雅的情趣，甚至是一种逍遥自适生活的享受。显贵者如石崇（249—300），晚年去官之后，"更乐放逸，笃好林薮，遂肥遁于河阳别业"，享受"出则以游目弋钓为事，入则有琴书之娱"（石崇《金谷园集序》）。张华《答何劭三首》其一，即清楚宣示，因对仕宦生涯的拘束烦琐产生厌倦，转而向往逍遥自适的隐逸生活：

> 吏道何其迫，窘然坐自拘。缨緌为徽纆，文宪焉可逾？
>
> 恬旷苦不足，烦促每有余。……
>
> 散发重阴下，抱杖临清渠。属耳听莺鸣，流目玩儵鱼。
>
> 从容养余日，取乐于桑榆。

张华歌咏的隐逸生活是，摆脱官场的束缚，无须留心世务，可以自由自在，享受散发抱杖，登临山水，耳闻鸟鸣，目玩鱼游，逍遥从容之乐。又如张协《杂诗十首》其九，就刻意描述隐居生活的享受和情趣：

> 结宇穷岗曲，耦耕幽薮阴。荒庭寂以闲，幽岫峭且深。
>
> 凄风起东谷，有渰兴南岑。虽无箕毕期，肤寸自成霖。
>
> 泽雉登垄雏，寒猿拥条吟。溪壑无人迹，荒楚郁萧森。
>
> 投耒循岸垂，时闻樵采音。重基可拟志，回渊可比心。
>
> 养真尚无为，道胜贵陆沉。游思竹素园，寄辞翰墨林。

据《晋书·张协传》，张协晚年"弃绝人事，屏居草泽，守道不竞，以属咏自乐"。诗中所叙，可能源自亲身的体验。其笔下描述的是，隐士结庐空山、耦耕幽谷的恬淡生活，歌咏的是其耳闻目击自然环境声色之美，以及享受"游思竹素，寄辞翰墨"的闲情逸趣。

西晋诗人始唱的这种享受隐逸的逍遥自适之歌咏,在晋室渡江之后更为显著,并且成为东晋时代(317—420)隐逸诗的特色。

✤ | 五、隐逸诗的鼎盛及大成

隐逸诗的鼎盛及其大成,实生发于晋室渡江之后的东晋时代。前期有文人名士兰亭诗人群体的表现,后期则有躬耕隐士"古今隐逸诗人之宗"陶渊明(365—427)的个人成就。

(一) 文人名士的隐逸情怀

晋室渡江之后,由于老庄玄风之炽烈,文人名士即使身怀经世之才,也会为钦慕老庄之道,追求心神之超然无累,而纵迹山林,寄情隐逸。有的甚至轻蔑官职,视政治的参与为"俗事",以避世隐逸为高,游放山水为傲。或身在庙堂之上,却心寄山林之中,以隐逸的无为逍遥为乐。这些文人名士与志同道合者,以及深识老庄、精通诗文的高僧道士,在琴棋书画间饮酒、谈玄、赋诗,并且畅游山水。隐逸已经不再是清苦的状况,亦无须是孤独的行为,而是一种可以与同好友朋结伴而赴的高雅情趣,俨然成为文人名士阶层的"族群文化"。文学史上最有名的例子,就是于永和九年(353),以王羲之(321—379)为首的文人名士,在浙江会稽山阴的兰亭宴集盛会,留下的诗歌,其中就有足以代表东晋前期隐逸诗的典型。

试先看曾参与兰亭游宴的袁矫之[晋穆帝时(344—361年在位)为太学博士],留下一首即景而赋的《兰亭诗》:

四眺华林茂，俯仰晴川涣。激水流芳醪，豁尔累心散。

遐想逸民轨，遗音良可玩。古人咏舞雩，今也同斯叹。

言其在自然山水美景的观赏中，遐想古代隐士遗音，并以当日兰亭的优游吟咏，比美于曾经令曾皙无限向往的"风于舞雩，咏而归"之乐（《论语·先进》）。此处歌咏的是足以令人"豁尔累心散"的山水美景，以及融身自然，有同好友朋共享的优游生活情趣。

再看尝"游放山水十有余年"的孙绰（314—371），由于"少慕老庄之道"，于是筑室东山，享受隐逸生活的逍遥，其《秋日》一诗，即是逍遥自适的幽居生活之写照：

萧瑟仲秋日，飙唳风云高。山居感时变，远客兴长谣。

疏林积凉风，虚岫结凝霄。湛露洒庭林，密叶辞荣条。

抚菌悲先落，郁松羡后凋。垂纶在林野，交情远市朝。

澹然古怀心，濠上岂伊遥。

孙绰在文学史上，乃是以其抽象说理论道的玄言诗见称，但是这首《秋日》，却是从当前耳目所及的现实环境下笔。诗中虽流露时变之感，却超越了传统的悲秋之叹，传达的不仅是山中秋色之美，还有远离市朝、优游山林的逍遥自在。

当然，兰亭诗人歌咏的，或许是高官贵族阶层名士优游山水，讲求生活素质与高雅情趣享乐的隐逸。但这种歌咏逍遥自适的隐逸诗，并不局限于贵游子弟，清贫之士如陶渊明，亦因"不堪吏职"，而解印绶去职，欣欣然赋《归去来兮辞》，归返田园之后，在其躬耕田亩的辛勤生活中，歌咏出一些逍遥自适的隐逸情怀。

（三） 躬耕隐士的隐逸情怀

大凡抒写隐逸诗的作者，诸如建安、正始、太康、兰亭诗人，主要还是在老庄思想影响下、崇尚隐逸的风气中，抒发隐逸情怀，表达对隐逸的企慕与向往，歌咏的往往是隐逸的概念和行为，并非出自亲身为隐逸之士的经验与感受。只有陶渊明，辞彭泽令后，即不再复出，隐逸以终，并且将自己弃官归田、躬耕自资的实际隐居生活之经验与感受，不断记录于诗篇。因此，陶渊明可说是中国文学史上，第一位"隐逸诗人"，也是第一位身兼隐士与诗人双重身份者。钟嵘《诗品》称陶渊明为"古今隐逸诗人之宗"，实乃卓识。以躬耕隐士之身，抒发隐逸情怀，实肇始于陶渊明。试先举《答庞参军》第一章为例：

> 衡门之下，有琴有书。载弹载咏，爰得我娱。
>
> 岂无他好，乐是幽居。朝为灌园，夕偃蓬庐。

此章所言，或许是酬答庞参军原先赠诗的问讯，于是以自述生活近况为答。值得注意的是，诗中强调的琴书之娱，虽遥接前引左思《招隐》其一所称隐士"鸣琴丘中"，以及张协《杂诗》其九所云"游思竹素，寄辞翰墨"，但是在陶渊明笔下，其"朝为灌园，夕偃蓬庐"的境况，不但显示两晋诗歌的文人化，同时还流露隐逸诗的逐渐"日常生活化"，从此扩大了隐逸诗的内涵情境，这是陶渊明对汉魏以来隐逸诗传统集大成的贡献。

再看《读山海经十三首》其一：

> 孟夏草木长，绕屋树扶疏。众鸟欣有托，吾亦爱吾庐。
>
> 既耕亦已种，时还读我书。穷巷隔深辙，颇回故人车。

欢然酌春酒，摘我园中蔬。微雨从东来，好风与之俱。

泛览周王传，流观山海图。俯仰终宇宙，不乐复何如。

全诗显然是从躬耕隐士角度，自述日常生活之经验感受，强调的是隐居生活之乐，展现的是归隐田园，幽居穷巷，享受自然的呵护，不受俗世干扰的清静，以及耕种之暇，独处之际，欣然摘蔬佐酒，浏览异书的自得其乐。含蕴的是对当前躬耕自资隐居生活的珍惜与满足。"隐逸"在陶渊明笔下，不再是单纯的理念，亦非遥远的理想，而是一种亲身的生活体验；隐士所居，亦并非与人世隔绝的山林岩穴，而是有邻里共往来的田园农村；"隐逸诗"，则从向往遥远理想的表达，转而为实际日常生活经验感受的记录，并且与田园情趣合流。

第二节

玄言诗的风行与告退

玄言诗之风行，在中国文学史上是一个颇为特殊的文学现象。因为中国诗歌自《诗经》《离骚》以来，是以言志抒情为主流，而玄言诗却能以其抽象的说理论道之旨、玄虚淡远之境，风行文坛长达百年之久。这显然根源于魏晋时代文人名士纷纷致力于玄学清谈的文化活动密切相关，乃至"因谈余气，流成文体"。反映的是，此时期诗人向往个体人格的独立自主，偏爱玄虚淡远的审美趣味，以及文士之间借诗歌以清谈玄理的流行倾向。可惜过去一般文学史对于玄言诗，往往着墨不多，或许仅于论及山水诗之兴起，引述刘勰《文心雕龙·明诗》所云"老庄告退，山水方滋"时，简略带过，乃至论述自西晋末年至东晋一朝，这百年期间之诗歌发展状况，未能充分掌握其全貌。

✤ | 一、玄言诗界说

文学史上所谓"玄言诗"，一般是指通过谈玄说理论道，表达诗人对玄理之体悟为创作宗旨者。可谓是魏晋文人士子清谈玄学，理论个人与天地宇宙的关系，思考个体生命存在意义的副产品；是一种专门以说理论道为主要内涵的诗歌，亦即是魏晋文人将抽象哲理"诗化"的结果。按，玄言诗最初以《庄子》《老子》《周易》这"三玄"的哲理为主要内容，而渡江以后，佛学兴盛，文人名士与佛僧交往过从频繁，一齐谈玄论道说佛，影响所及，玄言诗中又加入了佛理。当然，不容忽略的是，玄言诗的哲理之思，与隐逸游仙之怀、山水田园之情的"老庄同门"关系。就现存资料视之，纯粹谈玄说理论道之诗仅是少数，经由隐逸游仙、田园山水之情而引发的玄远之境，则为多数。因此，本节所界定之玄言诗，虽属"狭义"的玄言诗，亦即在清谈玄学影响之下，以谈玄说理论道为主要内容者，但在讨论之际，并不排除在发展过程中具有其他副题之掺入者。

玄言诗的产生，在中国诗歌史上实意义重大，不但因为作者将抽象哲理入诗，遂令诗歌"哲理化"，乃至模糊了哲学与文学的分际，进而还扩展了诗歌的题材内容，开拓了诗歌主平淡的审美趣味，同时还因为哲理的"诗化"，充分显示了中国传统文学"杂而不纯"的特质。就是因为文学与哲学虽属不同的门类范畴，却可以通过诗歌创作，相互包容，彼此汇通，故而不断引起诗论者对于玄言诗的风行与特色发表观点与评论。

❖ | 二、玄言诗的风行与特色

论者对玄言诗之风行与特色，在齐梁时代已经提出总结性的评论。根据现存资料，最早当是檀道鸾（活跃于 5 世纪中叶）的《续晋阳秋》。试看《世说新语·文学》刘孝标"注"引《续晋阳秋》所云：

> 正始中，王弼、何晏，好庄老玄胜之谈，而世遂贵焉。至江左李充尤胜，故郭璞五言，始会合道家之言而韵之。（许）询及太原孙绰，转相祖尚，又加以三世之辞，而《诗》《骚》之体尽矣。询、绰并为一时文宗，自此作者悉体之，至义熙中，谢混始改。

上引檀道鸾《续晋阳秋》之言，实际上已概括玄言诗从孕育到风行到消歇的整个发展过程。此外，沈约《宋书·谢灵运传》，看法大体雷同：

> 有晋中兴，玄风独振，为学穷于柱下，博物止乎七篇，驰骋文辞，义殚乎此。自建武暨乎义熙（317—418），历载将百，虽缀响联辞，波属云委，莫不寄言上德，托意玄珠，遒丽之辞，无闻焉尔。仲文始革孙、许之风，叔源大变太元之气。

其后刘勰《文心雕龙·时序》的观点，与檀、沈二氏亦相近：

> 自中朝贵玄，江左称胜，因谈余气，流成文体。是以世极迍邅，而辞意夷泰，诗必柱下之旨归，赋乃漆园之义疏。

刘勰另于《文心雕龙·明诗》又进一步说明：

> 江左篇制，溺乎玄风，嗤笑徇务之志，崇盛亡（忘）机之谈。
> 袁（宏）孙（绰）已下，虽各有雕采，而辞趣一揆，莫与争雄。

当然，重视诗歌须有"滋味"的钟嵘，于其《诗品·序》所云，对于玄言诗之遗憾不满语气，最为明显：

永嘉时（307—312），贵黄老，稍尚虚谈，于时篇什，理过其辞，淡乎寡味。爰及江表，微波尚传。孙绰、许询、桓（温、玄）庾（阐、亮）诸公，诗皆平典，似道德论，建安风力尽矣。

综合上引诸家意见，玄言诗之风行，实与魏晋玄学清谈之风气密切相关。按，犹如前面章节所述，魏末正始诗人如阮籍、嵇康诗作中，已经流露明显的哲思色彩，甚至出现阐述老庄之道，抒发玄虚之悟者。即使太康诗人作品中，亦不乏含蕴玄理之思。但玄言诗最终孕育成为一种激发诗人创作兴致的诗歌类型，还是西晋中叶以后永嘉年间。及至东晋，又在许询、孙绰诸人笔下，直接且纯粹论说玄理之作大增，玄言诗之风行遂臻至鼎盛；以后绵延至殷仲文（？—407）、谢混（？—412）诸人笔下，方为玄言诗开始告退之时。

此外，就齐梁诸家所评，玄言诗之风格特色，或可大致归纳为以下数点：其一，以说老庄玄理为主，过江后又杂入佛理；其二，辞意夷泰，往往理过其辞，淡乎寡味，或平淡典奥，似《道德论》；其三，《诗经》《离骚》的言志抒情传统，慷慨多气的建安风力，消失殆尽。这些的确可以概括玄言诗的典型特征，从论诗者遗憾不满的语气，或许可以说明，玄言诗在风行一百年之后，终于从诗坛主流淘汰出局，甚至大量的篇章，也散逸不传，典型的玄言诗至今已所见无几。尽管如此，就现存"玄言诗"，仍然可以略览其类型与演变之大概。

✤ | 三、玄言诗的类型与演变

玄言诗作为一种诗歌类型，就其特色，在内容上，并非一开始就只顾直接谈玄说理，宛如"柱下之旨归""漆园之义疏"。在风格上，亦并非全然显得"理过其辞，淡乎寡味"。语言方面，虽多取庄、老、易、佛诸典籍中之词语或典故，亦并非完全缺乏生动的形象和辞采。尽管这些风行一时的玄言诗，流传下来的相当有限，观其从兴起到消歇的过程，仍然表现出不同的风格并逐渐演变的痕迹。玄言诗的发展总趋势，主要乃是随着诗中玄思理念的浓淡消长而演变，简言之，是从向往玄虚之境，到阐明玄理之思，再到抒发玄远之趣；同时表现玄言诗中，抒情述怀意味由淡薄到失落、到拾回的过程。

（一）　玄虚之境的向往

正始或西晋时期的玄言诗，通常起于诗人对现实人生中某些具体情况的厌倦、不满或感触，转而向往老庄的玄虚之境，或想借对老庄之道的领悟，摆脱人世的羁绊，获得心灵的平静与自由。这类作品，虽然抒情意味淡泊，往往倾向于抽象的说理，但多少还流露一些个人的情怀意念，或描述当前环境状况，足以引起读者感性的反应。试看嵇康《答二郭诗三首》其三：

> 详观凌世务，屯险多忧虞。施报更相市，大道匿不舒。
>
> 夷路值枳棘，安步将焉如。权智相倾夺，名位不可居。
>
> 鸾凤避爵罗，远托昆仑墟。庄周悼灵龟，越稷畏王舆。
>
> 至人存诸己，隐璞乐玄虚。功名何足殉，乃欲列简书。
>
> 所好亮若兹，杨氏叹交衢。去去从所志，敢谢道不俱。

按，友朋同好在赠答之间，彼此叙近况、诉衷情、谈理想，本是赠答诗之通例。现存正始诗中，就有郭遐周《赠嵇康诗三首》、郭遐叔《赠嵇康诗二首》。嵇康此作，显然是酬答郭氏兄弟赠诗中对他的抚慰劝勉，于是说明自己面临出处进退的选择，表达对世务险恶的忧虑、世风败坏的厌弃，故而意欲效法"至人"的"存诸己，而无待于外"，乃至将"璞玉"珍藏不露，摆脱世俗的羁绊，自得其乐于"玄虚"之境……综观全诗，无论整体之内涵意境，或细节之遣词用典，均属合格的、以说理论道为宗旨的"玄言诗"。不过，值得注意的是，在抽象玄理的论说之间，诗中不时浮现着诗人对现实社会的危惧之感，流露着对个人功业声名的超越意图，以及因认知人各有志，面临人生歧路之际，与友人选择不同道路的喟叹，均为抽象的说理论道氛围中，增添了个人对现实人生的体悟与感怀。

再看孙楚（218？—293）《征西官属送于陟阳侯作诗一首》：

晨风飘歧路，零雨被秋草。倾城远追送，饯我千里道。

三命皆有极，咄嗟安可保。莫大于殇子，彭聃犹为夭。

吉凶如纠缠，忧喜相纷绕。天地为我炉，万物一何小！

达人垂大观，诫此苦不早。乖离即长衢，惆怅盈怀抱。

孰能察其心，鉴之以苍昊。齐契在今朝，守之与偕老。

此诗收录于《昭明文选》"祖饯"类，属"送别诗"，然而涉及送别离情者，仅发端两联："晨风飘歧路，零雨被秋草。"以秋风秋雨的萧索景象，渲染临别时环境气氛之凄哀，行子居人心情之黯淡；继而"倾城远追送，饯我千里道"，则表现故旧送别情谊之深，行子路途跋涉之遥，暗示从此离别之远，重会之难。不过，此后自"三命皆有极"以下八联，所云殇子为寿，彭、聃为夭，吉凶纠缠，忧喜无端，达人大观，诫此当早……诸语，尽是玄言玄理。犹如钟嵘《诗品·序》所批评西晋末永嘉时期（307—312）"理过其辞，淡乎寡味"诗风之前导。而从"玄言诗"的典型视之，却显得杂而不纯，仍然属于发展初期的玄言诗，尚未臻至完全摆脱现实人生的牵挂，只顾单纯说理论道的境地。不过，也正因为诗中涉及的具体生活内容，包括"祖饯"之际，环境气氛的渲染，远行之前，行子居人离情之依依，"惆怅盈怀抱"的流露，才会引发读者感性的品味，不至给人以纯粹阐明老庄玄理的印象。不过，至于东晋时期风行的玄言诗，风格就不同了。

㊂ 玄理之思的阐明

渡江之后，玄风炽烈，参与清谈活动的文人士子，彼此赠答酬唱，纯粹阐明玄理之思的玄言诗增多，诗人往往略于具体事物的描述，避开个人情怀的表露，而究心于抽象哲理的阐明。换言之，诗中可以完全不涉及与诗人有关的任何现实生活的内容，不触及任何具体环境背景的细节，也无须披露任何个人感情波动的讯息。反映的是诗歌抒情述怀意味的失落，诗人仿佛已超越人间的羁绊，不为世情所累，自由翱翔于抽象哲理思维的领域。这样的作品，在内涵意义上，增添了引人思索的哲理深度，却降低了令人感动的诗情韵味。

值得注意的是，在诗歌体式的选择上，此类以阐明玄理为笔墨重点的玄言诗，一般较少使用易于"穷情写物"的五言流调，多偏爱典雅简约的四言正体。试看谢安（320—385）《与王胡之诗》六章其一：

> 鲜冰玉凝，遇阳则消。素雪珠丽，洁不崇朝。
>
> 膏以朗煎，兰由芳凋。哲人悟之，和任不摽。
>
> 外不寄傲，内润琼瑶。如彼潜鸿，拂羽雪霄。

再看王胡之（？—348）《答谢安诗》八章其五：

> 人间诚难，通由达识。才照经纶，能泯同异。
>
> 钝神幽疾，宜处无事。遇物以器，各自得意。
>
> 长短任真，乃合其至。

上引谢、王二氏之间的赠答诗，既不关怀彼此的生活近况，亦无意诉说个人的情怀志趣，只是专注于谈玄说理论道，予读者的印象是，宛如魏晋名士雅集之际，清谈玄理之笔录，亦仿佛是在一场学术讨论会上，彼此交换清谈意见，别无闲话。再看孙绰《答许询诗》九章其一：

> 仰观大造，俯览时物。机过患生，吉凶相拂。
>
> 智以利昏，识由情屈。野有寒枯，朝有炎郁。
>
> 失则震惊，得必充诎。

许询与孙绰是历来公认的玄言诗大家，可惜许询诗均已散逸。上引孙绰之作，主要是阐述人生得失互补、祸福相依之理，其中既无个人感情的流露，亦无环境背景的描绘，只是抽象玄理的阐明，与前举谢安、王胡之诸诗相仿佛，的确如钟嵘所称，予人以"理过其辞，淡乎寡味"的印象。这样的玄言诗，即使佛理加入之后，亦如此。

试看奉佛名士郗超（336—377）《答傅朗诗》六章其一：

> 森森群像，妙归玄同。原始无滞，孰云质通。
>
> 悟之斯朗，执焉则封。器乖吹万，理贯一空。

再看王齐之《念佛三昧诗》其三：

> 寂漠何始，理玄通微。融然忘适，乃廓灵晖。
>
> 心悠缅域，得不践机。用之以冲，会之以希。

按，道家崇"无"，佛家主"空"，两者义近而有微妙区别。上引郗超诗中所言"森森群像，妙归玄同"，以及王齐之所称"寂漠何始，理玄通微"诸句，均为典型的佛、玄本体观的基本表述。这样的诗作，虽以"万物归于空无""念佛纯为心学"之理为其主旨，作者显然有意调和道、佛之理，但是其语汇概念，仍然不离老庄玄色，可谓是玄学化的佛理。

在重视言志抒情的诗歌传统中，像这样纯粹阐明抽象玄理之思的作品，虽然曾在诗坛风行一时，在中国文学史的发展过程中，毕竟难以长久撑持其主流地位。其实，即使在玄风炽烈、玄言诗鼎盛之际，有的作品已经表现出诗人"因象得趣"，亦即将审美趣味，从抽象玄言之"理"，转而从现实生活具体经验中领悟玄远之"趣"，乃至为玄言诗增添了"诗"的趣味。

㊂ 玄远之趣的抒发

此处所谓"玄远之趣"，是指在玄言诗中，足以令读者品尝回味作者在玄理中获得之"趣"。当然，抽象的哲理，或许可以引发读者理性的沉思，却往往难以触动读者感性的心弦，这或许是哲学与文学最大的区别。但是玄言诗发展过程中，即使是玄言诗鼎盛的东晋时期，并非所有的玄言诗，都只顾抽象的谈玄说理论道，有的作品，其笔墨重点并不在于抽象玄理的阐明，而在于抒发作者在周遭环境中，领悟的玄远之趣。与纯粹玄理论述之作相比照，予人的印象是，中国诗歌抒情述怀意味的重新拾回。

值得注意的是，此玄远之"趣"，通常无法从抽象的说理论道之中直接获得，须是作者"由实入虚"，亦即从现实生活的具体经验和感受中体悟而来。这就包括诗人或登临山水，在自然美景观赏中，因理悟自然之道，而得玄远之趣；或栖迟田园农村，因适意肆志，而领悟自得之趣。

试先看王羲之一首《兰亭诗》中之体悟：

> 三春启群品，寄畅在所因。仰视碧天际，俯瞰渌水滨。

> 寥阒无涯观，寓目理自陈。大矣造化功，万殊莫不均。

> 群籁虽参差，适我无不亲。

整首诗旨在叙说玄理之体悟，不过，却是通过现实生活经验入笔。首联即点出，自然山水乃是寄情畅怀之所因藉。继而阐明，诗人仰视天际，俯瞰水滨，极目所见，即宇宙自然之理。虽造化万殊，而万象归一；虽群籁有别，却与我皆亲。诗人登临山水，观览自然，所体悟的是一种"天地与我并生，而万物与我为一"的玄远之境。这种体悟，遂令务求玄远的东晋诗人，更亲近自然，更流连山水。当然，也促使他们往往以"玄对山水"，在登临山水的感悟中，经常是玄远之趣与山水之美交织出现。诗中因为有山水景物状貌声色的描写，故而显得有辞采，又因为有玄远之趣的抒发，乃至显得有韵味。这种流连山水，因寄情畅怀而理悟玄远之趣的玄言诗，往往在玄理中杂以景物，或半景半理。就现存东晋诗中，可以题为《兰亭诗》者为代表。试再举三首为例：

> 庄浪濠津，巢步颍湄。冥心真寄，千载同归。（王凝之）

> 在昔暇日，味存林岭。今我斯游，神怡心静。（王肃之）

> 散怀山水，萧然忘羁。秀薄粲颖，疏松笼崖。

> 游羽扇霄，鳞跃清池。归目寄欢，心冥二奇。（王徽之）

其实，现存《兰亭诗》中，不乏以抽象语言，来表现诗人在自然山水观赏中所领悟的道和理①。但上引三首小诗所写，显然均非纯粹的说理论道，而是记录作者因象得趣，在具体的自然美景观览中，寄情畅怀，乃至超越了人间俗世的烦忧，悟自然之道，得玄远之趣。

此外，抒发玄远之趣的作品，亦出现在陶渊明的作品中。陶渊明身处玄言诗风行的时代，自然亦不免会将其玄学理思揽入诗中。不过，由于陶渊明为文赋诗，并无意逞才显学，往往自称是抒发情怀以"自娱"而已，因此，玄言诗在其笔下，发生明显的变化。试看其名篇《饮酒二十首》其五：

> 结庐在人境，而无车马喧。问君何能尔？心远地自偏。
>
> 采菊东篱下，悠然见南山。山气日夕佳，飞鸟相与还。
>
> 此中有真意，欲辩已忘言。

清人温汝能于《陶诗汇评》评此诗即云："兴会独绝，境在寰中，神游象外，远矣！"值得注意的是，上引诗中涉及的，"心远地偏""得意忘言""辩与不辩"诸语，均属魏晋玄学清谈的重要课题，而陶渊明却通过日常乡居生活的片段，亲切如话的语言，将自己心境的超然无累，领悟的玄远之趣，传达给读者。玄言诗发展至此，不但日常生活化，同时也个人抒情化了。

在陶集中，也有为探索生命意义或辨析人生哲学，而说理论道的玄言之作，如其组诗《形影神三首》即是。不过，这三首诗虽然取魏晋名士清谈对话的形式，其中抒发的，主要还是作者自我观照或自我辩明之际，个人对生命的切身之经验感受。如《形赠影》中，对于生命短暂无常，"愿君取吾言，得酒莫苟辞"的无奈；《影答形》中，"身没名亦尽，念之五

---

① 如孙统（孙绰之兄）《兰亭诗二首》其一："茫茫大造，万化齐轨。罔悟玄同，竟异标旨。平勃运谋，黄绮隐几。凡我仰希，期山期水。"又如庾友《兰亭诗》："驰心域表，寥寥远迈。理感则一，冥然玄会。"

情热。立善有遗爱，胡为不自竭"之焦虑；以及《神释》中，对于融身自然、委运顺化的领悟："纵浪大化中，不喜亦不惧，应尽便须尽，无复独多虑。"三种人生境界，其实都可以在陶渊明其他诗文作品中得到回响，流露出陶渊明个人的情怀，展示出个体的人格情性。

一般文学史论及玄言诗之发展，很少将陶渊明的作品涵盖在内。但是，不容忽略的是，玄言诗消歇的讯息，不仅是由于殷仲文、谢混诸人作品中，显示出"老庄告退，而山水方滋"的倾向，还可以从陶渊明隐居田园农村，写玄趣之诗中抒情述怀意味的浓厚得到启示。

❖ ｜ 四、玄言诗的余响

自正始至义熙，在玄学清谈风气笼罩之下，以说理论道为宗旨的玄言诗，风行了一百年之久，之后在诗坛上终于逐渐消歇告。但是，这并不表示诗人已不再追求老庄思想中令人向往的、超然无累、逍遥自由的精神境界，而是将老庄思想中的玄虚之境，或玄远之趣，寄寓在瑰丽的神仙世界里，或清幽的自然山水中，以及纯朴的田园生活内。这将是以下各章节讨论的重点。

第三节

游仙诗的风行与演变

魏晋亦是游仙诗开始风行与演变的时期。首先必须为文学史上所称"游仙诗"类型之定义加以界说。

✤ | 一、游仙诗界说

大凡抒写企慕神仙长生、歌咏遨游仙境的诗，都可称作"游仙诗"。以"游仙"为题材的诗歌，可以溯源自楚辞中的《九歌》，屈原的《离骚》，以及司马相如《大人赋》等。继而有汉人假托屈原之作的《远游》，加上现存汉乐府歌诗中描写游历仙界，称羡神仙宴饮取乐，服食长寿的作品；还有一些汉室宗庙祭祀的"祝颂歌"，表达对服食成仙的向往者，均可归类于游仙之章。现存最早以"游仙"名篇之作，则是曹植的《游仙诗》。其后，诗人创作同类性质的诗，往往也喜欢用"游仙"为篇名。不过，后世读者把命名为"游仙"和虽未命名游仙，却与之题材相同，内涵相类的诗作，均称为"游仙诗"，并视之为一种具有自身特色的诗歌类型。《昭明文选》就录有"游仙"类，共选何劭《游仙诗》一首、郭璞《游仙诗》七首。

✤ | 二、游仙诗的范畴

悲哀岁月易逝，慨叹生命无常，是魏晋诗人吟咏游仙的感情依据。但是他们对神仙的企慕，对长生的向往，并不局限于希求自然生命的延长，以抗拒死亡的威胁；更重要的是，企图寄怀于超越时空，无往而不自得的神仙境界，以便从人生的苦闷中逃离出来，逍遥游心于尘外，得到大解脱。因此，魏晋诗中游仙的吟咏，可说始终不离老庄思想的藩篱，是一种对个人生命存在的自觉，也是一种追求心灵逍遥自适的表露，揭示的是魏晋时期的文人士子对现实人生失望，以及对理想仙境渴求的心声。

因此，魏晋以来流行的游仙诗与隐逸诗及玄言诗，其间之界线，只有一线之隔，可谓"老庄同门"；不同的只是题材而已，诗人向往的、歌咏的，同样都是远离俗世尘嚣的清静无为与逍遥自适。

✤ │ 三、游仙诗的风行

从屈原《离骚》，楚辞中的《远游》，司马相如的《大人赋》，乃至汉乐府中表达企慕神仙长生的作品，吟咏求仙或游仙，已逐渐形成一种文学传统。不过，游仙诗之风行文坛，还是在魏晋时代。这主要是因为，在汉帝国的崩溃过程中，政争激烈，战乱频繁，现世的生活与个人的生命都失去了保障，文人士子因政事而横遭杀害者无数，令人体验到现世人生的渺茫和悲哀。强调群体纲纪的儒家思想，已不足以维系人心，重视个体身心自由的道家思想，应运流行。除了清谈玄学、向往隐逸之外，离世成仙的思想，依附着道教的"服药""导引"可长生久视的宗教信仰，以及老庄的"全身""养生"的哲学理论，逐渐在知识阶层当中蔓延开来。到了魏晋时代，求仙采药、炼丹服食、养生修道，成了许多追求个人身心自由的文人名士生活的一部分，离世求仙的意图，自然也成为诗人吟咏的主要题材。即使诗人本身并不相信神仙，可是在面对自我，思索个人生命处境，意识到生命困境的存在，也会油然兴起对长生无虑的神仙世界的向往，提笔抒写游仙诗。建安、正始时期，诸如曹氏父子、阮籍、嵇康，均不乏游仙之作。及至两晋，在玄言诗的潮流中、隐逸诗的风尚里，游仙诗的创作亦达到前所未有的高峰。大凡主要的诗人都留下了游仙之吟咏。其中张华《游仙诗》四首，郭璞《游仙诗》十四首（另有五首仅存佚句），之后庾阐(生卒年不详)《游仙诗十一首》《采药诗一首》。此外还有许多不以"游仙"名篇者,甚至东晋陶渊明亦留下堪称游仙之作。游仙诗之风行盛况,可见一斑。

✤ | 四、游仙诗的类型

综观现存魏晋游仙诗,就其内涵情境,大概可分为写列仙之趣与咏一己之怀两种主要类型,分别溯源自两个不同的文学传统。

⬡ 写列仙之趣

第一类是以描写"列仙之趣"为笔墨重点的作品。这类游仙诗,基本上是从汉乐府中咏仙歌诗演变而来,旨在称羡神仙的长生不老与无忧无虑,描绘仙境的美妙与瑰丽堂皇,故而往往显得意境神奇,辞采华丽,却比较欠缺诗人个人的"感动"情怀。不过,学界一般认为,与借游仙而抒怀之作相比,这类写列仙之趣的作品,乃是游仙诗之"正格"。

⬡ 咏一己之怀

另一类则是假借游仙,实则吟咏"一己之怀"的作品。主要是根源于屈原《离骚》,楚辞中的《远游》,乃至阮籍《咏怀诗》中,那些以游仙为题材的咏怀之作。这类游仙诗,言在此而意在彼,旨在吟咏个人一己的情怀,因此诗中往往流露浓厚的个人抒情意味。与第一类相比照,这类作品则是游仙诗之"变格"。

这两种类型，最初各沿袭其源流传统，分别发展，不过，及至东晋时期，尤其在郭璞的《游仙诗》中，终于融汇合流，于是展现辞采与情怀兼备，既描绘富艳瑰丽的神仙世界，亦抒发诗人复杂矛盾的个人情怀。

✦ | **五、游仙诗的演变**

根据现存汉魏两晋南朝游仙诗之题材内涵，就其类型风行之先后，或许可以将游仙诗之发展演变，分为以下三个阶段：

（一）　**仙人长生的企慕**

神仙长生不老，自然令人企慕，尤其在个体生命意识的觉醒中，倘若又身逢人命如草芥的乱世，传说中因采药服食，养生修道，能超越生命局限的神仙，遂特别令人企慕。其实，早在汉乐府歌诗中，就不乏这种企慕神仙长生的作品。试看汉乐府《长歌行》：

> 仙人骑白鹿，发短耳何长。导我上太华，揽芝获赤幢。
>
> 来到主人门，奉药一玉箱。主人服此药，身体日康强。
>
> 发白复更黑，延年寿命长。

这是汉人在个体生命意识的觉醒中，意欲突破生命局限的心声。如此直接坦率表示对神仙长生不老的企慕，反映的不单单是"民间"对神仙的向往，同时亦流露，身居朝廷官员的乐府采诗者，对生命有限的体认与焦虑，以及对神仙长生不老的企慕。此后，贵公子曹植的《游仙诗》，即明白表示，因感"人生不满百，戚戚少欢娱"，才"意欲奋六翮，排雾陵紫虚。蝉蜕同松乔，翻迹登鼎湖。"因此，要长生，首先则须求仙，而求仙的首要步骤，就是获得仙药。

尽管传说中的神仙来源不尽相同，行踪也飘忽不定，但从汉魏两晋诗人的咏仙作品中可以看出，离世偏远、神秘伟大的名山胜岳，通常是神仙遨游之处。于是，要求仙则必须远离俗世，深入名山。由于登山可能遇仙，如果获赐仙药，服食之后，滋补延年，或许就能突破现世生命的局限，永享金石之寿。试看曹植《飞龙篇》之描述：

> 晨游泰山，云雾窈窕。忽逢二童，颜色鲜好。
>
> 乘彼白鹿，手翳芝草。我知真人，长跪问道。
>
> 西登玉台，金楼复道。授我仙药，神皇所造。
>
> 教我服食，还精补脑。寿同金石，永世难老。

其实曹植在理智上并不相信神仙，于其《辩道论》中即尝叹云："夫神仙之书，道家之言……其为虚妄，甚矣哉。"因此《飞龙篇》，显然是一首模拟汉乐府之作，与上举汉乐府《长歌行》相若，虽然以第一人称"我"发言，却并无个人真情的流露，传达的纯然是世俗的对神仙长生之企慕，以及服食仙药则可"寿同金石，永世难老"的效果。今天读来，整首诗予人的印象，宛如一首推销药品的广告歌。

但是，神仙所以令人企慕，不单单是其能突破人间俗世时间的局限，可以"长生不老"，更重要的还是，神仙还能超越人间俗世空间的局限，"任意遨游"，因此出现了摆脱人间俗世的局促，向往自由遨游仙境的作品。

曹植于其咏仙之作中，已宣称："九州不足步，愿得凌云翔。"（《五游咏》）"四海一何局，九州安所知……万里不足步，轻举凌太虚。"（《仙人篇》）由于服食神仙所赐的仙药，不但能长生不老，甚至还可能羽化，于是呼吸太和之气，修炼形骸，改变容色，或可以如神仙一般乘云遨游，享受空间的无限。试看嵇康于《秋胡行七首》其六所云：

> 思与王乔，乘云游八极。思与王乔，乘云游八极。
>
> 凌厉五岳，忽行万亿。授我神药，自生羽翼。
>
> 呼吸太和，炼形易色。歌以言之，思行游八极。

嵇康虽然相信"导养得理，则安期、彭祖之伦可及"，但上举这首诗显然只是模仿乐府旧辞之习作，与曹操《秋胡行》的内容颇为类似："愿登泰华山，神人共远游。愿登泰华山，神人共远游。经历昆仑山，到蓬莱。飘飘八极，与神人俱。思得神药，万岁为期。歌以言志，愿登泰华山。……"或许是受到乐府古辞传统的影响，两首诗都只是道出远离俗世，与"神人共远游"的愿望而已，尚无遨游仙境细节的描述。

其实周流游览，参与仙境宴乐，原是求仙过程中的主要活动。魏晋之际的游仙诗，开始出现以遨游的逍遥或仙境的美妙为笔墨重点的作品。例如尝诡托神仙以舒愤懑的阮籍，在《咏怀诗》其三十五即云：

> 世务何缤纷，人道苦不遑。壮年以时逝，朝露待太阳。
>
> 愿揽羲和辔，白日不移光。天阶路殊绝，云溪邈无梁。
>
> 濯发旸谷滨，远游昆岳傍。登彼列仙岨，采此秋兰芳。
>
> 时路乌足争，太极可翱翔。

此诗显然是继承《离骚》和《远游》中神游太虚仙境的传统。笔墨虽然以逃避世务困境与感叹年岁日衰，作为游仙之背景，但整体视之，个人抒情意味相当淡薄，强调的主要还是遨游天际云汉，登览神岳仙岨之逍遥。再举西晋张华的《游仙诗》二首为例：

> 云霓垂藻旒，羽袿扬轻裾。飘登青云间，论道神皇庐。

> 箫史登凤音，王后吹明竽。守精味玄妙，逍遥无为墟。（其一）

> 乘云去中夏，随风济江湘。叠叠陟高陵，遂升玉銮阳。

> 云娥荐琼石，神妃侍衣裳。（其三）

张华在西晋文坛"名重一时，众所推服"（《晋书·张华传》），虽从仕终生，在时代风气感染之下，不但带头写绮情诗、隐逸诗，亦作游仙诗。值得注意的是，过去如阮籍游仙诗中经常出现的对现实的不满意识，对世务的逃避意味，在张华笔下开始淡出了，转而描述遨游仙境经验的欢愉，如何乘云随风，飞翔腾越至神山仙境，且在神仙之居谈玄论道，在场还有箫史、王后奏乐助兴，云娥、神妃殷勤款待……整首诗强调的，显然不是个人的感怀，而是"列仙之趣"。

真正为描述遨游仙境经验的游仙诗类谱出新气象者，当属何劭（236—301）的《游仙诗》：

> 青青陵上松，亭亭高山柏。光色冬夏茂，根柢无凋落。

> 吉士怀贞心，悟物思远托。扬志玄云际，流目瞩岩石。

> 羡昔王子乔，友道发伊洛。迢递陵峻岳，连翩御飞鹤。

> 抗迹遗万里，岂恋生民乐。长怀慕仙类，眇然心绵邈。

此诗值得注意的是，虽然有远离俗世人间的仙境之描绘，仍不离一般性的感叹人生短促无常的传统，但是诗中已经浮现着诗人个人的语气和情怀。诗人对于遨游仙境的向往，并非为求得仙药，企慕长生，亦非为逃避人世的苦闷，而是为"吉士怀贞心，悟物思远托"。尽管何谓"贞心"，何谓"悟物"，诗中并无清楚交代，但从发端句："青青陵上松，亭亭高山柏。光色冬夏茂，根柢无凋落。"其中展示的，目览高峰峻陵上，松柏常青屹立，不畏风寒的坚贞意象，已经暗示出诗歌主人公之自我认知或自我期许。这是游仙诗开始倾向个人抒情化的征兆。

(三) 仙隐情怀的合流

游仙诗发展到东晋，尤其在郭璞笔下而臻至高峰。试看钟嵘《诗品·中》评郭璞诗：

> 宪章潘岳，文体相辉，彪炳可玩，始变永嘉平淡之体，故称中兴第一。《翰林》以为诗首。但《游仙》之作，词多慷慨，乖远玄宗。而云："奈何虎豹姿。"又云："戢翼栖榛梗。"乃是坎壈咏怀，非列仙之趣也。

东晋诗坛盛行的，其实是玄言诗，但往往显得"理过其辞，淡而寡味"，缺少诗人情怀的抒发。可是郭璞则"始变永嘉平淡之体"。综观郭璞现存完整的《游仙诗》十四首，不但颇有辞采，还流露浓厚的个人抒情意味；展现的是借描写仙境，歌咏神仙，来表达个人内心感受到的人生之苦闷，以及对社会现实之失望和不满；传达的是，一份意欲超越人间、远离俗世的避世隐逸情怀，所以郭璞之作，虽名为游仙，实则借游仙以咏怀。

当然，魏晋诗人在描写求仙或游仙之际，仙与隐有时是混淆不清的。曹植《苦思行》，就是隐士和仙人并举。至于游仙兼隐逸情怀之披露，则在正始诗人笔下已开始出现。前面章节所引阮籍《咏怀诗》其三十二："朝阳不再盛，白日忽西幽……愿登太华山，上与松子游。渔父知世患，乘流泛轻舟。"即是一例。继而郭璞《游仙诗》中出现的"道士""冥寂士""山林客"等，均是可仙可隐的人物，其中第一首，尤其明显表示求仙与隐逸的重叠合流意趣：

> 京华游侠窟，山林隐遁栖。朱门何足荣，未若托蓬莱。
>
> 临源挹清波，陵冈掇丹荑。灵溪可潜盘，安事登云梯。
>
> 漆园有傲吏，莱氏有逸妻。进则保龙见，退为触藩羝。
>
> 高蹈风尘外，长揖谢夷齐。

诗中以京华与山林对举，朱门与蓬莱对举，进仕与退隐对举，并且明言"灵溪可潜盘，安事登云梯。"换言之，若能栖隐，就不必求仙了。再看其第八首：

> 旸谷吐灵曜，扶桑森千丈。朱霞升东山，朝日何晃朗。
>
> 回风流曲棂，幽室发逸响。悠然心永怀，眇尔自遐想。
>
> 仰思举云翼，延首矫玉掌。啸遨遗世罗，纵情在独往。
>
> 明道虽若昧，其中有妙象。希贤宜励德，羡鱼当结网。

虽然山中风景的描绘，点缀着仙境中"旸谷""扶桑"的神奇，但整首诗主要还是叙写自己幽居山林的经验和感受：目睹旭日东升，耳闻回风流响，于是飘飘然有举翼凌云之意和遗世独立之情。

当然，求仙与隐逸同样是不满现实，逃离苦闷人生的寄托，但是两者相比照：隐士易为，而神仙难求；为隐的结果，可能归于清静，求仙的结果，则毕竟归于渺茫。因此，咏仙诗作中，经常会流露出无限虚妄与落空的情绪，为游仙诗涂上浓厚的抒情色彩。试看郭璞《游仙诗》其四、其五：

六龙安可顿，运流有代谢。时变感人思，已秋复愿夏。

淮海变微禽，吾生独不化。虽欲腾丹溪，云螭非我驾。

愧无鲁阳德，回日向三舍。临川哀年迈，抚心独悲咤。（其四）

逸翮思拂霄，迅足羡远游。清源无增澜，安得运吞舟。

珪璋虽特达，明月难暗投。潜颖怨青阳，陵苕哀素秋。

悲来恻丹心，零泪缘缨流。（其五）

对求仙可长生的怀疑，早在汉代《古诗十九首》中已出现，诸如"人生非金石，岂能长寿考"（其十一）；"服食求神仙，多为药所误"（其十三）。但是郭璞却把前人对求仙长生的怀疑，扩展为对社会人生的激愤与忧伤，深化为对理想追求的失败及挫折感，不但扩展了游仙诗的内涵，更增添了游仙诗的抒情意味。

游仙诗在郭璞笔下，正式出现了"变格"。首先，即是变"仙境"为"栖隐"，借歌咏神仙之企，来寄托隐逸之怀。从此为咏怀组诗，开出借游仙抒发隐逸情怀的先例。其次，郭璞亦在"列仙之趣"的传统中，增添了咏怀的素质，并且变欢愉为悲伤；再者，郭璞又在玄言诗风行的时代里，以"艳逸"的笔调独创一格，遂令郭璞在东晋文坛占有一席重要地位。

❖ | 六、游仙诗的余响

游仙诗在郭璞笔下，已确立其作为一种诗歌类型的文学传统。当然，魏晋时代的咏仙诗人，或感世途艰险，或叹人生幻化，因而企慕神仙绝对自由与超脱的境界，但是从他们的诗文中可看出，很少在理智上真正相信仙界的真实存在。神仙只是代表一种人生理想。诗人"求仙"，旨在"得意"，以求心神的超然无累。如过分执着于忽忘形骸以远举心神，却违反了自然之理，因此始终不得真正的解脱。魏晋诗人由于心情苦闷，感情冲突，或者又昧于务求玄远的意图，即使志托玄远，也不得玄远之逍遥，身处自然，也不见山水之自然。虽然咏仙之盛，颇受玄风之影响，有的诗人，即使是深通玄理的谈士，但在求仙的名言、概念障碍之下，却无法做到玄学家所强调的，要"得意"，须"忘言""忘象"。倘若滞于求仙的"言"与"象"，反而不能获得清静无为、超然无累的"本意"。

为了由苦闷而达到精神上的归宿，由冲突而进入心灵上的和谐，"求仙"必须突破务求长生不死的欲望，必须超越诡托游仙以抒愤懑的企图。换言之，应该顺乎自然，成为优游自适生活中的一种情趣；而理想仙境的索求，也应该落实，亦即由人间的自然山水或乡野田园所取代。这就引发出下面一章的田园与山水之情的吟咏。

第五章

田园山水之情

　　抒发田园山水之情的诗，或称田园诗和山水诗，两种诗歌类型差不多同时出现，均属魏晋南朝时代追求脱俗，好尚风雅的文化激荡下的产物。主要是随着老庄思想的盛行，玄学风气的展开，好尚自然的文化地位上升到空前高度，田园诗和山水诗遂双双崛起。

　　田园诗和山水诗，当然属于不同的诗歌类型，但旨趣相近相通，两者均向往自然，亲近自然，追求心灵的平静。文学史上，就曾经出现两类诗歌合流现象，如盛唐时期就产生所谓"山水田园诗派"。不过，两类诗歌的基本特质，以及形成背景，仍然有明显的区别。首先，山水诗偏重自然景观的描写，田园诗则偏重人文景观的点染。其次，山水诗的背景是登临游览，主要表现贵族名士对山水胜景的赏爱，笔墨重点在于捕捉山水风景状貌声色之美；田园诗的背景则是日常乡居生活，虽亦不乏田园农村景物的描绘，但作品宗旨主要则是以纯朴的田园农村为归宿，流露的是文人士子淡泊名利、悠然自得的隐逸理想。

❦

第一节

田园诗的形成与接受

田园诗在中国文学史上，地位之重要，影响之深远，不容置疑。但是，田园诗之形成，却是东晋诗坛一项孤立事件，并非同时代的诗人争相创作、交互影响的结果，乃属陶渊明个人的成就。之后，必须经过长期的隐晦，才得彰显其魅力，受到青睐，终于成为唐宋以后诗人纷纷追随模仿的对象。因此本节之论述，特别纳入陶渊明田园诗之接受历程。

❖ ┃ 一、田园诗界说

文学史上所称"田园诗"，应当是指像陶渊明所写的，描述田园风光事景象，揭示田园生活情趣，以及抒发躬耕隐士怀抱的诗篇。陶渊明的田园诗，主要是针对身为知识分子在仕和隐之间所做的人生选择而发，传达的是一个弃官归隐者的心声，抒发的是意欲隐逸以终者的情怀，揭示的则是对田园农村纯朴宁静生活的向往，个人身心逍遥自适的追求。"田园诗"显然是魏晋时代流行的隐逸之思，以及崇老庄、尚自然的玄学风气一部分。因此，田园诗其实也与隐逸诗、玄言诗有亲密的血缘关系，均属"老庄同门"，只不过是把隐居之处，从罕见人迹的山林岩穴，迁移至充满人间活动的田园农村，并将老庄思想中的抽象玄理融化在田园生活情趣中，表现在个人抒情述怀的诗歌里而已。

✤ | 二、田园诗的产生

从诗歌发展史的角度观察，陶渊明是田园诗的开拓者。按，陶渊明在文学史上，是以"田园诗人"或"隐逸诗人"见称，主要是因为他留下来的诗篇，大部分都是描述对官场仕宦生涯的厌倦，对纯朴田园农村的向往，以及归隐之后躬耕生活的经验和感受。如果没有陶渊明，田园诗就不可能成为中国文学史上一种重要的诗歌类型，亦不可能形成盛唐诗坛风行的一种诗歌流派。

当然，陶渊明之前，并非没有记录农村生活、描述农村事项的诗篇。早在《诗经·小雅》中的《大田》《甫田》，《国风·豳风》中的《七月》等即是。不过，严格说来，这些只能算是"农事诗"，是农村集体生活、群体活动的记录，并非描述个人身居田园农村生活的体验，亦非一己情怀的抒发。此后个别文人作品中，偶尔亦出现涉及归隐田园者，如东汉张衡，因对仕宦生涯感到厌倦而作《归田赋》，但却始终未曾真正"归田"；西晋潘岳亦曾于官场失意之余，表示要"长啸归东山，拥耒耨时苗"（《河阳县作二首》其一），不过也只是遥远的理想而已。只有陶渊明，才是中国文学史上第一位以隐士之身、诗人之情，不断将个人在田园农村生活之经验与感受入诗的诗人。

陶渊明创作田园诗，就其思想背景而言，和隐逸诗、玄言诗、游仙诗、山水诗一样，均属魏晋时代崇老庄、尚自然风气影响之下的产物，源自对个人生存意义的自觉和体味。就其所处东晋至刘宋诗歌发展的趋势视之，似乎又是孤峰别流，独树一格。因为在陶渊明之前，以及其有生之年的东晋时代，盛行的正如钟嵘《诗品·序》所称"理过其辞，淡乎寡味"

的玄言诗；陶渊明晚年之后的刘宋时代，盛行的则是刘勰《文心雕龙·明诗》所云"俪采百字之偶，争价一句之奇，情必极貌以写物，辞必穷力而追新"的山水诗；而陶渊明却特立独行于诗坛潮流之外，以自然简净的语言，亲切平实的口吻，把他在田园故居日常生活中所见所思所感，谱成诗篇，令后世抚读吟味不辍，并且成为诗人争相模仿的典范。

✤ | 三、田园诗的典型风格

论及田园诗的典型风格，必须从陶渊明现存涉及田园生活之作在主题内涵及艺术风貌的表现，及其与隐逸诗的牵连关系，这三方面来观察。

(一) 田园诗的主题内涵

陶渊明的田园诗，在主题内涵上，大致包括以下三个范围：

描述田园风光事项

揭露田园生活情趣

抒发躬耕隐士怀抱

其中有描写，有叙述，亦有人生哲理的体悟。但这些内涵大都具有浓厚的抒情性质，而且经常是三位一体，相互交融激荡，很难清楚分割开来。因为陶渊明往往在描述的田园风光景象里，揭示其田园生活的情趣，同时亦抒发身为一个躬耕隐士的怀抱。尽管当今学者，曾尝试将陶诗区分为田园诗、咏怀诗、哲理诗诸不同类别，其实这三类颇有交互重叠之处，整体视之，均可归类于陶渊明抒发一己情性怀抱的"田园诗"。因为陶渊明吟咏的情怀，是一个归返田园，或向往田园者的情怀；其描述的田园风光，是寻求逍遥自适者所选择的生活环境；而其体悟的人生哲理，诸如生死问题，仕隐问题，声名问题，甚至言意问题，虽然不离魏晋清谈玄学的范围，却都源自其田园生活的切身经验与感受，是其田园生活情趣的表露，而非抽象哲理的阐明。

(三) 田园诗的艺术风貌

陶渊明的田园诗，在艺术风貌方面，或许可以从语言运用和情境展示两方面来概括：

语言——朴实自然，不重雕饰

情境——含蓄浑融，淡而有味

这和田园诗涉及的田居生活的主题内涵，以及陶渊明写诗的态度与宗旨有关。首先，田园诗描写的主要是纯朴的田园风光、寻常的农村景象，叙述的是平淡无奇的日常田居生活细节，揭露的是悠闲自适的田园情趣，抒发的是躬耕隐士的怀抱，自然有助于避开时下正日趋风行的华丽精美的语言，乃至展现出朴实自然、不重雕饰的语言风格。其次，陶渊明不止一次特意表示，其为文赋诗，目的只是为"自娱"。或云"既醉之后，辄题数句自娱"（《饮酒二十首序》）；或称"常著文章自娱，颇示己志"（《五柳先生传》）。换言之，文学创作对陶渊明而言，不过是日常闲居生活中，自得其乐，自写其志，自抒其情怀而已，无须肩负起"经夫妇，成孝敬，厚人伦，美教化，移风俗"（《诗大序》）的伟大任务，不必提升为"经国之大业，不朽之盛事"（曹丕《典论论文》），只需能自娱即可。因此，予人的一般印象是，陶渊明不是有意为诗，更非为"逞才"作诗，故而能在平淡中，含蕴一份深情韵味。

（三） 田园诗与隐逸诗

陶渊明的田园诗，实际上亦是隐逸诗，不过却为魏晋盛行的隐逸诗开辟了新境。按，魏晋隐逸诗中的隐士，在诗人笔下，往往离群索居，栖身山林岩穴，诗中描绘的环境背景，远离俗世人间，通常是人烟绝迹的荒郊野外，幽林深谷。陶渊明虽辞官归隐，却"直为亲旧故，未忍言索居"（《和刘柴桑》），有太多的牵挂，放心不下亲人故旧，未忍弃绝人世遁入山林，于是选择"守拙归园田"。其诗中自述的隐士，仍然"结庐在人境"，因此有日常的家居生活，也保持与邻里同好甚至地方官员的社交往来；所处的环境背景，则是其田园故居周遭附近的纯朴农村景色。一般魏晋隐逸诗中强调的超世绝俗的高情，在陶渊明笔下，变得人间化、生活化了。陶渊明的田园诗，不仅拓展了隐逸诗的境界，同时亦为后世心怀隐逸者指出一种比较富有人间情味的生活方式，一种并不"反社会"的人生理想。人间世的田园农村，从此取代了荒野处的岩穴山林，成为后代的中国诗人歌咏隐居生活、抒发隐逸情怀的主要场域背景。

✤ ｜ 四、陶渊明田园诗举例

在陶集中，《归园田居五首》，无论从标题或内涵情境上，均可视为陶渊明田园诗的代表作，尤其是第一首最具典型：

少无时俗韵，性本爱丘山。误落尘网中，一去三十年。

羁鸟恋旧林，池鱼思故渊。开荒南野际，守拙归园田。

方宅十余亩，草屋八九间。榆柳荫后檐，桃李罗堂前。

暧暧远人村，依依墟里烟。狗吠深巷中，鸡鸣桑树颠。

户庭无尘杂，虚室有余闲。久在樊笼里，复得返自然。

按，陶渊明于义熙元年（405）冬天，辞去彭泽令，决定归返田园故居。此诗可能作于归田后第二年春天。乃是以一个弃官归田者的身份发言，庆幸自己在“误落尘网中”之后，终于“久在樊笼里，复得返自然”，换言之，由牢笼般的官场，回归自然，恢复自由，重拾自我。整首诗，既描绘田园风光，叙述农村事项，亦揭露田园生活情趣，同时还抒发躬耕隐士的怀抱。

再看《和郭主簿二首》其一：

蔼蔼堂前林，中夏贮清阴。凯风因时来，回飙开我襟。

昔交游闲业，卧起弄书琴。园蔬有余滋，旧谷犹储今。

营己良有极，过足非所钦。春秫作美酒，酒熟吾自斟。

弱子戏我侧，学语未成音。此事真复乐，聊用忘华簪。

遥遥望白云，怀古一何深！

该诗或许是回复郭主簿赠诗中的讯问与关怀，乃是以日常田居生活中一些平凡琐屑之事，向友人叙述近况，表明心迹。自己如今栖止得所，襟怀悠闲，与俗世官场已无往来；平日耕种之暇，则以读书、抚琴、饮酒自娱，何况“弱子戏我侧，学语未成音”，还可以享受亲子天伦之乐；故而，做一个逍遥自适的隐士，是其怀抱所在。整首诗，宗旨是宣称其隐居之志，展现的是田园生活的片段，寻常人生的点滴；因此，弥漫着浓郁的生活气息，洋溢着温馨的人间情味。

不过，陶渊明田园诗之所以不同凡响，令人瞩目，不单单在于描述其田园生活中的隐居之乐，还有躬耕之苦和饥寒之困。因为靠耕植营生，实无保障，水患、干旱、虫害层出不穷，难免经常面临挨饿受冻的威胁。像"园蔬有余滋，旧谷犹储今"这样宽裕的境况，并非常态。更多的是躬自耕耘的辛苦，面临饥寒贫困的无奈与哀伤。陶渊明即尝自谓"畴昔苦长饥，投耒去学仕"（《饮酒二十首》其十九），亦喟叹"弱年逢家乏，老至更长饥"（《有会而作》）。

试看《庚戌岁（410）九月中于西田获早稻》：

> 人生归有道，衣食固其端。孰是都不营，而以求自安。
>
> 开春理常业，岁功聊可观。晨出肆微勤，日入负耒还。
>
> 山中饶霜露，风气亦先寒。田家岂不苦，弗获辞此难。
>
> 四体诚乃疲，庶无异患干。盥濯息檐下，斗酒散襟颜。
>
> 遥遥沮溺心，千载乃相关。但愿常如此，躬耕非所叹。

此诗的宗旨乃是宣称其隐居之志不可移。其中所描述的"晨出肆微勤，日入负耒还"的辛勤，坦承田家之劳苦，四体之疲累，以及盥洗之后，檐下休息，斗酒散襟之欣慰，都是躬耕隐士田园生活的真实写照。这样的田园生活经验与感受，是那些企慕隐逸、高唱玄虚的高官贵族文人名士难以想象的。

再看《杂诗十二首》其八：

> 代耕本非望，所业在田桑。躬耕未曾替，寒馁常糟糠。
>
> 岂期过满腹，但愿饱粳粮。御冬足大布，粗绤以应阳。
>
> 正尔不能得，哀哉亦可伤。人皆尽获宜，拙生失其方。
>
> 理也可奈何，且为陶一觞。

意指其弃官归田，实出于自愿，虽躬耕不辍，却不免寒馁，常以糟糠为食。自己从来不怀奢望，平时只要有粳米果腹，有粗布衣御寒，葛布衫蔽体，就满足了。可是，却"正尔不能得，哀哉亦可伤"，就连这些起码的温饱，都不能维持，实在令人哀伤。不过，转念一想，既然"人皆尽获宜，拙生失其方"，大凡人皆各得其宜，自己拙于谋生，不得其方而已。道理即在此，谁也奈何不得，姑且陶然一杯酒算了。

陶渊明的田园诗，有隐居之乐，也有躬耕之苦，还有饥寒之困。反映的是一个弃官归田者具体的生活经验与真实感受，而非想象的、虚构的高远理想。尤其值得注意的是，诗中浮现着陶渊明个人独特的人格情性，令读者不仅品尝到田园诗平实淡远的韵味，还接触到一个可敬可亲的陶渊明。

❖ ｜ 五、陶渊明田园诗接受历程

陶渊明田园诗所写的田园生活，均取材自亲身的经验和感受：有远离俗世官场束缚的欣慰与逍遥，亦有躬耕田亩的辛勤与劳苦，还有面临饥寒贫困的无奈与悲哀。在玄言诗风行的东晋诗坛，陶渊明的田园诗，却以描写日常生活抒发个人情怀为宗旨，维系着《诗经》《离骚》以来的抒情传统，在中国诗歌发展史的长河中，实属"主流"体系。不过，由于陶渊明的田园诗，无论从题材内涵或艺术风貌上，都与当时所处的文坛风气不合，再加上陶渊明人微位低，乃至生前身后相当漫长时期内，未受重视。尽管今天看来，陶渊明对后世诗人影响之深远，并不亚于屈原和杜甫，不过，倘若回顾陶渊明田园诗的接受历程，从备受冷落到争相称颂，乃是经过一段相当漫长与渐进的历程，同时也展现中国文学观念、审美趣味与批评意识的流变。

㈠ 东晋南朝时期——或忽视其诗，或赞其人德为主

东晋诗坛盛行的是抽象说理的玄言诗，强调的是老庄哲理的领悟，追求的是超然无累的玄虚之境。陶渊明田园诗所写日常田居生活的经验感受，显得平凡无奇，自然不易引起时人的注意。刘宋以后，文风改变，诗歌"性情渐隐，声色大开"（沈德潜《说诗晬语》）[①]，诗人追求唯美趣味，无论写景、咏物或写宫体艳情，在内涵情境上，重视形貌声色予人的美感，语言上，讲求辞藻华丽，对偶精工，声律谐美，乃至陶渊明朴实无华，平淡淳净的田园诗，颇受冷落。以下即从两个阶段，概述陶渊明田园诗在东晋南朝时期接受过程的演变。

1. 友人、史家、诗人

友人——颜延之以辞藻华丽、用笔雕琢见称，与谢灵运齐名，在刘宋诗坛共称"颜谢"，并为"元嘉之雄"。东晋末年，尝与陶渊明结为邻里之缘，相交情款。为追悼陶渊明逝世，曾写《陶征士诔》，其中对陶渊明弃官归隐、"高蹈独善"的品德，推崇备至，但对其诗文创作，仅以"学非称师，文取指达"简略概括。显然并未特别欣赏陶诗，亦未尝视陶渊明为诗人。

史家——《宋书》《晋书》《南史》诸正史，皆先后为陶渊明立传，

---

① 按，沈德潜《说诗晬语》所言，显然是根据明人胡应麟《诗薮》中"诗至于齐，性情既隐，声色大开"数语，稍加修改而得。

但均归之于《隐逸传》，视其为辞官归田、不应征命、高风亮节的隐士。并未注意其诗文创作，乃至只传其人，不论其诗。最早为陶渊明立传者是沈约，可是于其《宋书·谢灵运传》中，综述自先秦至刘宋的诗歌发展，对陶渊明却未提一词。此外，萧子显（489—537）《南齐书·文学传》，论当世诗歌，别为三体，溯其源流，标举晋宋诸作者，亦未举陶渊明。

诗人——根据现存资料，后代诗人中，最早注意陶诗，并仿效其风格体式者，是刘宋的鲍照（414？—466），其次为齐梁之际的江淹（444—505）。两者或可视为唐宋以后仿陶、拟陶之作的先驱。鲍照《学陶彭泽体》，题下自注"奉和王义兴"[①]。可见王义兴（王僧达，423—458）应是率先仿效陶诗者，可惜鲍照所"奉和"的原诗业已失传，亦不知当初是否还有其他诗人同时在场"奉和"。不过至少可证明，刘宋元嘉年间，陶诗已经开始在朝廷某些官员中流传，甚至是学习模仿的对象。另外还有江淹《杂体诗三十首》中《陶征君潜田居》一首。将陶渊明与曹植、潘岳、陆机、颜延之、谢灵运诸诗坛大家并列，并标明"田居"是陶诗之代表风格，且视之为汉魏以来代表诗歌风格流派之一"体"[②]。江淹显然已经注意到陶诗在五言诗自汉代至萧齐发展演变历程中的重要角色。尽管江淹《杂体诗》虽可能影响到钟嵘《诗品》与《昭明文选》的品评与选诗标准，但对陶诗在齐梁时期的地位，似乎并无提升之助力。

---

① 鲍照《学陶彭泽体》："长忧非生意，短愿不须多。但使樽酒满，朋旧数相过。秋风七八月，清露润绮罗。提瑟当户坐，叹息望天河。保此无倾动，宁复滞风波。"主要是写幽居闲适之乐，似乎有意从题材、风格上模仿陶诗。

② 江淹《陶征君潜田居》："种苗在东皋，苗生满阡陌。虽有荷锄倦，浊酒聊自适。日暮巾柴车，路暗光已夕。归人望烟火，稚子候檐隙。问君亦何为，百年会有役。但愿桑麻成，蚕月得纺绩。素心正如此，开径望三益。"按，江淹此诗，拟陶相当成功，宋代一些陶集，尝收录为陶渊明《归园田居》第六首。苏东坡不察，亦和咏一首。

2. 文学评论家、文集编辑者

刘勰之巨著《文心雕龙》，是中国文学批评之宝典，其中《明诗》篇，标举历代诗人代表，评论诗歌风格之源流演变，却对陶渊明只字不提。另外，《才略》篇，对三张、二陆、左思、刘桢、郭璞诸辈，无不标其名字，并加品评，而独遗陶渊明。

钟嵘当属第一位视陶渊明为"诗人"，并真正能够欣赏陶诗者。其《诗品》虽然置陶诗于"中品"，但其对陶诗风格特征之品评，可谓是令陶诗逐渐走出隐晦，受到重视之始：

> 宋征士陶潜，其源出于应璩，又协左思风力。文体省净，殆无长语，笃意真古，辞兴婉惬。每观其文，想其人德。世叹其质直，至如"欢言酌春酒"（《读山海经十三首》其一）、"日暮天无云"（《拟古八首》其一），风华清靡，岂直为田家语耶！古今隐逸诗人之宗也。

钟嵘所言相当肯定陶诗之成就。他认为陶诗具有质直、风力、华靡三种基本风貌，且着意为陶诗辩护："岂直为田家语耶！古今隐逸诗人之宗也。"但是，钟嵘毕竟身处重视华丽辞藻的时代，依当时的审美标准，仅能置陶诗于"中品"。其品评语气间，虽颇赏爱陶诗，且流露为陶诗"不平"之意，但仔细体味其文，似乎更仰慕陶渊明的人德。

萧统则是继钟嵘之后，另一位充分肯定陶诗者。萧统不但仿史传体为陶渊明立传，亦多方搜求流传于世的陶渊明诗文作品，为之编集，且为《陶渊明集》写序，其中有云：

> 有疑陶渊明诗，篇篇有酒，吾观其意不在酒，亦寄酒为迹者也。其文章不群，辞采精拔，跌宕昭彰，独超众类，抑扬爽

朗，莫之与京。横素波而傍流，干青云而直上，语时事则指而可想，论怀抱则旷而且真。加以贞志不休，安道苦节，不以躬耕为耻，不以无财为病。自非大贤笃志，与道污隆，孰能如此乎？余素爱其文，不能释手，尚想其德，恨不同时。故加搜校，粗为区目。……尝谓有能读渊明之文者，驰竞之情遣，鄙吝之意祛，贪夫可以廉，懦夫可以立，岂止仁义可蹈，爵禄可辞！不劳复傍游太华，远求柱史，此亦有助于风教尔。

序文试图从文品和人品双方面论陶，均给予很高的评价。但是，仔细玩味其言，似乎与钟嵘《诗品》相仿，仍然比较偏向陶渊明人德之推崇。甚至对其文品的称美，最终强调的，竟然是"有助于风教"的道德感染力。

陶诗既不像东晋诗坛盛行的玄言诗那样，"寄言上德，托意玄珠"，致力于发挥老庄玄理，亦缺乏刘宋以后风行的骈丽华美的文采。其未能符合东晋南朝诗坛的审美标准，或许是陶诗无法获得这时期文评家重视的主因。

（二） 唐宋时期——兼美人德诗品，陶诗之评价臻至高峰

陶诗在东晋南朝时期，虽受冷落，不过，及至唐代，陶诗的评价，开始真正地改观。尤其是盛唐以后，陶渊明高闲旷逸、恬淡自适的田园诗，以及陶诗浓厚的抒情特质，焕发出前所未有的魅力，乃至咏陶、慕陶、效陶之作，相继不绝。从张九龄（678—740）、孟浩然（689—740）、王维（701—761）、李白（701—762），到储光羲（707？—762？）、杜甫（712—770）、钱起（720？—782？）、韦应物（737—792？），到柳宗元（773—819）、白居易（772—846），无论主要诗人或次要诗人，每赋

归来、县令、隐居、饮酒、菊花诸题，多祖述陶诗，或引用陶渊明相关故事，或模仿陶渊明歌咏田园生活，抒发隐士怀抱。

这些唐代诗人，即使位居高官显要，并无真正退隐之心，也会在偶尔乡居期间，写一些企慕隐逸或歌咏田园之作，往往以能够臻至陶渊明的恬淡之境自许。倘若在仕途遭遇挫折，怀才不遇，甚至遭谪受贬，就更会在诗中呼应陶渊明的归隐之志，表示对乡居田园的向往，对仕途官场的厌倦。即使盛唐的山水诗，也融汇了陶诗中恬淡自适的田园情趣，乃至形成盛唐诗中一大重要流派，亦即一般文学史所称"山水田园诗派"。

当然，真正"发现"陶诗者，还是宋人。几乎上自宰相朝臣，下至隐士僧侣，均对陶渊明其人其诗表示赏爱钦慕之意，或发表见解理论。陶诗之所以受到宋人的特别青睐，或可归纳为以下数点缘由：

首先，与宋诗之审美趣味有关。按，宋诗重视诗歌之"平淡"，因此，追求宁静安详的诗境，表现从容闲适的人生态度，是宋诗的一项重要基调；叙写日常生活细节，抒发日常生活情趣，则是宋诗的一大特色。其次，随着诗话笔记的兴起，明白如话、浅近易懂的语言，又是宋人所宗，朴实无华、简净自然、平淡闲远的陶诗，因而显得魅力十足。再次，宋代理学发达，重视道德人品的修养，乃至淡泊名利，高风亮节的陶渊明，成为备受景仰的对象，对陶诗赏爱之评价，亦随之达到空前的高峰。其中尤以苏东坡（1037—1101）对陶渊明最为倾倒。除了于《东坡题跋》有十数则评论陶渊明其人其诗之外，还用陶诗原韵，前后追和凡一百零九篇。对陶诗之偏爱与推崇，更无以复加。试看其《与苏辙书》中所云：

> 吾于诗人，无所甚好，独好渊明之诗。渊明作诗不多，然其
> 诗质而实绮，臞而实腴，自曹（植）、刘（桢）、鲍（照）、谢（灵

运）、李（白）、杜（甫）诸人，皆莫及也。

其他宋人作品，化用陶诗句，袭咏田园者，亦不计其数；对陶渊明其
人其诗之赏慕与肯定，络绎不绝。值得注意的是，宋人对陶渊明之评价，
对其田园诗之赏爱，并不限于唐人那样简短即兴式的品评，而是对陶渊明
其人其诗开始从比较全面性的考证与讨论，已经明显进入学术研究的新领
域。为后世的陶渊明其人其诗的研究奠定了基础，同时亦点出此后陶渊明
研究大致的范畴和方向。

陶渊明再也不寂寞了，陶渊明简净自然、含蓄浑融的田园诗，再也不
是孤峰别流，而陶诗的抒情特质，是整个中国诗歌抒情传统的主流部分。
自唐宋以来，几乎每个时代，都有仰慕陶渊明者，或自比陶渊明者，而且
模仿、继承陶渊明写田园诗，抒发高洁之志，吟咏隐逸之怀。田园诗成为
中国文人士大夫在仕途生涯中，对官场感觉厌倦、对政治心怀疑虑时，寻
求超越或安慰的最佳媒介。

第二节

山水诗的产生与流变

在魏晋崇老庄、尚自然思潮的激荡之下，山水诗与田园诗差不多同
时出现于诗坛。宏观视之，两者均可归类于以大自然为依归的"自然
诗"，含蕴着盛唐以后终至合流为一的潜在性质。不过，在初唱阶段与流
变过程中，山水诗在创作经验和审美趣味方面，表现出与田园诗截然不
同的传统。

✤ ｜ 一、山水诗界说

文学史上所称"山水诗",一般是指南朝时期盛行的,如谢灵运诸人所作,描写山水风景为笔墨重点的诗。虽然这些诗中不一定纯写山水,亦可有其他情怀志趣的流露,但是,呈现耳目所及山水状貌声色之美,则必须为诗人创作的主要目的。而且一首山水诗中,无论水光或山色,必定都是未曾经过诗人主观情绪干扰的山水。换言之,诗中的山水风景,必须保持其本来的自然面貌。因为,大凡诗人将个人主观情绪强加在山水身上者,其目的并非呈现山水本身之状貌声色,其描绘的山水,亦非山水的自然现象。例如远山含笑,长河悲吟,凄风苦雨,愁云惨雾等,像这样动情的描写,山水景物显然受到诗人主观情绪的干扰,已经失去其原本的自然面貌,则不能算是描写山水风景为主的山水诗。

✤ ｜ 二、山水诗的产生

远在《诗经》、楚辞、汉赋中,已经出现不少描写山水景物的诗句,两汉魏晋的游仙诗或玄言诗,也往往有自然山水风景作陪衬。但是山水诗最终成为一种独立的诗歌类型,则与魏晋以来老庄玄风的盛行,以及游览山水的风气息息相关。由于和老庄玄风连带发生的是对政治社会的疏离,以及对个人生命和精神自由的珍视,因此,向往神仙、企慕隐逸和怡情山水,便成为魏晋文人士子族群之间最普遍的情怀。而远离俗世尘嚣的自然山水,就在求仙、隐逸、游览的风气中,逐渐获得其独立的地位,成为诗人观赏和吟咏的对象。

不过，又由于老庄玄风的炽烈，使得务求心神超然无累的诗人，往往昧于玄虚的追慕，仅以山水为冥合老庄玄境的媒介，乃至虽登临山水，却唱咏玄虚，其中包括玄言、游仙、隐逸的抽象概念，竟延误了山水诗的繁滋。山水诗开始比较多量出现，还是在晋室渡江之后。这主要是因为，江南山水的灵秀，激发了诗人的审美意识；优游行乐的生活态度，促进了游山玩水的风气；老庄玄理的深一层了解，启迪了"山水以形媚道"（宗炳《画山水序》）的领悟：自然山水本身，即自成其道，自成其理。至少在兰亭诗人时代，山水美感与老庄玄趣已具有同等地位，倘若即景入诗，可以"老庄为意，山水为色"[①]。所以有些说老庄、赞玄风、咏隐逸、吟求仙的诗人，逐渐开始直接以山水风景本身的状貌声色，来阐明所领悟的自然宇宙之道和理。也就是这种"化老庄而入山水"的诗歌创作，为南朝山水诗之昌盛铺上先路。这正如刘勰于《文心雕龙·明诗》之评述：

　　　　宋初文咏，体有因革，老庄告退，而山水方滋。俪采百字之偶，争价一句之奇，情必极貌以写物，辞必穷力而追新，此近世之所竞也。

　　所言不仅概括山水诗在体物写物方面讲求辞藻骈俪，重视摹写逼真的特色，同时亦点出促成山水诗产生的老庄思潮之背景。

✤ ｜ **三、山水诗的典型及流变**

　　经过魏晋时代长期的酝酿，山水诗终于在渡江之后唯美文学趋于全盛的

---

① 钱锺书于《谈艺录》即以为"六朝诗人以老庄为意，山水为色"，正符合"山水通于理趣"之说。（第286页）

南朝（420—589），大量出现。南朝诗人对自然山水热爱之切、鉴赏之深，可谓是空前的。其中尤以谢灵运对山水诗"派"的形成，贡献最大。其后还有鲍照、谢朓（464—499）、何逊（？—518？）、阴铿（511？—563？）等，继承谢灵运之余绪，创作山水诗。但是，基于文学环境与创作风气的逐渐流动与改变，南朝前半期与后半期的山水诗，已经呈现出不同的风貌内涵。若按其风行时代先后，大略可分为三种典型，亦可视为三个发展阶段：

（一）山水与老庄名理并存

这是以"山水诗人"见称的谢灵运山水诗之典型特征。按，山水诗之所以能够在中国文学史上形成一大"宗派"，或一种具有某些共同特征的诗歌类型，则必须归功于谢灵运。后人刻画山水，无不直接或间接承受谢灵运的影响，乃至传统诗论者，甚至当今学者，会有"谢灵运乃是山水诗之祖"，或"山水诗乃谢灵运首创"之类的意见。不容忽略的是，谢灵运的山水诗，其实乃是集两晋以来老庄玄学风气中酝酿出的山水诗之大成。因此，往往还保存着山水风景与老庄名理并存的风貌。亦即一首山水诗中，不仅有模山范水部分，还掺杂一些有关老庄易佛的名理句子。

这类与老庄名理并存的山水诗，通常具有明显的记游性质，往往是诗人登山涉水赏景，乃至因景引情并悟理的整个过程的记录，呈现的是写景、抒情、悟理部分段落分明、程序井然的整体结构[①]。在内涵上，也就不单单

---

① 按，近人黄节论"谢康乐诗"，首先注意到谢灵运山水诗中往往"说山水，则苞名理也"。并亦点出，谢诗通常展现段落分明、程序井然的组织结构："大抵康乐之诗，首多叙事，继言景物，而结之以情理……"见萧涤非：《读诗三札记》，作家出版社 1957 年版，第 22—40 页。

是山水风景的赏爱，还有由览景而悟理引情，以表现其向往或领悟之道或理。试举谢灵运《登石门最高顶》为例：

> 晨策寻绝壁，夕息在山栖。疏峰抗高馆，对岭临回溪。
>
> 长林罗户穴，积石拥阶基。连岩觉路塞，密竹使径迷。
>
> 来人忘新术，去子惑故蹊。活活夕流驶，嗷嗷夜猿啼。
>
> 沉冥岂别理，守道自不携。心契九秋干，目玩三春荑。
>
> 居常以待终，处顺故安排。惜无同怀客，共登青云梯。

该诗笔墨重点在写登山、览景、悟理整个经验过程所引起的知音难觅的寂寞情怀。值得注意的是，其中二至四联山水声色状貌的描写，乃是"任物自陈"，全然不受诗人情绪或知性的干扰，让山水景物以其状貌声色自然演出，这是成为山水诗的必要条件。全诗十联，段落分明，在结构上可分为记游（首联，亦兼全诗之序）、赏景（二至六联）和悟理、兴情（后四联）三部分。程序上是从缘景而悟理而生情的方向发展，因而山水的赏爱与名理的领悟共同出现于诗中。

这种山水与老庄名理并存的作品，表面上看起来，景与情和理截然分开的结构，乃是谢灵运山水诗的典型特征，也曾是后辈诗人追随模仿的对象。试看鲍照的《登庐山》：

> 悬装乱水区，薄旅次山楹。千岩盛阻积，万壑势回萦。
>
> 巃嵷高昔貌，纷乱袭前名。洞涧窥地脉，耸树隐天经。
>
> 松磴上迷密，云窦下纵横。阴冰实夏结，炎树信冬荣。
>
> 嘈嘈晨鹍思，叫啸夜猿清。深崖伏化迹，穹岫阅长灵。
>
> 乘此乐山性，重以远游情。方跻羽人途，永与烟雾并。

全诗十联，前八联写景，后两联抒情。诗的发展程序亦是从登临、赏景，而兴情悟理，仍然保持山水与老庄名理并存的风貌。不过，与谢灵运的山水诗相比，其理悟部分的玄气已大为减轻。当然其基本内涵未变，诗人理悟的"道"，仍是登临山水可以超越世缨、获得个人的精神自由。在结构组织上，亦沿袭谢灵运诗之严密整齐传统，虽然情景分叙，两者是交互融汇一体的。此外，谢诗中雕琢辞藻、讲求声色对偶的特色，均可在鲍照此诗中略见一斑。从鲍照其他的山水诗中，亦可证明，在模山范水方面，与谢灵运相若，同属"情必极貌以写物，辞必穷力以追新"的传统。

这种写山水而苞名理的山水诗，继续在后世诗人作品中出现。自宋齐到梁陈，"效康乐体"者，始终未尝消歇，玄气则日益稀薄而已。

三　山水与宦游生涯共咏

由谢灵运大事发展的山水诗，至谢朓笔下，在风貌和内涵上，发生明显的变化。当然，谢朓还是步趋谢灵运后尘，继续写与老庄名理并存的山水诗，但是，更重要的，不单单是其同类诗中的玄味锐减，而是另辟新径，多量创作与宦游生涯共咏的山水诗。

在谢朓笔下，大凡在仕途生涯中引起的离乡之悲，送别之情，思归之叹，羁旅之愁，都可并入自然山水的吟咏中，乃至扩大了山水诗的内涵情境，增强了山水诗的抒情意味。又因为谢朓乃处于诗歌日益律化、咏物小诗趋于昌盛的萧齐时代，其山水诗篇在体制上，也随着诗歌的发展，开始趋向精简，写景则益见工巧纤丽，而且诗中往往反映着浓厚的人生感情，甚至有时单纯从诗题已无法立即确定其为山水诗，必须细读内容方能揭晓了。试看其《晚登三山还望京邑》：

灞涘望长安，河阳视京县。白日丽飞甍，参差皆可见。

余霞散成绮，澄江静如练。喧鸟覆春洲，杂英满芳甸。

去矣方滞淫，怀哉罢欢宴。佳期怅何许，泪下如流霰。

有情知望乡，谁能鬒不变？

写诗人出守宣城途中，登山临江所见的美景，以及回望京邑（时谢朓家居京邑）引起的思乡之情。全诗结构上仍然是情景分叙，景是丽景，情乃悲情。其中对山水美景之赏爱与离别望乡之悲哀，彼此激荡，展现出离京赴任的矛盾与复杂心情。值得注意的是，此诗的后三联，乃是直泄其情，尤其是"泪下如流霰"之类如此情绪化的句子，是谢灵运山水诗中所阙如的。

由于仕宦生涯几乎是文人士子所必经，这种既咏山水也抒宦情的山水诗，一旦成立之后，即使在咏物与宫体诗的风行时代，仍然可以继续生存并发展。例如何逊的《下方山》：

寒鸟树间响，落星川际浮。繁霜白晓岸，苦雾黑晨流。

鳞鳞逆去水，弥弥急还舟。望乡行复立，瞻途近更修。

谁能百里地，萦绕千端愁。

其实在何逊现存的山水诗中，尚有特意追随大谢及鲍照的长篇记游之作，但更多的则是其行旅或随任途中的经验感受，因此，往往流露出宦游者最易触动到的乡心和离情。此诗前三联写景，后两联抒情。诗中已无登涉的记述，呈现的乃是当前耳目所及的山水风景。其写景已不止于状貌声色的模拟，而进一步注意景中意境的烘托，诸如"寒鸟""落星""繁霜"，以及"逆去水""急还舟"这些精心制作的意象，与后两联中望乡之情与羁旅之愁，交互辉映，浑然一体，为整首诗营造成情景交融的境界，扩大了山水诗的表现领域，为唐代以后情景交融的山水诗之先声。

（三） 山水与宫廷游宴同调

经大小二谢致力发展的山水诗，在萧梁诗坛的绮丽文风中，又起了变化。这时期的山水诗和风行当时的咏物诗、宫体诗相若，多为君臣游宴场合酬唱应和之作，具有浓厚的贵游文学之消闲娱乐性。由于游览山水的态度纯粹是玩赏，而即席赋诗也是一项竞技逞才的余兴节目，诗人力求表现的，当然是专注于山水状貌声色之美的刻画和捕捉。其普遍特色就是"巧言切状"与"酷不入情"。山水诗的创作虽失去了个人的风味，却增添了状貌声色的审美之趣。诗中除了山水景物之美、游赏之乐外，不见老庄玄思，亦无宦游之情。再者，由于这类山水诗多属当场即写其景，用典隶事的作风，也在山水美景中消失了。语言方面也趋向新鲜明净，而不至于凝重生僻。诗的体制也因别无闲话，更见精巧简练。山水诗就在唯美文风和贵族游乐的双重影响之下，展开了新的风貌和内涵。

试看梁武帝萧衍（464—549）《首夏泛天池》：

> 薄游朱明节，泛漾天渊池。舟楫互容与，藻苹相推移。
>
> 碧沚红菡萏，白沙青涟漪。新波拂旧石，残花落故枝。
>
> 叶软风易出，草密路难披。

全诗五联，均是景语，而且全属精美对句，主要是以华丽的辞藻，对眼前景物精密细致的描绘，除了诗人对山水景物入微的观察和敏锐的审美趣味之外，诗中不见因景所兴之一己之情，也无老庄玄思之悟，连诗人的身份个性也不透露。整首诗，宛如一幅以美丽景物联串起来的图案画，的确悦人耳目，然而，毕竟缺少一种触动人情、令人感动的内在生命。

另举梁元帝萧绎（508—555）《晚景游后园》：

高轩聊骋望，焕景入川梁。波横山渡影，雨罢叶生光。

日移花色异，风散水纹长。

这的确是一首精巧可爱的小诗，诗人纯粹以审美的态度，将眼前之景追摄下来，表现的是视觉的、绘画之美，充分展示诗人对山水景物光影形貌的变化，观察之入微，落笔之细腻。

再看，尝侍梁元帝，入陈后又见赏于陈室的张正见（527？—575？），有一首《赋得岸花临水发》：

奇树满春洲，落蕊映江浮。影间连花石，光涵濯锦流。

漾色随桃水，飘香入桂舟。别有仙潭菊，含芳独向秋。

该诗当属君臣游宴之际，观赏当前风景"同题共咏"之作。诗人似乎已全然沉浸在审美的境界里，连落花都引不起传统的时序之感。这种纯美的赏爱与追求，是和现实社会人生不相干的，与人情世故隔离的，因此没有个人私己感情的移入，只需当前美景的展露即可。

与宫廷游宴同调的山水诗，一直随着所谓"齐梁"或"梁陈"余风，流传至初唐诗坛。当然，随着诗歌表现艺术的进步，这种既不言志，亦不抒情，只纯粹写景的山水诗，在盛唐以后诗人笔下，可以成为极富韵味的诗篇。

❖ | 四、山水诗的后续——山水与田园情趣合流

山水诗在盛唐诗人王维、孟浩然诸人笔下，再度发生了变化。由于诗歌发展到盛唐已臻至成熟，诗人开始回顾诗的"过去"，加上隐逸风气的激荡，陶渊明的田园诗，发出前所未有的吸引力，陶诗中洋溢的恬淡自适

的田园情趣，成为"王、孟诗派"的重要创作源泉。由于王、孟诸人诗才高，诗名盛，追随模仿者无数，因此，与田园情趣合流的山水诗，俨然成为唐代山水诗之主流。诗中呈现的经常是山水的恬静与安详之美，流露的是诗人悠闲自适的田园情趣。这类山水诗尤其在王维的笔墨之下，画意最浓，而画中又往往浮现着一片诗情，令读者吟咏玩味不已（详后）。

以上所论四种典型的山水诗，虽各有其不同的风行时期，可是一旦某种典型确立之后，就不断在诗人作品中出现，而且随着诗歌本身的发展，以及表现艺术的演变，山水诗在风貌上，也就呈现从南朝、初唐的工笔刻画，到盛唐的写意点染，进而至晚唐又重现琢字雕句的痕迹。

第六章

咏物宫体之盛
—— "齐梁诗"

咏物宫体之盛，主要发生在齐（479—502）梁（502—557）时代。由于陈朝（557—589）历时短，其诗歌创作，基本上追随齐梁诗人，乃至风格相仿，所以一般文学史也把这三代，大约一百年间的诗歌，以"齐梁诗"概括称之，虽齐梁并称，实际上乃是以梁代为主。

按，齐梁时期，可谓是中国文学真正可以独立自主的时代。当然，在这之前，朝廷就曾经以官方措施，抬高文学的地位，如前面篇章所述，刘宋文帝元嘉十六年（439），于儒学、玄学、史学三馆之外，别立文学馆。之后，宋明帝又于泰始六年（470），特立总明观，将官学分为儒、道、文、史、阴阳五科，使文学与当时的显学，等视齐观。凡此措施，皆前代所未有。而刘宋的君主王侯，不但雅好文学，且俱有文采。在他们提倡鼓励之下，文风蔚然，作家辈出。其中尤以文帝时的元嘉年间（424—453），也就是颜延之和谢灵运称雄诗坛时期，为文风转变的枢机，唯美文学的兴起，实肇始于此时。但是，中国文学一直到齐梁时期，无论在文学观念或创作实践上，才真正算是可以独立于经学、史学、哲学之外。可惜在强调儒家政教伦理，重视"诗言志"的传统论者影响之下，"齐梁诗"在文学史上却始终未能获得公允的评价。

第一节

后世论"齐梁诗"

中国文学到齐梁时代，才真正摆脱了政治教化的束缚，排除了儒家诗教的局限。作为一种独立自主的门类，文学受到前所未有的重视，拥有前所未有的自主性。也就是在齐梁时代，文学的自觉意识中，产生了现存第一部历代文学作品选集《昭明文选》，为文学作品的审美"标准"点出方向。此外并出现了第一部以妇女的经验感受为主要题材的诗集《玉台新咏》，为欠缺女性意识的文学史填补缺憾。另外还有，现存第一部诗歌评论专书，钟嵘的《诗品》，为五言流调之地位巩固基础；以及现存第一部、规模宏大的文学批评专著，刘勰的《文心雕龙》，为各种文类体式之界定与源流演变的论析立下典范。除此之外，诗歌创作方面，也是在齐梁时代才真正专注于诗人在声色方面的审美感受，包括四声音律悦耳的追求，以及赏心悦目趣味的重视。正如明代胡应麟于《诗薮》所云：

> 诗至于齐，性情既隐，声色大开。

在文学史上，齐梁乃是一个了不起的时代，是一个可以只顾抒发审美情趣，敢于摆脱千年来加附于文人士子身上的政教伦理观念，而为中国诗歌开辟了"唯美"境地的时代。可是，"齐梁诗"在后世一些重视政教伦理的"保守"文论者笔下，却始终负荷着背经离道、华而不实的责难。

试看隋代李谔（6世纪）因见魏晋以来，文风日益华靡，乃至鼓吹维护政教伦理，改革文风的《上隋文帝革文华书》所云：

> 降及后代，风教渐落。魏之三祖，更尚文辞，忽君人之大道，好雕虫之小艺。下之从上，有同影响，竞骋文华，遂成风俗。江左齐梁，其弊弥甚。贵贱贤愚，唯务吟咏，遂复遗理存异，寻虚逐微，竞一韵之奇，争一字之巧。连篇累牍，不出月露之形，积案盈箱，唯是风云之状。世俗以此相高，朝廷据兹擢士，禄利之路既开，爱尚之情愈笃。于是闾里童昏，贵游总卯，未窥六甲，先制五言。至如羲皇舜禹之典，伊傅周孔之说，不复关心，何尝入耳。

李谔显然是站在维护儒家道统、重视政教伦理的实用立场，视魏晋南朝蓬勃的文学活动，尚辞好藻的创作倾向，几乎一无是处。其观点是否公允，姑且不论，值得注意的则是，令李谔深表不满者，主要是"风教渐落"，其于文中数落曹魏以来，君臣上下"忽君人之大道，好雕虫之小艺"，乃至"竞骋文华"，"江左齐梁，其弊弥甚"，对圣人之道"不复关心"诸文坛现象，正巧点出，魏晋南朝时期，文学逐渐摆脱儒家政教伦理束缚的发展总趋势。

再看初唐诗人陈子昂（659—700）《修竹篇序》对齐梁间诗的批评：

> 文章道弊，五百年矣。汉魏风骨，晋宋莫传。然而文献有可征者。仆暇时观齐梁间诗，采丽竞繁，而兴寄都绝，每以永叹。窃思古人，常恐逶迤颓废，风雅不作，以耿耿也。

所谓"汉魏风骨，晋宋莫传"，以及"齐梁间诗，采丽竞繁，而兴寄都绝"，这些现象，虽令陈子昂"永叹"，却正是文学创作重视审美趣味，可以无关政教伦理的标志。往后这种扬着政教伦理的旗帜，对齐梁诗表示不满者，从未停止。即使中唐诗人白居易，于其《与元九书》中，对于晋宋齐梁诗，亦曾提出严苛的批评：

> 晋宋以还……以康乐之奥博，多溺于山水，以渊明之高古，偏放于田园。江、鲍之流，又狭于此。……于时六艺寖微矣，陵夷矣。至于梁、陈间，率不过嘲风雪、弄花草而已。噫！风雪花草之物，《三百篇》中岂舍之乎？顾所用何如耳。……然则"余霞散乘绮，澄江静如练""离花先委露，别叶乍辞风"之什，丽则丽矣，吾不知其所讽焉，故仆所谓嘲风月、弄花草而已，于时六艺尽去矣。

白居易尝矢言"为君、为臣、为民、为物而作，不为文而作"（《新乐府五十首序》），力主文学须肩负起政治教化的任务。上引文中所言，显然是站在其身为谏官的立场，要求政治改革，刻意鼓吹诗歌对当政者的"讽喻"功能，所以才会埋怨谢康乐"多溺于山水"，陶渊明"偏放于田园"，甚至对谢朓的写景名句"余霞散成绮，澄江静如练"，亦表示不满，认为"丽则丽矣，吾不知其所讽焉"。

宋代大儒朱熹（1130—1200）《清邃阁论诗》甚至进一步认为：

> 齐梁间人诗，读之使人四肢懒慢，不收拾。

像上引诸论，撑着诗教的旗帜，抨击齐梁文学的观点，不绝如缕，甚至一直延续到当今刊行的一些文学史，历久不衰。每逢论及南朝诗歌，尤其是齐梁时期风行的游宴、咏物、宫体艳情之作，仍然难免会站在维护政教伦理的立场，将文学创作与政治道德使命，混为一谈，予以谴责。或认为齐梁咏物诗，往往吟咏"一些日常生活事物如歌舞、风云、春秋、花柳、镜筝之类"，不过是"无聊的文字游戏"而已[1]；甚至将盛行萧梁的宫体艳情之作，标目为"色情文学"[2]。

齐梁诗歌的真相如何？应当如何看待齐梁诗方不失公允？或许不妨先从其产生的环境背景论起。

第二节

齐梁文人集团与诗坛现象

❖ ｜ 一、文风的炽烈，文人集团蓬勃

齐梁时期文风之盛，乃前所未有。君主王侯不但提倡文学，赞助文学，有的君王本身就是文坛领袖，诗坛盟主。他们广招文人才士，形成大大小小的文人集团，共同讨论文学，提出理论观点，并且游宴唱和，即席赋诗。其中影响文坛风气深远者，包括：

（一）齐竟陵王萧子良文人集团

亦称"西邸文人集团"。按，"西邸"乃是齐竟陵王萧子良（460—494）

---

[1] 见胡国瑞：《魏晋南北朝文学史》，上海文艺出版社 1980 年版，第 120 页。
[2] 刘大杰于其修订版《中国文学发展史》，即以"色情文学"为论述宫体艳情诗的标目。上海古籍出版社 1982 年版，第 303—306 页。

在江南扬州的王府所在，是处文人才士曾聚集一堂。其中以史称"竟陵八友"者最著名，包括：谢朓、王融、任昉、沈约、陆倕、范云、萧琛、萧衍。西邸文人集团，主要活跃于齐武帝永明年间（483—493），围绕着好文的竟陵王萧子良，形成"文学沙龙"，经常讨论佛理，研究声律，且游宴赋诗，酬唱不绝。西邸文人集团最大的贡献，就是在诗歌创作上，因佛经的转读，发现了汉语的四声，遂依循平、上、去、入四声，以此制律，令诗歌增添一种新的风采，建立了文学史上所称之"永明体"，为重视音韵谐美的唐代律诗之形成，铺上先路。

不过，在萧子良去世之后，西邸集团顿时失去了盟主和依托，集团消散，其成员亦各奔前程。

（三） 梁武帝萧衍及昭明太子萧统文人集团

这两个文人集团的文学活动，主要是在宫廷之内。按，在朝代的轮替中，由齐入梁的文人，包括西邸集团人员，别无所托，只好依附梁朝开国君主萧衍；以后围绕在昭明太子萧统身边的文人集团亦渐具规模，这些文人又陆续出入东宫。梁代文学的繁荣，与武帝萧衍对文学的提倡与重视，有密切关系。梁武帝本人即文人出身，原属竟陵八友之一，其在位（502—549）长达四十七年，虽以帝王之尊，但对文学的赏爱始终不倦，与其旧交新识中，如沈约、裴子野、丘迟、柳恽、王僧孺等，经常参与宫廷中游宴赋诗的集会。此外，围绕在昭明太子萧统身边的文人集团，最重要的文学活动与贡献，就是《文选》的编辑，其对后世文学观念与创作，以及选集之编撰，影响甚巨。

　　其实在梁朝以萧纲为首的文人集团，创作成就最大，影响亦最为深远。按，萧氏父子中（萧衍、萧统、萧纲、萧绎），以萧纲诗才最高，其所招揽之文士，诸如徐摛（474？—551）、徐陵（507—583）父子，以及庾肩吾（520年前后在世）、庾信（513—581）父子，皆一时之杰。盖萧纲乃是于中大通三年（531）继逝去的萧统为皇太子，此后二十年，太子东宫成为诗坛中心，游宴唱和不绝，乃至形成"宫体"之风，甚至有"宫体之风，且变朝野"之势（《南史·梁本纪》）。这些文人在萧纲东宫时期创作的作品，大多保留在徐陵编辑的《玉台新咏》一书中。

　　继而徐陵、江总（519—594）等文人入陈之后，又围绕在陈后主（陈叔宝，582—589年在位）身边，形成新一代的文人集团，继续游宴赋诗不绝，一直到陈之祚亡。按，齐梁文人集团的蓬勃，自然会造成文学作品出现一些带有群体性的特质，最显著的就是文学的集团化。

✤　｜　二、文学集团化，共性多于个性

　　齐梁文人大多依附归属于特定的、以王公贵族为首的文人集团，经常群体参与文学创作诸活动，往往在同一场合，围绕着同一题材或同一命题赋诗。这种群体参与"同题共咏"的创作结果，很容易造成文学的集团化，展现的往往是君臣唱和、上下同调的现象。当然，文学的集团化实肇始于建安文坛，不过建安诗人除了同题共咏之作，毕竟还留下许多个人不同生活经验感受的作品，因此个人的风格显著。可是现存的齐梁诗，绝大多数

都是群体游宴场合之作，文学集团化成了时代的风格。

在齐梁诗人笔下，某些题材，或某种艺术体裁或形式，经过反复表现，再三运用，从而形成共同的习惯或风气。咏物诗和宫体诗之盛行，就是在这种情况下一时形成文坛主流。此外，群体参与创作活动，也容易导致艺术风格的共性。何况又往往受集团领袖的文学观念、审美趣味、艺术风格的影响，乃至齐梁诗，普遍存在遣词、用典，甚至立意、构思方面，展示相似或雷同的现象。简言之，文学集团化的结果，就是作品的共性多于个性，时代风格明显，个人特色则较模糊。

当然，齐梁诗人中，还是出现形成个人的风格者，诸如：谢朓的明丽，沈约的富艳，萧衍的古雅，范云的婉转……不过，值得注意的是，这些诗人个人风格之形成，主要还是在萧子良去世之后，西邸集团解散，诗人一时无所依归，难免一番流离迁徙，面对不同的人生经验，感而赋诗，于是乃创作出具有个人风格的作品。有趣的是，齐梁时期的文学虽然集团化，但是在文学观念上、题材内容选择上，却展现出不再附和传统儒家诗教的独立精神。

❖　｜　三、文学的独立，无关政治教化

文学独立的观念，当然是逐渐形成的。刘宋时期已经由朝廷官方的措施，立文学为一项独立于经、史、子之外的门科。及至齐梁，文学不仅在观念上已经可以独立自主，实践上也走向新的途径。按，齐梁诗歌之"新"，最引人瞩目的乃是，论者与作者对文学的功能，有一种全新的理解和表现。强调的主要是，文学"吟咏情性""感荡心灵"的重要，遂把文学从政治教化、社会伦理中分离开来，单纯从审美趣味、性灵摇荡方面来看待文学。试看：钟嵘《诗品·序》的观点：

> 嘉会寄诗以亲，离群托诗以怨。至于楚臣去境，汉妾辞宫；或骨横朔野，或魂逐飞蓬；或负戈外戍，或杀气雄边；塞客衣单，孀闺泪尽；或士有解佩出朝，一去忘返；女有扬蛾入宠，再盼倾国。凡斯种种，感荡心灵，非陈诗何以展其义，非长歌何以骋其情。

钟嵘所言已明确表示，作诗不在于是否具有政治教化的实用功能，而在于能否感荡心灵、驰骋情怀。再看萧子显于《南齐书·文学传》的见解：

> 文章者，盖情性之风标，神明之律吕也。

强调的，也是文学表现情性、感荡心灵（神明）之意旨。另外，王筠（481—549）于《昭明太子哀策文》中，形容萧统的诗歌创作，特别称许的是：

> 吟咏性灵，岂为薄技？属辞婉约，缘情绮靡。

所谓"心灵""情性""性灵"，均指人的自然天性或天然真性，属于"非人为"的、"非道德"的，展现的是人的自然本性。换言之，诗，应该吟咏情性，可以陶冶性灵。尤其值得注意的是，萧纲《诫当阳公大心书》所言：

> 立身之道，与文章异，立身先须谨重，文章且须放荡。

萧纲于此，清楚明确地把道德人品与文学创作分别开来。所谓"放荡"，乃是不受束缚、不受局限，没有框框、自由创作的意思。这样就正式把文学创作，与立身之道，包括政治教化、道德行为，区别开来。在中国文学观念的自主与创作指标方面，乃是划时代的体认与见解。

齐梁诗人在理念上，已经视文学可以独立于政治教化之外，其创作必然会朝着不同于传统的方向发展，以便有别于其他的经、史、子等学门。于是，在诗歌创作中，纷纷追求唯美新变。试从语言、形式、题材三方面观察齐梁诗之新变：

（一） 语言：讲究辞采、对偶、声律，追求流畅易晓

1. 文辞追求流丽清新

齐梁诗人，无论写景、咏物、写人，普遍喜用华美的辞藻，且注意状貌形态之美，包括光与色的交辉，甚至常用金、玉、珠、罗之类富丽之辞作修饰，塑造成华贵的气氛、绮丽的色调，引发美感，令人愉悦。除此之外，又喜用对偶，在文辞上表现属对精工、平衡对称的美感。值得注意的是，齐梁诗人虽然追求辞藻华丽、对偶精工的人为之美，同时却又受到江南民歌的启发，又刻意提倡语言表达之清新自然、流畅易晓，似乎是有意扭转自建安到刘宋，文人诗歌日趋深奥典重的倾向。以下试看几则齐梁时期文人的语言主张。

颜之推（531—591？）《颜氏家训》引述沈约的意见：

> 文章当从三易。易见事，一也；易识字，二也；易读诵，三也。

沈约这"三易"的主张，显然是针对刘宋时期的诗歌往往多深奥典重而发。此后萧子显《南齐书·文学传》亦有近似的观点：

> 言当易了，文憎过意；吐石含金，滋润婉切；杂以风谣，轻

唇利物；不雅不俗，独中胸怀。

萧纲（503—551）《与湘东王书》亦主张：

> 吐言天拔，出于自然。

这些齐梁文坛的领袖人物，虽出入宫廷，不过却均以浅显易懂、自然流畅为文学作品的理想语言。梁代宫廷诗人模仿民歌语言者大量增加，文人诗亦多雅俗结合，或以清丽婉转见长，或以轻靡流丽争胜，很少深奥典重难懂的现象。此外，又因齐梁诗歌多属游宴场合，即席赋诗，乃至用典隶事的作风也就相应减少，语言上自然趋向清新浅显。这是齐梁诗歌新变之一。此一变化，实促成中国诗歌基本面貌的更新，并且奠定初唐、盛唐诗歌语言风格的发展方向。

2. 音韵注重声律谐美

活跃于齐武帝永明时期（483—493）的诗人，诸如沈约、陆倕、王融等，不但参与群体赋诗，还经常互相切磋，讨论诗歌创作，进而更提出注意声律的论点，强调诗歌声律的排列调节，如何可以获得近乎音乐性的美感。此即重视声律的"永明体"之创立。

永明声律论的出现，显然与佛经的转读与唱导之盛行，有直接关系。按，转读、唱导佛经之本意，其目的原来是通过声调的抑扬顿挫，来感动听众，寄望在优美悦耳的声音系列中，将听众带入一种虔诚的宗教境界。永明文人就是从这里受到启发，于是开始有意识地把诗歌从声音效果上加以美化，提出"四声八病"之论，主张写诗须避免八种声韵上的毛病，注意平仄的交错轮替，以求声律和谐悦耳。永明诗人的声律论，在互相切磋，彼此讨论之下，逐渐形成一种规范，也是一种诗歌创作上的新变。正如

《梁书·庾肩吾传》中的观察：

> 齐永明中，文士王融、谢朓、沈约，文章始用四声，以为新变。

文学史上所谓"永明体"，实为唐代以后律诗之形成，奠定声律规范的基础。

（二） 形式：体裁多样，篇幅渐短

汉魏两晋诗，主要是五言或偶尔七言古体，形式简单，且发展缓慢。及至南朝，尤其是齐梁诗人笔下，五言除了古体之外，又从中演化出接近成熟的五言律诗和五言绝句。而七言古诗又分化成杂言和齐言，并从七言中演化成初具规模的七言律诗和七言绝句。唐代以后的诗歌形式，就是在齐梁诗人勇于追求新变中，已经大致完成。或许由于齐梁诗，多属游宴场合，即席赋诗，不易产生长篇大作，乃至篇幅渐短，往往以十句、八句、四句为多。以后唐代绝句四句与律诗八句的定型，并非出于人为的硬性规定，而是诗人创作之际，自然形成的共识。四句、八句格式，或许表现一种适度的，言简意赅之美吧。

（三） 题材：咏物、宫体艳情鼎盛

在追求唯美的诗坛风气中，齐梁诗人创作的题材，往往以能够引发美感、表现审美趣味、令人愉悦者为主。如眼前的山水风景、林苑的花草树木，宫中的精美器具、珍贵用品，或男女的情思，包括女性的容姿情态等，均为容易引起美感的题材。此外，在君臣上下与文人士子的群体活动中，

游宴酬唱的场合，过于严肃沉重，令人不悦，或引起伤感，可能破坏游宴欢乐气氛的主题，自然不易讨好。反而是令人轻松愉快，予人以赏心悦目，且人人都能即席而赋的题材较受欢迎。于是，小型的写景诗、咏物诗、宫体诗遂成为齐梁诗坛的主流。

第三节
齐梁诗的发展概况

齐梁二朝立国共约八十年，加上陈朝，则共约一百年。这时期诗歌的发展，经历了三个重要阶段。永明年间（483—493）的诗歌，总称为"永明体"，大同（535—546）以后的诗，当时称为"宫体"。而天监（502—519）至中大通（527—534）期间的诗，主要是承先启后，属过渡期，无所谓"体"，故后世往往把永明体和宫体，合称为"齐梁体"，视为齐梁（加上陈）诗歌的代表。

✤ ｜ 一、开启创作的高峰——永明十年间

齐武帝永明十年间（483—493），也是萧齐时代的太平盛世。据《南齐书·良政传》的观察：

> 十许年中，百姓无鸡鸣犬吠之惊，都邑之盛，士女富逸，歌声舞节，祛服华妆，桃花绿水之间，秋月春日之下，盖以百计。……

在这样百姓无惊、都邑歌舞升平的时代环境中，出现一批堪称齐梁时

期的第一流作家，如谢脁、沈约、王融，其他如范云、刘绘、丘迟等，亦成就可观。这些诗人，都围绕在时身为宰辅的竟陵王萧子良周围，不但人格受到尊重，地位获得优待，享受富贵闲人的优裕生活，并一起谈文论学，游宴唱和，即席赋诗，遂开启了齐梁时代诗歌创作的第一个高峰。他们主要的贡献有二：（1）创立重视声律和谐悦耳的"永明体"，为唐代近体诗孕育声律谐美的基础。（2）开拓咏物、艳情的题材。按，永明之前，咏物和艳情诗仅是少数诗人尝试的零星之作，及至永明期间，在竟陵王西邸，沈约、谢脁、王融诸人，除了提倡声律之外，彼此竞技献艺，均热衷于咏物、写艳情。齐梁诗人写咏物、宫体艳情之风，实肇始于此。

✤ ｜ 二、承先启后的过渡 —— 天监至中大通三十年间

梁武帝天监初至中大通二年（502—530），这大约三十年间，是齐梁诗歌发展的第二阶段，也是两个高峰的过渡。此时武帝萧衍、太子萧统的文人集团成员中，包括由齐入梁的遗老，有的甚至是萧衍在竟陵王西邸王府的旧识，如沈约、范云、王僧孺等。入梁之后，就把早期咏物、写艳情的风气，带进梁朝宫廷，同时还有意吸取流行江南地区的民歌语言，追求浅白易懂，主张自然流畅；为继承萧统为太子的萧纲，入居东宫时期的文学，铺上先路。

✤ ｜ 三、诗歌创作的鼎盛 —— 萧纲入居东宫二十年间

中大通三年（531）萧统去世，萧纲继为皇太子，入居东宫。按，在这

之前，亦即普通四年至中大通二年（523—530），萧纲时任雍州刺史，是萧纲文人集团的形成期。值得注意的是，雍州虽是南朝军事重镇，也是歌舞之乡，是"西曲"产生并流行的中心区域。今存萧纲等人所拟民歌中，不少描写歌舞之作，即作于雍州时期。此外，雍州在军事上，又是南北对峙的前线，文化上则是南北交流的窗户。萧纲及其身边文士，亦喜欢拟横吹诸曲，吟咏边塞征战的内容。这些"边塞诗"，虽然未能成为梁代诗歌主流，却成为以后唐代边塞诗的先声。

不容忽略的是，在这二十年间，诗歌创作成绩最佳且影响最深远者，仍是宫体艳情之诗。《隋书·文学传》即认为，此时期"宫体之传，且变朝野"。魏征（580—643）《梁论》亦尝云："哀思之音，遂移风俗。"均强调萧纲东宫时期，宫体艳情诗波及朝野，影响之深远。

其实，齐梁宫体艳情诗之盛，绵延至唐初几十年中，尚余波不绝。甚至唐末、五代、宋元的词曲，都可发现齐梁宫体艳情诗风的痕迹。

第四节

咏物诗的形成与特色

倘若以题材内容分类，齐梁诗人最热衷吟咏者，大略可分为三种主要类型：即山水、咏物、宫体。其中山水诗，犹如前面章节所论述，乃是继承刘宋时代谢灵运开拓、继而盛行的山水诗，描写山水状貌声色之美。除了谢朓、何逊等留下一些与宦游生涯共咏的山水诗，大部分齐梁时期的山水诗，都是在集团活动、群体游宴场合，即席赋诗之作。山水的范围，从荒郊野外，或行旅途中的山水，转而为宫廷王府、权臣贵族的庭园山水，乃至产生了前章所论"山水与宫廷游宴同调"的典型。而咏物诗与宫体诗，则是在齐梁诗人笔下才兴盛起来，并发展成为诗坛的主流，本节即先以咏物诗为论析焦点。

✦ | 一、咏物诗界说

所谓"咏物诗"，就是指吟咏描绘个别具体对象之诗。包括个体的自然景物，诸如风云雨露、日月星辰、花草树木、虫鱼鸟兽等自然现象，以及个体的人造对象，包括器具用品，如丝竹箫管诸乐器，香炉镜台诸摆设，以及亭台楼阁诸建筑物。值得注意的是，在咏物诗中，诗人是把个别物体作为独立的审美对象，笔墨重点在于刻画其外貌形态，偶尔亦点出其属性特质，以展现物体本身状貌声色之美，至于其中是否另有寓意，别有寄托，则并无规范。

✦ | 二、咏物诗的形成

有关咏物诗的渊源，学界一般认为，或可追溯到《诗经》中《小雅·鹤鸣》。此处《诗经》诗人的兴趣，显然不在"鹤鸣"本身，而是以园林中各种鹤鱼等作为比喻，抒发作者对朝廷运用人才的意见。此后，《楚辞》中屈原的《橘颂》，已有描绘橘树果实形状之美的部分，或可视为咏物诗之滥觞。不过，作者屈原的创作旨趣，显然并非描写橘树本身之状貌形态，而是通过对橘树品格之赞颂，表达自己高洁之志。此外还有《荀子》五篇《赋》中的《蚕》《云》二篇，一般视为乃是咏物赋之滥觞。及至魏晋时代，咏物赋一度成为重要的辞赋类型，至刘宋以后，咏物之赋则开始衰歇。齐梁时期，咏物诗则取代了咏物赋的主导地位，与宫体诗共同成为诗坛主流。

齐梁咏物诗之兴盛，亦可说是刘宋以来山水诗之延伸。从咏山水而咏物，是诗歌发展的必然趋势。按，写山水时，目的是呈现山水风景整体状貌声色之美，诗人在对山水景物精密细微的观察中，自然会专注于山水中之一花一草一树一木，并且对其状貌情态发生兴趣，进而另辟新径，开始以这些自然界的个别景物，作为独立的审美对象，吟咏玩味。故而咏物诗可说是山水诗盛行之下的必然产品。

此外，咏物诗在齐梁时代的激增与发展，和君主王侯爱好山水美景，纵情游乐，大事建造庭园山水，以便君臣游宴赏玩，亦密切相关。在宫廷林苑的优美山水环境中，君主王侯与招揽的文人雅士一起游宴赋诗，而庭园中的花草树木，风云雨露，乃至虫鱼鸟兽，都可成为观赏吟咏的题材；进而扩展至人造的亭台楼阁，珍玩器物，乃至宫廷乐人演奏的丝竹箫管，后妃宫女使用穿戴的铜镜扇子头簪等；最后连在场的后妃宫女，表演的歌妓舞娘，也都可以成了吟咏的题材。而宫体艳情诗，基本上还是属于咏物的范围，只是以人体取代了物体而已。

❖ | 三、咏物诗的类型特征

咏物诗乃是以具体之对象作为吟咏玩味对象，自然会将所咏之物的外貌与内质，作为笔墨的重点。巧言切状与指物呈形，即为咏物诗之基本艺术风貌；而咏物诗创作的场合，自然也会影响咏物诗的典型特色。

（一）　巧言切状：穷物之形，尽物之态，写物之美

按，齐梁咏物诗，多为君臣游宴场合，酬唱应和之作，具有浓厚的娱乐消闲性，流露的往往是一份敏锐纤细的审美意识。由于诗人观景览物的态度，纯属玩赏，而即席赋诗也是一种竞技逞才的娱乐节目，诗人力求表现的，当然是专注于个别物体状貌声色之美的刻画与捕捉，力求构思之新巧，语言之翻新，方可臻至写貌传神的效果。试看刘勰《文心雕龙·物色》之观察：

> 自近代以来，文贵形似，窥情风景之上，钻貌草木之中。吟咏所发，志惟深远；体物为妙，功在密附。故巧言切状，如印之印泥，不加雕削，而曲写毫芥。故能瞻言而见貌，即字而知时也。

引文中所谓"巧言切状"，即指诗中展现的就是为了穷物之情，尽物之态，写物之美的艺术技巧。这实际上乃是继承晋宋以来山水诗"极物写貌"的文学传统，以"形似之言"，把观赏的个别物体细节，模写得惟妙惟肖，故能令读者"能瞻言而见貌，即字而知时也"。

（二）　指物呈形：无假题署，体物图貌，别无寄寓

所谓"指物呈形"，不仅指作者写作态度纯属客观，也指诗中全无作者个人情绪的宣泄，亦无心志的表露。呈现的，只是物体本身的状貌神态。换言之，诗中不见老庄之思，不见一己之情，甚至并无"主题思想"，就连诗人的个性也不透露。这类"无假题署"，单纯描写物貌形态的作品，即使有佳篇，亦颇为后世批评家所不满，甚至诟病。如王夫之《姜斋诗话》所云：

> 咏物诗，齐梁始多之。其标格高下，犹画之有匠作，有士气。征故实，写色泽，广比譬，虽极镂绘之工，皆匠气也。又其卑者，恒凑成篇，谜也，非诗也。……至盛唐以后，始有即物达情之作。

王氏认为，齐梁咏物诗之通病，即在于单纯写物，没有即物达情。犹如匠工绘画，虽镂绘工巧，却只有"匠气"，而无文人之士大夫气。有的甚至如猜谜似的游戏之章，并非严肃慎重的诗歌创作。

其实，单纯写物，如用笔巧妙，也可写出有味之篇。试看王融（？—571）《咏池上梨花》：

> 翻阶没细草，集水间疏萍。芳春见流雪，深夕映繁星。

这是一首典型的咏物诗，亦即"咏某物，不言某物，而某物意自在"者。当然，如果把诗题掩盖起来，所咏者属何物，的确需要一番猜谜。幸亏一般咏物诗通常会在诗题中标出所咏之物名，因此不至于产生猜谜费解之困扰。王融此诗所咏乃是池上梨花，生动地传达出梨花飘落池塘的情状。前两句写梨花的飘落：有的落在细草中，有的流落在池塘里稀疏的浮萍之间。后两句则形容梨花的颜色：上句是白天，下句是夜晚；在芬芳的春天，池上梨花像流动的白雪，深夜里，则和天空的繁星互相辉映。这样的梨花，当然没有什么"寄托"可言。但是梨花本身的种种情状，却勾画得清新悦目，而作者赏爱之情，审美之趣，亦流露其间。

齐梁诗人吟咏的"物"，范围相当广泛，似乎只要是眼前看得见的，联想得起的，都可以包括在内。诸如风云、雨露、日月、星辰、烟雾，甚至灰尘、青苔等，真是无微而不咏。并且展现咏物诗人对于物质世界状貌声色的浓厚兴趣，以及观察细微，描写细腻之特色。即使吟咏人造之物，亦如此。

试看谢朓《咏琴》:

> 洞庭风雨干,龙门生死枝。雕刻纷布濩,冲响郁清卮。
>
> 春风摇蕙草,秋月满华池。是时操别鹤,淫淫客泪垂。

其实此诗之副标题是"同咏乐器",另外还有王融《咏琵琶》、沈约《咏篪》等,可见所咏乐器虽然有别,应是群体游宴场合有关乐器的同题共咏。此诗所咏既是乐器,当然是"人造之物",笔墨重点在琴的外貌及素质,以及琴音之感染力。首联介绍琴的质材和产地,三句写琴身的雕饰考究,四句强调琴的声响:一开始弹奏就溢满酒杯。然后宕开笔锋,仿佛是描绘当时客观场景之美:"春风摇蕙草,秋月满华池。"实际上却巧妙地以景写声,以视觉感受写听觉感受,视听相即相融,展现一场琴音演奏的美妙效果,宛如春风轻拂蕙草,摇曳生姿,又如秋月光辉,洒满华池。最后明写琴音之感染力,点出琴音所奏乃伤离情的"别鹤"之曲,难怪令在座宾客听众感动得淫淫泪垂。

值得注意的是,咏物诗既然多在君臣游宴场合赋诗,消闲娱乐的状况下的创作,自然可以摆脱政教伦理的束缚,徜徉于娱乐游戏的轻松环境气氛中,甚至不时展现诗人的风趣诙谐。试看萧绎《咏风》:

> 楼上起朝妆,风花下砌傍。入镜先飘粉,翻衫好染香。
>
> 度舞飞长袖,传歌共绕梁。欲因吹少女,还持拂大王。

诗人所咏之物是"风",且将风的吹拂,描绘为围绕着美人的一连串嬉戏逗趣。此风不但吹下落花,吹上妆楼,还吹入镜中,又吹翻了衣衫,遂分享美人的脂粉和衣香。继而又随着美人的舞步,随其长袖飞舞,并跟着美人的歌声,一起环绕屋梁。有趣的是,这风原本是要吹拂这妙龄女郎,却趁势吹起大王风来了。诗人处处通过风和美人的关系,铺写风的情趣,委婉地流露一份调情的意味。全诗并无深意，不过是风花雪月而已，但是却提供了轻松场合中消闲娱乐之趣。更重要的是，诗中已经出现咏物之作开始向宫体艳情倾斜之势。

㊂ 即物达情：咏物寄意，感叹人生，流连闺思

现存三百多首齐梁咏物诗中，指物呈形，单纯写物，又全无寄寓之作，大概占三分之一左右。其实大多数咏物作品，依然多少有所寄寓，只是这些寄寓，多无关政治教化，不过是"吟咏情性"而已。此处所谓"情性"，并非诗人个人的一己私情，而是指诗人通过对物的观赏，而体会出的某些一般性的人生经验，普遍性的人生感慨。咏物诗在齐梁时期，尤其是梁代，已有艳情化的倾向，往往糅杂着流连闺思的意味。换言之，所咏眼前之物，与女子的闺情交织在一起，流露出一些"哀思之音"。试看刘绘《咏萍诗》：

可怜池内萍，荵荵紫复青。巧随浪开合，能逐水低平。

微根无所缀，细叶讵须茎。漂泊终难测，留连如有情。

该诗写池中浮萍的惹人怜爱与漂泊流连之状，并次第开展，层层铺叙。从对浮萍的细腻描绘中，读者不难引发某些人生经验的联想。就语言表象，不过是在写浮萍，却又仿佛在感叹人生的漂浮无定。整首诗中，物性与人情似乎融成一片。

此外，还有不少流连闺思的咏物诗。齐梁咏物诗中，写花草树木、虫鱼鸟兽，或精美用品，有时则明显与闺情交织在一起，一方面显示咏物诗的艳情化，同时流露出其中的"寄意"含有哀思，情调更为婉转。如萧纲《夜望单飞雁》：

天霜河白夜星稀，一雁声嘶何处归？

早知半路应相失，不如从来本独飞。

首句点出环境时空，乃是凄清寒冷的秋夜，应是群雁栖息之时，却有一只孤雁，彷徨嘶鸣，不知归向何处。早知半路会相失离散，不如从来就不曾比翼双飞。整首诗，通过单雁的孤飞嘶鸣，表达作者体认的，失去伴侣、独守空闺的悲哀。其间"早知如此，何必当初"的慨叹，"寄意"或许并不深，但不可说没有寄意。

综观齐梁的咏物诗，大概包括指物呈形与即物达情两种主要类型。与早期的咏物之作相比照，诸如屈原的《橘颂》、汉魏的"咏物赋"，其中的"物"，主要是寄情达意的媒介，尚不具备独立的审美价值，故而"物"的描写刻画，一般比较简单。齐梁咏物之诗作，笔墨重点就在"体物写物"，乃至描写趋向精密细腻，是其基本特色。不过，齐梁之前，甚或唐宋以后的咏物之作，往往务求寄托高远，其间唯齐梁之作，则但求吟咏情性，格局似乎比较狭小，气质显得比较柔弱。其实，这正是咏物诗可以独立自成一格的标志，也是齐梁文人诗的时代特色。

第五节

宫体诗的形成与特色

✜ │ 一、宫体诗界说

有关宫体诗的创始及名称之由来，前人已有不少记述，唯因记述者之重点并不一致，故而须加以综合整理，方能窥其大概。首先，《梁书·徐摛传》指萧纲的老师徐摛，为"宫体"之始创者：

> （徐摛）善属文，好为新变，不拘旧体。……摛文体既别，春
> 坊尽学之，宫体之号自斯而起。

不过，《梁书·简文帝本纪》中，似乎又以梁简文帝萧纲为"宫体"之肇始者，并且点出宫体诗显得"轻艳"的大概风格特征：

> （简文帝）雅好题诗，其序云："余七岁有诗癖，长而不倦。"
> 然帝文伤于轻艳。时号曰"宫体"。

其后《隋书·经籍志》亦以萧纲为"宫体"盛行之元首，并进一步说明宫体诗之内涵范围：

> 梁简文帝之在东宫，亦好篇什，清辞巧制，止乎衽席之间，
> 雕琢蔓藻，思极闺闱之内。后生好事，递相放习，朝野纷纷，号
> 为"宫体"，流宕不已，讫于丧亡。

另外，刘肃（活跃于9世纪初）《大唐新语》，亦以萧纲为造成"宫体"盛行之主。值得注意的是，其中首次点出"宫体"即"艳诗"的观点：

> 梁简文帝为太子，好作"艳诗"，境内化之，浸以成俗，谓
> 之"宫体"。晚年改作，追之不及，乃令徐陵撰《玉台集》，以
> 大其体。

今天来看，风行萧梁所谓"宫体诗"，其实就是以女子为题材的"艳情诗"，主要是描写女子的容貌、体态和情思。按，汉魏以来诗人吟咏的"绮情儿女"，重点在男女之间的"情思"，对女主人公的容貌，并无兴趣。而风行齐梁的宫体诗，不但摹写女子的情思，更重要的是，还将女性作为观赏爱悦以及描绘的对象。换言之，女性本身成为一个时代诗歌关

注的焦点，这在中国文学史上，乃是划时代的大事。当然，描写女子容姿的作品，早在楚辞与汉魏文人辞赋中已经出现，诸如相传为宋玉所作《高唐赋》《神女赋》，还有曹植《洛神赋》等即是。不过这些作品，主要还是通过神女来作比喻，表达作者个人的一些观点或感慨。真正的兴趣，并不在于呈现神女本身之美。其中神女的描绘刻画，当可视为宫体诗的"渊源"。及至萧梁时期，描写女子容姿情思的作品，则可视为一种"新变"体。所谓"新变"，代表当时诗坛的一种新潮或时尚，具有创新和开拓的意味。萧梁时期这种诗坛新变之形成，实肇始于徐摛，其后又经过萧纲的大力提倡，宫廷文人的争相追随仿效，遂风行朝野。又由于其起于太子东宫之中，故时人号为"宫体"。

宫体诗既然是以女性的容姿和情思为焦点，故而其整体风格特征被后世评家视为"轻艳"，亦即轻靡浮艳，不够严肃，带有脂粉气。当然，宫体诗在形式上崇尚辞采，讲究声韵，构思上追求新巧，内容上则围绕在女子的闺阁世界，的确算得上"轻艳"。值得注意的是，作者的兴趣，并不在女主人公的命运，而是对女性的容貌姿态，以及其闺阁情思的摹描所传达的美感，还有在构思和措辞上所表现的艳情趣味。

综观现存齐梁文人写的宫体诗，无论涉及女子的闺阁哀思或眉目举止的调情，其实都是有节制的，适可而止的，非色情的。如果与其他通俗文学，包括南朝民歌"吴歌""西曲"，尤其是唐宋以后的世情小说相比，宫体诗中的艳情，始终未尝背离中国诗歌"温柔敦厚"的传统。但是，从儒家诗教的严格标准衡量，这种宫体艳情诗的价值当然不高，有的评论者，甚至往往把梁、陈、隋三朝的败亡，均与君臣上下爱好宫体联系在一起。于是"宫体诗"在卫道者心目中，就成了"亡国之音"。

　　宫体诗的形成，首先，当归功于南朝新声。齐梁宫体诗基本上是文人模拟南朝新声的结果。此处所称"南朝新声"，即指南朝时期的江南民歌，主要是流行于吴（江淮）楚（荆楚）地区商业城镇的流行歌曲，俗称"吴歌""西曲"，今录存于南宋郭茂倩所辑的《乐府诗集》，故亦称"南朝乐府"。其次，亦显然受汉魏乐府旧曲中有关闺情、闺怨之作的影响。

（一）吴歌西曲

　　吴歌、西曲最初流行于市井民间，传唱于职业歌妓之口，当属城镇民间的俗乐，不同于正统的雅乐。流行的吴歌西曲，就内涵视之，主要是男女的离情相思，且多从女子角度诉说情思。试看一首吴歌的《子夜歌》：

　　　　夜长不得眠，明月何灼灼。想闻散唤声，虚应空中诺。

　　该诗似乎是以第一人称角度发言，传达一个痴情女子如何为相思所苦：但觉长夜漫漫，不得入眠，偏偏盈盈圆月，皓洁明亮，想象中，仿佛听见情郎在呼唤自己的声音，于是，忍不住抬头对着夜空答应一声"诺！"整首诗，一方面传达女子的痴情，同时也流露对这个痴情女子的同情与怜悯，糅杂着一丝调侃意味。再看一首西曲的《襄阳乐》：

　　　　朝发襄阳城，暮至大堤宿。大堤诸儿女，花艳惊郎目。

　　所谓"大堤诸儿女"，实指一般在商埠码头，专门接待或招引过往旅客和商贾的歌妓。这些歌妓吟唱的流行民间的新声，大多涉及男女艳情的咏叹，其中也有一部分专注于描写女子的容貌姿态。按，吴歌西曲在风格上的共同特色是哀艳淫靡，文辞浅近，比起雅正之乐，自然来得更为动听，于是逐渐成为文人士子、贵族王公游宴场合的演唱节目。

将流行市井的艳歌带入宫廷的关键人物，当首推跨越齐梁两代的沈约，其次则是萧衍（以后为梁武帝）。按，梁武帝普通年间（520—526），在后宫即设有"吴歌""西曲"女乐各一部（《南史·徐勉传》），此后遂成为宫中常设的女乐。接触多了，文人进而开始模拟这些民间艳曲，并自制歌词，且另造新曲，于是就产生了一种偏重文辞优美、情调缠绵的新体诗——艳情的乐府诗。

（三）汉魏旧曲

宫体诗亦受汉魏乐府旧曲的影响。继魏晋作家写绮情儿女之后，齐梁文人亦常模仿一些有关闺思或闺怨的汉魏旧曲，而女子的相思情意或孤寂情怀，遂成为作品关注的焦点。

其实无论模拟南朝新声，或汉魏旧曲，均是可以入乐演唱的艳歌。这是齐梁文人乐府歌诗的艳情化，同时也促进了宫体艳情诗的流行。值得注意的是，民间流行的新声艳歌，或汉魏闺怨旧曲，大多以女性第一人称口吻诉说情怀，从女性角度表现在恋爱婚姻中的经验感受。文人拟作的艳情乐府诗，或另行创作的宫体艳情诗，与民歌相比，文辞自然比较文雅、绮丽，同时视角也发生明显的变化。按，宫体诗主要则是从男性的视角，写女性的感受。于是，女性的美色和情思，遂成为诗人观赏玩味的对象。诗中的女子，乃是男人眼中的女人，是令男人赏心悦目，值得观赏玩味的女人。这或许是宫体诗备受当今维护女权的女性主义者谴责的主要原因。

✤ | 三、宫体诗的类型特征

齐梁宫体诗在题材内涵上，大体可分为两种主要类型：侧重抒写情思之作，以及侧重描绘声色之作，而工巧细致则是其共同特色。

（一）侧重抒写情思

按，宫体艳情诗中抒写的"情思"，并非作者本身之情，而是设想中的女子怀人相思之情，包括女子在怀人相思之际的心理活动。这类宫体艳情诗，其实就是汉魏乐府古诗中经常出现的"闺思"或"闺怨"主题的继承，也是南朝新声"吴歌""西曲"的延伸。

试看沈约模拟汉魏旧曲之作《古意》：

> 挟瑟丛台下，徙倚爱容光。伫立日已暮，戚戚苦人肠。
>
> 露葵已堪摘，淇水未沾裳。锦衾无独暖，罗衣空自香。
>
> 明月虽外照，宁知心内伤。

首句显然化用汉乐府《相逢行》中之句："小妇无所为，挟瑟上高堂。"按，"丛台"乃战国时楚襄王所建，遗址在今河南商水县，以此点出，诗中女主人公显然乃是宫中女子。"淇水"句，则化用《诗经·卫风·氓》"淇水汤汤，渐车帷裳"，暗示女子空自等待，郎君却毫无踪影。整首诗主要是写一个有美丽容颜与音乐才艺的宫女，在孤寂中盼人无望的幽怨之情。是一首典型的"哀思之音"，语言清新自然，情意缠绵婉转，当属宫体诗的上品。

再看王僧孺《春闺有怨诗》：

愁来不理鬓，春至更攒眉。悲看蛱蝶粉，泣望蜘蛛丝。

月映寒蛩褥，风吹翡翠帷。飞鳞难托意，驶翼不衔辞。

该诗同样是写独处女子无以排遣的孤寂和哀怨。值得注意的是，整首诗都是对句，其中还有含比喻意象的纤细，如蛱蝶粉、蜘蛛丝等，这是"齐梁诗"的典型特征。

其实，齐梁之前大凡写思妇闺怨之诗，多属直抒胸臆，自述情思。齐梁宫体艳情诗，诗人往往有意识地对女性的容貌、情态、动作，以及衣饰、用具，乃至居室和周遭的自然环境，作精细具体的描绘。尤其值得注意的是，从《诗经》经汉魏到齐梁，诗中思妇的环境背景有了很大的变化：由乡村原野、城镇巷陌，搬迁至贵族豪门的深闺院内。女主人公往往在富丽堂皇却闭塞郁闷的环境中，独自悲哀愁怨。齐梁诗人对于孤独女子情思的着迷，展现的正如魏征《梁论》所云："哀思之音，遂移风俗。"

⊜　**侧重描绘声色**

在宫体艳情诗中，亦有不少侧重描绘声色之作，包括以写女性之容貌姿态为笔墨重点者，以及描绘歌妓舞娘之声色技艺者。二类作品，不但流露对声色之美的由衷喜爱，同时展现齐梁诗人在诗歌描写艺术上，乐于创新的一面。

1. 写女性容貌姿态

宫体诗中写女性之容貌姿态，最能显示齐梁艳情诗的特点。这类诗篇，多为君臣游宴场合，即席而赋之作，笔墨重点是"描绘声色"，而且往往带有游戏娱乐意味，予人以轻松愉悦之感。所谓"描绘声色"，乃是指诗人创作目的主要在于描绘女性的外在容貌、服饰、姿态、神情。这些偏重外在"容貌"方面之作，很少涉及女主人公内在的"品德"或"情思"，强调的通常是容貌之美，情态之妩媚，举止之动人。可以萧纲的《美女篇》为例：

> 佳丽尽关情，风流最有名。约黄能效月，裁金巧作星。
>
> 粉光胜玉靓，衫薄拟蝉轻。密态随流脸，娇歌逐软声。
>
> 朱颜半已醉，微笑隐香屏。

其实《美女篇》原属汉魏乐府旧题。曹植《美女篇》同样写美女，但曹植之作主要是借美丽的容颜来凸显美女品德的高洁，所以说"佳人慕高义，求贤良独难"。这令读者觉得曹植笔下的美女，带有象征意味，是其"心目"中之美女，或许象征品德高尚却怀才不遇的君子。可是此处萧纲笔下的美女，则是耳目所及，实实在在血肉之躯的美女。她风流多情，装扮时髦，容颜亮丽，衣着考究，举态轻盈，歌声娇软……尤其是尾联"朱颜半已醉，微笑隐香屏"，展现美女半醉微醺、含笑躲藏到香屏背后去的举止，特别撩人情思。此女的妩媚之态，调情之意，宛然可掬。整首诗，侧重的是声色的描绘，展现的是一个令人赏爱、值得玩味的美女，虽属"女色"的描写，且含有"调情"的意味，但笔触是节制的、适可而止的。

2. 写歌妓舞娘声色

宫廷休闲娱乐活动中，君臣游宴赋诗场合，有歌妓舞娘在场或唱或舞，增添娱乐气氛，乃是寻常之事。描写在场歌妓舞娘之声色表演，亦是宫体诗之重要内涵。试看谢朓《夜听妓二首》其一：

琼闺钏响闻，瑶席芳尘满。要取洛阳人，共命江南管。

情多舞态迟，意倾歌弄缓。知君密见亲，寸心传玉腕。

发端二句是听妓的环境背景，强调的是，人还没出场，就传来琼闺中手镯之叮当声。一旦出场后，瑶席遂立即弥漫着芳香。继而由洛阳来的乐人，吹奏江南箫管之乐。歌妓的舞态歌声都动人，又特别在舞姿中，以玉腕向在座某君传递情意。全诗虽无深意，却生动有趣，当属游宴场合，娱乐游戏之章。

萧纲为皇太子居东宫期间，就常与其身边的宫廷文人一起游宴唱和，并将宴会上的歌妓舞娘作为观赏描摹的对象，主要是称美她们的色貌与艺技。试看萧纲《咏舞二首》其二：

可怜初二八，逐节似飞鸿。悬胜河阳妓，暗与淮南同。

入行看履进，转面望襜空。腕动苕华玉，袖随如意风。

上客何须起，啼乌曲未终。

首联介绍舞娘，年轻可爱，才十六岁，即能逐节起舞，身如飞鸿般轻盈。二联用两个典故为比喻：石崇在河阳别业所畜家妓绿珠，傅毅《舞赋》中形容的淮南妓。以此赞美此姝舞艺之高超。接着三四联，则通过局部特写镜头，刻画舞娘的姿态和动作之美：包括应节拍而动的手与足，随着脸庞转动的发鬟，以及其舞袖挥扇而来的、令人但感舒适的如意风。最后以演奏之"乌夜啼"曲未终，劝请宾客切莫离席，留下来吧，继续享受今夜的宴会。

徐陵《玉台新咏》中另外还收录了同时与皇太子唱和的同题共咏作品，

诸如徐陵、庾信《奉和咏舞》各一首，刘遵、王训《应令咏舞》各一首。这些同题共咏之作，长短一样，均为五言十句，内容意境也雷同。

3. 写宫中丽人日常生活镜头

除了称美游宴场合歌妓舞娘表演的色艺之美，齐梁诗人还常以宫中丽人日常生活中的一些琐屑镜头，作为观赏吟咏的焦点。亦即把宫中女子，包括后妃宫女歌妓舞娘等，放在各种不同情境之中，展现她们的妩媚色貌，构成一幅幅香艳悦目的美人图。其中包括：早晨梳妆的美人，如萧纲的《美人晨妆》；正在观画的美人，如庾肩吾《咏美人自看画》；夕阳晖照下的美人，如萧纲《拟落日窗中坐》；正在采花的美人，如萧绎《看摘蔷薇》；乘车的美人，如萧纶《车中见美人》；还有正在午睡的美人，如萧纲《咏内人昼眠》……翻阅这类诗歌，宛如观赏今天的名模生活照，或美人牌月历，仿佛觉得张张悦目，人人可爱。

试以萧纲《咏内人昼眠》为例：

北窗聊就枕，南檐日未斜。攀钩落绮障，插捩举琵琶。

梦笑开娇靥，眠鬟压落花。簟文生玉腕，香汗浸红纱。

夫婿恒相伴，莫误是倡家。

标题中所谓"内人"，乃指宫廷后宫中之女子。整首诗就是描写后宫某一嫔妃的午睡情景。首联点题，意指此女就枕之时，日尚未斜，故是"昼眠"。因而她把绮丽的帏幛放下，琵琶拨片插妥，准备就枕休息。中间四句则是美人昼眠的局部特写：睡梦中娇靥的笑容，发鬟压着落花的妩媚，还有印在玉腕上细密的簟痕，浸湿了红纱绢的香汗，种种的撩人情思。最后却笔锋一转，告诉读者，"夫婿恒相伴，莫误是倡家"，切莫误以为此妹是倡家女，原来人家有恒相陪伴的夫婿呢！尾联显然是轻松的戏谑语，是对读者的警告，风趣幽默兼调皮，而且把笔端从接近情色的边缘，收敛回来，强调美人只是供人观赏玩味而已，是有夫之妇，碰不得的。全诗工巧细致，浓艳香软，是一首典型的宫体诗。不过，这样轻松游戏的描写，还是得罪不少道德意识高涨的读者，视此诗为萧纲"色情文学"的代表。

齐梁诗人写宫体诗，似乎刻意追求"诗中有画"的效果，把美人的各种风姿情态，当作具有审美趣味的"物"一样来观赏品味，把女性的形象"物化"为描绘吟咏的对象，试图细腻地传达出男人眼中的女性之美，男人心目中的百美图。而且为了避免一味描写刻画的单调感，一般都在结尾处说两句诙谐、调情，或俏皮话，以增添一首诗的韵致或趣味。

4. 小结：

齐梁诗人笔下这些在群体参与的宫廷游宴场合，即席或即兴而赋的咏物诗与宫体艳情诗，或许可说是"贵族化"的"沙龙文学"，上层阶级的贵游文学。其间往往浮现一份不疾不徐的雍容富贵气，以及轻松随意的娱乐消闲味。作者都具有高度的文化修养，浓厚的审美意识，刻意摹描客观物体状貌情态声色之美。这些作品可说是和政治社会或道德教化划清界限，仅供赏玩的纯艺术品。这些作品与早期的咏物或艳情诗的根本区别，就在于"非道德"，以及"非功利"的唯美倾向。这也是构成招致重视政教伦理的读者之不满，甚至谴责的根本原因。此外，又加上陈后主、隋炀帝两个末代皇帝在宫廷中与臣子继续游宴咏物，写宫体艳情，所以在后世许多道德意识高涨的诗论者印象中，这些作品是荒淫的、色情的"亡国之音"。

♣

第六节

齐梁诗的重新评价

前人、甚至当今不少论者，对齐梁诗之评价，主要是根据儒家诗教的传统来看待齐梁诗，认为齐梁时代盛行的咏物、宫体之作，轻靡浮艳，无视政治教化，不具实用的功能，应当是受批评、受谴责的对象。这样的批评乃是把政治道德与文学创作混为一谈，视文学不过是推崇政教伦理的工具，没有独立自主的生命。当然，一般对"嘲风月，弄花草"的齐梁诗，评价偏低，显然各受其时代及视野的局限。现在姑且摆脱传统的束缚，超越政治教化的藩篱，单纯从文学发展史的宏观角度，重新评价齐梁诗。

✤ | 一、开拓诗歌题材范围

就现存齐梁诗本身来看，题材的确比较狭窄。无论山水、咏物、宫体，内容大致不出王公贵族消闲娱乐的生活范围，缺乏关怀政治社会现实、同情民生疾苦或抒发个人理想抱负的"大题材"。但是，从宏观文学发展史的立场体察齐梁诗，则不难发现，齐梁诗实际上，具有为中国诗歌开拓题材范围之功，为后世诗人开辟了从日常生活中身边琐屑事物取材的先路。不但眼前自然界的个别景物，诸如日月星辰、风云雨露、花草树木、虫鱼鸟兽，乃至日常生活中所见各类器皿用品，诸如香炉、铜镜、屏风、帷帐、笔墨、丝竹箫管，可谓不分雅俗，无论巨细，均可入诗，乃至扩大了诗歌吟咏的领域。何况，写宫体艳情诗的作者，如此专注于妇女题材的描写，也是前所未有。其中对女子容貌姿态神情，以及心理活动的细腻刻画或捕捉，正是晚唐五代花间词派的先声。

✤ ｜ 二、摆脱政治教化束缚

齐梁文人一般以雍容闲雅为贵，摇荡情灵为重，反对躁进之情，不喜怨愤之气，乃至言志述怀之作，大为减少。再者，就现存齐梁诗作观察，齐梁文人写诗，多是在君臣游宴的轻松场合，是娱乐消闲活动的一部分，其吟咏对象，不出王公贵族优游行乐的日常生活范围。齐梁诗所以被斥为"轻靡浮艳"，主要就在于内容狭窄，风骨不振。这样的批评，显然是从传统儒家诗教的观点来看待齐梁诗，却也正好点出齐梁诗歌已经勇于摆脱政治教化束缚的特色。

前引萧纲所云"立身之道，与文章异，立身先须谨重，文章且须放荡"数语，实可视为为文学争取独立自主的宣言。根据史传记载，其实萧氏父子都是生活言行谨重者。《梁书·简文帝本纪》即指萧纲"有君人之懿"，萧绎也"性不好声色，颇慕高义"，他们身边的文人，除了少数例外，也大多循规蹈矩。然而，就是在这些齐梁文人笔下，诗歌可以无关政治教化，可以是日常生活即兴吟咏的一部分，可以是消闲娱乐的一部分，可以纯粹是审美趣味的反映，不一定要有"移风俗，美教化，正人伦"的伟大功能。齐梁时代咏物诗与宫体诗的盛行，正是中国诗歌从政治教化束缚中解放出来的证明。诗歌不再是政治教化的附庸，而可以独立存在了。

可惜，在漫长的中国文学发展史上，这只是昙花一现而已。隋唐以后，齐梁诗不断受到严厉的抨击。甚至今天的文学史，还有为齐梁文学贴上各种语含谴责的标签，如"内容空虚贫乏""荒淫生活的反映"；或认为咏物诗，不过是"无聊的文字游戏"，或视宫体艳情之章为"色情文学"。

✤ ┃ 三、奠定近体声律基础

齐梁时代是诗歌创作追求独立自主的时代，重视的不是内容上的政治道德功能，而是辞藻对偶形式上的美，音韵节奏声律上的美。此时正逢翻译佛经，重视转读、唱导佛经之时，因而发现了汉语的四声。就在永明年间，沈约、陆倕、谢朓等诗人，开始有意识地在诗歌中注意四声轮递的和谐之美，创作时，遂尝试避免八种声病，再配合晋宋以来逐渐讲究的排偶对仗的形式，就形成了一种新诗体，所谓"永明体"，为唐代近体诗的声律体制奠定基础。梁代中叶以后，近似律诗的五言八句体、五言四句体的小诗，已经大量出现，甚至有的在声律上已和唐代的格律诗相暗合。此外，五言、七言绝句，五言、七言歌行体，也都是在齐梁诗人重视声律和谐悦耳的实验中，初步形成。

✤ ┃ 四、提供模态写物典范

尽管齐梁诗歌题材狭窄，又无意于政治教化的功能，颇受后人诟病，但齐梁诗人对耳目所及之景物、人物，状貌声色观察之入微，体物之精细，是惊人的。同时还有意识地注重语言文辞的平易明快，以便模写物态惟妙惟肖，乃至摆脱了刘宋时代习惯用典隶事、"文章殆同书抄"的风气。值得注意的是，这些齐梁诗人，流连光景，模写物态之际，不仅追求"形似"，更进一步追求"神似"，因此出现了无数清丽精美的写景佳句，为后世提供模写物态的典范。姑举唐代诗人追摹齐梁诗佳句三例为证：

莲花乱脸色，荷叶杂衣香。（萧绎《采莲曲》）

荷叶罗裙一色裁，芙蓉向脸两边开。（王昌龄《采莲曲》）

返景入池林，余光映泉石。（刘孝绰《侍宴集贤堂应令》）

返景入深林，复照青苔上。（王维《鹿柴》）

薄云岩际出，初月波中上。（何逊《入西塞示南府同僚》）

薄云岩际宿，孤月浪中翻。（杜甫《宿江边阁》）

齐梁诗在中国诗歌发展史上，不但是汉魏诗歌的发扬者，也是唐诗的开启者，可谓恰当地扮演了承先启后的角色。